Mooie meiden

Laura Shaine Cunningham

roman

Mooie meiden

Van Holkema & Warendorf

Eerste druk, maart 2003
Tweede druk, april 2003

Oorspronkelijke titel: Beautiful Bodies
Oorspronkelijke uitgave: Washington Square Press
© 2002 Laura Shaine Cunningham
Published by arrangement with Lennart Sane Agency AB

© 2003 Nederlandstalige uitgave:
Uitgeverij Unieboek bv,
Postbus 97, 3990 DB Houten

www.unieboek.nl

Vertaling: Jan Smit
Omslagontwerp: Andrea Scharroo
Omslagfoto: © Ned Harvey / Fotostock bv
Opmaak: ZetSpiegel, Best

ISBN 90 269 8311 5 / NUR 340

Deze roman is fictie. Namen, personages, plaatsen en gebeurtenissen zijn ofwel het product van de verbeelding van de auteur ofwel fictief gebruikt. Enige gelijkenis met werkelijke gebeurtenissen of bestaande personen berust geheel op toeval.

Alle rechten voorbehouden. Niets uit deze uitgave mag worden verveelvoudigd, opgeslagen in een geautomatiseerd gegevensbestand, of openbaar gemaakt, in enige vorm of op enige wijze, hetzij elektronisch, mechanisch, door fotokopieën, opnamen, of op enig andere manier, zonder voorafgaande schriftelijke toestemming van de uitgever.

Dit boek is opgedragen aan mijn moeder, Rosie

Inhoud

1 Kale ruimte — 9
2 'Gelieve afstand te houden van het bewegende perron' — 35
3 'Het verlangen aan het einde van de lijn' — 54
4 Reproductieve waarde — 82
5 Een schone slaapster in 17th Street — 101
6 Rauwkost – een duet — 123
7 Trio — 137
8 De limousinestrook vrijhouden, alstublieft... — 149
9 Kwartet — 164
10 Het heksenuur — 178
11 De eregast — 184
12 'Je ziet er geweldig uit' — 206
13 'We kunnen aan tafel' — 229
14 'Vraag niet voor wie de beltoon luidt' — 257
15 Recht op een toetje — 281
16 'Ze geeft niet op' — 288
17 De Walpurgisnacht — 294
18 Laat de cirkel niet verbroken worden — 306
Dankwoord — 309

HOOFDSTUK EEN

Waarin Jessie Girard de kans op liefde overweegt, eten inslaat voor een feestje en spijt heeft van een uitnodiging.

*

Kale ruimte

Ze liep buiten, 's avonds, door New York, lachend in de bijna verlaten straat, lachend als een waanzinnige, en misschien was ze dat ook. De extreme kou deerde haar niet, want ze droeg een extra jas. Ze was bang om het gevoel te benoemen, maar ze herkende het wel. Alleen liefde kon je die warmte geven, als een zachte, onzichtbare mantel om je schouders. Ze voelde zich gekleed in kasjmier, en één moment vroeg ze zich af of al dat vertoon van bont en dure wol in de beter verlichte winkelstraten van SoHo waar ze net vandaan kwam een surrogaat vormde voor dit gevoel, als het ontbrak.

De temperatuur van twintig graden onder nul schiep een optische illusie toen Jessie op weg ging naar haar zolderappartement. Haar blik veranderde, alsof ze haar straat door een te sterke bril zag. De gebouwen leken scherp en strak omlijnd, zo duidelijk afgetekend dat ze op haar toe schenen te komen, met veel meer diepte, als het verrassende 3D-effect in een film die ze als kind ooit had gezien. Ook zelf voelde ze zich veel scherper en bewuster; alles was opeens ten goede gekeerd. Was het niet geweldig? Ze lachte weer en kon zijn stem bijna horen toen ze in gedachten de twee kanten van het gesprek in haar hoofd nog eens afspeelde.

Hoe had ze de liefde kunnen vergeten? Waar was ze al die tijd mee bezig geweest, dat dit gevoel haar zo lang had kunnen ontglippen? Het leek wel alsof ze wakker was geschud uit een droomloze slaap die bijna tien jaar had geduurd.

Want zo lang was het zeker wel geleden sinds Jessie voor het laatst in visioenen van huiselijk geluk had geloofd. Zo lang was ze al gescheiden van haar jeugdliefde en had ze het huwelijk als nobel streven uit haar hoofd gezet. Trouwen als happy end kwam niet meer in haar plannen voor (hoewel het beeld nog wel eens opdook, als een pop up-wenskaart met een bruid en bruidegom, boven op een taart). Maar altijd had ze in gedachten Nee! geroepen tegen die ongevraagde illusie van huwelijksgeluk. Ze wist wel beter, dacht Jessie. Als ze mannelijk gezelschap wilde, stelde ze zich de warmte van een stevige omhelzing voor, een snelle knuffel bij het aanrecht, een warme buik tegen haar rug in bed, om beter te kunnen slapen. Iemand tegen wie ze kon zeggen dat ze verkouden was, met wie ze samen ergens kon binnenkomen, die haar naar huis kon brengen na een feestje een eind uit de buurt. Een vriend misschien, op de lange duur, een reisgenoot om samen de wereld te gaan zien als ze ooit... ooit... klaar zou zijn met werken. Ja, soms leek het haar prettig om haar leven te kunnen delen, maar voorlopig was ze heel tevreden in haar eentje.

En nu, opeens, had een man haar stormenderhand veroverd en haar in een toestand van vervoering gebracht – anders kon ze het niet uitdrukken. Na al die tijd was zelfs de mogelijkheid om voor iemand te vallen niet meer bij haar opgekomen. En 'vallen' was het juiste woord, want ze was ruggelings op het bed getuimeld.

Haar herinneringen aan de afgelopen dagen beschermden haar tegen de ijzige temperatuur toen ze de straat door liep (later bleek het de koudste nacht van het jaar te zijn geweest). Hoe had ze in vredesnaam seks kunnen vergeten? Het was nu drie jaar geleden, haar langste periode van gemis, maar toch...

Ze lachte nog om hun grappen samen: 'Ik voel mijn botten kraken.' Maar wat zijzelf misschien vergeten was, had haar lichaam voor haar onthouden, en dus had ze haar heupen bewogen op die aloude manier en had ze als vanzelf die ongewone houding weer gevonden. O ja, had ze gedacht, vroeger deed ik dit ook – toen ze zijn borst kuste en in zijn rudimentaire tepels beet...

O jee, beval Jessie zichzelf, niet meer aan die rudimentaire tepels denken! Tijd om naar de aarde terug te keren. Ze stak haar hand in haar zak en pakte de handschoen die hij was kwijtgeraakt en die zij had gevonden. Wat is liefde zonder een talisman? De oude schaapsleren handschoen vertoonde nog de vorm van zijn vingers en zelfs de lijnen van zijn handpalm. Ze hield hem vast zoals ze – vannacht nog maar – ook zijn hand had vastgehouden. Ze moest eraan denken hem te zeggen dat ze zijn handschoen had; dat ze hem in haar zak had ontdekt toen ze al in het vliegtuig zat.

Vanavond ademde Butane Street de sfeer van een maanlandschap, eenzaam en verlaten. Twee straten terug was ze voor het laatst een paar mensen tegengekomen. Later zou ze zich hen herinneren als symbolen van het bijzondere karakter van deze avond. Drie afzonderlijke personen: een drugsdealer die, geheel tegen de kerstsfeer in, zijn farmaceutische waren aan de man probeerde te brengen; een potloodventer in een portiek; en een vrouw in een elektrische rolstoel, die haar voorbij was gezoemd met een gelukzalige glimlach op haar gezicht.

Een andere keer zou Jessie zich misschien hebben afgevraagd hoe die vrouw zo gelukkig kon zijn, gehandicapt en in haar eentje, maar vanavond meende ze dat te weten. Een andere keer zou ze wellicht een grotere weerzin tegen de drugshandelaar hebben gevoeld, maar nu dacht ze alleen: Het is verschrikkelijk, maar het zal wel een middel voor mensen zijn om hun pijn wat te verdoven. Een andere keer zou ze misschien hebben gewalgd van de potloodventer, maar vanavond had ze enkel medelijden met hem, zoals hij met zijn penis stond te zwaaien in de kou en zich afrukte om nog wat vleselijke troost te vinden.

Een grote welwillendheid had zich van Jessie meester gemaakt. Ze voelde zich verwarmd en gesterkt door het weekend en de nieuwe ervaring om weer te worden aangeraakt. Ze had zich er al half bij neergelegd dat zoiets nooit meer zou gebeuren, zeker niet nu, na de afgelopen paar jaar en de harde klappen die ze had gekregen, waarvan er een zijn sporen op haar lichaam had nagelaten. Kon het werkelijk zo simpel zijn – dat alleen die aanraking al voldoende was? Kon één ander mens het hele verschil betekenen? De reden waarom ze niet meer aarzelend haar weg zocht, maar blij en enthousiast door het leven stapte, klaar voor wat er komen ging?

Vanavond stond ze voor een sociale uitdaging, maar ze zag er nauwelijks tegenop. Als ze zich rekenschap had gegeven van de praktische problemen – een feestje voorbereiden in minder dan een uur – zou ze er niet eens aan zijn begonnen. Maar ze was veel te gelukkig om zich druk te maken over de details. In haar euforie ontsnapte ze aan zichzelf en was ze weer terug in Colorado. Het ging er niet om wat ze nog moest doen, maar wat ze had gedáán. De kussen, de intimiteit... Weer zag ze zijn gezicht, zijn borst, waarvan ze zo speels afscheid had genomen door haar hoofd onder zijn trui te steken toen ze in zijn auto zaten bij het vliegveld. Ze voelde nog zijn huid, ze rook zijn geur en ze proefde hem op haar tong. Eindelijk begreep ze alles wat ze ooit gelezen had over magische bekoringen en de zevende hemel.

Moest ze haar vriendinnen over het weekend vertellen, of kon ze het beter voor zichzelf houden, als een geheim, zalig en privé? Als ze het hardop onder woorden bracht, zou de ban dan niet worden verbroken en het gevoel zich oplossen in de atmosfeer, als de damp uit een rooster in de goot?

Niet aan denken, vermaande ze zichzelf. Ruim je appartement op, maak het eten klaar, trek een fles wijn open en steek de kaarsen aan. Ze versnelde haar tred, in het ritme van haar gedachten. De trap op, meteen de oven aanzetten en de ergste rommel opruimen. Ze herinnerde zich de troep – vuil wasgoed op haar bed, al haar papieren en boeken nog op tafel – en ze schoot in de lach.

Ik heb geen schijn van kans, dacht ze giechelend. Het leek wel een samenzwering van de goden. Alleen het weer al. Het werkte nu al tegen, en het zou nog erger worden. De ijsstorm waardoor haar vliegtuig naar New York een complete dag vertraging had opgelopen had haar hier ingehaald. De wind wakkerde nog aan terwijl ze verder liep, en volgens het weerbericht zou het gaan sneeuwen.

Jessie worstelde met de wind vanaf de rivier toen ze het laatste lange eind pal naar het westen liep. Het stormde zo hard dat ze na elke twee stappen vooruit er weer één teruggedreven werd. Een paar keer moest ze blijven staan om haar boodschappen in evenwicht te brengen. Ze klemde haar handen om de zware zakken met Australische rode wijn, mineraalwater, vijf krielkippen en tien pond aardappels.

Waarom had ze eten gekocht dat zo zwaar op de maag lag? Waarom aardappels? De meeste vrouwen deden aan de lijn; misschien zouden ze het haar kwalijk nemen als ze aardappels op tafel zette. Ze zouden zich kunnen identificeren met die aardappels. Op dit moment voelde Jessie zich zelf bijna een aardappel, weggedoken in haar beige, met dons gevoerde jas, dik en rond, met haar hoofd als een knobbelige uitloper erbovenuit.

Ze had bijna twaalf straten gelopen vanaf Dean & DeLuca. Haar laarzen bleken niet waterdicht en haar voeten voelden nu ook als aardappels, maar dan bevroren. Toen ze bleef staan, gleed een van de papieren tassen uit haar hand en kwam in de troep op straat terecht. Het natte papier scheurde en de kippen vielen eruit: vijf pluimveelijkjes met kippenvel, die in de goot van Hudson Street belandden. Vloekend probeerde Jessie de kippen op te rapen, waardoor er nog meer boodschappen over de stoep rolden. De drie zogenaamde bloedsinaasappels die ze geweld in cassis had willen opdienen, rolden naar het putje van het riool. Waarom had ze in vredesnaam voorgesteld om zelf te koken? Waarom hadden ze niet gewoon een restaurant gekozen? Maar dat leek veel te onpersoonlijk voor deze gelegenheid.

Een uurtje geleden was ze in vliegende vaart gearriveerd. Na de landing was ze in een taxi gesprongen, had haar koffer thuis afgezet en was meteen doorgereden naar Dean & DeLuca om zoveel mogelijk geprepareerde ingrediënten in te slaan. Waarom had ze plotseling van die grootse plannen gekregen bij de vitrines? Waarom had ze niet alles kant-en-klaar gekocht?

Terwijl ze over de stoep kroop om de etenswaren te verzamelen, herinnerde Jessie zich de reden weer. Deze avond moest ánders worden, heel speciaal... geen catering, geen afhaal. Ze zou zelf koken, om er iets bijzonders van te maken. Dat leek veel feestelijker, veel persoonlijker. Het was net zo makkelijk om de kippen zelf te braden als ze kant-en-klaar te kopen voor tien keer zoveel geld. Die kleine krielkipjes – hoe kleiner, hoe duurder, leek het wel.

Ik kan best een abrikozenmarinade maken, had ze gedacht, maar zonder zich af te vragen wannéér. Waar moest ze de tijd vandaan halen? En ze kon niet wachten tot alles werd bezorgd; ze moest meteen aan de slag. Ze had erop gerekend een taxi te vinden, wat het ook kostte. Het was niet alleen een gure, maar ook een heel belangrijke avond. Elke minuut telde. Dus had ze langs de stoeprand staan wachten en zwaaien, maar natuurlijk tevergeefs. Daarom liep ze nu om halfzes door haar straat, met een tas vol kippen om te braden en een appartement om op te ruimen voordat haar vijf beste vriendinnen over een uurtje voor de deur zouden staan. Onmogelijk.

Ze zouden het wel begrijpen; daar waren ze vriendinnen voor. Ze kenden elkaar al zo lang en hadden elkaars moeilijkste momenten meegemaakt. Dit was de oude club van Theresa House, haar eerste vriendinnen in de stad. Ze trokken al eeuwen samen op. Ze hadden elkaar naakt, ziek, huilend en kotsend gezien. Maar dat betekende niet dat het vanavond ook zo'n variéténummer moest worden. Het zou juist heel feestelijk moeten zijn – geen paniektoestand waarin alles fout ging.

Terwijl ze zich naar de stoep boog om de koude krielkippen op te rapen, dacht Jessie aan de vuile was van twee weken die nog op haar bed lag. Hoe kon ze die nog op tijd wegwerken? Al haar papieren lagen door de huiskamer verspreid, er stond een vuile kattenbak in de badkamer... Haar hoofd liep om. Wat moest er het eerst gebeuren? De tafel dekken en de kippen braden? Wat zou ze graag een hete douche hebben genomen als ze er de tijd voor had gehad. Ze mocht haar handen dichtknijpen als ze een minuutje vrij kon maken om te plassen, wat hard nodig was.

Toen ze de bloedsinaasappels van de straat raapte, ging het telefoontje in haar tas. Jessie was nog niet gewend aan een mobieltje en ze wist niet of ze er blij mee was. Een paar weken geleden had ze nog afkeurend gekeken naar mensen die op straat in zo'n ding liepen te kletsen als idioten. Nu was ze zelf zo'n idioot. Het toestel piepte met elektronische vasthoudendheid, diep vanuit haar tasje. Heel even dacht Jessie dat haar tas tegen haar praatte, als de stem van het materialisme, die voor zichzelf opkwam. Ze worstelde zich naar een portiek en probeerde op te nemen, maar ze hoorde alleen een hoog gekwetter, onverstaanbaar in het loeien van de wind.

Hoewel ze wist dat híj – de man op wie ze verliefd was geworden – het niet kon zijn, maakte haar hart toch een sprongetje en had ze moeite haar ademhaling onder controle te houden toen ze antwoordde. Hij had gezegd dat hij haar vandaag zou bellen, maar pas later op de avond. Ze wist zeker dat hij woord zou houden; hij was zo geweldig, zo betrouwbaar. Maar het was nog te vroeg. Acht uur, had hij gezegd. Dit moest dus iemand anders zijn. Weer ging het mobieltje over, maar nu hoorde ze alleen een mechanisch gekreun, alsof het kleine toestel een galactische storing vanuit het heelal had opgepikt.

Jessie vermoedde dat het een van haar gasten was, die haar belde om af te zeggen vanwege de kou. Wie ging er in dit weer nog de straat op?

Nee, dit was een avond om thuis te blijven. Zelfs Jessie mijmerde over een avondje alleen, weggekropen in haar grote, oude fauteuil, met een warme plaid over haar knieën, een kop hete soep, een goed boek en de kat op schoot, heerlijk nagenietend van alles wat er in Colorado was gebeurd. Misschien had ze haar vriendinnen vanaf het vliegveld moeten bellen, toen er nog tijd was geweest.

Maar Jessie had al zoveel moeite gedaan. Om te beginnen hadden ze een datum moeten prikken die iedereen uitkwam. Jessie had geprobeerd zes agenda's – zes vrouwen, zes levens – te coördineren. Daarna had Claire categorisch geweigerd het feestvarken te zijn. 'Veel te veel gedoe,' had ze gezegd. Jessie had flink op haar in moeten praten om Claire tot andere gedachten te brengen, ook al had ze gezworen dat het geen 'baby shower' zou worden.

De waarheid was dat niemand wist hoe het met Claire ging. Ze hadden haar al drie maanden niet meer gesproken. Heel geheimzinnig, niets voor Claire. Ze was gestopt met de balletgroep, de leesavonden en haar abonnement op de Manhattan Theatre Club. Ze hadden haar allemaal wel een keer uitgenodigd voor een etentje, een film of wat dan ook, maar ze had alles afgeslagen. Dat was vreemd, dus wilde Jessie er het fijne van weten. Het feestje, de 'baby shower die geen baby shower was', moést vanavond doorgaan. Het zou eeuwen duren voordat ze weer een datum konden vinden waarop iedereen vrij was.

Heel even had ze spijt dat ze uit Midtown was vertrokken en zich had opgeworpen als gastvrouw voor deze avond. Ze zocht in haar tas, grabbelend tussen bonnetjes, lippenstiften en potloden, tot ze eindelijk haar sleutels vond, helemaal onderin. Het waren grove, stevige, praktische sleutels, passend bij het gebouw – een voormalige fabriek.

De naam FRANKENHEIMER'S stond nog boven de deur gegraveerd. Het meest ironische was misschien wel dat Jessie, toen ze de zolder had gekocht, ontdekte dat haar eigen grootmoeder in 1917 nog in dit gebouw had gewerkt, toen het een hoedenfabriek was geweest, waar de vrouwen hard moesten zwoegen. Bijna een eeuw geleden had haar grootmoeder, misschien wel op Jessies eigen zolder, veertjes op vilthoeden gelijmd voor een dollar per week. Nu had Jessie Girard, haar kleindochter, een hypotheek van een half miljoen dollar om op diezelfde plek te mogen wonen. Hoeveel veertjes op hoeveel hoedenranden? Hoeveel veertjes om het hoofd boven water te houden?

Jessie jongleerde met haar tassen, liet het mobieltje in de blubber vallen en werd zich opeens bewust van een stapel vodden die overeind kwam en haar wenkte vanuit de volgende portiek. Het was een zwerver die ze wel vaker had gezien. Hij droeg een met bont gevoerde pilotenmuts, een jopper en oude instappers. Jessie veronderstelde dat hij bedelde, hoewel hij vaak niets anders deed dan verwensingen mompelen of dingen schreeuwen als: 'Wat een klerezooi!' Maar soms was zijn kritiek merkwaardig specifiek en bromde hij: 'Ze gebruiken tegenwoordig allemaal hetzelfde parfum.'

Vanavond schuifelde hij langzaam naar haar toe, en tot haar verbazing zag Jessie dat hij een draagtas had met het logo van

Ralph Lauren: de kleine polospeler, klaar voor de slag. Zou de man een vluchteling zijn uit de luxueuze wereld van Ralph Lauren? Die gedachte bezorgde Jessie koude rillingen, nog meer dan de ijzige temperatuur. Nee, natuurlijk niet. Hij zou die tas wel bij toeval in handen hebben gekregen – waarschijnlijk gestolen. Maar de tas zag er nog redelijk goed uit, in twee kleuren, canvas en bruin leer. De zwerver stak zijn hand erin en boog zich naar haar toe. Ze rook whisky en een zweetlucht, overrijp en enigszins fruitig, als van een rotte banaan. Hij hijgde iets in haar oor wat ze maar liever niet wilde horen. Haastig wrong ze zich de deur door, naar binnen, voordat ze besefte wat hij had gezegd.

'Ecstasy.'

'Nee, dank u,' fluisterde ze.

Ecstasy. Jessie huiverde weer, blij dat ze binnen was. Ze nam de voormalige goederenlift naar de bovenste verdieping – elf hoog – en stapte rechtstreeks haar appartement binnen.

Het was een prachtige zolder, 'dodelijk mooi', zoals haar vriendin Martha zei, met grote ramen die uitkeken over de binnenstad in het zuiden en het glinsterende lint van de Hudson in het westen. Jessie vroeg zich altijd af wat Martha bedoelde met 'dodelijk mooi' – alsof het zo adembenemend was dat je er een hartstilstand van kon krijgen? Of zo indrukwekkend dat minder mooi behuisden van jaloezie het loodje zouden leggen? Martha verkocht verpletterende foyers en moorddadige keukens. Jessie moest toegeven dat de situatie in de binnenstad volstrekt uit de hand was gelopen en dat sommige appartementen je inderdaad de adem benamen.

Nu, na haar terugkeer uit de bergachtige Rockies – ruig, maar met de zachte lijnen van hun besneeuwde toppen – onderging Jessie het uitzicht op de stad als een schok. De wolkenkrabbers van de kantoren verhieven zich als harde, schitterende reuzen van het bedrijfsleven, alsof de gebouwen zelf de zakenwereld personifieerden. Leken ze altijd zo agressief? Als Jessie overwerkt was of rood stond op haar creditcards, kreeg ze last van een andere optische illusie. Dan leek de binnenstad opeens kubistisch, met hoeken als scherpe dolken.

Een van de kantoorreuzen in het centrum viel haar steeds

weer op. Haar vriendin Lisbeth noemde het spottend 'Darth Vader'. Het was een gebouw van obsidiaan, dat haar recht in het gezicht spiegelde en haar uitdaagde zijn agressie te beantwoorden. Soms had Jessie een nachtmerrie bij klaarlichte dag, waarin ze zichzelf langs de steile gevel omlaag zag glijden, de diepte in, klauwend met haar nagels over het gladde oppervlak. Een afgrond van glas. Jessie was niet in de stad geboren, en hoe ze ook naar dit leven had verlangd, diep in haar binnenste loerde nog altijd die angst. New York was haar thuis, maar het voelde als een welkomstmat die elk moment onder haar voeten kon worden weggerukt.

Nu, na een reis van maar enkele dagen, verbaasde Jessie zich hoe haar appartement in haar afwezigheid zijn vroegere identiteit weer had aangenomen. Het was alsof de zolder wist dat het geen zolder was maar een naaiatelier, dat Jessie begroette met de schimmen en herinneringen van honderd jaar geleden. Spookbeelden van slavenarbeid in alle hoeken.

Jessie struikelde over haar zachte koffer, die als een menselijk wezen in elkaar was gezakt. Ze tuimelde haar appartement binnen, honderdzestig vierkante meter 'kale ruimte'. Een jaar geleden, toen ze die kale ruimte had gekocht, sprak die uitdrukking haar nog aan. Het leek een smaakmaker, een uitdaging, een architectonische kluif om haar tanden in te zetten. Ze had het appartement graag kaal gekocht – anders had ze het trouwens niet kunnen betalen. De zolder had haar aangelokt als een leeg palet. Maar ze had er geen rekening mee gehouden hoe kaal het zou voelen om in zo'n lege ruimte te wonen, om te werken en te overleven in een omgeving die de afgelopen acht maanden voortdurend in de steigers had gestaan.

Vanavond, na slechts zo'n korte afwezigheid, zag ze meteen dat ze alle gewonnen huiselijkheid alweer had verspeeld. Het voelde, rook en zag er niet uit als 'thuis'.

Jessie snoof de lucht van stucwerk en plamuur op. Zodra ze binnenkwam moest ze plassen. De nood was al hoog geweest, maar nu hield ze het echt niet meer. Het was zelfs sterker dan haar neiging om naar het antwoordapparaat te rennen of de stapel ongeopende post achter haar deur door te werken. Ze klemde haar dijen tegen elkaar en hobbelde met een soort danspas naar de wc. Bij dat vreemde dansje passeerde ze de poes, die uit het halfdonker naar haar toe sprong.

Eerst dacht Jessie dat het dier, wanhopig van eenzaamheid, haar kwam begroeten. Het was zo'n witte kat met blauwe ogen die doof was geboren. Ze had Jessie niet horen binnenkomen, dus moest ze hebben gereageerd op de trillingen van haar voetstap en het licht dat aanging. Maar toen de poes zigzaggend op haar toe kwam zag Jessie dat ze hevig liep te kokhalzen. Ze had een haarbal in haar strot en keek Jessie met rollende ogen aan, alsof ze wilde zeggen: 'Help me!'

O, niet nu, dacht Jessie. *Et tu,* Colette?

Jessie wankelde naar de badkamer die ze zelf had aangelegd, zonder de moeite te nemen de goedkope deur te sluiten. In de kleine badkamer, waar de leigrijze tegels een beetje scheef zaten, probeerde ze nog op tijd haar broekje omlaag te krijgen voordat ze zich op de wc-bril liet vallen, die half uit zijn scharnieren hing. Terwijl ze in die lastige houding zat te plassen, boog ze zich naar voren op de scheve bril en zag een folder op de vloer liggen met het opschrift 'Spijt van uw huis?' Het foldertje lag tussen wat andere blaadjes die nog bij het oud papier moesten.

Ja, ze had zeker spijt van haar huis, gaf ze eerlijk toe. En dat was niet het enige. In een vrouwenblad aan boord van het vliegtuig had ze een stukje gelezen met de kop 'Spijt van uw uitnodiging?' Nou, dat had ze óók. Het ging over de angst die vrouwen overviel als hun gasten binnen een uurtje zouden arriveren: spijt dat ze ooit aan dat feest waren begonnen. Terwijl Jessie op haar kleine, scheve wc-bril balanceerde, sloten de spijt over haar huis en de spijt over haar uitnodiging naadloos op elkaar aan. Maar dat dubbele gevoel ging al snel over in een veel grotere zorg: die branderige, heftige aandrang die ze voelde...

Was het meer dan alleen de drang om te plassen? Had ze soms een vreemde geslachtsziekte opgelopen van de man met wie ze naar bed was geweest in Colorado? Een geslachtsziekte, of gewoon blaasontsteking? Werd ze al meteen gestraft voor haar pleziertje?

Nee, ze had geen zin in straf. Zoveel seks. Het moest wel een blaasontsteking zijn. Ze herinnerde zich haar huwelijksreis, twintig jaar geleden, toen ze als tienermeisje uit de Cariben was teruggekeerd met haar onderlijf in brand. Toen ook al: zoveel seks, al waren dat nog de jeugdige, gymnastische toeren met haar man Hank geweest.

Hoewel ze geen tijd had zich in het verleden te verliezen – ze moest opruimen en in elk geval de oven voorverwarmen – dacht Jessie onwillekeurig terug aan het gevoel van een beurse vulva. Ja, zoveel seks, ook toen... maar als een repeterende, bijna pijnlijke oefening. Op haar negentiende was ze niet in staat geweest haar huwelijksreis goed te beoordelen; Hank was immers haar 'eerste'. Nu, zoveel mannen en jaren later, wilde Jessie die eerste seks niet afdoen als een slechte of nutteloze ervaring, maar achteraf verbaasde ze zich eigenlijk nog meer over het karakter van dat huwelijk. Hoewel ze wist dat ze van elkaar hadden gehouden, was de fysieke uiting van die liefde wel erg onbeholpen. Haar ex, Hank, was soms heel teder in zijn woorden en zijn brieven, maar als hij haar lichaam binnendrong leek zijn geest hem te verlaten. Dan werd het een zuiver fysiek gebeuren en meed hij ieder oogcontact.

Hank was een knappe vent geweest, energiek en viriel, moest Jessie toegeven, maar ze gaf de voorkeur aan haar recente ervaring met een vreemde boven de gevoelloze handelingen die zich in twaalf jaar huwelijk tussen haar en haar man hadden voltrokken.

Intimiteit, veronderstelde ze, kon je niet aanleren of ontwikkelen. Het was óf totaal afwezig, óf volkomen vanzelfsprekend, als magie. O, in Colorado... het vuur in zijn ogen, het verlangen en de liefde, en een gevoel voor humor dat hun hartstocht niet in de weg had gestaan (hij zat al in haar terwijl hij nog bezig was een van zijn cowboylaarzen uit te schoppen). Vrolijkheid en lust... alles tegelijk, vreemd maar ook vertrouwd.

Seks bleef een mysterie, constateerde Jessie. Het had niets met logica te maken. Zij en Hank hadden van elkaar gehouden en waren bij elkaar gebleven, maar toch was ze met hem nooit zo intiem geweest als dit afgelopen weekend met een bijna volslagen vreemde.

Toen ze klaar was in de badkamer gooide ze het pamflet over 'Spijt van uw huis?' in het rieten afvalmandje. Vanavond had ze geen tijd voor spijt, over wat dan ook. Ze moest opschieten. Maar wat eerst, koken of de boel aan kant?

Jessie had een methode die ze ook toepaste in haar werk als journaliste. Ze zette alles op een rij en begon dan met het dringendste probleem. Heel systematisch werkte ze eerst de ernstigste zaken af, als een militaire arts in een veldhospitaal. Een etentje was in principe niets anders. Een goede gastvrouw, besloot ze, begon met de dingen die haar gasten het meest tegen de borst zouden stuiten: de troep in haar appartement.

Ze stapte de badkamer uit en zag hoe de poes, Colette, met hevige krampen grote stralen halfverteerd kattenvoer en haren over de grond spuwde. Dat had voorrang. Jessie greep de keukenrol en veegde de troep weg. Daarna haalde ze de stofzuiger tevoorschijn en sleepte die loeiend de honderdzestig vierkante meter van haar zolder rond. Voor het eerst had ze spijt van dat enorme oppervlak. De stofzuiger begon klonters aangekoekt vuil uit te braken die aan Colettes kots deden denken.

Het had allemaal zo perfect verzorgd moeten zijn, dacht Jessie, en straks mocht ze nog van geluk spreken als niemand de keuringsdienst van waren zou bellen. Ze rende naar haar wapens: bezem, stoffer en blik en een enorme vuilniszak. Knielend rukte ze de stofzak uit de stofzuiger, propte hem in de vuilniszak, griste de pluizen weg die ernaast vielen en gooide de kattenbak leeg. Ze verbaasde zich over de verkalkte stevigheid van de drollen. Een verdwaalde keutel rolde over de badkamervloer. Jessie raapte hem op en voelde een diepe kilte, alsof kattenkeutels de mysterieuze eigenschap bezaten om lage temperaturen vast te houden. Hoe kon ze in vredesnaam nog een succes maken van deze avond als ze nog zoveel moest doen?

Ze zette Colette een bakje voor met wat klontjes dure, ongezoute roomboter, als remedie tegen haarballen en kalkdrollen. De kat likte ervan, leek genezen en rolde zich op een kleedje voor de gedoofde haard op, bijna snorrend van genoegen.

Misschien viel er nog wat te redden. Jessie zette de oven hoog om hem voor te verwarmen en wierp een blik door de kamer.

Eerst de belangrijkste dingen: de keukentafel opruimen en het bestek klaarleggen. Dat wekte de indruk dat alles klaar was, ook al leek het maar zo...

Jessie liep naar de tafel en begon haar onuitgezochte paperassen te verzamelen. Haar oog viel op een krantenfoto, korrelig en zwart-wit op thermisch faxpapier. Haar hand bleef in de lucht zweven en ze staarde naar zijn gezicht. Hij! Daar was Hij! Zakelijk en professioneel... 'Jesse Dark, burgerrechtenadvocaat, activist voor indianenrechten, vertegenwoordiger van zijn stam, afstammelingen van de Anasazi, in een zaak wegens smaad.'

Had ze in al die weken dat ze deze krantenknipsels had verzameld en bestudeerd ooit enig vermoeden gehad dat ze met hem in bed zou belanden? Met haar hoofd achterover, haar hielen om zijn nek geklemd, grommend en hijgend van genot – bij gebrek aan een beter woord?

Ze probeerde zich te herinneren wanneer ze voor het eerst iets had gemerkt. Die eerste dagen, tegenover hem in de rechtszaal, was haar oog gevallen op zijn gesteven hemd, zijn dunne stropdas, de onmogelijk strakke jeans en de afgetrapte hakken van zijn cowboylaarzen. Ja, heimelijk had ze wel toegegeven dat hij tot de categorie van aantrekkelijke mannen behoorde... maar ze had nooit kunnen voorspellen dat ze op een avond omhoog zou kijken naar het plafond van een motelkamer en het stucwerk zou beschouwen als... haar glimp van de hemel.

Nee, ze had geen idee gehad. Ze was er totaal door overvallen, goddank. Jessie ging prat op haar serieuze benadering als journaliste. Hij was een onderwerp geweest, geen potentiële kandidaat voor haar affectie. Nu keek Hij haar aan vanaf de foto op het thermische faxpapier. En Hij was knap, zelfs op zo'n slechte, korrelige afdruk: somber en donker, zoals zijn naam al aangaf. Jesse Dark. Jessie giechelde, in de ban van de foto. Hij leek zo streng. Wie had kunnen geloven dat hij zo speels zou zijn?

Ergens in deze onoverzichtelijke stapel moest nog een videoband rondzwerven waarop Jessies mannelijke naamgenoot (en mogelijke maatje) een groep demonstranten voor een grot toespraak. In die grot zouden zijn voorvaders van de Anasazi-stam hun oude vijanden hebben gedood, gekookt, opgevreten en – de zwaarste beschuldiging – hun verteerde resten op het kampvuur hebben uitgepoept.

Dankzij dit detail – de as had de menselijke uitwerpselen volledig intact bewaard – was er nu, zoveel eeuwen later, de mogelijkheid tot een DNA-test. Die test had Jessie Girards geoefende blik getrokken en iets in haar wakker gemaakt dat ze niet helemaal begreep. Wat een mijlpaal! Verbazingwekkend dat geleerden nu dit bijzondere incident konden reconstrueren: een moment van ultieme razernij, dat meer dan duizend jaar geleden had plaatsgevonden. In zekere zin was dat oude kampvuur opnieuw aangestoken en waren de gezworen vijanden elkaar weer naar de strot gevlogen. Het was het soort verhaal waar Jessie van hield. Ze wist dat ze iets over die demonstratie zou moeten schrijven en de man moest interviewen die de leiding had. Er zat zelfs een boek in. En nu, God helpe haar, kon ze niet wachten om zijn stem weer te horen en zijn aanraking weer te voelen.

Jessie stopte even met haar voorbereidingen. Ze wist dat ze al die papieren, banden en dossiers moest opbergen, maar het onderwerp trok haar en bovendien kende ze de man op die foto nu. Kénde hem? Zijn DNA zwom zelfs in haar rond. Haar dijen deden nog pijn door de kracht waarmee hij ze omlaag had gedrukt, in die ongewone standjes. Als ze zich goed concentreerde, voelde ze nog precies de druk van zijn tong en tanden op haar vlezige knopje.

Ze waren een klein beetje gek geworden, dacht ze blij. Ze hadden een grens overschreden bij elkaar en het uitgeschreeuwd toen ze aan de andere kant kwamen. Hoewel ze dat nooit tegen hem zou durven zeggen, was hij wel degelijk een kannibaal, maar in de beste betekenis van het woord.

Geen erotische mijmeringen nu, sprak Jessie zichzelf streng toe. Ze dwong zich om verder te gaan met opruimen. Alles wat weg moest – haar werk, de kranten en allerlei andere rommel – gooide ze op een beddenlaken, knoopte het dicht en smeet het in een kast. Misschien niet helemaal volgens het handboek van de huisvrouw, maar nu was ze er in één keer vanaf. De foto's van Jesse Dark hield ze natuurlijk apart. Hem kon ze niet zomaar in de kast gooien. Ze borg de foto's in een keukenla naast de oven.

Misschien zou ze ze later nog aan haar vriendinnen laten zien, als zich een geschikt moment voordeed.

Geen tijd nu voor herinneringen aan orgastische geneugten. Ze moest de kippen braden en bedruipen. Waarom schoot ze nou niet op?

Jessie kon koken. Ze wist wat ze moest doen. *Zing, zing, zing,* ze waste de krielkippen en veegde ze droog. *Zing, zing, zing,* ze smeerde de zachte boter onder het velletje. *Zing, zing, zing,* ze wreef ze in met nog meer boter, abrikozenjam en gember. Daarna trok ze de poten uit elkaar, legde de kippen in die vernederende houding in de hete oven en draaide de knop naar de hoogste stand. Die geforceerde methode was een riskante manier om kip te braden. Als ze er niet bij bleef, zat ze straks met de verkoolde resten.

Als ze nu ook nog een hors d'oeuvre in elkaar kon draaien had ze misschien een kans. Jessie opende haar tas en haalde er een potje uit dat zo kostbaar was dat ze het in het vliegtuig vanuit Colorado naar New York steeds bij zich had gehouden: een potje echte groene peper.

Ze kon zich niet bedwingen. Toen ze het verzegelde glazen potje opende, pakte ze een lepeltje en nam snel een likje. Het werkte als een drug, want het was drie avonden geleden dat ze voor het eerst groene peper had geproefd, tijdens hun etentje. Dat was de avond dat ze eindelijk genoeg moed had verzameld om Jesse Dark uit te nodigen op haar motelkamer en haar persoonlijke geschiedenis te herschrijven met een serie opgewonden premières: de eerste keer dat ze ooit met een 'bron' had geslapen (daar was ze niet trots op, maar haar ongenoegen viel in het niet bij het plezier), de eerste keer dat ze spontaan een orgasme had gekregen bij een penetratie, en de eerste keer dat ze haar ogen had gesloten en bewust had besloten om alles te laten gebeuren zoals het ging. Voor het eerst had ze niet over haar antwoorden nagedacht, maar haar gevoelens uitgesproken zonder zich om de gevolgen te bekommeren. En voor het eerst had ze haar geschonden lichaam getoond.

Toen ze daaraan terugdacht, beleefde ze dat onverwachte moment opnieuw. Hoe had ze dat allemaal gedurfd, zoveel en zo snel, met een onbekende? Jarenlang had ze heel voorzichtig, op haar tenen, al die seksuele voetangels en klemmen ontweken, balancerend op het slappe koord van de besluiteloosheid... Wilde ze wel? Nee, toch maar niet. In bed was ze altijd discreet geweest, zelfs als ze het bijna uitschreeuwde. De waarheid moest verborgen blijven. En nu kon ze niet geloven dat ze het woord 'liefde' had gebruikt. Had ze zich niet op haar beurs gekuste lip moeten bijten? Zou hij zich door dat woord 'liefde' laten afschrikken of zich juist aan haar binden? Jessie glimlachte toen ze de groene peper in een schaaltje schepte. De smaak paste precies bij wat zich had afgespeeld: heet en fluweelzacht.

Ja, hij zou haar bellen, zoals hij had beloofd. Hij was anders; hij was niet bang.

Ze schrapte de aardappels en gooide ze in de schaal om te poffen, met takjes rozemarijn, een teentje knoflook en wat olijfolie. Jessie begon honger te krijgen.

In gedachten zat ze weer in dat kleine Tex-Mex restaurant in Coyoteville, Colorado, en beleefde die heerlijke avond opnieuw. Wat een opluchting was het geweest dat een man eindelijk eens het initiatief nam.

Toen Jessie na de persconferentie op hem toe was gestapt voor een paar vragen, had hij beleefd maar behoedzaam gereageerd. Zijn zwarte ogen gleden onderzoekend over haar gezicht terwijl hij zich een oordeel vormde. Ze herinnerde zich dat ze haar best had gedaan om niet al te dom over te komen. Ze had haar graad in de antropologie benadrukt en hem verteld dat ze zich had verdiept in stammentradities (zonder erbij te zeggen dat die interesse was ontstaan nadat ze als meisje van dertien met rode oortjes een politiek incorrecte 'indiaanse' verovering in de wildwestroman *Ramona* had gelezen).

Ze had hem – waarschijnlijk om zijn waardering te krijgen – haar bekroonde boek over de Jackson Whites, *Natives of the Ramapo Mountains*, laten zien. En tot haar grote vreugde had hij die waardering laten blijken door haar onverwachts voor een etentje uit te nodigen in dat tentje langs de weg, waar je groene peper kon krijgen. Dus was ze met hem meegegaan en had ze geprobeerd een gesprek te voeren, duizelig van vreugde en van de hormonen die al door haar bloed gierden.

Zodra ze aan een tafeltje zaten had Jesse Dark haar gevraagd waarom het haar iets kon schelen of de Anasazi kannibalen waren geweest of niet. Daar had ze een tijdje over nagedacht, terwijl ze een sterk drankje dronk over de met zout ingesmeerde rand van een zwaar glas (achteraf was die stevige margarita een van de redenen geweest waarom ze was afgestapt van haar principe om niet naar bed te gaan met mensen met wie ze een beroepsmatige relatie had).

'Het kwam door die nauwgezette formulering van de wetenschappelijke gegevens,' antwoordde ze ten slotte. 'Omdat die as toevallig een perfect conserveringsmiddel bleek, waardoor dat moment van razernij, ruim duizend jaar geleden, zo nauwkeurig kon worden gereconstrueerd... Dat wekte mijn interesse.'

Hij had haar even aangekeken, met de schaduw van een glimlach. Jesse Dark had opvallend gebarsten lippen, die nog verder leken open te scheuren bij die ongewone gelaatsuitdrukking – om haar in bed te krijgen, zoals hij haar later had bekend. 'Ik wist dat je kwaad was, dat je alles opkropte. Als dat moment jou obsedeerde, vond ik jou ook interessant.'

Ze hadden zitten praten totdat het café sloot. Dat merkten ze pas toen de ober hun tafeltje kwam schoonmaken en de lampen hoger draaide. Jessie was zo blij. In de loop van de jaren was ze met tientallen verschillende mannen uit eten gegaan en steeds had ze zich dezelfde vraag gesteld: zou hij het kunnen zijn? En altijd had dat innerlijke stemmetje geantwoord: nee, deze niet.

En nu, opeens, hoefde ze het zich niet eens meer af te vragen. Ze had hem aangekeken over de sputterende, dovende kaarsvlam tussen hen in en volmondig ja gezegd.

Het was bijna grappig hoe hevig ze zich tot elkaar aangetrokken voelden. Niet het gebruikelijke probleem dat de een meer wilde dan de ander. Wat ze in Jesses donkere ogen had gezien was een spiegel. Op een gegeven moment in hun gesprek was er een zachte uitdrukking over zijn gezicht gegleden en had hij verlegen naar de tafel gestaard. Ten slotte keek hij haar weer aan – o, wat had ze graag een foto willen hebben van die blik in zijn ogen, zo hulpeloos, alsof hij niet onder woorden kon brengen wat hij wilde. Ze was meteen verkocht door dat ene verloren moment, toen hij zo ongelukkig leek, niet langer de stoere vent die de degens kruiste met de landelijke pers, maar een veel lievere man dan ze had kunnen vermoeden toen ze die krantenknipsels op haar keukentafel had gelezen. Een lieve man die haar hoopvol en zwijgend had aangekeken.

Moest ze haar vriendinnen vertellen wat er daarna gebeurde? Moest ze hun zijn foto laten zien? Zijn nieuwsvideo afspelen? De verleiding was groot, maar kon ze dit geheim al veilig prijsgeven?

Misschien kon ze het beter nog even voor zichzelf houden, veilig opgeborgen. Erotische geheimen konden verdampen als je ze in de groep gooide. Toch wilde ze dat haar vriendinnen het wisten. Hij had haar beter geholpen dan ze had kunnen dromen... Het was allemaal heel anders verlopen. Ze nam zich voor geen details te noemen. Ze zou alleen laten vallen dat ze 'iemand' had ontmoet.

Jessie stak de kaarsen op de keukentafel aan en zette zes van haar mooiste porseleinen borden neer, met zes linnen servetten, die goddank op tijd van de Chinese wasserij waren teruggekomen. Een moment overwoog ze om een van de borden weg te halen: Martha had gezegd dat ze niet lang kon blijven. Maar een of ander instinct zei Jessie om die zesde plek – tegenover Claire, als eregaste aan het hoofd van de tafel – open te laten.

De avond begon vorm te krijgen. Als ze nu nog tijd vond om te douchen en wat extra hors d'oeuvres klaar te maken, zou het tenminste de schíjn wekken dat alles onder controle was. Misschien kon ze hen dan toch wat meer vertellen...

Jessie bleef voor de grote spiegel in haar badkamer staan en keek in haar ogen toen ze zich uitkleedde voor een snelle douche. Ze dacht dat ze het vertrouwde beeld zou zien, hetzelfde als toen ze hier de vorige keer had gestaan, een paar dagen geleden nog maar. Alsof een andere versie van Jessie Girard hier op haar thuiskomst had gewacht, net als de kat.

De vrouw met de wisselende hazelnootbruine ogen die haar nu aankeek leek niet erg op degene die ze zich herinnerde uit de spiegel in die motelkamer in Colorado. Er was iets veranderd in haar irissen, als een caleidoscoop. Haar blik was scherper geworden door een nieuw inzicht en – ze gaf het toe – een nieuw zelfvertrouwen. Want God zegene deze man, deze onbekende, die van een afstandje in de rechtszaal zo streng had geleken... zo anders dan van dichtbij. God zegene hem, want wat hij haar verder nog had geschonken, hij had haar ook zijn verlangen getoond, ondanks haar litteken.

Jessie durfde haar hand nu langs haar zij te laten vallen. Eindelijk dwaalde haar blik over wat ze een jaarlang had trachten te negeren: haar eigen naakte lichaam. Wat had ze de afgelopen elf maanden een moeite gehad om iemand haar lichaam te laten zien, ook zichzelf.

Nu stond ze op haar eigen badmat, een beetje stoffig van het stucwerk, en herinnerde zich hun wandeling door het maanlicht van Colorado. De hemel, bezaaid met sterren die bijna elektrisch leken, actief in de nacht. Deuren van kroegen die openzwaaiden, mannen die vrolijk in en uit liepen om nog een borrel te halen tegen de kou. De kille avondlucht ademde een ingehouden festelijkheid en Jessie had zich spontaan laten meeslepen.

Ze popelde om alle bijzonderheden met haar vriendinnen te bespreken. Hoe hij met haar was blijven staan in de verlaten portiek van een gesloten wapenhandel, waar hij haar tegen de dichte deur had geklemd. De manier waarop hij haar had vastgehouden, een stapje had teruggedrongen, haar buitensporig had opgewonden.

En dan was er dat andere heerlijke detail – ach, dat kon ze misschien wel aan haar vriendinnen vertellen. Ze had zich niet warm genoeg aangekleed, maar hij droeg een oude, wijde wollen overjas, die hij onverwachts om haar heen had geslagen, zodat hij haar tegen zich aan kon drukken.

Ze had zijn warmte gevoeld, zelfs door zijn jeans heen, en toen dat kleine signaal dat haar vertelde dat hij haar wilde. Ze wist nog dat ze dacht: O god, het gaat echt gebeuren, op het moment dat zijn lippen zich op de hare drukten, zijn tong haar mond binnengleed en ze zijn opwinding, gevangen in zijn jeans, tegen haar buik voelde.

Hij had haar zo hard gekust dat ze heel even dacht: Dit is niets voor mij. Veel te agressief, met die diepe, snelle tong, die raspende, ongeschoren wang en die onverwachte stugheid van zijn lippen. Als van leer. Maar ze moest toegeven dat ze onmiddellijk een reactie bespeurde; haar dijen werden vochtig en kleefden tegen elkaar. Vreemd en een beetje gênant om zo snel te reageren. Hun gesprek stokte en ze hadden elkaar verslonden. Hoezo, kannibalisme?

Toen ze bij haar motel aankwamen, hadden ze geen woorden nodig. Zenuwachtig had ze naar haar sleutel gezocht, die hij van haar had overgenomen om de deur te openen. Struikelend waren ze de kamer binnengevallen, zonder de moeite te nemen het licht aan te doen; gelukkig maar, want de verlichting bestond uit een felle tl-buis boven het bureau. De gordijnen waren nog open. De maan scheen de kamer binnen en wierp zijn schijnsel over wat ze met elkaar deden.

Ze had voor hem gestaan, naakt als op de maan. Hij was de eerste die haar gezien had sinds de operatie. Heel even had ze geaarzeld, een beetje dwaas in haar onzekerheid, alsof ze een voorbehoud had willen roepen: 'Vroeger had ik een mooi lichaam!' Ze had hem een foto willen laten zien van 'ervoor', zodat hij zou weten wie ze werkelijk was... niet deze vrouw van negenendertig die heel wat had meegemaakt, met als traumatisch dieptepunt dit nog rode litteken over de linkerkant van haar borst.

Ze had hem een reisadvies willen geven voordat ze zich uitkleedden, maar de woorden wilden niet komen. Dus had ze daar gestaan en zich voor het eerst van haar leven écht naakt gevoeld. Voor de operatie had er niets aan haar lichaam gemankeerd. Ze had zich wel eerder naakt aan mannen laten zien, maar fysiek was ze altijd gekleed gebleven. Heel even herinnerde ze zich hoe het was gegaan, de laatste keer dat ze met iemand naar bed was geweest. Hoe ze haar kleren had afgegooid en op de matras was gesprongen. Ze had de veren onder haar hielen gevoeld toen ze met wapperende haren op en neer stuiterde. En de man had gezegd: 'Weet je wel hoe mooi je bent?' En lachend had ze geantwoord: 'Ja.'

Maar dat zelfvertrouwen had totaal ontbroken, drie nachten geleden, met Jesse Dark in dat motel in Colorado. Geen uitgelaten sprongen. Ze had zichzelf gedwongen om rustig en stil te blijven, bang dat ze medelijden zou zien in zijn ogen. Echt naakt te zijn, dacht ze, was jezelf helemaal te tonen, met al je gebreken, in de hoop dat het goed was.

Zijn ogen hadden haar vragend aangekeken en fluisterend had ze hem de waarheid verteld. Haar operatie, en de reden ervoor, was niet zo dramatisch geweest als het leek. Ze had een waarschuwing gekregen, niet de ziekte zelf – een voorbode, zoals het zo passend heette. De prognose was gunstig, maar de behandeling loodzwaar.

Jessie had net zo ernstig geleden onder de remedie als onder de ziekte zelf. Tot aan dit moment. Totdat ze hem ontmoette. Wat hij in de toekomst ook zou doen of nalaten, Jesse Dark had al voor haar gedaan wat geen dokter ooit zou kunnen: hij had haar 'beter' gekust.

Nu, veilig thuis voor de spiegel in haar eigen badkamer, waagde Jessie ook een blik en zag wat Jesse Dark in het maanlicht had gezien. Ze leek niet zozeer verminkt als wel veranderd. Aan de ene kant, rechts, was haar borst nog zoals vroeger: vol, maar stevig, met een roze tepel. Links had haar borst nog wel vorm, maar geen tekening meer, als de gegoten boezem van een naakte etalagepop. Jessie moest denken aan de dollarpopjes die ze als kind had gehad, met hun plastic borsten die slechts een suggestie waren, zonder tepels; vorm zonder inhoud. De ergste woorden, *kanker* en *mastectomie* kon ze niet over haar lippen krijgen. Ze haatte die woorden. Kanker, de kreeft die zijn eerste happen van haar had genomen, aan haar had geknabbeld. En mastectomie deed haar denken aan vermalen: de kaken van de kreeft die het zachtste vlees naar binnen werkten.

'Ik heb een operatie gehad,' was alles wat ze kon zeggen.

Of ze nog pijn had, wilde hij weten. 'Valt wel mee,' had ze geantwoord. Ook de zenuwen waren doorgesneden. Het enige dat ze nog voelde was een soort beklemming; jammer dat dat gevoel precies boven haar hart zat.

Later vertelde ze hem het hele verhaal – dat de arts had aangeboden het 'eruit te pikken'. Maar toen Jessie haar eigen foto's had gezien, had ze de waarheid onderkend. Al die vlekjes in haar linkerborst, stipjes die zich aaneenregen tot sterrenbeelden... Het weghalen van dat ellendige sterrenstof (de 'microcalcificaties' zoals de dokters zeiden) was net zo moeilijk als het vangen van een regenwolk.

Dus was de hele borst verdwenen, en daarmee ook, een heel jaar lang, haar eigen gevoel. Tot nu. Tot Jesse. 'Het maakt niet uit,' had hij gefluisterd. Zou dat zo blijven?

Ze had geen van de andere vrouwen in vertrouwen genomen, zelfs Lisbeth niet, haar beste vriendin binnen het groepje. Het hele jaar had ze haar geheim met zich meegedragen. Geen nieuws, goed nieuws. Als je er niet over praatte, was het misschien niet gebeurd. Jessie was te bang geweest om haar angst bespreekbaar te maken. Als ze het aan mensen vertelde, zou het veel bedreigender worden. Dan zou ze bloemen krijgen in het ziekenhuis en zouden er verhalen over haar gaan als ze weer thuiskwam. Ze kende die gefluisterde medische gruwelverhalen op feestjes maar al te goed: 'O, heb je dat al gehoord? Ze heeft...'

Nee, dank u. Geen bloemen, geen kaarten, geen gefluister. Ze ging gewoon door met haar leven, ook met een plastic drain onder haar shirt. Ze zat bij redactievergaderingen met een verband onder haar blouse, zonder dat iemand iets merkte. Misschien kon ze zichzelf er zo van overtuigen dat het niet waar was. Ze was te bang voor een gesprek; haar moeder was gestorven aan de fatale variant. Wie wilde zichzelf als de volgende zien?

Zou ze nu het hele verhaal aan haar vriendinnen durven te vertellen, compleet met het gedroomde happy end? Nee, besloot Jessie. Waarom zou ze een hele golf van verlate reacties en goedbedoelde bezorgdheid over zich afroepen? Waarom zou ze haar vriendinnen met haar problemen opzadelen en een stem geven aan gevoelens die ze niet wilde uiten?

Jessie had de voorkeur gegeven aan de troost van haar privacy boven de opluchting van een bekentenis. En dus zou ze vanavond blijven zwijgen. Dit feestje was voor Claire. Het moest blij en vrolijk worden. En áls ze iets vertelde, zou het over haar romance zijn. Daar wilde ze graag over jubelen: 'Ik heb het gedaan. Hij hield van me.' Hij hield van me, zo beschadigd als ik ben.

Een kus kan een litteken in zijde veranderen en het gevoel terugbrengen. Ik ben genezen.

Jessie glimlachte toen ze onder de hete douche stapte, zonder eraan te denken dat er ieder moment iemand voor de deur kon staan, nog voordat ze klaar was. Ze was weer terug in die motelkamer in Coyoteville, met de man die haar zo verrast had door zijn tederheid. Ze verbaasde zich nog steeds dat iemand met lippen als leer zo zacht kon zijn.

Jessie sloot haar ogen, voelde het water over haar huid stromen en herinnerde zich hoe hij haar overal had gekust en aangeraakt. De eerste keer hadden ze haast gehad om dicht bij elkaar te komen en alle mogelijke verschillen uit te wissen, maar daarna hadden ze er alle tijd voor genomen. Opeens was het zo gemakkelijk voor haar geweest om te vergeten wat haar dwarszat – om álles te vergeten, zelfs wie ze was. En daarna was er de prettige herinnering, omdat hij zich in het eerste ochtendlicht had omgedraaid en gezegd: 'Kom hier, ik wil je vasthouden.'

Maar zou hij zijn belofte houden? Om haar te bellen, vanavond nog? Acht uur, had hij gezegd. Zijn tijd of de hare? Jammer dat ze het niet zeker wist. Het moest wel haar tijd zijn geweest. Ze probeerde zich te herinneren of hij daar iets over had gezegd. Wat had hij ook alweer in haar oor gefluisterd – 'Mijn tijd is jouw tijd'?

Of zou hij gewoon verdwijnen, zoals mannen deden? Zou hij in het niets oplossen, in die psychologische versie van de Bermuda Driehoek, de postcoïtale kloof? Of zou hij een deel van haar blijven, nu, in de toekomst, voor altijd? Ze draaide de kraan dicht, droogde zich af en werd zich weer bewust van dat branderige gevoel vanbinnen. Een seksueel overdraagbare ziekte of een blaasontsteking? Plezier of pijn?

Ze had nu geen tijd om zich druk te maken over de mogelijke ongewenste nasleep. Haastig trok ze een badjas aan, rende naar de oven en haalde de krielkippen eruit. Goddank, niet verbrand. En de marinade was goed gelukt. De kippen hadden een goudbruine glans, met vlekjes abrikoos. Maar de aardappels waren nog niet gaar. Heel even overwoog ze om ze in de magnetron te zetten, maar voor dat apparaat koesterde ze dezelfde minachting als voor haar mobieltje: nog meer moleculen die rondsuisden in de naam van instantbevrediging. Een noodzakelijk kwaad, misschien, maar liever zoveel mogelijk gemeden.

Ze zette de aardappels terug in de gewone oven, waar ze konden bruinen in de jus van de kippen. Met een beetje geluk zouden ze klaar zijn voordat de gasten kwamen. Jessie keek om zich heen: het zag er bijna toonbaar uit. Snel liep ze terug om zich aan te kleden. In een opwelling boog ze zich over haar koffer, haalde de trui eruit die ze had gedragen toen ze Jesse Dark ontmoette en trok hem aan. Het was een witte wollen trui, die goed bij haar lange, donkere haar paste. Ze koos voor een bruine legging met gemakkelijke oude huisschoenen en had het gevoel dat ze bijna de eindstreep had gehaald.

Ze zette de groene peper op het aanrecht bij de tafel, in een zorgvuldig kransje van blauwe tortilla-chips. Als versiering had ze nog een bosje tulpen, half bevroren door de lange wandeling naar huis. De vaas kwam op tafel, precies in het midden. Daarna zette ze de wijn – twee flessen om mee te beginnen – op het aanrecht. Terwijl ze rondliep, snoof ze de etensgeuren op, een damp van knoflook en uien.

Ten slotte het pronkstuk van de avond: haar cadeau voor Claire en de baby. Ze draaide zich om en haalde de met houtsnijwerk versierde wieg tevoorschijn die ze al zo lang apart had gehouden. Het was een antieke wieg, handgemaakt en misschien wel honderdvijftig jaar oud, voorzien van prachtige geweven koorden met rode motieven. De wieg kwam uit Lapland en moest worden opgehangen als een hangmat.

Claire zou hem prachtig vinden, wist ze. Heel apart en authentiek, zonder roze ruches of acryldons. Ideaal voor Claire. Jessie had hem op een veiling gekocht, met de gedachte dat ze misschien zelf ooit een kind zou krijgen. Heel even voelde ze een steek in haar hart toen ze het kaartje 'Voor Claire' op de wieg legde.

Nee, wees ze zichzelf terecht. De wieg was voor Claire. Ze deed een stap terug om de gladde houten vorm te bewonderen, bijna zo rond als een antieke deegkom. Wat moest het enig zijn als er een baby in zou liggen, en wat was het een mooie gedachte dat zo'n wieg al meer dan een eeuw dienst had gedaan. Jessie hield van voorwerpen met geschiedenis. Claire ook. Dat was een van de dingen die ze gemeen hadden.

Opeens voelde Jessie zich blij en gelukkig. Ze deed dit voor Claire. Koortsachtig legde ze de laatste hand aan haar voorbereidingen: de wijnglazen op tafel, nog wat kaarsen aangestoken, een houtvuur in de haard.

De behaaglijke warmte van de lampen, het vuur, de kaarsen en de oven begon de kilte te verdrijven die in de hoeken van de grote en tot voor kort zo kale ruimte was gekropen. De halfbevroren gele tulpen leken op te leven en zich te openen. De zolder kreeg een gouden gloed die de schaduwen deed oplichten en het verleden van de fabriek verjoeg.

Jessie trok een fles Australische rode Shiraz open en gaf de wijn en zichzelf de kans om even te ademen. Ze zette een cd op: Rampal. Claire hield van fluit. Jessie genoot van de eerste klanken die naar het hoge plafond van de zolder zweefden. Misschien zou het toch nog een succes worden. Lachend nam ze haar eerste slok wijn. Verbazend wat je in één enkel uurtje voor elkaar kon krijgen als het moest. Nog één hors d'oeuvre, dan was het wel genoeg.

Ze was bezig een trostomaat te wassen en met kaas te vullen toen er beneden werd aangebeld. Snel liep ze naar de intercom en riep: 'Wie is daar?'

'Ik ben het.'

'Kom boven,' zei Jessie en ze drukte op de knop. Ze hoorde de goederenlift kreunen toen hij zich schokkend in beweging zette. Even later kwam hij sidderend naast haar tot stilstand. De deur ging open en haar eerste gast stapte naar binnen.

HOOFDSTUK TWEE

Waarin Sue Carol haar man verlaat, verdwaalt in de ondergrondse en iets voor een baby koopt.

∗

'Gelieve afstand te houden van het bewegende perron'

Sue Carol wist niet of ze aan de East Side of aan de West Side reed; ze wist alleen dat ze op weg was naar de binnenstad. Ze had zo hard gehuild dat haar traanbuizen waren opgedroogd. Ten slotte had ze een van haar contactlenzen uit haar oog gehaald en in haar zak gedaan, verpakt in een tissue. De lens was nu ook opgedroogd en zag eruit als een vingernagel. Zo kon ze hem niet weer in haar oog doen.

Dus hing ze wiebelend aan de lus van de ondergrondse en probeerde haar bagage in een veilig kringetje om zich heen te houden. Sue Carol was kwetsbaar en dat wist ze. Ze knipperde voortdurend met haar ogen en zag niet veel. Met haar 'goede' oog nam ze de andere passagiers achterdochtig op. De laatste aanval op een vrouw in de metro was nog maar drie dagen geleden en had ook plaatsgevonden in de BMT. (De letters klonken als: *Be empty*, als je ze uitsprak, 'Wees leeg'. Sue Carol had de neiging tot vrije associaties; zo'n avond was het nu eenmaal.)

Het meisje dat een duw had gekregen had de aanval niet overleefd. Haar naam, Sue Ellen, leek op die van Sue Carol. Onwillekeurig had Sue Carol zich geïdentificeerd met de foto's van de dode Sue Ellen. Ze leek zelfs op haar, zeventien jaar geleden, toen

Sue Carol pas naar New York was gekomen. Dezelfde rossige pony, heldere lichte ogen, sproetjes en een wipneus. Zelfs de ouders van Sue Ellen leken op die van Sue Carol. De moeder was een grijzende blondine, wat te dik, in een polyesterbroek en een gebloemde overblouse. De vader was een magere man met een golfpetje op zijn kale hoofd en een pijp tussen zijn lippen geklemd. En ze klonken als Sue Carols ouders toen ze treurig verklaarden dat ze hun kleine meid nooit naar de grote stad hadden moeten laten gaan vanuit hun veilige dorp – Slocum, in Kentucky.

'In Slocum zou zoiets nooit zijn gebeurd,' zei Sue Ellens moeder. 'Ze had niet moeten weggaan. We hebben haar nog gewaarschuwd voor de gevaren van de grote stad. Het was zo'n lieve meid; ze had een lach voor iedereen, onze Sue Ellen.'

Nu was er weinig meer van 'onze Sue Ellen' over dan een papperige brij van bloed en botten, waarschijnlijk in een lijkzak naar Slocum teruggevlogen, als een slachtoffer uit een verre oorlog. Misschien waren die meiden wel soldaten, ook al zaten ze niet in het leger: vrijwilligsters op weg naar het front, om hun geluk te beproeven en het avontuur te zoeken in grote steden die zo heel anders waren dan hun eigen dorp.

Sue Ellen was niet het enige voorbeeld. Het misdaadcijfer leek het afgelopen jaar onrustbarend gestegen. Sue Carol herinnerde zich een meisje dat met een baksteen in haar gezicht was geslagen; en een ander, een brunette, die met een hobbymes was bewerkt. Wat Sue Carol nog het meest schokte was dat de dode of gewonde meisjes er allemaal zo mooi en fris uitzagen, alsof de vrolijke foto's uit het schooljaarboek opeens een catalogus waren geworden van fatale levenslust en te optimistische schoonheid. Maakte juist dat hen tot slachtoffers? Stonden heldere ogen en een stralende lach gelijk aan een doodvonnis in de stad?

Sue Carol was ook geschrokken van de keurige buurten waarin de meisjes waren aangevallen. Slechts in één geval had ze wat afstand kunnen nemen van het bericht: de moord op een maatschappelijk werkster in een donkere steeg in Brooklyn, waar ze een bezoek had gebracht aan een opvanghuis voor daklozen. Daar zou zij – Sue Carol – zich nooit hebben gewaagd, 's avonds laat, vlak bij de Brooklyn Botanical Garden, waar je soms schoten hoorde en het geschreeuw van de stadsvogels die overleefden in hun synthetische jungle. Nee, Sue Carol zou daar nooit hebben gelopen, in haar eentje, in het donker. Maar zo'n misdaad die plaatsvond 'op klaarlichte dag', zoals dat heette, in een drukke straat, niet ver van Bloomingdale's of bij het oversteken van 33rd Street? Ja, dat had haar ook kunnen gebeuren. En in de ondergrondse, natuurlijk. Daar had zij op de plaats van Sue Ellen kunnen staan, aan de rand van het perron, turend of de trein er al aankwam. Zij had het zelf kunnen zijn, Sue Carol, die op de rails was geduwd.

Volgens de omstanders had de man het meisje niet alleen geduwd, maar een aanloop genomen en haar zo'n harde zet gegeven dat ze letterlijk voor de aanstormende trein tuimelde. De moordenaar was kortgeleden vrijgekomen uit een inrichting. Hij was niet onknap, niet zo'n voor de hand liggende, vuile zwerver met een koortsige blik, bij wie je wijselijk een heel eind uit de buurt bleef. Nee, het was een bleke man in een mooi leren jack. Maar toch had hij een knap jong meisje aangevallen en gezien hoe ze van het perron stortte.

Het gedender van de trein stoorde Sue Carol in haar overpeinzingen. Ze was vanavond zomaar op deze boemel gestapt – te laat voor het feestje. Ze had geen idee, geen flauwe notie, waar ze was of waar ze naartoe ging. De trein piepte en remde heftig. Sue Carol viel bijna tegen een jongen met een tatoeage, die aan de lus naast haar hing. Zijn blik kruiste de hare. Ze zag zichzelf weerspiegeld in zijn zonnebril. De houding van de jongen verried zijn interesse. Sue Carol zag er goed uit. Hij zag wel wat in haar. Instinctief stak ze haar voet uit en schoof haar koffers en boodschappentassen nog dichter om zich heen, zo dicht mogelijk rond de veilige zoom van haar winterjas.

Ze moest vanavond goed op haar spullen passen. Sue Carol had alles bij zich waar ze aan gehecht was in dit leven: het familiealbum, haar trouwalbum, Stanislavsky's *Building a Character* en een bundeltje liefdesbrieven van Bob en de jongens vóór zijn tijd. Sue Carol had haar deel van de papieren in een oude Bonwit-tas gepropt, in de hoop dat hij niet zou scheuren. Ze had het allerbelangrijkste meegenomen: haar curriculum, haar foto's, haar kritieken. Haastig had ze alles bijeengegrist, zonder ook maar één blik op haar glamourfoto's te werpen.

Het was te pijnlijk om zichzelf zo jong te zien, veel jonger dan ze feitelijk was, en zo knap – net zo fris nog als Sue Ellen. En ze durfde niet de tijd te nemen om die stapel liefdesbrieven te lezen. Het goedkope papier waarop ze waren geschreven begon al te vergelen. Ze dateerden uit de goede oude tijd voordat e-mail, cyber en telefoonseks je beroofden van alle tastbare bewijzen dat iemand ooit verliefd op je was geweest. Ze had beter met een van die briefschrijvers kunnen trouwen; ze waren allemaal te verkiezen geweest boven Bob, al waren ze niet zo knap. Dus had ze die correspondentie, als letterlijke bagage uit haar romantische verleden, meegenomen op haar vlucht uit het heden toen ze in de ondergrondse stapte, op weg naar een onzekere toekomst. Ze was al een halfuur te laat voor Jessies feestje, te laat om nog een babycadeau te kopen voor de eregaste, Claire.

Nou ja, ze moest maar even in SoHo gaan kijken, als ze daar ooit aankwam. Misschien kon ze nog een kraampje in Canal Street vinden, met Chinese babyjurkjes of zoiets leuks. En anders moest ze maar eerlijk het hele verhaal vertellen en zich excuseren. Ze kon beter te laat komen dan helemaal niet. Twee weken geleden had ze geschreven dat ze er zou zijn. Bovendien had ze voor vannacht niet eens een adres om naartoe te gaan. Misschien kon ze bij Jessie logeren.

Jessie had ruimte genoeg; waarschijnlijk was het geen probleem. Ze hadden al eerder bij elkaar gewoond. Jaren geleden, toen ze pas naar de stad kwamen, hadden ze een paar kamers gedeeld in Theresa House, een huis voor nette jonge vrouwen met beperkte middelen maar grote ideeën en ambities. Heel even dacht Sue Carol terug aan zichzelf en Jessie in die tijd, vers van de universiteit, tussen al die andere meiden, blij met het leven omdat ze nog hoop hadden gehad (nee, meer dan hoop: verwachtingen).

Ze waren met hun zessen geweest: Jessie, Sue Carol, Nina, Martha, Lisbeth en Claire. En vanavond zou het hele stel weer samenkomen. In gedachten zag Sue Carol een polaroidkiekje van die zes jonge vrouwen bij elkaar. Martha was de oudste geweest met haar vijfentwintig jaar. Nu was zij de eerste die veertig zou worden. Veertig! Nog erger dan de gevreesde dertig. Hoe was het mogelijk? Het leek nog maar gisteren dat ze samen in Theresa House hadden gewoond, jong en enthousiast, klaar om hun weg te vinden in de stad. Gelukkig hadden ze geen van allen de moed al opgegeven; dat was tenminste iets, ook al was het misschien anders gelopen dan ze hadden gehoopt.

Weer dacht Sue Carol aan de slachtoffers uit de krant. Het meisje dat een baksteen tegen haar hoofd had gekregen was ergens naar het zuiden gestuurd voor therapie. Maar volgens de berichten in de media kon ze niet wachten om weer terug te komen naar New York.

Liza Minelli's versie van 'New York, New York' speelde door Sue Carols hoofd: *If you can make it here, you can make it anywhere, New York, New York!* Maar als je het hier niet maakte? Was je dan per definitie overal mislukt? Of zou je het dan beter kunnen proberen waar je vandaan kwam, maar waar je niet had willen blijven?

Sue Carol had het hier wél gemaakt. Twee jaar geleden speelde ze in *Rainbows and Stars*. Nog geen tien jaar geleden was ze een veelbelovende nieuwkomer geweest. Binnen een week na haar aankomst in de stad was ze al tot de acteursbond toegelaten. Helaas was haar succes weggesmolten als ijs op een zomers trottoir. Roem was zo vergankelijk. Wat de goden van het succes haar met de ene hand hadden gegeven, hadden ze haar met de andere bijna meteen weer afgenomen.

De vorige maand was ze weer begonnen als serveerster, in een van de nieuwste trendy eettentjes in New York, Vert, waar alle gerechten groen waren. Niet alleen groen van kleur, maar ook groen in de betekenis van organisch en vrij van dierenleed. In de keuken werd zelfs gedebatteerd over de vraag welke schaaldieren een ziel hadden.

Wat Sue Carol met haar neus in de vinaigrette wreef (en die was vanavond extra zuur), was dat Vert voornamelijk werd bezocht door rijke, beroemde mensen, aanstormende sterren zoals ze zelf had willen zijn. Terwijl zij nu klaarstond om hun bestellingen op te nemen.

O, soms had ze best plezier in het restaurant. Ze beschouwde het als een rol, alsof ze een serveerster spéélde. Er kwamen ook vrienden van haar, met wie ze even kon praten als ze pauze had. Eigenlijk was ze dus geen serveerster, maar een soort kruising tussen een actrice en een serveerster: een professionele *actriveerster*.

De mensen in het vak wisten nog heel goed wie ze was. En wie weet, een toevallige ontmoeting in het restaurant zou haar misschien de rol van haar leven bezorgen. Dat soort dingen gebeurde in New York zo vaak. Mary Steenburgen had Jack Nicholson ook ontmoet toen ze dienster was.

Ze had dus een goede reden om te blijven. Zelfs een klap op je kop was niet voldoende om je uit deze stad te verjagen. Het was nog altijd de plek van de ongekende mogelijkheden, de Hoofdstad van het Toeval.

Geweldig toch, wat je allemaal kon overkomen in één dag, of zelfs één avond? Nooit opgeven, daar ging het om. Morgen kon je plotseling doorbreken – geen baksteen tegen je hoofd of een duw van het perron, maar de kans op de hoofdprijs. En dan lag de hele wereld aan je voeten. Je leverde je beste werk af, met de beste collega's uit het vak, en liefde werd je deel in al haar verschijningsvormen.

Ja, dacht Sue Carol. Volhouden. Gewoon nog een dagje doorgaan. Morgen kun je er altijd nog mee stoppen, maar niet vandaag.

Dat was een kleine aansporing aan zichzelf: nu nog niet opgeven... later pas, als je er echt doorheen zit. En gebruik alles, ook je pijn, om je acteerprestaties te verrijken.

Ook nu nog herinnerde ze zich de lessen van Stanislavsky en Strasberg over het 'emotioneel geheugen'. Wat voelde ze precies? Hoe gaf ze lichamelijk uiting aan haar verdriet? Probeer je je houding en je gezichtsuitdrukking te herinneren!

Voordat ze van huis ging, had ze haar gezicht in de spiegel bestudeerd: hoe groen haar ogen leken, met die rode randjes. Ze had een loopneus, ze hing een beetje scheef naar links, met afgezakte schouders, en zelfs haar grote en meestal zo stevige borsten leken nu te hangen.

Dat moest ze onthouden voor de 'opbouw' van een rol. En haar traagheid? Haar verwarring? De sleutels die ze op de grond liet vallen? De gaten in haar boodschappentas? Haar trillende handen toen ze de foto's uitzocht? Ze had zich een dief gevoeld in haar eigen huis, zoals ze in de kasten zocht naar wat ze nog nodig kon hebben, snuffelend in hun gezamenlijke verleden, om mee te nemen waar ze recht op had.

Ze moest het allemaal onthouden. Die vreemde tinteling in haar bloed, de versnelde synapsen in haar brein, maar ook de kortsluiting: had ze de kookplaat wel uitgedaan? Nee, ze had nog een ketel water opgezet voor thee. Die moest nu aan de elektrische kookplaat zijn vastgesmolten. Misschien kon ze beter teruggaan, met de metro naar 96th Street, snel de trap op en de kookplaat uitdoen. De batterij van de rookmelder vervangen. Die moest wel leeg zijn, hij piepte al twee weken.

In gedachten reisde Sue Carol het hele eind terug naar het grote, met roet bevuilde gebouw in de Upper West Side, beroemd om zijn hoge, sombere gevel en de markante huurders die binnen die dikke muren woonden. De Albatrope was een vooroorlogse vesting met een ommuurde, zieltogende tuin – een kasteel bevolkt door semi-beroemdheden. De ruime, hoge appartementen en het redelijk goede adres hadden al tientallen jaren een grote aantrekkingskracht op kunstenaars van allerlei slag, mensen die wel een zekere faam opbouwden maar nooit echt doorbraken. Kandidaten voor de Oscar, maar geen winnaars. Acteurs die de tweede viool speelden in succesvolle televisieseries. Goede karakteractrices, maar geen filmsterren. Was het gebouw gezegend of juist vervloekt? Sue Carol vroeg zich soms af of die vesting in New York hun lot bepaalde en hen veroordeelde tot een middelmatige carrière waarin ze steeds balanceerden op de rand van grote verwachtingen. Als grap noemde ze het gebouw weleens de Albatros, omdat zelfs de geïndexeerde huur een molensteen om hun nek vormde als ze allebei even zonder werk zaten.

Ze stelde zich voor hoe ze over de binnenplaats naar de B-Portiek rende, langs de defecte fontein en de duiven die met hun poep een impressionistische muurschildering op de gevel hadden aangebracht in zwart, grijs en wit. Ze zag zichzelf teruglopen door de donkere gang en in de onbemande, krakende lift stappen naar de elfde verdieping, flat 11H.

Zou Bob er zijn? Hij was de deur uit gestormd met de mededeling dat ze krankzinnig was en dat hij bij haar vandaan moest. O, hij kon alles zo verdraaien! Haar keel deed nog pijn van al het schreeuwen en huilen. Ze hadden ruzie gemaakt in een verbeten trance, met meer geloofwaardigheid dan in hun beste rollen. Niets liet zich vergelijken met het echte leven, dacht Sue Carol. Niets kon zo verschrikkelijk zijn. Ze snotterde even. Ze hadden elkaar leren kennen op de toneelschool, als oefenpartners. Ze hadden voor elkaar gekozen, vijftien jaar geleden. Vijftien verspilde jaren. Nu sliep hij met andere vrouwen zonder zelfs nog bang te zijn voor ontdekking. Misschien stond flat 11H wel in lichterlaaie, als gevolg van haar laatste poging om troost te vinden: een ketel water voor een kop thee.

Ze zag hoe de gele keuken brandde, haar vitrage vlam vatte, het vuur zich door de ouderwetse gang naar de grote, donkere slaapkamer verspreidde, waar ze al zo lang samen hadden gelegen. Sue Carol stelde zich die andere slaapkamer voor, de potentiële babykamer, die Bob nu als 'kantoor' gebruikte. Al die mooie kamers zwartgeblakerd; een huwelijk dat niet alleen mislukt was, maar totaal verkoold.

Schreef de etiquette voor dat je zelfs na een bijzonder kwetsende en onverwachte scheiding nog naar huis moest om de kookplaat uit te zetten? Of zou ze Bob moeten bellen op zijn mobieltje – wat ze had gezworen nooit meer te zullen doen nadat ze de vernietigende bewijzen had gevonden – om hem te waarschuwen dat zijn vrijgezellenflat (want dat was het nu) misschien in brand stond?

Een gedrongen man met dubbele en driedubbele oorringetjes en een neuspiercing stootte haar aan, ogenschijnlijk per ongeluk, omdat hij zijn evenwicht verloor toen de trein krachtig remde bij de volgende halte. Sue Carol deinsde terug. De man stonk naar aftershave. Was hij geïnteresseerd in haar of in haar schoudertas? Sue Carol trok de tas wat dichter tegen zich aan. Vorig jaar had iemand al eens haar tasje geroofd en dat kon ze er vanavond niet meer bij hebben, nu ze eindelijk – eindelijk! – was weggegaan bij Bob, met wie ze god-mocht-weten-hoe-lang getrouwd was geweest. Nee, ze ging niet terug, om welke reden dan ook. Ze was voorgoed vertrokken. De ketel moest maar smelten, de flat moest maar uitbranden, het was haar probleem niet meer.

Het is me gelukt, feliciteerde ze zichzelf. Ik heb het gedaan. Ik ben bij hem weg. Zelfs ík heb mijn grenzen. Ze zou hem dankbaar moeten zijn dat hij zo duidelijk over de schreef was gegaan. Aan alle twijfel was vannacht om drie uur definitief een eind gekomen. Eindelijk waren al haar verdenkingen bevestigd. Ze had hem met de neus op de feiten gedrukt. Hij kon er niet meer onderuit. Bob was het niet waard dat ze nog langer met hem getrouwd zou blijven. Hij had gelogen over alles. Het was geen vage achterdocht meer; ze had keiharde bewijzen voor wat hij had uitgespookt.

Sue Carols hand ging naar het kleine, plastic boterhamzakje in haar zak, naast de tissue met haar contactlens. Gelukkig maar. Het was beter om zekerheid te hebben dan je eindeloos zorgen te blijven maken. Nu wist ze tenminste dat het over was en kon ze een streep zetten onder hun huwelijk. Dat was toch duidelijk?

Haar voorhoofd voelde broeierig aan, niet van koorts maar van woede – en slaapgebrek. Geen probleem. Dit was het juiste moment om van hem te scheiden, als het nodig was, en dat wás het, anders kon ze zich beter van kant maken. Of ze moest doorgaan met deze levende hel, waarin een man zo gemeen kon zijn als hij maar wilde en je als vrouw alles negeerde, hoewel het je vanbinnen kapotmaakte, tot je op een dag stierf of modderuet werd en alleen nog maar televisiekeek.

Zo was het haar moeder vergaan, die uiteindelijk alle contouren van haar televisiestoel had opgevuld. Pap 'deed' dingen. Sue Carol had het jarenlang vermoed. De late uren waarop hij thuiskwam, zijn vreemde, achterbakse houding. Er was natuurlijk een verklaring. Hij was een knappe vent geweest, die 'nog altijd in trek was bij de vrouwtjes', zoals ze in Kentucky zeiden. Nog altijd in trek bij de vrouwtjes...

'Sorry, mevrouw,' zei de man met de piercings toen hij van achteren tegen haar aan botste, zogenaamd per ongeluk. Sue Carol mompelde iets verzoenends en draaide zich half om, met haar achterste bij hem vandaan. Ze had zijn interesse gevoeld, de bobbel in zijn broek. De klootzak. Wat was dat toch met mannen? Waren ze echt zo dierlijk? Raakten ze echt zo opgewonden van elk contact met een vrouw? Ze kende alle uitdrukkingen van thuis. In Butcher Hollow, Kentucky, stonden mannen niet hoog aangeschreven.

'Hij zou nog een slang naaien als je de kop vasthield', was een geliefde uitdrukking. Haar eigen moeder, die de stoel vulde, hield kaartavondjes met andere vrouwen, net zo dik, die uitdijden op hun stoelen als ze hun kaarten op tafel legden.

'Ja, kerels...' zei haar moeder dan. 'Ze naaien alles wat gaat liggen of zich bukt.'

'Niet één uitgezonderd,' beaamde Greta, mams beste vriendin, getrouwd met de overspelige Vern. 'Het enige dat hij weet is dat hij een lang ding heeft, en zij een gat om hem in te proppen.' Die 'zij' was de slet van het dorp, een wisselende titel voor de barmeid van de Rock House, de vrouwelijke chiropractor die meer deed dan alleen maar ruggen, of een van de 'toffe meiden' die een drankje kwamen halen in de Butcher Hollow Inn.

Een andere steeds terugkerende conversatie tussen haar moeder Sally en Greta was: 'Sommige nachten zou je hem er wel af willen bijten, niet?'

Tijdens zo'n gesprek aten de vrouwen knakworst, en Sue Carol kon zich levendig voorstellen hoe ze 'hem' op een nacht eraf zouden bijten – zo groot was het verschil immers niet. Het vreemde was dat de vrouwen niet echt een hekel schenen te hebben aan hun man. Daarvoor was hun minachting te groot. Mannen waren het niet waard om ze te haten. Bovendien hadden ze elkaar, hun broodjes, hun knakworst en hun kaarten. En de televisie, waar ze samen naar keken, vooral naar praatprogramma's waarin andere ontevreden vrouwen hun afkeer en spijt etaleerden.

Als Sue Carol met de feestdagen thuiskwam, stond de televisie altijd aan en werd Sally en Greta's klaagzang voortdurend begeleid door een achtergrondkoor van 'real life' kandidaten voor de prijs van het ongelukkigste huwelijk. Ja, er waren nachten dat ze hem er allemáál graag zouden afbijten.

Maar als Sue Carols vader Don of Greta's man Vern de warme keuken binnenkwam, werden ze altijd verwelkomd met hete koffie en dikbesmeerde boterhammen. Eetlust nam uiteindelijk volledig de plaats in van die andere lust, zodat ze 's nachts alleen nog maagtabletten uitwisselden. Hun huwelijken hadden het karakter gekregen van een eeuwigdurende maaltijd, die doorging totdat ze allemaal aan hun dichtgeslibde aderen bezweken.

Sue Carol had er nooit spijt van gehad dat ze uit Butcher Hollow was vertrokken. Als ze heel eerlijk was (en dat moest je wel zijn, in elk geval tegenover jezelf, vond Sue Carol) vond ze het een ramp om naar huis te gaan. Zij en Bob moesten haar popperige meisjesbed delen, tegen elkaar aan geperst in een verleden dat haar niets meer te zeggen had. Haar meisjeskamer werd als een heiligdom instandgehouden, compleet met het rozerode kleurenschema dat ze zo enig had gevonden toen ze nog op school zat. Het kamertje was nu een museum van voorbije interesses: cheerleadervaantjes en barbiepoppen.

Met Kerstmis en Thanksgiving, als ze daar moesten slapen, klampte Sue Carol zich stevig aan Bob vast, bijna worstelend om een plaatsje in het krappe kinderbed. Dan kon ze niet wachten om terug te gaan naar New York, haar geadopteerde stad, naar de Albatrope en flat 11H in West End Avenue. Dat grote appartement met zijn geïndexeerde huur... Ze mochten van geluk spreken dat ze 11H, op de hoek van West End en 96th Street, hadden gevonden in de goede oude tijd, toen een grote driekamerflat nog tot de betaalbare mogelijkheden behoorde. Het appartement was een beetje donker, maar ruim genoeg, hoog boven de stad, met de achterkant naar de rivier en uitzicht op Central Park. Meer platteland dan het park had Sue Carol de afgelopen vijftien jaar niet nodig gehad.

De wolkenkrabbers van de stad waren haar mooiste landschap. Central Park was een woud en het theater – vooral de Actors Studio waarvan ze nu eindelijk lid was geworden – was haar kerk.

Toneel was Sue Carols hele leven. Een ander heiligdom had ze niet nodig. Ze was frivool begonnen: een schattig meisje dat bij

audities vaak werd gekozen. Maar de afgelopen jaren had haar belangstelling zich verdiept en kon ze zich totaal verliezen in elk serieus stuk. Ze had les genomen bij discipelen van Sanford Meisner en alles gelezen wat Stanislavsky ooit geschreven had:
'Er bestaat niets hogers in het leven dan kunst.'
Het was veel verder gegaan dan 'een rol bemachtigen'. Sue Carol probeerde hartstochtelijk alle manieren te doorgronden waarop toneel het hart kon openen, de gevoelens van het publiek kon bespelen. In zekere zin was Sue Carol net zo'n bekeerlinge als de Hare Krisjna's die vroeger in hun wapperende, perzikkleurige gewaden op de hoek van haar straat stonden te dansen, rammelend met tamboerijnen. Acteren gaf je ook inzicht in de andere kunsten en trok de sluiers van het menselijk onderbewustzijn weg – veel beter, volgens Sue Carol, dan de therapieën die ze ooit had geprobeerd.

Met het theater als haar cultus ging Sue Carol in het zwart gekleed. Kleuren droeg ze nog maar zelden. Ze gaf de voorkeur aan simpele kleren die de aandacht niet afleidden van haar bewegingen of gelaatsuitdrukking. Ze giechelde niet langer heimelijk om oefeningen waarbij ze doodstil moesten blijven staan als een lantaarnpaal. Haar verstand zei haar misschien dat het onnozel was, maar het leek haar heel wat beter dan de tv-shop, vette snacks en MTV.

Vanavond, voor de meest dramatische rol van haar leven, droeg Sue Carol een zwarte coltrui (om haar wat slappere kaaklijn en de dubbele rimpel in haar hals, veelzeggend als de jaarringen van een boom, te verbergen), een zwarte wollen broek en dure, handgemaakte zwarte cowgirl-laarzen van Joe Shine in Kentucky. Daaroverheen had ze een oude lamsjas aangetrokken, met grote zakken, die haar een veilig gevoel gaf door zijn dierlijke soepelheid, maar toch niet te zwaar op haar overbelaste schouders drukte.

Ze had nog twee minuten overwogen om er de brui aan te geven en terug te gaan naar Butcher Hollow. Terug naar haar benauwde meisjeskamertje met het popperige bed, terug naar haar moeder en Greta, die haar zouden troosten en zeggen: 'Misschien dat er een knapper meisje is dan jij, Sue Carol, maar we zouden niet weten wie.' Ze zou weer met beide benen op de grond worden gebracht met behulp van filterkoffie, koek en snacks, misschien uitdijen tot ze alle hoekjes van haar eigen stoel vulde en langzamerhand veranderen in zo'n brave meid die thuis 'een handje hielp', niet eens ongelukkig dat ze geen eigen leven had.

O zeker, dacht Sue Carol, soms is het makkelijker om gewoon te vegeteren. Spijt kan de vorm krijgen van vetrolletjes, verdriet kan worden vergeten door een soapserie. Je zou al die boeken kunnen gaan lezen waaraan je nooit bent toegekomen, of je zou helemaal niets kunnen doen. *Counting flowers on the wall, it don't bother me at all*, luidde de halfvergeten tekst van een liedje dat haar moeder leuk vond toen Sue Carol nog een kind was. Sue Carol dacht terug aan de geplooide stroken van het bed, de barbies, de schoolvaantjes op het prikbord van kurk... Nee, toch maar niet. Haar moeder mocht het museum van Sue Carols jeugd instandhouden als ze wilde, maar Sue Carol hoefde er niet te gaan wonen als een wassen beeld van haar vroegere zelf.

Ze hield van haar ouders, maar ze hoefde hen niet te zien. Het was al genoeg dat ze met de feestdagen naar huis ging, alsof ze een levenslange straf uitzat, maar op borgtocht was vrijgelaten, veroordeeld om zich regelmatig te melden in dat kleine, met vinyl gecoate Hollands-koloniale huis en zich 's nachts terug te trekken in haar benauwde kamertje, volgepropt als een kerstkalkoen.

Het vinyl dateerde uit de tijd toen Sue Carol al het huis uit was. Het vormde een plastic huid die de verf tegen afbladderen moest beschermen, maar Sue Carol hield er niet van. Het gaf haar oude huis een vals aanzicht, als een vrouw met te dikke make-up. Bovendien liet het vinyl de muren niet meer ademen, waardoor het huis klam aanvoelde. In plaats van afbladderende verf aan de buitenkant hadden ze nu schimmel aan de binnenkant. Als ze thuis was, hielp Sue Carol altijd de muren af te nemen met een mengsel van bleekwater en allesreiniger. Die lucht van schimmel en chemische schoonmaakmiddelen leek de oude geuren van het huis – frituur, knakworsten en andere etensluchtjes – te hebben verdrongen.

Hoe zou het zijn om huilend thuis te komen na een scheiding? Hangend aan de lus van de ondergrondse moest Sue Carol met tegenzin erkennen dat die vrouwen uit haar dorp misschien toch gelijk hadden met hun vooroordelen. Als je er goed over nadacht, waren mannen toch 'anders', buitenaardse wezens, een andere soort, en wisten ze alleen dat 'zij een lang ding hadden en jij een gat om het in te steken'. Hoe kon je anders verklaren dat presidenten, politici, artsen, advocaten, schrijvers, professoren – hoe dom of intelligent ook – na een jarenlang huwelijk opeens besloten dat hun vrouw had afgedaan en dat ze iemand anders moesten zoeken, een ander lichaam om hun piemel in te steken? En waarom? Om weer opgewonden te kunnen raken, zich weer jong en potent te kunnen voelen? O ja, misschien waren er nachten dat je geen keus had en dat je 'hem' er het liefst af zou bijten.

Sue Carol lachte bijna hardop, terwijl ze weer steun zocht bij een stang van de coupé. Haar moeder en Greta hadden een paar jaar geleden triomfantelijk hun gelijk gehaald toen er in de pers berichten verschenen over een jonge vrouw die het letterlijk had gedaan: 'hem' eraf gebeten. Maar die 'ellendige kerel', zoals zij hem noemden, liet hem er weer aannaaien! 'Daarna had hij voor *Playboy* geposeerd en had hij nog andere vrouwen.'

'Niks, helemaal niks,' zei Greta lachend, 'kan ze nog tegenhouden als ze eenmaal rond gaan neuken.'

En nu had haar lieve Bob, met wie ze vijftien jaar getrouwd was, zich aangesloten bij dat leger van ontrouwe echtgenoten. Maar zij, Sue Carol, was niet van plan om dat te pikken. Geen vergiffenis, geen vreetbuien, geen leven van zure talkshows. Bob mocht een slappe meeloper zijn, maar Sue Carol was anders.

Ze was slim, ze had talent en ze zag er goed uit, dat stond vast. Ze had altijd iedere man kunnen krijgen die ze wilde. Ze had ze van zich af moeten slaan. Ze was slank, maar met flinke borsten. 'Een pronte meid met een lekker lijf,' zoals ze thuis zeiden. En zingen kon ze ook. Soms twijfelde ze weleens aan haar acteertalent, maar nooit aan haar stem. Ze zong net zo goed als Dolly, met misschien iets van de *soul* van Loretta. Ze was een zuivere, hoge sopraan en zingend kon ze alle problemen het hoofd bieden, zoals ze zo vaak had gedaan in haar jeugd. Zingend was ze aan haar ouderlijk huis ontsnapt, zingend was ze uit Kentucky weggekomen. Zingend had ze een verblindend knappe acteur aan de haak geslagen uit een familie met oud geld. Niet dat hij ooit een cent gezien had van zijn moeder – een weduwe die Sue Carol heimelijk de Spinnenkoningin noemde – maar het geld was er toch, op de achtergrond.

Sue Carol had een gruwelijke hekel aan Bobs moeder, die schorpioen, zoals een vrouw haar schoonmoeder kan haten omdat ze de jongen heeft verpest die later haar man is geworden.

De Spinnenkoningin manipuleerde haar zoon door nu eens met hem te flirten ('Toe, geef mamma een lekkere dikke kus') en hem dan weer af te stoten ('Laat me met rust, zie je niet dat ik migraine heb?'). Geen wonder dat Bob was opgegroeid met een totaal verward beeld van de andere sekse, zodat hij de ene na de andere vrouw verleidde en in het ongeluk stortte om over zijn eigen verwarring heen te komen. Op jacht naar wat? Een jongere versie van de Spinnenkoningin die hem nooit van haar schoot zou duwen? Ze deed tegen hen altijd heel kleinzielig over het geld. Ze had miljoenen geërfd, maar had nooit iets anders bij zich dan een klein, glimmend zwart beursje van hagedissenleer, ter grootte van een pakje papieren zakdoekjes, als onderstreping van haar woorden: 'Ik heb geen toegang tot dat geld, schat. Je zult het gewoon zélf moeten verdienen.' Haar dochter Daphne, Bobs zus, was in een inrichting opgenomen. Toen ze er weer uit kwam, ging ze meteen naar Bloomingdale's met haar creditcard om voor honderdduizenden dollars aankopen te doen – die door haar moeder allemaal werden teruggebracht. Ook Daphne ging terug, naar Silver Hill, waar ze nieuwe medicijnen kreeg. Geld had die familie stapelkrankzinnig gemaakt, vond Sue Carol, maar dat was altijd nog beter dan géén geld.

Sue Carol was er altijd van uitgegaan dat het kapitaal wel ergens in een kluis lag en dat Bob en zijn zus ooit hun deel zouden krijgen. Het leven was heel anders als je geld achter de hand had. Bob leek er minder angstig door, alsof hij een onzichtbare airbag had voor het geval het helemaal mis zou gaan.

Het geld.

Nu ze van hem wilde scheiden moest Sue Carol beslissen of ze aanspraak zou maken op een deel van het geld. Ze was vijftien jaar een trouwe echtgenote voor Bob geweest, dus waarom niet? En het appartement? Na een discrete afkoelingsperiode kon ze misschien wel terug naar flat 11H (de H van Hel, zoals ze altijd tegen de man van het Thaise restaurant zei als ze belde om hun Thaise maaltijd te laten bezorgen). Waarom zou Bobs wangedrag hem het recht geven op een driekamerflat met een geïndexeerde huur, grote ingebouwde kasten en een prachtig uitzicht op het park en een deel van de rivier? Ze had nota bene zelf een nieuwe, blankhouten keuken geïnstalleerd. Om nog maar te zwijgen over haar koperen potten, haar Braziliaanse palmboom en de sofa die ze opnieuw had bekleed met een oude, bonte quilt van thuis. Had zij, als de benadeelde partij, geen recht op meer? Misschien zelfs op alimentatie?

Sue Carol rechtte haar rug, greep zich vast aan de stang en probeerde wat meer te zien met haar goede oog. Nee, verdomme! Ze zou geen cent van hem aannemen. Hij was een schoft, en ze wilde zijn geld niet. Ze zou hem laten zien dat ze zich heel goed kon redden zonder hem. Hij mocht het appartement houden. Hij had het al bezoedeld voor haar; hij mocht er zijn vrijgezellenhol van maken. Ze was zesendertig, maar ze leek nog zesentwintig, dus waarom zou ze dan niet dénken als iemand van zesentwintig? Het was nog niet te laat. Ze kon nog altijd bereiken wat ze zich had voorgenomen, en op eigen kracht.

Ze keek omlaag naar haar voeten, naar de Bonwit-tas en de rest van haar bagage, met al haar wereldse bezittingen en haar hele verleden. Ze voelde zich als haar meest geliefde personage uit de literatuur: Blanche DuBois.

'Ik ben altijd afhankelijk geweest van de hartelijkheid van vreemden.'

Had een man haar niet geholpen haar tassen over het hekje te tillen? Was er niet iemand, ergens in deze stad, die haar zou helpen een volgende rol en een betaalbaar appartement te vinden? Ja, als ze maar hard werkte en vertrouwen hield, zou het allemaal wel goed komen.

Goed, dacht Sue Carol, toen ze het station van 14th Street naderden.

De trein remde en ze voelde de man weer tegen zich aan. 'Neem me niet kwalijk, *juffrouw*...' zei hij met nadruk.

Sue Carol was blij dat ze haar trouwring – een ontwerp van gevlochten gouden draden, als slangen met elkaar verstrengeld – had afgedaan. *Juffrouw*. Blijkbaar leek ze dus al ongetrouwd. Of gewoon jonger. Mensen zeiden altijd dat ze er jonger uitzag dan ze was. Vorige week was ze nog teruggebeld om een meisje van vijftien te spelen in een stuk in het WPA. Twee weken geleden had een man in de rij bij de bank gezegd: 'Dit *meisje* is vóór mij.'

Meisje. Hoewel ze zich op haar zesendertigste toch echt een volwassen vrouw voelde en graag zo werd behandeld, had Sue Carol gebloosd en het woord als een ongevraagd compliment opgevat. *Meisje*. Dat betekende dat ze meer kans had, dat al die jaren geen verspilling waren geweest maar nog konden worden uitgewist. Gewoon de laatste tien jaar vergeten, beval ze zichzelf, en opnieuw beginnen.

Ze was zo in gedachten verzonken dat ze niet oplette. Ze had in 14th Street willen uitstappen, maar de deuren gingen open en alweer dicht voordat ze haar tassen had kunnen grijpen. Haar aandacht werd te veel in beslag genomen door die dikke man, haar eigen overpeinzingen en haar gebrekkige oog.

Verdorie, ze had haar halte gemist. Nou ja, *een* halte. Waar was Butane Street in vredesnaam? Wat was de juiste lijn, de juiste halte? Sue Carol haalde diep adem en nam zich al voor de dikke man naar de juiste route te vragen. Iémand zou toch wel weten hoe je daar moest komen? Ze was vast van plan om naar het feestje te gaan. Hoe laat het ook werd, ze zou er wel komen.

Meiden, ik kom eraan, stuurde ze een mentale boodschap. Maak je geen zorgen. Ik kom eraan, om Claire te helpen. En om te feesten. En als ze ook maar één woord zei over wat Bob had gedaan, wat ze eindelijk had ontdekt over die vreemde met wie ze vijftien jaar haar bed had gedeeld, zou ze zichzelf van kant maken, want vanavond draaide alles om Claire. Zo was het, en niet anders. Ze zou helemaal niets zeggen over Bob. Geen woord. Hoe schokkend en triest de feiten ook waren, ze zou haar mond houden.

De bewijzen die ze op haar lichaam droeg – voor eeuwig vast-

gelegd, zodat ze zijn harteloze verraad nooit meer zou vergeten
– moesten verborgen blijven voor haar vriendinnen, want ze
zouden de avond voor iedereen bederven. Ze hoopte alleen maar
dat ze niet zouden zien dat ze de hele dag had lopen huilen; dat
ze misschien zelfs haar linkeroog had beschadigd. Als een van
haar vriendinnen haar een kneepje in haar schouder zou geven
of iets liefs tegen haar zou zeggen, zou ze instorten. Medeleven
van onbekenden kon ze wel verdragen, maar van haar vriendinnen niet. Dat was te persoonlijk. Dan zou ze zich niet meer kunnen beheersen en hun het hele, smoezelige verhaal vertellen,
compleet met het onweerlegbare bewijs in het plastic zakje.

Sue Carol wilde niet huilen, niet instorten waar zij bij waren.
Dit was de rol van haar leven. Ze moest nu zichzélf spelen, met
alle beheersing die ze kon opbrengen. Ze hoopte vurig dat ze hen
zand in de ogen zou kunnen strooien, dat niemand de juiste oorzaak zou raden van haar rode ogen, haar schorre stem en (zoals
ze vreesde) haar wat overspannen gedrag. Denk aan je opleiding,
beval ze zichzelf, en ze forceerde een lachje.

De trein bereikte het eindpunt. De conducteur zei iets over de
intercom dat onmogelijk te verstaan was boven het metaalachtige gekrijs van de remmen en het geruis van de installatie uit. Pas
toen ze uitstapte, begreep ze dat hij de reizigers had gewaarschuwd voor het 'bewegende perron'. Brooklyn Bridge. Het metrostation van Brooklyn Bridge. Hoe moest ze hiervandaan in
vredesnaam de weg vinden naar NoHo of Butane Street of waar
het ook mocht zijn?

Maar Sue Carol besloot niet bij de pakken neer te zitten. Ze
greep haar tassen, nam de roltrap en ging op weg, terug naar de
binnenstad. Meiden, ik kom eraan, seinde ze weer. Ik kom
eraan...

Drieënveertig minuten later stond Sue Carol voor Jessies appartement. Ze was een paar keer verdwaald, maar had moedig
volgehouden. Jammer genoeg was ze onderweg geen enkele winkel tegengekomen waar ze iets voor de baby had kunnen kopen.
Dus had ze haar toevlucht genomen tot de Koreaanse nachtwinkel, de laatste verlichte handelspost voordat ze de duistere wildernis van Jessies straat bereikte. In de winkel had ze haar her-

sens gepijnigd om iets voor Claire te vinden. Maar ze had niets, helemaal niets, kunnen ontdekken dat in de verste verte geschikt was als cadeautje voor een baby. Bloemen kwamen niet in aanmerking. In een opwelling deed ze een keus en hoopte maar dat het goed zou zijn. Daarna rende ze de laatste paar honderd meter naar Jessies adres. Ze wilde niet nog later komen dan ze al was. Nu was het misschien nog net acceptabel...

Rennend door de donkere avond voelde ze haar adem in haar longen branden. Ze begon te hijgen en kreeg een paar steken in haar linkerzij. Haar rechtervoet dreigde om te klappen, een oude zwakheid. Probeer het te onthouden, droeg ze zichzelf op, zoals haar toneeldocent zou hebben gedaan. Prent alle details in je geheugen, alle symptomen van je verdriet, je verwarring en je wanhoop. Door haar gewicht naar haar linkervoet te verplaatsen demonstreerde ze de vastberaden wil van haar personage om vol te houden en haar doel te bereiken... En dat zou ze ook, verdomme, dacht Sue Carol.

Ze was er al.

HOOFDSTUK DRIE

Waarin Nina Moskowitz een chocoladecake bakt, zich afvraagt of het wel vertrouwd is haar moeder een avond alleen te laten en zichzelf verrast met een onwaarschijnlijke geliefde.

*

'Het verlangen aan het einde van de lijn'

Nina had al twee weken geen vast voedsel meer gegeten. Als haar moeder nog in staat was geweest haar moeder te zijn, zou Mira Moskowitz er iets van hebben gezegd. Meisjes waren veel te mager tegenwoordig; dat was niet gezond. Nina had grove botten. Ze moest er wat vlees op krijgen, in plaats van zichzelf uit te hongeren tot een maatje zesendertig, terwijl ze de botten had van een maat veertig. Nina was het er niet mee eens. Haar leven was een strijd geworden tegen wat de natuur haar wilde laten zijn: *zaftig*.

Terwijl Nina voorbereidingen trof voor de avond, zette ze alle buisjes met medicijnen klaar, voorzien van een uitvoerig vel met instructies, dat ze dagelijks actualiseerde op haar laptop. De instructies waren bedoeld voor twee helpsters, die in wisseldienst die avond voor Nina's moeder zouden zorgen, zodat Nina naar het feestje voor Claire kon gaan. Ze legde de instructie op het aanrecht neer, met een brochure met richtlijnen die door een medewerkster van de stervensbegeleiding was achtergelaten: 'De zeven symptomen van een naderende dood'.

Nina stond niet te lang stil bij wat de brochure vermeldde: 'Uw dierbare kan aan de dekens "plukken", voedsel weigeren, de geesten van overleden familieleden zien...' In plaats daarvan maakte ze het lievelingseten van haar moeder klaar: koosjer cornedbeef met gekookte aardappels en apfelstrudel, waar ze altijd dol op was geweest. Ze had al een chocoladecake zonder bloem in de oven staan, haar bijdrage aan het feestje voor Claire.

Nina gedroeg zich nog steeds alsof ze naar het feest zou gaan, hoewel ze zich het afgelopen uur steeds vaker had afgevraagd of ze haar moeder vanavond wel alleen kon laten. Ondanks haar tegenzin om 'De zeven symptomen van een naderende dood' te bestuderen, vreesde ze toch dat ze die middag een van die symptomen had herkend. Nina had een groot talent om besluiteloosheid te compenseren met dadendrang, vooral in de keuken. Ze zou wel een beslissing nemen als de andere 'zorggevers', zoals ze tegenwoordig heetten, waren gearriveerd. Dan kon ze het bespreken en alle voors en tegens afwegen om naar het feestje te gaan. Tot die tijd ging ze gewoon door met het bakken van haar cake en dacht ze niet te veel aan de toestand van haar moeder of de vreemde wending die haar seksuele leven vanmiddag had genomen...

Onder het koken dronk Nina van haar eigen, speciaal bereide dieetdrankje. Al twee weken dronk ze nu de voorgeschreven dieet-milkshakes. Lekker waren ze niet. Onder de schuimige zoetigheid loerde een onaangenaam smaakje dat Nina associeerde met beendermeel, de veelgeprezen 'zuren' die haar eigen overtollige pondjes moesten verbranden. Maar het resultaat was goed zichtbaar. Haar taille, die een hele tijd zoek was geweest, begon zich weer af te tekenen. Nina vond zelfs haar wangen wat minder bol, zodat het niet meer leek of ze nootjes hamsterde voor de winter. Ze was een Russische schoonheid, zoals haar moeder dat noemde: een *krasavetska*. Tenminste, dat zou ze in Rusland zijn geweest als ze honderd jaar eerder had geleefd, toen meisjes met een trillende boezem, brede heupen en een stevige derrière bijzonder in trek waren, heel anders dan tegenwoordig. Ze had een echt Russisch gezicht, blijkbaar het genetische gevolg van een Tataarse verkrachting van enkele generaties geleden. Haar zwarte ogen, die enigszins schuin stonden, leken totaal te verdwijnen als ze lachte, en haar teint was eerder Aziatisch dan blank. Haar zongebruinde huid vertoonde altijd een soort schaduw, alsof er roodbruin bloed dicht onder de oppervlakte stroomde.

Dat verdomde bloed, dacht ze, terwijl ze kool sneed voor een eigengemaakte salade bij de cornedbeef. Haar thermostaat stond hoog en heet afgesteld. Al sinds haar dertiende, toen ze – hier, in ditzelfde appartement – bij toeval een onverwachte serie kristallijne krampjes bij zichzelf had opgewekt die ze later had leren kennen als een orgasme, wist Nina dat ze een sterke seksualiteit had. Te sterk, misschien? Nina had het gevoel dat ze altijd verliefd of verlustigd was, hongerend naar mannen die ze zich voorstelde en vervolgens 'bekende' in de bijbelse betekenis. Maar ze vroeg zich voortdurend af of haar libido een bewijs van hartstocht of een pathologische afwijking was. En nu was ze weer terug in dit appartement, waar ze ooit het kind van haar moeder was geweest. En uit haar optreden van die middag bleek dat Nina ook was teruggevallen in haar puberale passie, waarover ze zo weinig controle had. Hoe had dit haar nú kunnen overkomen, op haar achtendertigste, terwijl ze toch beter zou moeten weten?

Het appartement wemelde van de aanwijzingen. De belangrijkste documentatie had Nina gevonden op de avond dat ze hier was teruggekeerd: een dagboek met een omslag van roze imitatieleer, dat ze al die jaren achter slot en grendel had bewaard in het bureautje uit haar jeugd dat nu grotendeels werd gebruikt voor de 'handwerkideeën' van haar moeder. Daar had het al die jaren gelegen: het seksdagboek van haar middelbare school. Nou ja, eigenlijk was het roze imitatieleren boekje juist een geen-seks-dagboek, omdat het uitsluitend verslag deed van haar morele strijd met zichzelf. Ontmoetingen met jongens uit de buurt waren steevast geëindigd in een patstelling. Hoe de normen en waarden ook veranderden, een meisje kon nog altijd het respect van haar omgeving verliezen en Nina wilde zeker niet te 'gemakkelijk' lijken. Er was een meisje, Linda Gluck, die in hetzelfde flatgebouw woonde en over wie opmerkingen stonden op de muren van het ketelhok: 'Linda Gluck rijmt met...' Nina las dat elke keer dat ze de vuilniszak van haar moeder naar beneden bracht. Daar, te midden van de oplaaiende vlammen en de stank van de vuilnisverbrander, was één ding heel duidelijk tot Nina doorgedrongen: ze wilde haar eigen naam nooit op een muur gekalkt zien.

Toen Nina Moskowitz vijf maanden geleden iets gedaan had wat ze nooit voor mogelijk had gehouden – opnieuw bij haar moeder intrekken – had ze bijna onmiddellijk de draad van het dagboek weer opgevat. Ze was bijna twintig jaar van huis weg geweest (als je een flat op de twintigste verdieping van het socialistisch geïnspireerde Confederated Hill Project een 'huis' kon noemen, en dat deed ze). Natuurlijk had Nina haar eigen appartement op de hoek van West 77th Street en Riverside Drive in Manhattan aangehouden. Het was ondenkbaar om een goed appartement in Manhattan op te geven en ze wilde weer teruggaan als haar moeder gestorven zou zijn. Maar voorlopig was het gemakkelijker om bij haar moeder in het Confederated Hill Project te gaan wonen.

Mira Moskowitz had niet lang meer te leven en ze was niet in staat nog voor zichzelf te zorgen. Dat was de afgelopen zomer wel duidelijk geworden toen Mira bij het roosteren van een paar sneetjes brood de keukengordijnen in vuur en vlam had gezet zonder het te merken. In plaats van te reageren op het doordringende gepiep van de rookmelder was ze naar haar slaapkamer gegaan en had de deur achter zich dichtgetrokken. Een buurvrouw had de brandlucht geroken en de conciërge gewaarschuwd, die Nina had gebeld.

Wat begon als gewone vergeetachtigheid bleek algauw een fatale aftakeling. Niet lang daarna werd Mira Moskowitz aangetroffen toen ze in een roze nachthemd en op pluizige pantoffels over de Mosholu Parkway, een drukke verkeersweg, zwierf. De artsen stelden vast dat ze aan aderverkalking en een ernstige hartaandoening leed. Het woord 'dement' viel. Nina kon haar laten opnemen in een verpleeghuis, haar bij zich in huis nemen of zelf haar intrek nemen in flat 21L, Toren A, voor zo lang het nog duurde.

Helemaal in het begin had Nina nog een week geprobeerd haar moeder te verzorgen in haar eigen appartement in 77th Street, maar dat was geen succes geweest, niet voor haar moeder en niet voor Nina zelf. Heimelijk slaakte Nina een zucht van opluchting toen haar moeder te kennen gaf dat ze liever terugging naar het Confederated Project. De aanblik van het ziekenhuisbed dat bijna haar hele huiskamer vulde, waar Nina menig intiem moment had mogen meemaken op het kleed, was op de een of andere manier een grotere schok dan tijdelijk terug te keren naar de Bronx. Haar kleine, doorgebroken verdieping was ingericht als een romantisch toneeldecor van palmbomen, een chaise-longue, zachte kussens naast de haard en dikke Perzische tapijten. De flat van haar moeder, aangepast aan de naderende dood, met een ziekenhuisbed, een rollator, een looprek – alle accessoires van ouderdom en zwakte – had haar beangstigd, nog meer dan die lange rit met de metro naar het noorden, terug in de tijd, terug naar het verleden waaraan ze was ontsnapt.

Arme Mira. Toen ze door een paar helpers het appartement in 77th Street was binnengedragen had ze een verwarde indruk gemaakt in die elegante omgeving. In haar roze peignoir en haar gebreide muts met lovertjes leek ze te beseffen dat ze niet paste in Nina's sprookje uit duizend-en-één-nacht. Haar verwarring was nog toegenomen en herhaaldelijk had ze Nina gevraagd: 'Welk hotel is dit?' Op een gegeven moment had ze zich zelfs terug gewaand in Odessa. Met de charme die oudere patiënten soms bezitten zong ze voortdurend een klein liedje: *Odessa is een messa*. Om middernacht begon ze te zwerven en botste ze met haar rollator tegen de muren. De tweede nacht had ze liggen huilen als een kind en wilde ze naar huis, terug naar Rusland, waar ze sinds haar jeugd niet meer was geweest. Nina kon haar niet helemaal naar Odessa brengen, maar het Confederated Hill Project voldeed ook. Nina voelde heel goed aan wat haar moeder nodig had. De vertrouwde omgeving zou haar troost bieden, ook in haar dementie. Er waren momenten waarop juist die vertrouwdheid het enige was dat ertoe deed; gemak en charme hadden weinig betekenis in een situatie zoals deze. Haar moeder had haar eigen flatje nodig, haar eigen lichtinval, de oogst van zestig jaar haakwerk, het zoemen van haar eigen koelkast.

Met een paar koffers en haar computer was Nina samen met Mira in de Ambulette gestapt en teruggereden naar het noorden van de Bronx, het letterlijke einde van de reis: de begraafplaats

Woodlawn. Zo was ze teruggekeerd naar de witte baksteen van de 'verboden stad', het complex waar ze haar jeugd had doorgebracht. De hoge flats waren ooit gebouwd voor vakbondsleden – modale arbeiders. De torens verrezen als *pueblo's* tegen een rotswand met uitzicht op de rivier en het denderende verkeer op de snelweg beneden. Vier flats in totaal, die op een bijna organische wijze reageerden op het gedreun van de autoweg. De ramen rammelden door het zware verkeer en het glas was donker van het roet. Bijna alles en iedereen hier liep tegen de tachtig. In een oogwenk werd Nina ondergedompeld in de lucht van verwarmingsketels, kippensoep, kool en boenwas. Ze was weer terug in haar jeugd, maar deze keer met de zorg voor Mira en de coördinatie van de wisselende diensten van de wijkverzorgsters en (de afgelopen weken) ook het team van de stervensbegeleiding, een maatschappelijk werkster, twee verpleegkundigen en een paar nieuwe helpsters die regelmatig langskwamen. Naarmate haar verantwoordelijkheid toenam voelde Nina zich vanbinnen steeds meer kind worden. Ze nam haar intrek in haar oude kamertje en sliep in een klein hemelbed met ruches, waar ze om had gesmeekt toen ze tien was, maar dat haar nu, op haar achtendertigste, totaal belachelijk voorkwam, als het ledikantje van een dwerg. Als Nina achter haar oude bureau zat, met haar knieën tegen de la geklemd, voelde ze zich een reus, Alice in het verkeerde Wonderland, hoog boven alle voorwerpen uit torenend, te groot om door een gewone deur te kunnen ontsnappen.

Die kleine kamer en die minimeubeltjes vormden waarschijnlijk ook een motivatie om te lijnen, hoewel Nina daar geen extra prikkels voor nodig had. Ze was al tien jaar met diëten bezig en had van alles geprobeerd: uitsluitend koolhydraten, helemaal geen koolhydraten, het koolsoepdieet, het fruitdieet, het vloeibare dieet, het vezelrijke dieet, en combinaties daarvan. 's Avonds laat, als ze naar de fitnesscommercials voor slapelozen keek, bestelde ze kruidendrankjes om af te vallen. In een krankzinnige opwelling had ze zelfs de Weight Loss Soap besteld, een zeep waarmee je 'je extra kilo's door het putje zag wegspoelen'.

Ondanks al die diëten was Nina Moskowitz helemaal niet dik, laat dat gezegd zijn. Ze woog exact zevenenzestigeneenhalve kilo, zonder schoenen, en ze was een meter zeventig lang, ook zonder schoenen. Maar naar de huidige maatstaven voelde ze zich toch te mollig, net zo gezet als die oude *baboesjka*, mevrouw Belenkov, die haar soms hielp met haar moeder.

Hier, in Riverdale en het noorden van de Bronx, kon Nina zich bijna slank voelen. Maar hoe dichter ze naar de binnenstad kwam, des te kleiner en dikker ze leek, in verhouding tot anderen. In haar eigen buurt, de Upper West Side, was ze een grensgeval. In SoHo rekende ze zich tot de types die een boodschappenkarretje voortduwden. Als ze op bezoek ging bij Jessie of Lisbeth, haar vriendinnen in het centrum, liep Nina altijd achter een of andere gazelle van een jaar of twintig, met een onnatuurlijke afstand tussen haar dijen. Wisten ze niet dat je dijen langs elkaar heen hoorden te schuiven? Waar kwamen die meiden vandaan? Het leken wel aliens: lang en mager, maar met onwaarschijnlijk grote borsten die geen enkele steun nodig hadden: ze wezen recht naar voren, op weg naar het nachtleven van de stad.

Nina had een boezem, maar in de Bronx noemde je dat 'buste'. Een flink gemoed. Haar borsten waren letterlijk een last. Vanaf het moment dat ze zich gingen ontwikkelen, hadden ze problemen veroorzaakt. Om te beginnen waren ze te vroeg, en ook nog ongelijk. De eerste jaren was haar rechterborst altijd groter geweest dan de linker. Daarna werd dat verschil rechtgetrokken en ontwikkelden ze zich tot C-cups, die op school meer aandacht trokken dan Nina lief was. Jongens liepen haar achterna, staken een hand uit om in haar borsten te knijpen en renden dan weg. Als ze naar school liep met haar multomap tegen haar borst geklemd, kreeg ze opmerkingen naar haar hoofd over 'tieten' en 'memmen'. Alsof dat nog niet erg genoeg was, verloren haar borsten al gauw de strijd tegen de zwaartekracht en begonnen te hangen, met hun volle gewicht aan de bandjes van haar beha. Binnen een paar jaar had Nina groeven in haar schouders door de constante druk van die overbelaste bandjes.

Een tijdlang had Nina gespeeld met de gedachte aan een borstverkleining, maar ze had het nooit gedaan. Elk jaar kwamen er wel een paar mannen op haar borsten af, en die doelgroep wilde ze niet kwijtraken. Het waren mannen die echt van borsten hielden, zonder kritiek op de details. Ze staken hun neus in de overdaad van haar vlezige kussentjes, kussend, zuigend, likkend en tastend. Nina wist dat haar borsten belangrijk waren voor een actief liefdesleven, dus had ze zich neergelegd bij hun gewicht.

Maar ze wilde wel slankere heupen en 'strakke dijen binnen zesendertig uur', zoals de advertenties beloofden. In haar achterhoofd was ze altijd met diëten en oefeningen bezig. Die obsessie was ook haar beroep geworden. Haar manicuresalon, Nails By Nina, had eind jaren negentig zijn vleugels uitgeslagen en zich ontwikkeld tot de Venus Di Milo Day Spa in Riverdale, waar schoonheden uit de noordelijke Bronx naartoe kwamen voor zonnebank en fitness, stoombaden en wraps, zodat ze lichter naar buiten kwamen dan ze naar binnen waren gestapt. De zaken gingen goed. Nina leefde letterlijk van de overvloed van het land. Zelfs nu, in haar afwezigheid, was de salon volgeboekt. Nina had haar medewerkers goed getraind: ze redden het ook wel zonder haar.

Toch was ze nog altijd bezig met afvallen. De enige methode of stoornis waaraan ze nooit had toegegeven was boulimia. Hoeveel spijt ze soms ook had van wat ze naar binnen propte, ze had nooit de neiging het weer uit te kotsen. Als ze het at, dan was het van haar. Wel was ze geïnteresseerd in medische technieken waarbij de maag tot het formaat van een centenbeursje kon worden ingesnoerd en dichtgenaaid. Ze zag graag advertenties waarin vrouwen werden afgebeeld met hun broek van vorig jaar, die hen nu drie maten te groot was.

Maar met het afnemen van haar omvang leek Nina's gedachtewereld ook te krimpen en had ze alleen nog belangstelling voor roddelblaadjes en soortgelijke programma's op de tv. In haar oude kamertje in het Confederated Project stonden nog de boeken uit haar meisjesjaren: Nancy Drew, de Hardy Boys, *Anne of Green Gables*, *The Little House on the Prairie*. Elke avond kroop ze in bed met haar oude teddybeer naast zich, en las stukken uit *Little House*, een beetje beschaamd, maar ook blij met haar hernieuwde plezier in die verhalen.

Mira's ogen gingen net zo snel achteruit als haar geest, maar ze leek gelukkig om weer terug te zijn in flat 21L van Toren A. Het was nauwelijks voorstelbaar dat het onpersoonlijke ontwerp van het driekamerappartement met het kleine keukentje en de badkamer zonder ramen enige nostalgie kon oproepen. Mira deed hier al zo lang het huishouden – al twintig jaar in haar eentje – en de flat was volgestouwd met talloze herinneringen, stukjes Rusland in Riverdale: antimakassars over de oude leunstoelen, een sofa met geborduurde kussens en de 'popcorn'-quilts die ze al haar hele leven maakte. Overal waar je keek zag je haar handwerk: onderleggertjes, kussens, lampenkappen. Alles wat maar met een randje, rokje of frutseltje kon worden versierd was opgetut, net als Mira Moskowitz zelf.

Mira was een kleine vrouw met een plompe boezem (waarschijnlijk de genetische herkomst van Nina's eigen grote borsten). Ook haar gezicht vertoonde duidelijk Russische trekken. Ze had enigszins schuine ogen, maar wel een blanke huid en hartvormige lippen. Toen ze nog jonger was, had Mira sterk op de poppen geleken die ze zo graag aankleedde. Vanwege een lichte tic schudde ze voortdurend met haar hoofd en tuitte ze haar lippen alsof ze, zoals een wat modernere pop, tot leven kon worden gebracht met verborgen batterijtjes. Ze gedroeg zich een beetje mechanisch, met maar een paar zinnetjes in haar programma. Het belangrijkste woord was *fergessen*. De rest van Mira's woordenschat bestond voornamelijk uit rituele formules van genegenheid voor het eten of het slapengaan. Maar als ze werd geconfronteerd met nieuwe informatie of mededelingen viel ze steeds vaker terug op haar vaste antwoord: *Fergessen*. Vergeten.

Het was onschuldig genoeg begonnen, dat *fergessen*. Ze was *fergessen* waar ze haar bril had gelaten, of haar sleutels, haar boodschappenbriefje, haar medicijnen. Daarna was ze ook haar adres *fergessen*, en nu zelfs haar eigen naam. Nina's naam scheen ze zich nog wel te herinneren, wat Nina opvatte als het ultieme compliment. Mira's liefde voor haar enige dochter was het laatste dat ze als moeder onthield. Mira Moskowitz was wel in de war, maar ze begroette haar dochter elke ochtend met de verbale bewijzen van haar affectie: '*Oetsjinka, toetsjinka, Mammala, ommala.*' Hoe onsamenhangend ook, er ging veel warmte van uit.

Iedere dag vond er een rituele uitwisseling van namen plaats. 's Ochtends kwam Nina binnen met een blad met daarop altijd hetzelfde ontbijt: een gepocheerd ei, volkorentoost met abrikozenjam, sinaasappelsap en cafeïnevrije koffie. '*Mammal-le?*' zei ze dan tegen haar moeder, en Mira antwoordde met: '*Nina-le, oetsjinka, toetsjinka.*' 's Avonds besloot ze in het Russisch met: '*Pasja, pasja, pasja, poesy...* Ga maar slapen, Mammala.' En haar moeder zei: 'Nee, jij, Nina-le. *Oetsjinka.*'

Nina was nu al bang voor de stilte die in de plaats zou komen van deze korte gesprekjes als Mira eindelijk gestorven was – binnen zes weken, zoals de mensen van de stervensbegeleiding haar hadden voorspeld. Toch was Nina ook dankbaar voor Mira's *fergessen*. Vergeten was de pijnlijke dood van Nina's vader Saul aan botkanker, een paar jaar geleden, en de droevige geschiedenis van Nina's grootouders. Mira had zelfs de holocaust *fergessen*. Wat overbleef waren haar blije herinneringen, haar liedjes, haar nonsensrijmpjes en haar eetlust. Als er zoiets bestond als een gelukkige dood (maar zo ver waren ze nog niet), leek die voor Mira Moskowitz weggelegd. De hele dag zat Mira Moskowitz te zingen, terwijl de zon door de ramen van flat 21L naar binnen viel en de parkiet Chipper het hoogste woord had. Ze genoot van alle bezoek, niet beseffend dat die mensen werden betaald om haar te helpen sterven.

'*Hospitium* betekent toch gastvrijheid?' vroeg Mira in een moment van onverwachte helderheid, doelend op de term 'hospitiumzorg', die aan de stervensbegeleiding werd gegeven. 'Zo heb je altijd aanloop.' Mira Moskowitz vertederde haar zorggevers – zoals ze nu in de folders heetten – en zong voortdurend versjes voor hen. Nina miste de moeder met wie ze had kunnen praten, maar dankte God voor de zegen van een selectief geheugen. Met een beetje geluk zou haar moeder zonder pijn of verdriet uit het Confederated Project naar de hemel kunnen opstijgen.

De duur van de stervensbegeleiding, waarin patiënten alleen nog palliatieve of pijnverlichtende zorg kregen, werd gesteld op een halfjaar. De meeste mensen haalden dat niet eens. Mira Moskowitz was vijf maanden geleden als terminaal opgegeven en daarom tot het programma toegelaten.

Ze zal iedereen nog versteld doen staan, had Nina gedacht, omdat ze niet onmiddellijk kon accepteren wat de artsen en verpleegkundigen haar vertelden. De stervensbegeleiding had haar wel wat meer lucht gegeven: minder formulieren om thuiszorg aan te vragen, regelmatige bezoeken van een verpleegkundige en alle apparatuur gratis en binnen het uur thuisbezorgd. Het was immers slechts voor een afzienbare periode.

De afgelopen weken had de verpleegkundige van de hospitiumzorg Nina de brochure gegeven over 'De zeven symptomen van een naderende dood'. Nina had de woorden wel gelezen, maar ze waren niet echt tot haar doorgedrongen. 'De patiënt in de stervensfase zal stoppen met eten en drinken, de urine zal donkerder worden en de patiënt kan aan het beddengoed gaan "plukken". Ook zien sommige patiënten geestverschijningen van overleden dierbaren.' Nina bestudeerde de pagina, maar kon de informatie niet verwerken. Ze vond meer troost bij *Little House in the Big Woods*. Voor het slapen gaan las ze het boek van Laura Ingalls Wilder aan haar moeder voor, de omgekeerde situatie van hoe het zo'n dertig jaar geleden in deze zelfde kamer was gegaan...

Ja, haar moeder zou hen nog versteld doen staan. De hospitiumzorg had zich nu toch vergist. Een van de verzorgsters beaamde het zelfs, toen ze op een dag Mira's blozende wangen zag, en de gretigheid waarmee ze haar gepocheerde ei en toost naar binnen werkte: 'Hé, als dat zo doorgaat moeten we je moeder nog uit het programma verwijderen...'

Nina was blij geweest om dat te horen. Het was een bevestiging van haar gevoel dat Mira Moskowitz nog niet klaar was om te sterven. Nina vroeg de helpster om niet over Mira in de derde persoon te praten als ze er zelf bij was. Ze had ook al gevraagd om haar moeder niet naar tv-spelletjes te laten kijken, zoals *Rad van Fortuin*. Wat er uiteindelijk ook met Mira zou gebeuren, Nina wilde haar waardigheid beschermen. Misschien vergiste ze zich daarin, maar zo voelde ze het nu eenmaal.

'Ze begrijpt het heel goed, weet je,' zei Nina tegen de Jamaicaanse helpster, die Flo heette. Ze las geen protest op Flo's zwarte gezicht, maar de vrouw zei wel: 'Haar tijd is nog niet gekomen, maar ze begrijpt me niet meer. Ik werk al twintig jaar met hen. Ik herken de tekenen.'

'Hen'... Nina kromp ineen toen ze het hoorde. Mira Moskowitz was nu een van 'hen', de stervenden, een andere soort, zoals Flo over hen sprak. 'Zeg alsjeblieft geen "hen",' zei Nina tegen Flo, die haar niet-begrijpend aankeek. Een keer vroeg Nina zich af of Flo besefte dat zij zelf ooit ook zou sterven. Of dacht ze dat haar werk als verzorgende haar immuun maakte? Dat ze altijd aan het bed zou zitten, er nooit zelf in zou liggen, nooit een van 'hen' zou worden?

Flo zelf was wel een schoonheid, met verblindend witte tanden en roze tandvlees. Ze bracht altijd haar eigen eten mee en balanceerde meestal een plastic bakje kipfilé of groente met rijst op haar schoot als ze bij Mira zat, speurend naar de 'zeven symptomen van een naderende dood'. Nina vond haar de betrouwbaarste van de verzorgsters, punctueel en efficiënt. Ze kon Mira dragen en tillen, zonder bovenmatige inspanning, anders dan Nina, die al een keer door haar rug was gegaan. Mira was klein, maar ze had 'genoeg vlees op de botten', zoals ze vroeger altijd zei. Ze woog ruim vijfenzeventig kilo en het was al weken geleden dat ze zelf nog de kracht had gehad om mee te werken bij het verplaatsen of tijdens het wassen.

Nina wilde het niet toegeven, maar in haar achterhoofd, waar alle onplezierige feiten werden bijgehouden, wist ze dat haar moeder steeds sneller achteruitging. De afgelopen weken zelfs zo snel dat ze niet langer 'ambulant' was en voor het eerst de rolstoel had moeten gebruiken. Bovendien moest ze nu de hele tijd incontinentieluiers dragen, niet alleen 's nachts.

Nina had zich uit Mira's naam verzet tegen het gebruik van het incontinentiemateriaal. Ze wist dat Mira dat verschrikkelijk zou hebben gevonden als ze het had geweten. Maar de verzorgsters stonden erop. De hygiëne vereiste het, zoals Nina ook wel begreep, en dus werd haar moeder afhankelijk van Depends, zoals de luiers passend heetten. Wekenlang had Nina haar moeder gesteund in de fictie dat ze nog continent was. Ze had haar niet willen kwetsen door haar de wegwerpluiers te geven, met als gevolg dat Nina soms wel vijf keer per dag een was moest draaien in de kelder van het Confederated Project. Toch had ze de illusie instandgehouden dat haar moeder nog normaal ondergoed kon dragen. Ze had er het extra werk graag voor over gehad om zich niet gewonnen te geven.

Het team had Nina geholpen zich met de situatie te verzoenen. Toen haar moeder niet zelf meer kon lopen, hadden ze geen keus. Ze moesten Mira en het beddengoed schoonhouden. Nina had zich vaak afgevraagd hoe dat was gegaan in de tijd voordat er hulpmiddelen zoals wegwerpluiers bestonden. Het antwoord op de vraag verklaarde misschien al die eeuwen van menselijke ellende. Het leek onmogelijk om met enige waardigheid te overleven zonder die voorzieningen. Dus lagen er nu stapels wegwerpluiers klaar, met keurige, blauwe zomen, die als haarvaten door het witte verband liepen. Als ze nat werden, kregen de luiers een vreemde dichtheid, alsof ze waren gevuld met gelatine. Dat klopte, want net als dat nagerecht veranderden ze vloeistof in een gel. Als de luiers geen vocht meer konden opnemen, verkleurde de blauwe draad naar geel en wist je dat de luier moest worden vervangen.

Je kon tegenwoordig veel meer voor je dierbaren doen dan je ooit had kunnen dromen, dacht Nina toen ze routineus haar moeder inspecteerde en waste. De oude vrouw keek naar haar op, knipperde met haar ogen en begon te zingen: 'Wees lief voor je moeder, zoals zij dat vroeger was voor jou...'

Nina lachte om het liedje, dat Mira nu steeds vaker zong, maar het gaf haar ook een onprettig gevoel. 'Heb je het warm genoeg, Mama-le?' vroeg ze. Haar moeder voelde vanavond wat koud aan. Zou dat een van de Zeven Symptomen zijn? Nog steeds had ze de brochure niet goed gelezen. En Mira's ogen stonden vanavond ook anders. De irissen leken een beetje nevelig, alsof zich een wit ijslaagje rond het bruine hart had gevormd.

Op een vreemde manier leek haar moeder – altijd al een knappe vrouw – mooier dan ooit. Haar tere, witte huid met de fijne poriën had een marmeren glans gekregen, met een kleur en een structuur die deed denken aan klassieke beelden, piëta's, de Madonna... Begon het leven al te wijken uit haar moeder? Veranderde ze langzaam van een menselijk wezen in een ding? Nina dwong zich aandachtig naar Mira's ademhaling te luisteren. Het team had haar gewaarschuwd om op een 'gorgelend' geluid te letten. Dat was de beruchte doodsrochel, een duidelijk teken dat het einde nabij was.

Maar Mira leek regelmatig te ademen en Nina voerde haar wat kersenjam, die Mira's lippen rood kleurde en haar gezicht een paar minuten lang een merkwaardige glamour gaf. 'Wees lief voor je moeder,' zong Mira weer, 'zoals zij dat vroeger was voor jou...' Ze vroeg haar dochter ook om een liedje en Nina, die een aardige stem had, zong *Roesjinka mit mandlin*, 'Rozijnen en amandelen'. Ze kende het uit haar hoofd.

Onder het zingen imiteerde Nina de stembuigingen van haar moeder. *Roesjinka mit mandlin...* rozijnen en amandelen, zo'n heerlijke traktatie... Ze probeerde dezelfde tederheid in haar stem te leggen als Mira, wanneer ze dat nagerecht uit haar jeugd bezong. Hoe lang was het geleden dat Mira voor haar had gezongen toen Nina zelf nog kind was? Langer dan zich in tijd liet uitdrukken. De emotie van het liedje, de zoete smaak van die rozijnen en amandelen, leek verloren in een ver verleden. Alsof ongegeneerde liefde niet langer in de mode was, net zo ouderwets als de antimakassars en de vrouw die ze had gehaakt.

Opeens was Nina bang dat ze moest huilen, en ze wilde niet dat Mira haar tranen zou zien. Ze stond op, liep naar het kleine keukentje en waste de borden af. Over vijf minuten kwam de verzorgster. Nina had ongeveer een uur nodig om bij Jessie te komen, in de binnenstad. Dus moest ze voortmaken. Nu pas snoof ze de lucht in de keuken op, een bedwelmende geur. Ze was vergeten (begon zij ook al te *fergessen*?) dat ze een chocoladecake zonder bloem in de oven had gezet, bijna een halfuur geleden. Dat zou haar bijdrage zijn aan het feestje van vanavond. Nina had aangeboden om voor het toetje te zorgen.

Ze wierp een blik in de oven, en dat was maar goed ook. De chocoladecake was tot hoog boven de bakvorm gerezen. Nina pakte een van Mira's vele pannenlappen (ook gehaakt, natuurlijk) en haalde de cake uit de oven, zo voorzichtig mogelijk, om hem niet te laten inzakken. Ze was meteen trots op haar werk. De cake zag er prachtig uit, heel hoog, met precies de juiste hoeveelheid spleetjes en belletjes. Hij was gelijkmatig gerezen en niet ingezakt.

Deze cake was er een uit een hele reeks sacher-torten en pruimencakes die uit haar oven waren gekomen. Een paar uur per dag stond ze in de keuken en maakte alle heerlijkheden klaar waarvan Mira ooit had gedroomd: gezellige bruine cholents die 's nachts stonden te sudderen, eigengemaakte kippensoep met dille, kreplach-dumplings die smolten op je tong. Ze raspte worteltjes voor het favoriete bijgerecht van haar moeder dat *tsimmes* heette. Nina had de gesnipperde salade als lunch aan haar moeder voorgezet, hopend op een blije reactie en het vaste grapje van de oude vrouw: 'Waarom maak je zo'n *tsimmes*?' Het woord sloeg niet alleen op de geraspte groente, maar betekende ook 'drukte'.

Maar Mira had geen woord gezegd en zich beperkt tot een mechanisch hoofdknikje en een handgebaar waarmee ze het schaaltje wegwuifde. Dat stilzwijgen en die zwakte hadden Nina verontrust. Was dat ook een symptoom, niet meer willen eten? Het stond op de lijst. 'Alsjeblieft,' had ze haar moeder gesmeekt, 'neem dan één hapje.'

Ze hadden altijd zoveel grapjes samen, zelfs nog in de eerste maanden van haar aftakeling. Dan lachte haar moeder en zei giechelend: 'Goed, één hapje.' Waarna ze veel meer at dan iemand had verwacht. Maar vandaag niet. Nina vroeg zich af of het wel verantwoord was om naar Claires feestje te gaan. Stel dat haar moeder zou sterven terwijl ze weg was?

Nina besloot niet naar Jessie te vertrekken voordat haar moeder iets gegeten had. Ze had cornedbeef klaargemaakt, een van Mira's lievelingskostjes, en de scherpe knoflookgeur zweefde door de flat met herinneringen aan de tijd dat er nog flink gegeten werd. Cornedbeef met groene kool, gekookte aardappels en apfelstrudel als toetje.

'Iets lekkerders bestaat eenvoudig niet,' had Mira vaak gezegd. Zelf maakte ze ook dikwijls cornedbeef klaar – op de ouderwetse manier, niet die moderne variant met minder vet en minder zout. 'Sappig moet het zijn, daar gaat het om.'

Nina keek naar haar schaal met cornedbeef: roze en sappig. Het water liep haar in de mond. Ze had genoeg van die dieet-milkshakes, maar ze was blij met het resultaat. Vanochtend had ze een broek aangetrokken die ze vorige week nog niet dicht kon krijgen. Machteloos had ze op en neer staan springen met de jeans rond haar benen. En dat was een maatje tweeënveertig geweest, niet eens veertig! Maar gelukkig paste de broek haar nu weer, al zat hij wel een beetje strak. Langzamerhand kwam ze weer op haar streefgewicht. Nina wilde zo min mogelijk plaats innemen op deze wereld.

Ze kon niets eten van de chocoladecake; die was voor de andere vrouwen. Ze zou zich tevreden moeten stellen met de geur. En het zou prettig zijn om te zien hoe haar vriendinnen genoten van het luchtige dessert (geen kruimel bloem, het geheim zat in de grote hoeveelheid eiwit). Sinds ze met dit dieet was begonnen was eten grotendeels een kijksport voor haar geworden. Ze maakte de heerlijkste maaltijden klaar voor de verpleegkundigen, de vrijwilligsters, de maatschappelijk werksters en alle anderen van Mira's team. Dan zaten ze aan de formicatafel, die Nina had gecamoufleerd met een mooi ajour-tafelkleed, totaal overdonderd door dat onverwachte culinaire festijn.

Ook Mira's schaarse bezoek werd door Nina vorstelijk onthaald met drankjes in kristallen glazen en een braadpannetje met een heerlijk sappige vleesschotel. Toen het buiten kouder werd en haar moeder steeds zwakker, concentreerde Nina zich vooral op hartige gerechten die teruggrepen op haar boerenafkomst. Ze bakte zelfs het diepzwarte roggebrood van vroeger, waar Mira zo naar verlangde.

Door al die heerlijkheden hing er vaak een feestelijke sfeer in flat 21L, en dat deed Nina deugd. Hoewel Mira niemand meer herkende behalve haar eigen dochter – die ze soms voor haar moeder aanzag – genoot ze met volle teugen van haar laatste dagen.

'Geef een feestje,' grinnikte ze, 'en iedereen komt.'

Pas 's avonds laat, helemaal alleen in haar popperige kamertje, voelde Nina de last van de naderende dood. Ze sliep met een babyfoon, een elektrische walkietalkie waarvan het zendertje in Mira's kamer hing en het ontvangertje aan Nina's eigen bed, zodat ze haar moeder kon horen als ze hulp nodig had. Mira's ademhaling klonk regelmatig, maar zo vlak bij Nina's oor maakte het de band met haar moeder overweldigend, als een omgekeerde audioversie van de navelstreng. Na een tijdje leek Mira's ademhaling samen te vallen met haar eigen ritme. Eén keer schoot Nina 's nachts hijgend overeind. Zou ze tegelijk met haar moeder sterven? Dat leek opeens heel goed mogelijk.

Diezelfde nacht gebeurde er iets vreemds dat Nina nog verder terugwierp in het verleden, naar haar puberteit in dit slaapkamertje. Omdat ze de slaap niet kon vatten sloeg ze haar dagboek open, dat ze zo lang in het afgesloten vakje van haar tienerbureautje had bewaard. Ze las haar eigen blauwe handschrift met net zoveel nieuwsgierigheid en voyeuristische interesse als de intieme, ongekuiste gedachten van een vreemde – het meisje van zestien dat ze ooit was.

Ze had een klein sleuteltje nodig om toegang te krijgen tot het roze, in imitatieleer gebonden boekje. Eenmaal geopend waarschuwde het dagboek haar: 'De Straf voor Wie dit Leest is de Doodstraf. Dit is Geen Grap. Nina Moskowitz.'

Terwijl Nina haar dagboek herlas en probeerde te doorgronden, schrok ze van die sfeer van déjà-vu. Met Mira's luide ademhaling in de kamer las ze met toenemend afgrijzen over een brandende verliefdheid van twintig jaar geleden, op een jongen die ze Gouden Gordon had gedoopt. Hij had opvallend licht haar voor deze buurt, de enige jongen in het Confederated Project die voor een blonde god had kunnen doorgaan. Hij woonde in Toren B, tegenover haar eigen flat, en Nina had hem gadegeslagen terwijl hij met gewichten trainde achter zijn raam. Een prachtig lichaam met een zweem van gouden dons. Ze had geen verrekijker gebruikt of zoiets. Ze wilde hem niet al te gedetailleerd opnemen. Dat beeld van die blonde jongen die ritmisch op en neer bewoog, omlijst door het raam, had precies de juiste esthetische afstand.

In haar dagboek las Nina over haar verlangen naar hem, hoe ze zijn gouden borst had willen strelen. Ze had het nooit opgeschreven, maar toen ze dit las herinnerde Nina zich een zomeravond toen ze, in een opwelling van seksuele waanzin, voor haar eigen raam had gestaan en haar pyjamajasje omhoog had getrokken in de richting van de jongen. Later had ze zichzelf gerustgesteld met de gedachte dat het licht uit was en dat hij onmogelijk had kunnen zien wat ze met bonzend hart aan hem had onthuld: die witte glimp van haar borsten, ontbloot aan hem en aan de hele snelweg erachter.

Maar wie wist wat voor erotische ionen door de lucht krioelden tussen die twee witte bakstenen torens in? Want in haar dagboek las ze dat ze de volgende dag, zuiver toevallig, Gouden Gordon ontmoette toen hij het rechthoekige, kortgemaaide grasveldje tussen de twee flats overstak. Zijn blik kruiste de hare en blozend sloeg hij zijn ogen neer. Later kwam hij naar haar toe. Hij had een sportwagen gekocht, zei hij. Misschien wilde ze een ritje maken naar het strand?

Voor de zestienjarige Nina was dat net zo'n exotische uitnodiging geweest als een vliegreis naar de Rivièra. Een paar uur later, met een sjaal om haar haar en een discrete bikini onder haar dunne zomerjurk, zat ze naast Gouden Gordon in zijn rode MG. Met de kap omlaag en luide muziek uit de radio zoefden ze over een serie snelwegen en een dam naar een lusteloos gedeelte van de baai dat bekendstond als Orchard Beach. Van al haar energie beroofd door de lange reis landinwaarts kabbelde de stadszee hier over de voeten van duizenden strandgasten, van wie de meesten niet veel anders deden dan pootjebaden in het verdachte water. Het leek Bagdad wel. Er waren gedeelten waar Nina alleen vleeskleuren zag, geen water meer. Toen ze naast Gouden Gordon voorzichtig het water in stapte, leken ze zich op een bijna tastbare manier bij de massa aan te sluiten, als Hindoes die een bad namen in de Ganges. 'Gordon nam me mee in de mensenzee' had ze in haar dagboek geschreven.

Later was hij naar een drive-inbioscoop gereden, de gemotoriseerde versie van Orchard Beach, een soort verkeersopstopping tegenover een groot scherm. In de auto begon hij haar te kussen en te betasten. Ze voelde het achtergebleven zand in haar broekje schuren. Hij ritste zijn eigen broek open en bracht haar hand naar hem toe. Ze had gegiecheld omdat hij zo hard was; als een vlezig onderdeel van de auto, een menselijke versnellingspook. Even later lag hij boven op haar en trok haar bikinibroekje omlaag. Dat was het moment waarop ze besefte dat hij het met haar wilde doen, ondanks haar maagdelijkheid en het knarsende zand van het strand.

Ze had zijn kussen beantwoord, maar heel wetenschappelijk, nu ze erover nadacht – om te zien hoe ze zelf zou reageren. Het kussen was een klinische bezigheid gebleven, waarbij ze zich veel te sterk bewust was van zijn tanden en zijn tong. Meer tanden dan hartstocht. Maar toen zijn hand haar aanraakte, gebeurde er opeens van alles. Ze ontdekte haar vloeibare middelpunt en slaakte een kreet toen zijn vingers... eerst een, toen nog een... haar penetreerden met de beweging die zijn pik spoedig zou volgen.

Ze was verbijsterd, maar zijn aanval had wel succes. Van een afstand hoorde ze iemand zachtjes jammeren – zijzelf. Gouden Gordon hield zijn eigen tempo aan, en dat was snel. Als ze nu niet ingreep zou het restant van haar maagdenvlies scheuren en zou Gordon zijn zin krijgen. Hij opende haar en ze voelde hoe nat ze werd. Ze waren al een heel eind op weg toen Nina met moeite overeind kwam en zijn hand greep. De film op het scherm stond haaks op hun eigen bezigheden; het was een politiek drama met juryleden en een rechter. Dat hielp Nina om weer bij zinnen te komen en zich de graffiti op de muur van het ketelhok te herinneren, en die slome Linda Gluck met haar vage blik, die volgens de teksten 'er wel pap van lustte'.

Ze worstelden een paar minuten. Het viel niet mee om een jongen van zeventien, verblind door hormonen, van die pompende beweging af te brengen. Maar het lukte toch en ze reden zwijgend naar huis. Toen hij haar afzette bij Toren A had hij niet eens het portier voor haar opengehouden. (Een gebrek aan respect, had ze gedacht. Wat zou hij hebben gedaan als ze had toegegeven?)

Ze stampte de trappen op, nam de lift naar 21L, kleedde zich uit en bleef voor haar raam staan. Het ontging haar niet dat Gouden Gordon de volgende dag opeens zonwering voor zijn raam had hangen, met de lamellen schuin omlaag, voor maximale reflectie. Wat Gouden Gordon daarna nog allemaal deed, kon ze niet zien. De zonwering bleef gesloten en werd stoffig. Aan de overkant van het grasveld bleef Nina eenzaam achter met haar verlangen, haar verontwaardiging en de vage hoop op liefde.

Op de volgende bladzijden las Nina over haar worsteling met zichzelf; geheimtaal voor wat ze zo graag wilde, maar zichzelf niet toestond. Haar half onleesbare code – 'G.G. probeerde me te N.K.N., maar ik wilde alleen maar K.S.N.' – kon ze niet meer ontcijferen. De monoloog over haar mogelijke 'nymfomanie' was beter te volgen. Er stonden zelfs data bij waarop ze aan zelfbevrediging had toegegeven: '9 januari, boven op een stapel wasgoed in mijn kamer gevallen, kon er weer niets aan doen.' Ze had spannende boeken gelezen die bevestigden wat ze al vermoedde: dat ze een van die broeierige, warmbloedige 'nymfo's' was die 'met dat besef geboren waren'. Ze zouden onherroepelijk worden herkend door gelijkgestemde mannen, en tot een leven van seksuele uitspattingen zijn gedoemd.

Nu, op haar achtendertigste, en zo'n drieënveertig mannen later ('geliefden' wilde ze hen niet noemen), kon Nina lachen om haar dagboek. Goddank zou niemand je tegenwoordig nog een nymfomane noemen. Dat was het verschil, dacht Nina. Mensen begrepen nu dat vrouwen ook seksuele verlangens hadden, soms nog heviger dan mannen. Dat was alleen maar natuurlijk. Juist die afkeurende 'diagnoses' uit oude psychoseksuele handboeken waren tegennatuurlijk geweest. Ze mocht nu met zoveel mannen slapen en zoveel seks hebben als ze wilde. Dat die vrijheid pas was verworven in een tijd van welig tierende geslachtsziekten was slechts een ironisch commentaar, het bittertje na het bier.

Nina had nu spijt dat ze het niet met Gouden Gordon had gedaan. Hoe zou haar leven dan verlopen zijn? In plaats daarvan had ze nog zes jaar liggen kronkelen in eenzame extase. Ze had zich vrij moeten voelen om van het leven te genieten. Nou ja, het was al laat, maar misschien nog niet té laat. Het liep tegen twaalven, maar de klok moest nog slaan.

Ze herkende haar laatste seksuele escapade (zo mocht je het wel noemen) in het patroon dat ze bijna twintig jaar geleden al met Gouden Gordon had vastgelegd. De afgelopen drie maanden had ze heimelijk een man gadegeslagen – een redelijk knappe vent – die zijn was deed in de kelder onder Toren A. Omdat ze

zelf de ene na de andere was voor Mira draaide, kwam Nina regelmatig in de kelder, met een grote kans om die verrassend aantrekkelijke en blijkbaar beschikbare man tegen het lijf te lopen.
 En ze wist dat ze elkaar vanaf het eerste moment hadden herkend; hij was net zo seksueel geïnteresseerd als zij. Misschien roken ze elkaars feromonen of zagen ze de interesse in elkaars ogen als ze de schone handdoeken op de tafel van de wasruimte opstapelden. Wat de reden ook was, zodra hij haar aankeek voelde Nina de sluizen weer opengaan. Hij was 'een schatje', zoals ze vroeger zeiden – niet bijzonder groot, maar wel in goede conditie, zoals bleek uit zijn houding en zijn veerkrachtige tred. Hij deed haar denken aan een dier, een soepel roofdier. Hij had een goudglanzende huid en gouden vlekjes in zijn haar, alsof hij veel tijd in de zon doorbracht. Een nogal exotisch type voor iemand die in het Confederated Hill Project woonde. Uit zijn plunjezakken leidde Nina af dat hij veel reisde. Misschien was dit gewoon een goedkoop adresje in New York.
 Ze liet een heimelijke blik op zijn kleren vallen en zag dat hij zuiver katoenen boxers droeg, een goed teken. Gelegenheidskleding leek hij niet te bezitten, of misschien ging die naar de stomerij. Zijn wasgoed bestond uitsluitend uit T-shirts, jeans, de boxershorts, sokken en wat dunne, wijde witte overhemden en heupbroeken. Om zijn hals droeg hij een kettinkje met een ankh, het Egyptische symbool van het leven.
 Ze maakten een praatje, een beetje ongemakkelijk, omdat hun gesprek zo'n duidelijke onderstroming had. Nina bleek gelijk te hebben: hij reisde veel. Als yogaleraar gaf hij overal cursussen. Hij had de flat, nummer 24P, van zijn grootmoeder geërfd. Nina hoorde bijna geen woord van wat hij zei. Zijn ogen waren lichtblauw, zijn blik heel strak. Hij had een lage, diepe, zachte stem en hij liet zijn r rollen, bijna alsof hij brouwde. 'Zal ik je hier nog vakerrrr zien?' vroeg hij.
 En hij nodigde haar uit voor een kopje kruidenthee. Zijn bedoelingen waren duidelijk. 'Ik heb van je gedroomd,' zei hij terwijl hij de oude hoeslakens van zijn grootmoeder opvouwde (versleten polyester, met elastiek in de hoeken). 'Het was een visioen...'

Nina had gebloosd. 'O ja?' had ze gevraagd.
'Ja,' zei hij. 'Maar ik was klaarwakker.'
Er viel een veelzeggende stilte in de wasruimte, afgezien van de rumoerige wascyclus van de voorste machine.
'Ik geef ook les in tantrische seks,' zei hij, terwijl hij haar strak aankeek. 'Je weet wat dat is.' Hij liet geen ruimte voor een afwijzing. Als ze meeging naar flat 24P, zou het niet bij een kopje kruidenthee blijven. Hij vertelde haar dat hij een 'visioen' had gehad van hun samenzijn en vroeg haar om helemaal in het wit te komen... uitsluitend natuurlijke vezels... en eerst te vasten.

Hij bleek zo'n bloesemtheetype, New Age en zo. In andere omstandigheden zou Nina misschien niet voor hem gezwicht zijn, maar begeerte is nu eenmaal de tegenpool van de dood, zoals Tennessee Williams had gezegd.

Ze werkte de hele rozenkrans van bezwaren af: geslachtsziekten, onmiddellijke spijt (vijftien minuten later, twee mensen met hun onderbroek om hun enkels gedraaid, terwijl ze zich afvroegen wat er in godsnaam zo onweerstaanbaar was geweest), mogelijke krankzinnigheid binnen de relatie (vanaf het eerste moment, die eerste starende blik, had hij al een beetje geschift geleken). En toen hij haar zijn naam zei, kreeg Nina een licht gevoel in haar hoofd. 'Jerk?' herhaalde ze. 'Heet je *Jerk*?'

Het bleek een exotische vorm van 'Jerk' te zijn: Zhirac. Dat was natuurlijk niet zijn echte naam, dat begreep Nina ook wel. Waarschijnlijk heette hij gewoon Jerry en was hij een van die joodse zenboeddhisten die een nieuwe identiteit hadden aangenomen binnen een oosterse traditie.

Dat alles besefte Nina heel goed, zoals ze ook wist dat hij uiteindelijk geen betekenis zou hebben in haar leven. Maar toen zijn blauwe ogen zich in de hare boorden, drong alleen die psychische boodschap tot haar door: tantrische seks. Er waren wel ergere dingen op de wereld. Tien jaar geleden had ze ook iets gehad met zo'n pseudo-yogi, aan wie ze toch veel genoegen had beleefd.

Dus besloot ze niet moeilijk te doen toen hun conversatie al snel uitmondde in de vraag hoe en wanneer ze samen konden zijn. Nina legde alle pretenties tot preutsheid maar af. Ze wist dat ze een seksuele relatie met hem zou beginnen; dat was wat ze allebei wilden en nodig hadden. Ze waren allebei gestrand in Toren A, een bejaardenburcht, die je er nadrukkelijk aan herinnerde hoe kort het leven is en hoe snel je oud wordt en sterft.

Daarom nam Nina het hem niet kwalijk toen hij haar bekende dat hij het celibaat had beoefend, maar nu 'het einde van die fase had bereikt, omdat hij er geen geestelijke groei meer van verwachtte.' Ze had geen idee waarom ook zij op dat moment een 'visioen' zag, namelijk van zijn penis, die verdacht veel op een winterwortel leek.

Zolang hij het maar doet, dacht Nina, en ze beloofde hem dat ze bij hem langs zou komen, gekleed in zuiver natuurlijke materialen en helemaal in het wit. Hij kon niet wachten, vertrouwde hij haar toe, om in een hogere bewustzijnstoestand te komen om hun 'eenwording' te ondergaan.

Dat ze in gedachten hartelijk om hem moest lachen veranderde niets aan haar verlangen. Hij was een raar type, maar wel met een goddelijk lichaam. Ze kon de Kama Soetra-olie op zijn lichaam bijna ruiken. Ze wist dat hij sitarmuziek zou draaien en dat er matrassen op de grond zouden liggen. Nina had enige ervaring met dit soort mannen. Ze had al heel wat afgedeind op diverse waterbedden. Zolang ze zijn pretenties als serieus beoefenaar van de erotische kunst maar negeerde, zouden ze best plezier kunnen hebben. Ze vroeg zich af of hij een goede lingam had of dat het inderdaad de wortel zou blijken te zijn die ze zich voorstelde, te smal en puntig voor genot.

Ze twijfelde niet aan haar yoni. Die andere pseudo-oosterse seksdiscipel had haar yoni uitvoerig geprezen en had het ongelooflijk lang volgehouden toen hij eenmaal in haar zat, zo lang zelfs dat ze begon te vrezen voor zijn gezondheid. Toen hij aan het tweede uur begon (echt waar!) had Nina eindelijk een kreet geslaakt en toen het derde orgasme was weggeëbd en ze behoefte kreeg aan wat anders (een borrel of een hapje?) had ze gezegd: 'Je mag nu weer normaal ademhalen.' Ze had de man horen zuchten alsof alle lucht uit zijn lichaam liep, waarna zijn pik verslapte als een langwerpige ballon.

Zoiets had ze ook verwacht met Zhirac. Hoe kon ze zichzelf

verwijten dat ze op zijn voorstel was ingegaan? Het was zo bizar dat ze het wel móést doen. Ze lag al zoveel nachten wakker, luisterend naar de babyfoon, terwijl haar eigen leven leek weg te sijpelen met dat van haar moeder. Iedereén zou het hebben gedaan, dacht ze.

Hoe had ze kunnen voorspellen wat er werkelijk zou gebeuren? Dat kon je nu eenmaal niet. Seks bracht altijd verrassingen met zich mee, soms ook onaangename. Nina probeerde het uit haar hoofd te zetten. Ze mocht nooit aan iemand vertellen wat er was gebeurd. Dat ultimatum stelde ze zichzelf: Zeg geen woord tegen je vriendinnen over deze ultieme vernedering.

Terwijl ze zich gereedmaakte om naar Jessies feestje te vertrekken, nam ze zich heilig voor om Zhirac (Jerk) te vergeten. Zodra Flo verscheen, met een Jamaicaanse afhaalmaaltijd in een zak, excuseerde Nina zich en verdween naar de douche.

Daar, in de turquoise betegelde badkamer, met alle toiletspullen van haar moeder, de rubberen hulpmiddelen en handschoenen, de bakjes voor haar gebit en al die andere deprimerende toestanden, hurkte Nina op de vloer en verwijderde haar pessarium. Het was zes uur geleden, berekende ze. Ze kon Zhiracs liefdessappen nu veilig door de wc spoelen zonder een vertraagde bevruchting te riskeren. Snel en met enige weerzin waste Nina het pessarium schoon, deed er wat poeder op en borg het in zijn doosje, in afwachting van betere tijden.

Ze stond langer onder de douche dan anders. Het hete water gaf haar de kans weer tot zichzelf te komen. Ze gebruikte een zeep die ze had meegenomen uit haar eigen appartement en die naar sandelhout rook. Daarna waste ze nog even haar haar, met de gewone oude shampoo van haar moeder. Dat bleek een vergissing.

Al een paar jaar verfde Nina haar haar, en ze probeerde de wortels niet te laten uitgroeien. Ze vermoedde dat ze al bijna helemaal grijs was, maar ze wilde het bewijs liever niet onder ogen zien. Daarom liet ze haar haar behandelen met subtiele, geïmporteerde, bijna-natuurlijke kleurstoffen die haar oorspronkelijke diep mahoniebruine haarkleur herstelden. Maar toen ze onder de douche vandaan kwam en haar haar föhnde, bleek de shampoo van haar moeder te agressief. Niet alleen was een groot deel van de haarverf weggewassen, waardoor een akelige witte streep vlak bij de haarlijn was ontstaan, maar op de een of andere manier was er ook een chemische reactie opgetreden die het haar een vreemde roestbruine kleur had gegeven. Nina's haar was geoxideerd.

Nou ja, ze had nu geen tijd meer om er iets aan te doen. Ze was toch al aan de late kant. Eerst moest ze het eten nog klaarzetten. (Ze dacht niet dat Flo de maaltijd zo aantrekkelijk kon opdienen als zijzelf. Flo zou papieren bordjes gebruiken die algauw doorweekt raakten, terwijl Nina haar moeder juist wilde laten eten van haar mooiste Tsjechische servies.)

Opnieuw overwoog ze om af te bellen en thuis te blijven bij Mira. Het zou weleens een van hun laatste avonden kunnen zijn. Maar toen dacht ze aan Jessie, Claire en haar andere vriendinnen. Ze had hen al zo lang niet gezien. Al zeven maanden was ze nu verbannen naar het Confederated Hill Project. Ze 'moest er eens uit', zoals dat heette. Het leek of er geen einde zou komen aan de zorg voor haar moeder, al die lange dagen en nachten, maar natuurlijk was het afzienbaar. Aan de andere kant moest Nina nu even haar zinnen verzetten, en het incident met Zhirac was niet geworden wat ze ervan had verwacht. Ze had haar vriendinnen vanavond even hard nodig als Claire haar.

Het cadeautje voor de baby had ze al weken geleden gekocht: een prachtige babypop die over alle natuurlijke functies beschikte, anatomisch volledig natuurgetrouw. Nina wist ook wel dat het een vreemd presentje was, maar ze dacht dat Claire het leuk zou vinden. Nu kon Claire iets oefenen wat ze – zoals Nina wist – nog nooit in haar leven had gedaan: een baby verschonen en in bad doen. Van hen allemaal was Claire Molinaro wel de laatste die in aanmerking kwam voor het moederschap.

Nina had de pop een tijdje in haar handen gehouden voordat ze hem in de gevoerde geschenkdoos verpakte. Hij voelde heel levensecht aan. Ze dacht terug aan de poppen uit haar jeugd, maar legde hem toen snel in zijn doos. Misschien zou ze zelf ooit een kind krijgen. Dat werd met de dag eenvoudiger. Ze hadden nu al gevriesdroogde zygoten, je kon je eitjes in iemand anders kwijt... Nee, het was onzin om te denken dat een kind voor haar niet was weggelegd. Ze had ook een paar persoonlijke cadeaus voor Claire ingepakt: een voedingsbeha (daar zou Claire nooit aan denken, terwijl het toch heel belangrijk was) en een leuke nachtpon, zodat Claire er mooi bij zou liggen in het ziekenhuis. Ze zou toch wel in het ziekenhuis bevallen? Je wist het nooit met Claire. Ze leefde in haar eigen wereld en hoorde tot geen enkel circuit. Nina had zich altijd zorgen gemaakt om Claire, zolang als ze haar kende. Trouwens, alle meiden van Theresa House verbaasden zich voortdurend over Claire en waren bezorgd om haar. Daarom was vanavond zo belangrijk. Nina kon niet afbellen.

Ze had net de cornedbeef op een bord op het instelbare dienblad gelegd en Flo haar instructies gegeven toen ze een verandering in de ademhaling van haar moeder meende te horen. Een soort gefluister dat er eerst niet was geweest... Nee, dacht ze. Niet nu! Niet vanavond.

Ze vroeg het aan Flo, die zei: 'Het heeft geen zin om je ongerust te maken. Ga nou maar. Ik zal goed op haar passen.'

Maar was dat wel zo, vroeg Nina zich af. Dat was een van de meest onthutsende aspecten van deze stervensfase: dat ze volledig moest vertrouwen op vreemden. Op dat moment werd er aangebeld bij flat 21L. Nina deed open en daar, als echte *baboesjka*, stond Basha Belenkov, de voormalige werkster en landgenote van haar moeder, ook afkomstig uit Odessa, heel lang geleden. Basha droeg een bontjas en een opengewerkt sjaaltje met lovertjes, zoals Mira zo mooi vond. Haar jas en haar sjaal zaten onder de sneeuw. 'Het wordt steeds erger buiten,' zei ze. 'Ik dacht, kom, ik ga maar een tijdje bij Mira zitten.'

Nina kuste de oude vrouw op haar rimpelige wang, die zo veel groeven vertoonde dat het leek alsof ze hem tegen een hekwerk had gedrukt. Basha kon niet lezen of schrijven; ze was een authentieke, bijna ongerepte afgezante uit het verleden. Toen ze nog bij haar moeder werkte, had Mira haar opdrachten gegeven door foto's uit te knippen van de boodschappen die ze nodig had van de Confederated Co-op in de buurt. Basha kocht alles aan de hand van plaatjes. Ze was een kleine, brede vrouw, die stevige, met bont gevoerde laarsjes droeg. Het leek wel of ze zo uit de *shtetl* was komen lopen om op haar vriendin en werkgeefster te passen.

Nog nooit was Nina zo blij geweest om iemand te zien. Zolang Basha de wacht hield hoefde ze zich nergens zorgen over te maken: de aandacht van deze vrouw zou geen moment verslappen.

'Ik wist niet of ik wel weg kon gaan,' bekende Nina, 'maar het is een belangrijke avond.'

Basha ging even kijken bij Mira, die nog geen hap van haar cornedbeef had genomen en zat te dommelen, met haar lippen getuit. Basha luisterde naar Mira's ademhaling en keek toen Nina aan. 'Ga maar,' zei ze. 'Je moeder zal ons vannacht nog niet verlaten.'

Met de instructie haar meteen te bellen als er iets 'veranderde' besloot Nina eindelijk te gaan. Ze kuste haar moeder, die glimlachte toen Nina 'Mammala' zei en met moeite '*Oetsjinka*' antwoordde. Nina maakte zich nog steeds ongerust over Mira's wazige blik en de hapering die alleen zij – Nina – in Mira's ademhaling hoorde. Ze pakte haar moeders hand, zogenaamd als een gebaar van affectie, maar voelde haar pols, zoals ze zichzelf had aangeleerd. Zestig. Niet slecht.

'*Oetsjinka,*' zei Mira nog eens. '*Oetsjinka, toetsjinka.*' Die laatste *toetsjinka* gaf de doorslag. Nina durfde nu wel te vertrekken. Maar meteen viel ze weer ten prooi aan die afschuwelijke besluiteloosheid. Stel dat haar moeder – ook al probeerde Basha haar als een waakhond tegen de dood te beschermen – toch haar laatste adem uitblies of in coma raakte als Nina er niet was? Zou ze met die pijn kunnen leven?

Ze hield Mira's hand vast, zo koel, met zo'n dunne huid... Haar moeder zou nooit 's avonds uit zijn gegaan als zij, Nina, op sterven had gelegen. Maar misschien was dat juist het verschil tussen moeders en dochters. Een moeder zou wortel schieten in die kamer. Een moeder zou haar kind nooit alleen laten. Maar een dochter moest weg... en haar moeder zou zelf hebben gewild dat ze haar afspraak met haar vriendinnen zou nakomen. Dat was ook zo'n onderscheid. Nina wist dat haar moeder nooit een 'offer' van haar zou vragen, zoals zij het noemde.

Nina kuste haar moeder op de wang. Zelfs als ze ooit een baby zou krijgen, zou haar moeder dat niet meer meemaken. Misschien kwam het er niet van, maar ook dat zou haar moeder niet weten. De zorg voor Mira benaderde het gevoel van moederschap misschien nog wel het meest... Moest ze dan niet blijven?

Maar iets, geen bewuste beslissing, dwong Nina toch de kamer, de flat en het gebouw te verlaten. Hoe verder ze bij de deur vandaan kwam, des te sneller ze liep. Zorg dat je er nog bent als ik thuiskom, bad ze toen ze op de knop van de lift drukt.

En zo stond Nina even later buiten het Confederated Project. De sneeuw wervelde rond de torens en wikkelde ze in een dun laken. De sneeuwbuien leken vergezeld te gaan van een prachtig lavendelkleurig licht en Nina voelde zich al wat lichtvoetiger toen ze energiek op haar eigen met bont gevoerde, waterdichte laarsjes naar de bushalte stapte. Ze had geluk. Er kwam net een expresbus naar Manhattan aan. Het gouden licht van de koplampen boorde zich door het kanten gordijn van sneeuwvlokken. Nina had haar cadeautjes en de doos met de chocoladecake in een waterdichte plastic draagtas. Snel sprong ze aan boord en ging op weg naar de binnenstad.

HOOFDSTUK VIER

Waarin Martha een penthouse-triplex verkoopt, wordt onderzocht door een vruchtbaarheidsdokter en met een limousine naar NoHo vertrekt.

*

Reproductieve waarde

In een van de betere buurten van de stad keek Martha naar het naderende noodweer van achter het raam van penthouse 43. Op die hoogte leek de sneeuwstorm een klein, zwart wolkje in het noorden. Martha zag het wel, maar ze was meer geïnteresseerd in het uitzicht op New York, dat aan haar voeten lag als een speelgoedstad, een bordspel met wolkenkrabbers en kunstmatige, groene daktuintjes. Vanaf deze hoogte leken zelfs de rivieren verstard: zilveren linten rond het eiland Manhattan.

Martha hield van haar uitzicht, vooral 's avonds, als Astoria in het oosten – een onplezierige herinnering aan de plek waar ze was opgegroeid – door de lichtjes van de stad aan het zicht werd onttrokken. Ze keek liever naar het noorden, haar beloofde land, ook al was het licht daar kouder dan aan de zuidkant van haar dubbele woonkamer. In het noorden verhieven zich nog hogere en mooiere flatgebouwen dan waar ze nu woonde. Vanochtend nog had ze een penthouse-triplex verkocht met dertig kamers. Stel je voor! De meeste mensen wisten niet eens welke werelden er bestonden hoog boven de straat, wat er voor geld allemaal te koop was.

In East 64th Street woonde een vrouw die een volbloedpaard

in de achtertuin van haar stadsvilla hield. In Fifth Avenue was een excentriekeling die een heel herenhuis voor zijn dertien chihuahua's onderhield. Martha zou een moord doen om dat pand in haar portefeuille te krijgen, maar de man wilde nog niet verkopen. Hij woonde er niet eens zelf, alleen de chihuahua's met hun verzorger. Nou ja, ze moest proberen het contact te onderhouden met de eigenaar, een kleine, kale man die zelf op een chihuahua leek, door hem kleine steaks uit Omaha te sturen. Misschien, ooit...

Martha had hard gewerkt om het pand te krijgen dat ze vandaag had verkocht: de penthouse-triplex. Ze had de eigenaren twee jaar lang gecultiveerd, hoewel het onsympathieke krentenkakkers waren die – echt ongelooflijk – hun gasten kant-en-klaarmaaltijden voorzetten. Bij een etentje hadden ze het gepresteerd om maar één fles wijn open te trekken voor zes mensen. Het hoofdgerecht bestond uit plakjes Weense worst met rijst uit een pakje.

Bij de gedachte aan dat akelige, goedkope etentje haalde Martha haar Palm Pilot tevoorschijn en noteerde: *Eigen wijn meebrengen naar Jessies feestje*. Ze herinnerde zich dat ze nog een Veuve Cliquot had staan in de wijnkast van haar keuken, waar de flessen constant op temperatuur werden gehouden. Ze kon de champagne meenemen als attentie voor de gastvrouw; dan wist ze in elk geval dat er iets goeds te drinken zou zijn. Ze wilde geen allergische hoofdpijn riskeren door het bocht dat de andere vrouwen op dit soort feestjes dronken. Ze zou een toost voorstellen op Claire (die zelf natuurlijk geen alcohol mocht hebben omdat ze zwanger was). Martha maakte nog een aantekening op haar Palm Pilot: *Alcoholvrij mousserend druivensap, alleen voor Claire*. Dan kon Claire ook meedoen met de toost, zonder haar kleine foetus in gevaar te brengen. Martha had een artikel gelezen over het alcoholsyndroom bij ongeboren kinderen; sterke drank kon allerlei stoornissen veroorzaken, waaronder een overmatige beharing bij baby's.

Martha had overal aan gedacht. In een aparte tas had ze traktaties en leuke dingetjes voor al haar vriendinnen ingepakt. Allah zij dank was het haar gelukt om Claires feestjes toch nog in haar agenda in te passen. Als Jessie het wat efficiënter had georganiseerd, zou het probleem zich nooit hebben voorgedaan... Hoe had ze Claires feestje nu op 21 december kunnen plannen? Iedereen wist dat Donald dan jarig was. Zijn laatste verjaardag als vrijgezel. Martha had een peperduur etentje georganiseerd – een van de belangrijkste data in haar agenda tot aan de bruiloft, volgend jaar zomer. Ze had het wel honderd keer aan iedereen verteld. Je zou toch denken dat iemand dat had onthouden. Misschien moest ze hun allemaal een Palm Pilot geven voor hun verjaardag... Martha noteerde die suggestie in haar eigen elektronische agenda, met een vraagteken erachter. Een duur cadeau, maar het zou hun leven heel wat gemakkelijker maken. Dan konden ze hun afspraken wat beter op elkaar afstemmen om dit soort bijna-rampen in de toekomst te voorkomen. Ja, dat zou ze doen. Al hun verjaardagen stonden in haar agenda en als ze vijf van die dingen kocht kreeg ze nog korting ook. De verkoop van die ochtend had Martha een aardige cent opgeleverd, *mucho dollaros*. Dus het kon lijden. En het zou leuk zijn om de blijde verrassing op hun gezichten te zien.

Toch werd Martha's vrolijkheid een beetje getemperd. Goed, ze had de courtage op het penthouse binnengehaald, maar ze zou het liever zelf hebben gekocht. Toen Martha thuiskwam in haar eigen flat, nummer 43, leek die een beetje benauwd, alsof haar tien kamers gemakkelijk in de hal van de triplex zouden passen. Ze probeerde zichzelf nog wijs te maken dat de hoge opbouw van de triplex – die eigendom was geweest van een filmregisseur en zijn vrouw, een nieuwslezeres – haar eigenlijk niet aansprak, maar in werkelijkheid was Martha dol op hoge plafonds en balkons. Ze probeerde zichzelf op de mouw te spelden dat het veel te protserig was met die erkerramen en dat haar eigen grote panoramaruiten een veel mooier uitzicht hadden, maar ze wist hoe kostbaar de oude, geslepen ruitjes waren. Ze vormden juist een van de pluspunten van het penthouse. Huizenkopers betaalden grof geld voor zulke vooroorlogse elementen; ze hielden van ouderwets vakmanschap. Tachtig jaar geleden kon je nog Italiaanse vakmensen inhuren. En nu? Glasblazers en steenhouwers waren niet meer te vinden... Vroeger kenden die immigranten tenminste nog een vak, dacht Martha.

Toen ze een blik door de oude ramen wierp, leek het wel of ze door water keek. De oneffenheden in het glas veroorzaakten golfjes waar ze niet waren. En opeens was Martha niet meer zo tevreden met haar ultieme appartement en haar 'dodelijk mooie' uitzicht. Diep in haar hart was ze verliefd geweest op het penthouse en had ze daar veel liever willen wonen dan hier, in appartement Ph43, waar ze tot nu toe zo gelukkig was geweest.

Terwijl ze zich gereedmaakte om te vertrekken troostte Martha zich met de gedachte dat de penthouse-triplex dan wel achttien miljoen dollar had gekost, maar dat de badkamers lang niet zo mooi waren als de hare. Dat was zo vreemd met die ouderwetse appartementen. Hoe duur ze ook waren, sommige dingen vielen toch tegen, zoals een oorspronkelijke keuken uit 1924, met een oud gasfornuis op kleine pootjes, of heel kleine toiletten – zoals dit penthouse – met een kettingspoelbak. Ook de tegels waren verschrikkelijk; niet eens het klassieke zwart-witte dominomotief, maar afschuwelijk flamingoroze en troebel turquoise, overgebleven uit de nouveau-riche stijl van de jaren vijftig. De nieuwe bewoners zouden de acht badkamers volledig moeten slopen. Maar vanwege de aansluitingen van het sanitair konden ze er onmogelijk zo'n boudoir-annex-badkamer van maken, compleet met bidet en een groot ligbad, als waar Martha nu de laatste hand legde aan haar make-up.

Haar badkamer mat vijf bij zes meter, met een schattige nis voor de toilettafel en een grote, open kast voor de dikke badjassen en de stapel Egyptische handdoeken met monogram. Het had *mucho dollaros* gekost, maar het was elke cent wel waard. Je hoorde in elk geval geen kettingen rammelen als je de wc doortrok.

Grotere badkamers waren de trend, dacht Martha. Een duidelijk pluspunt bij de verkoop. En grotere badkamers dan de hare kwam je zelden tegen. De wastafels waren van echt marmer en de kranen verguld. Er hingen spiegels van Venetiaans glas en een Franse kroonluchter die mogelijk nog uit Versailles kwam. Martha had een antiquair ontdekt, André, die dingetjes voor haar op de kop tikte. Hij was niet goedkoop en je moest geen lastige vragen stellen. Martha had bijvoorbeeld geen idee waar de kroonluchter vandaan kwam, maar André had haar wel een foto in een geschiedenisboek laten zien waarop de kroonluchter voorkwam – drie keer raden wáár.

'Laten we maar zeggen dat de keizerin van Oostenrijk hem ook mooi vond,' had hij tegen Martha gezegd. En dus vormde de kroonluchter nu het pronkstuk van haar badkamer. De hele ruimte was in wit en goud ingericht, en de drie ramen hadden een prachtig uitzicht op de stad.

Gelukkig maar dat het zo'n mooie badkamer was, want Martha bracht er heel wat uurtjes door. Ze keek weer naar de temperatuur- en eisprongschema's die tegen de Venetiaanse spiegel zaten geplakt. Daar, in het rood, was de grafiek te volgen van haar pogingen om zwanger te worden. Ze was er nu al twee jaar mee bezig, maar de grafiek leidde nog nergens heen.

Daarom was het vandaag zo'n belangrijke dag. Sterker nog, een allesbeslissende dag! Na een jaar was het haar eindelijk gelukt een afspraak te krijgen bij dr. Francis Hitzig, de beroemdste vruchtbaarheidsdeskundige ter wereld. Hoe hadden de meiden nu juist vanavond dat feestje voor Claire kunnen plannen?

Was dit soms zo'n astrologische ongeluksdag? Martha geloofde daar eigenlijk niet in, maar een cliënte had haar een astroloog aangeraden en Martha was erheen gegaan en had haar horoscoop laten trekken, gewoon voor de gein, en om haar relatie te verstevigen met de cliënte – een rijke weduwe die het fortuin van een haarkleurmiddelenimperium had geërfd, maar pas een appartement wilde kopen als dat in de sterren stond, zo gezegd. Martha's horoscoop was flauwekul, en nog duur ook, maar stom toevallig stonden er wel een paar interessante dingen in: dat ze een steenbok was, een berggeit die stevig met haar hoeven in het zand stond en vastbesloten was de top van de berg te bereiken. Dat soort dingen. En de astroloog had haar ook zes dagen aangegeven waarop ze geen beslissingen mocht nemen. Een van die data was vandaag, 21 december. Haar maan stond nu in Saturnus of zoiets.

Het leek inderdaad de moeilijkste dag uit haar hele agenda.

Niet alleen was haar Donald jarig, maar hij werd ook nog veertig, een mijlpaal. En bovendien was het haar ook gelukt om tot dr. Hitzig door te dringen, de gynaecoloog met de langste wachtlijsten in de stad. Martha had een afspraak om kwart over vijf, na zijn gebruikelijke spreekuur. Dat was de enige mogelijkheid geweest en Martha piekerde er niet over om af te bellen. Het zou dus niet meevallen om alles voor elkaar te krijgen deze avond. Eerst naar het noorden, voor haar afspraak bij dr. Hitzig, niet ver van het Mt. Sinai, dan naar de binnenstad voor Jessies feestje en ten slotte terug naar Union Square, waar ze al elf maanden geleden een tafel had gereserveerd bij Vert, het meest trendy restaurant van dit moment.

Waarom had Jessie iedereen bij haar thuis uitgenodigd, hoewel ze in het centrum woonde en zo lastig te bereiken was? Elke andere avond zou Martha hebben voorgesteld het feestje maar bij háár te houden, in penthouse 43. Niet alleen was haar appartement veel mooier, maar het was ook beter toegankelijk, het lag in een nette wijk en ze kon een cateraar laten komen. Dan hadden ze alles op hun gemak kunnen doen, als beschaafde mensen, in plaats van als gekken rond te rennen in de waanzin van de kerstdrukte die de stad in haar greep hield. En tot overmaat van ramp was nu ook nog de 'sneeuwstorm van de eeuw' voorspeld.

Terwijl ze naakt voor de passpiegel in haar badkamer stond, kreeg Martha opeens een vreemd gevoel in haar borst, een soort klap. Ze wist dat het geen paniek was. Martha leed aan een klein lichamelijk ongemak dat symptomen veroorzaakte die aan paniekaanvallen deden denken: mitralisklepprolaps. Haar hartklep vertoonde soms een heel lichte hapering, waardoor de zuurstoftoevoer korte tijd werd onderbroken, wat hetzelfde effect had als een plotselinge angst.

Rustig maar, waarschuwde ze zichzelf. Het gaat allemaal op rolletjes. Tot nu toe was het een fantastische dag geweest. De verkoop van het penthouse was gladjes verlopen, op wat onverwachte extra kosten na... maar dat kon gebeuren. Martha had het geregeld. Haar courtage beliep miljoenen, dus die paar duizend dollar 'diversen' maakten weinig uit. Martha had de post graag uit eigen zak betaald, zodat iedereen tevreden was. De kopers, twee financiers, zouden vannacht al hun intrek nemen in het penthouse en zich heel gelukkig voelen in hun kathedraal van een slaapkamer boven Central Park South, met zijn 'dodelijk mooie' uitzicht op het park. Voor hoe lang was de vraag, want appartementen veranderden steeds sneller van eigenaar.

Martha had zichzelf wel kunnen schoppen omdat ze de aankoop had bezegeld met een glaasje sinaasappelsap – de oorzaak van haar paniekaanval, althans van de bijkomende symptomen. Koolhydraten, zoetigheid en vooral vruchtensap versnellen haar stofwisseling. Slecht voor het hart. In haar euforie over de geslaagde onderhandelingen was ze dat even vergeten en had ze een glas vers sap genomen. Een grote vergissing. Martha herinnerde zich de vorige keer dat ze vruchtensap had gedronken (met een roombroodje erbij!) omdat de verkoper erop had aangedrongen, de idioot. Ze hadden haar op een brancard de bank uit moeten rijden. De allergische reactie en haar natuurlijke hypoglykemie hadden samen een hele reeks angstsymptomen teweeggebracht: zwetende handen, een bonzend hart, de neiging om flauw te vallen. Ooit was ze tegen de vlakte gegaan op een marmeren vloer en plat op haar gezicht terechtgekomen.

Martha zuchtte diep en ademde weer uit om haar hart tot bedaren te brengen. Ze moest een goede indruk maken op dr. Hitzig. Dat was belangrijk. Ze had het sterke gevoel dat hij haar laatste kans was om een kind te krijgen. En die baby moest er komen.

Ze nam het Claire niet kwalijk. Ze was blij dat Claire niet in haar eentje zou achterblijven. Maar zij, Martha, was toch beter uitgerust om een kind op de wereld te zetten, niet Claire, die met haar merkwaardige leefstijl een veel groter risico vormde. Toch was Claire nu zwanger geraakt, ogenschijnlijk zonder veel moeite, als gevolg van een idiote romance waar ze vanavond alles over moest vertellen.

Martha nam zich heilig voor om geen kritiek te hebben. We zijn allemaal verschillend, waarschuwde ze zichzelf. Wat voor mij als onvergeeflijk gedrag zou gelden, kan voor iemand als Claire best acceptabel zijn. Martha kende de details niet, maar die kon ze zich wel voorstellen, Claire kennende. Of misschien ook wel niet. Claire was nog altijd in staat om Martha te verbazen.

Ook was Martha vastbesloten de andere vrouwen niet de ogen uit te steken. Ze was verstandig genoeg om niet met haar succes te koop te lopen. Vorige week nog was ze tot Makelaar van het Jaar gekozen, maar dat kon ze beter niet vertellen, hooguit in afgezwakte vorm. Ze wilde de anderen niet inwrijven dat zij zoveel rijker was, ook al wisten ze dat wel. Jaloezie was immers niemand vreemd...

Ze moest ook haar afkeuring verbergen over het roekeloze leventje van minstens drie van haar beste vriendinnen, die van hot naar her vlogen als meiden van in de twintig, zonder rekening te houden met het simpele feit dat ze moesten voortmaken als ze nog wat liefde en geluk wilden vinden voor de rest van hun leven.

Je moest nu eenmaal een paar waarheden onder ogen zien, vond Martha, terwijl ze op haar rug op het badmatje lag met een scheerspiegel tussen haar knieën om te controleren wat dr. Francis Hitzig straks te zien zou krijgen. In dit leven draaide alles om succes in je werk, een man om mee te trouwen of samen te wonen (op goede huwelijkse voorwaarden of met een samenlevingscontract, zoals zij en Donald) en kinderen.

Martha staarde naar het bolle spiegelbeeld van haar besluiteloze baarmoederhals, in de wetenschap dat hij waarschijnlijk ooit dichtgenaaid zou moeten worden, net als bij haar zuster. Vruchtbaarheidsproblemen zaten in de familie, evenals de oplossingen. Daarom waren er zoveel Sloanes (of Sarkises; de hele familie had in 1982 een Engelse naam aangenomen).

Martha prees zich nog eens gelukkig dat ze zo'n ideale partner had gevonden. Ze kon zich geen man voorstellen die beter bij haar paste dan Donald van Vranken III. Ze vond het enig dat hij 'de derde' was en vergat maar liever dat de eerste twee een paar zwakbegaafde dodo's waren geweest met een geërfd kapitaal. Donald was knap genoeg (ze moesten ook niet té knap zijn, zoals de man van Sue Carol, want dan gingen ze vreemd) en hij kwam uit een welgestelde familie – *mucho maxo dollaros*. Ze had een glimp van de bedragen opgevangen toen ze hun samenlevingscontract tekenden. Het waren meer nullen dan ze zo snel had kunnen tellen.

Ze luisterde even of ze Donald in het appartement hoorde rondlopen. Hij deed zijn werk als day-trader of daghandelaar in een kamer aan de achterkant van Ph43, met uitzicht op de East River. Ze wist niet precies hoe hij nu eigenlijk zijn geld verdiende, maar dat hoefde ook niet. Ze gingen samen naar de beste restaurants, dure gelegenheden waar je een jaar van tevoren moest reserveren. En de kelners wisten allemaal wie ze was en noemden haar bij haar naam. Kelners moesten ook ergens wonen, dacht Martha peinzend. Dat gold voor iedereen. Of ze zochten een appartement voor hun zoon of dochter. En Martha kon daarbij helpen.

Ja, zij en Donald van Vranken III waren twee handen op één buik, klonen van elkaar, ondanks hun totaal verschillende achtergrond. Ze hadden dezelfde smaak in alles, van films tot badkamergarnituur. En nog belangrijker was dat hij voor honderd procent achter Het Plan stond om hun relatie pas officieel te bezegelen als Martha zwanger was en ze zeker wisten dat er kinderen, afstammelingen, zouden komen. Waarom zouden ze anders die hele juridische ellende riskeren? Donald begreep dat maar al te goed. Zijn eerste vrouw had hem bij de scheiding uitgekleed. Ze had in de kledingbranche gezeten en Donald had weleens gekscherend opgemerkt dat ze zelfs zijn pakken had meegenomen voor haar nieuwe echtgenoot. Gelukkig hadden zíj geen kinderen gehad, dacht Martha, anders zou het allemaal veel pijnlijker zijn geweest. Dit was ideaal. Zij, Martha, zou de moeder worden van zijn enige kinderen. Dat scheelde veel ruzies later. Kinderen moesten er komen. Iedereen hoorde kinderen te hebben, anders werd je leven een neerwaartse spiraal, eindigend in een eenzame dood. Dan had je niemand om speelgoed voor te kopen, Kerstmis sloeg nergens meer op en je had geen erfgenamen als je stierf. Martha ademde in en uit; haar hart ging niet meer zo tekeer en haar pols voelde weer regelmatig.

Martha maakte zich zorgen om haar vriendinnen, grote zorgen. Ze kon hen natuurlijk niet de les lezen – ze neigden allemaal naar depressies, waar Martha gelukkig geen last van had. Als haar hart bonsde en haar handen begonnen te zweten, had dat een medische verklaring, waarvoor een medische behandeling bestond. Ze had al zoveel probleempjes laten herstellen: haar neus, haar vetrolletjes, de eerste oorzaken van haar onvruchtbaarheid.

Hoewel ze het niet kon zien in de spiegel die ze tussen haar dijen hield, wist Martha dat de operatieve correcties zichtbaar moesten zijn in de roze en ogenschijnlijk zo gezonde baarmoederhals. Haar eileiders waren geopend en de schade van het spiraaltje hersteld. Achteraf kon Martha zich wel voor haar kop slaan dat ze zo'n ding ooit had gebruikt. Ze had het nooit vertrouwd, zoals het als een inwendig crucifix in haar baarmoederhals hing. Martha gaf de voorkeur aan dingen die ze zelf kon inbrengen, zoals een pessarium. Ze had het pessarium vaak gebruikt in combinatie met het spiraaltje. Maar ze was bang geweest dat het spiraaltje het pessarium zou laten scheuren. Nou ja, ze was het nu kwijt. Ook het littekenweefsel was verwijderd en ze verkeerde weer in blakende gezondheid, afgezien van die kleine hartstoornis. Dr. Francis Hitzig zou haar dus wel kunnen helpen. Ja toch?

Maar was ze wel presentabel? Met enige moeite hield ze Donalds scheerspiegel tussen haar knieën. Ze had zich op het consult bij dr. Hitzig voorbereid als op een afspraakje met een geliefde. Ze had een bad genomen, zichzelf met crème ingesmeerd, al het overtollige haar verwijderd dat nog was achtergebleven na de elektrolyse, en probeerde nu zo objectief mogelijk haar meest intieme delen te inspecteren.

Ze lachte niet om de spiegel. Dit was een serieuze zaak. Ze wilde een goede indruk maken. Vanmiddag nog had ze haar bikinilijn laten bijwerken door een Roemeense vrouw in de ondergrondse salon onder het Four Seasons Hotel in 57th Street. Dr. Hitzig moest haar zo wel accepteren. Ze zag er heel goed uit.

Dr. Francis Hitzig was de belangrijkste vruchtbaarheidsspecialist ter wereld. 'Ik kan iedere vrouw zwanger maken,' pochte hij. Hij was een van de eersten die vrouwen van vijftig jaar had aangenomen. Met haar veertig jaar zou Martha Sloane een van de jongeren zijn die tot Hitzigs praktijk in Park Avenue werden toegelaten.

Maar zou hij haar aannemen? Dr. Francis Hitzig had een lange wachtlijst en Martha had al haar invloed moeten aanwenden om een afspraak te krijgen. Ze had een appartement verkocht aan een van zijn patiëntes, een bekende societydame met een dubbele baarmoeder. Martha had haar de eerste optie gegeven op 'iets werkelijk unieks, dat je nooit meer zult tegenkomen, een maisonnette in Turtle Bay'. In ruil daarvoor had de vrouw met de dubbele baarmoeder haar invloed gebruikt om Martha te helpen bij dit laatste traject van haar lange reis naar het moederschap.

Martha Garbabedian Sloane (vroeger Sarkis) had al vier artsen en drie klinieken bezocht. Dat had haar *mucho dollaros* gekost, die niet door de verzekering werden vergoed. Ze had Clomid gebruikt, was met progesteron behandeld en had zichzelf met Lupron geïnjecteerd. Natuurlijk waren er pogingen gedaan met IVF en alle andere beproefde technieken. De lijst was eindeloos: mucusmanagement, antibiotische systemische behandeling, eenvoudige ontspanningsoefeningen, op haar hoofd gaan staan na geslachtsverkeer...

Geslachtsverkeer was trouwens passé. Gelukkig maar, dacht ze, want haar kansen waren groter zonder seks. Voordat ze van huis ging, bleef Martha nog even staan om van het uitzicht te genieten – zowel binnen als buiten. Ze had het appartement zelf ingericht, met wat hulp van een beroemde binnenhuisarchitect voor wie ze een leuk klein pied-à-terre had gevonden in een geweldige buurt.

Onroerend goed, daar draaide het om in deze stad, en Martha speelde het spel nu lang genoeg om te weten hoe ze deze variant van Monopoly moest winnen. Iedereen in New York wilde een leuke plek om te wonen en Martha had de beste aanbiedingen. Voor zichzelf had ze deze hele bovenverdieping bemachtigd in het Carthaginian, een wolkenkrabber van koper en glas die in East 69th Street was verrezen. Het zou leuk zijn om de stap te maken naar Park Avenue of zelfs Fifth Avenue, tegenover het museum, waar Jackie vroeger woonde. Maar voorlopig was ze heel tevreden.

Martha was de meest succesvolle makelaar van Shipman-Harding, een bedrijf dat vijfendertig 'gewilde' gebouwen in Manhattan bezat. De firma bouwde nog meer wolkenkrabbers. Het grootste deel zou nu al zijn voltooid als de mensen in die buurten niet steeds protesteerden dat de torens hun licht wegnamen en schaduwen wierpen over die kleine, oude huizen van voor de oorlog. Ze konden de strijd beter opgeven, zoals de bejaarden van 'The Cottages', dat anachronisme op de hoek van Third Avenue en 77th Street, ook hadden gedaan. Je moest nu de lucht in, de verticale ruimte benutten. *The sky is the limit,* in letterlijke zin. Als je niet in de schaduw wilde wonen, moest je verhuizen naar de drieënveertigste verdieping.

Penthouse 43 had niet alleen tien kamers, maar ook (en daar hield ze nog het meest van) een heerlijk balkon rond het hele appartement. Er was een atrium, een eetkamer-annex-serre en een overdekte veranda. Martha woonde als een filmster, vond ze zelf. Eindelijk had ze geld, veel geld, en een salaris van in de zeven cijfers. En haar onkostenvergoeding werd uitbetaald in knisperige briefjes van honderd. Ze genoot bijna nog meer van die honderdjes, haar *dollaros*, dan van al die miljoenen. Ze waren zo mooi groen, ze voelden zo prettig aan en als je ze opvouwde pasten ze precies in een beursje van Kate Spade.

Ze had geld en ze was eindelijk blond. Haar kapper was een genie. Zelfs Martha was haar eigen kleur vergeten – god wist wat die nu was. Liposuctie had haar een slank figuur gegeven, maatje zesendertig. Ze had een knap gezichtje en haar neus, de vloek van haar jeugd, die een schaduw had geworpen over al haar kansen (haar vader was een Libanees, met de neus van een Perzische-kleedjesverkoper), was eindelijk gecorrigeerd. Het was geen goedkope operatie geworden, omdat ze niet zo'n geknepen varkensneusje wilde, met open neusgaten. Nee, haar neus was een succes: precies passend bij haar gezicht, subtiel versmald, zonder die Libanese bochel. Het was een ware triomf, een klassiek neusje, net lang genoeg om voor natuurlijk te kunnen doorgaan.

Ze had de operatie betaald door de plastisch chirurg een appartement te bezorgen aan de parkkant van een nieuw complex aan Central Park West. In ruil voor de correctie had hij de mooiste keuken aller tijden gekregen, ingericht met Miele en Sub-Zero en compleet met een inloopkoelcel. De plastisch chirurg was een echte carnivoor; hij hield van bestorven vlees. Er hing nu een hele kudde eerste-kwaliteits Black Angus steaks aan haken in zijn eigen huis. De man was een artiest. Hij had eerst zijn vrouw gebeeldhouwd, en daarna zijn dochters, die waren opgescheept met zijn eigen neus, waaraan hij als een soort protest nooit iets had veranderd. Nou ja, misschien was het ook lastig om je eigen neus te opereren, peinsde Martha. Maar gelukkig had hij hááár verlost van haar vaders neus. Waarvoor dank...

Martha's vader, Emir Sarkis Sloane, had Martha ook zijn lichaamshaar meegegeven: genetische schaduwen op haar bovenlip, haar armen en zelfs haar dijen en buik. Laserelektrolyse had daarmee afgerekend, behalve op de gevoelige zone rond haar labia. En het had haar geen cent gekost. Martha had de elektrolysepraktijk een ideale ruimte verhuurd, onder in haar eigen geliefde Carthaginian. Steeds als ze de deur uitging kwam ze langs de praktijk op de begane grond, waar al haar overtollige lichaamshaar was weggelaserd, zodat ze nu zijdezacht en glad was. Ze keek nog eens in de spiegel tussen haar dijen en genoot van de smetteloze huid die ooit een oerwoud was geweest. De uitvinder van de laserelektrolyse verdiende de Nobelprijs, vond ze. Zelf zou ze nooit zo ver zijn gekomen in haar strijd tegen het bos. Er waren 211 sessies voor nodig geweest om haar doel te bereiken. Harsen was nu voldoende voor het laatste harige bastion, waar haar huid te teer was voor elektrolyse. Alles was nu klaar. Perfect.

Martha zuchtte, legde de spiegel weg en stond op om haar witzijden kanten broekje en beha aan te trekken. Ze keek weer in de passpiegel. (Die andere spiegel was een beetje demoraliserend geweest. Bij een laatste blik op haar gerimpelde onderkant was Martha toch geschrokken. Het zag er niet zo optimistisch uit als ze zich voelde.) Nu trok ze een taupekleurige panty aan, met haar beige Missoni-pakje. Ze had geleerd geen vrolijke kleuren te dragen. Beige en bruin stonden haar het best; en zwart, natuurlijk. Ten slotte stak ze haar voeten in haar Prada-wedgies – onpraktisch, maar wel leuk. Ze gaven haar benen zo'n mooie lijn en camoufleerden haar iets te dikke enkels. Vanuit de slaapkamer liep ze naar haar klerenkast, die ook op een gelijkmatige temperatuur werd gehouden, net als haar wijnkast, om te voorkomen dat haar bontmantels zouden uitdrogen en verbrokkelen. Ze trok haar lievelingsjas aan, de nerts, en bekeek zichzelf in de passpiegel op de deur.

Ze zag er adembenemend uit, vond ze zelf. De jas was 'dodelijk' mooi, maar Martha vroeg zich af of die antibontmalloten nog over straat zouden zwerven in deze tijd van het jaar. De stad wemelde van die onbespoten idioten, hoewel het nu wat minder erg was dan onder de vorige burgemeester, toen leden van de antibontlobby naakt door Fifth Avenue liepen of zichzelf in kooien lieten opsluiten. Alsof ze zelf geen leren zolen onder hun schoenen hadden, zoals iedereen. 'Wat is het verschil?' had ze hun willen toeschreeuwen. Maar misschien was de nerts toch te overdreven voor dit feestje. Ze wilde haar vriendinnen niet jaloers maken. Ze had het gewoon té goed. Misschien kon ze iets vinden dat haar net zo goed stond maar wat minder opviel? Terwijl ze in haar kast zocht, bedacht Martha hoe jammer het was dat de burgemeester geen sleutels meer uitdeelde voor de stad. Toen zij nog een kind was en in Astoria woonde, deelden burgemeesters altijd sleutels uit voor de stad. Ze zou er graag een hebben gekregen. Nog steeds.

Aha! Haar hand bleef rusten op de schouder van haar shahtoosh-jas. Zo zacht en verleidelijk... shahtoosh was de fijnste wol ter wereld en Martha had heel wat pegels betaald, tweeduizend dollar maar liefst, voor de sjaal, en die laten verwerken in een jas die uit twee andere shahtoosh-sjaals was gemaakt. In totaal was ze zesduizend dollar kwijt geweest, alleen al aan de stof, en nog eens tweehonderd voor die kleine Italiaanse kleermaker in Queens, om alles aan elkaar te naaien tot een wijde mantel die op haar enkels viel. Een prachtig ontwerp, vond Martha, met genoeg glamour om hem straks naar het restaurant aan te trekken, maar niet te protserig om haar vriendinnen te bruuskeren of ongewenste aandacht te trekken van de antibontactivisten in Fifth Avenue.

Ze sloeg de zwierige shahtoosh-cape om haar schouders. De zeldzame wol van de Aziatische antilope paste prachtig bij haar beige haar met gouden highlights. Martha was vrij lang, bijna een meter achtenzeventig, en leek nog langer door de Prada-wedgies. Een imposante verschijning.

Terwijl ze klaarstond om naar het Mt. Sinai te vertrekken, zo'n dertig straten verderop, net over de grens van de Goudkust, zoals het bekendstond, maar te dicht bij Spanish Harlem om nog lang chic te blijven, wierp ze een laatste blik door Ph43 en telde haar zegeningen. De veertien meter lange, verzonken huiskamer was ideaal om gasten te ontvangen. De huiskamer zelf had een uitzicht als vanuit een vliegtuig, op de groene, impressionistische contouren van Central Park, voorbij het hoge, geometrische silhouet van Fifth Avenue, over de rivieren, tot aan het niemandsland van New Jersey. Vanuit haar kamer kon Martha de hele wereld zien.

Alles in het appartement weerspiegelde haar nieuwe status: de spiegelwanden, de ramen en zelfs het geelkoperen meubilair. Mooi en glimmend. In de keuken hing het Franse roodkoper, glanzend gepoetst. Selma, de Braziliaanse kokkin, zou morgenavond tapas maken, als Donalds familie kwam. Maar vanavond was zijn echte verjaardag en Martha had al elf maanden geleden een tafel gereserveerd bij Vert, dat Daniel had verdrongen als de meest hippe tent van de stad.

Hopelijk zou ze Donald onder het etentje kunnen verrassen met het nieuws dat dr. Francis Hitzig haar als patiënte had aangenomen. Een betere garantie om zwanger te raken kon je in New York niet krijgen. Dr. Hitzig had zelfs een paar vrouwen van zestig nog moeder gemaakt. Hij faalde nooit.

Maar zoals dr. Francis Hitzig had uitgelegd, werkte hij met een 'protocol'. Hij accepteerde niet zomaar iedereen. Hij koos uitsluitend winnaars. Dat begreep Martha heel goed, omdat ze dat zelf ook deed. Je wist meteen dat een bepaald pand geen mogelijkheden had en dat je bepaalde cliënten beter kon mijden. Je moest winnaars kiezen; dan werd je er zelf ook een.

Voordat ze uit Ph43 vertrok sloop Martha nog even op haar onwaarschijnlijk hoge Prada-wedgies naar de suite die ze de 'babykamer' noemde. Het was misschien te vroeg, maar toch had ze de kamer al ingericht voor een jongetje, met schattig behang, giraffen in de slaapkamer, speelgoedtreintjes in de speelkamer en kleine hobbelpaardjes in de personeelsgang, waar de kinderjuf zou slapen. Alles stond al klaar. Binnen een jaar wilde Martha haar baby krijgen.

Tot nu toe waren haar schema's altijd uitgekomen. Ze had zichzelf drie jaar gegeven om te slagen als makelaar in New York. Binnen twee jaar was ze opgeklommen tot adjunct-directeur van Shipman-Harding. Daarna had ze een jaar uitgetrokken om een echtgenoot te vinden en was ze Donald van Vranken tegengekomen op Martha's Vineyard. Die is van mij, had ze meteen gedacht. Zijn ogen, groen als oud geld, zijn zongebruinde, lichte huid, zijn rijke, drankzuchtige ouders, zijn psychotische broers... precies zoals ze het zich had voorgesteld. Ze hadden een huis aan zee in Vineyard Haven, met een flinke lap grond eromheen. Een groot huis met een grijs leien dak. De eerste keer dat Martha er kwam had ze meteen de huivering gevoeld die haar altijd bekroop als ze een kapitaal pand ontdekte. Windaways, heette het. En Martha bedacht dat Donald de enige niet-alcoholist in de familie was. Er bestond een grote kans dat alle anderen vroegtijdig aan een leverkwaal zouden bezwijken, zodat Martha ooit het hele huis zou erven. Tot die tijd verdeelden de broers het onder elkaar en kon Donald rekenen op de laatste twee weken van augustus, de belangrijkste tijd om de stad uit te zijn.

Martha had ook een schema uitgewerkt om een baby te krijgen. Het mocht haar vier jaar kosten: één jaar om de ideale partner te vinden (Donald, gebeurd). Eén jaar om te zien of ze het met hem uithield. Dat viel mee. Hij krabde wel aan zijn kont, liet winden en boeren zonder sorry te zeggen, kon urenlang zwijgen en liet de wc-bril omhoogstaan, maar verder mankeerde er niets aan hem. Hij had Martha's ideale lengte, ruim een meter tachtig, waardoor zij kleiner leek, en hij was fors zonder echt dik te zijn, wat haar slanker maakte als ze naast hem stond. Hij had dezelfde kleur haar als zij, dus ze pasten goed bij elkaar. Op een avond in de zomer, tijdens een feestje bij Tavern on the Green, had ze zichzelf en Donald in een ruit weerspiegeld gezien en gedacht: Dat is een stel dat ik graag zou ontmoeten. *Wij zijn de mensen die ik vroeger achter de ruit zag. Nu sta ik zelf binnen.*

Zo was Martha Sarkis Sloane geworden wat ze altijd had willen zijn. Ze lag op schema. Nu alleen de baby nog. Het jaar dat ze voor de 'pogingen' had uitgetrokken was bijna voorbij. Het komende jaar moest het gebeuren. Dr. Francis Hitzig zou haar binnen een paar cycli wel zwanger hebben – dat was hij aan zijn reputatie verplicht: alleen maar winnaars. In de ideale wereld die ze bijna had bereikt zou Martha op haar bruiloft in juni net zwanger kunnen zijn.

Martha sloot de deur van de babykamer en belde het dienstmeisje, Monica, een illegale immigrante uit de Filippijnen en een pijnlijk lief kind. Martha wees naar de grote stapel cadeautjes voor de baby, allemaal al ingepakt. Martha had alle remmen losgegooid. Bij Bergdorf's en de Wicker Garden had ze de halve winkel leeggekocht. En waarom niet? Ze had het geld en ze keek niet op een dubbeltje. Claire zou het nooit redden, deze zwangerschap, zonder Martha. Misschien zou Martha zelfs haar bevalling in het ziekenhuis moeten betalen. Claire zweefde met haar hoofd in de wolken. Ze woonde nog in een eenkamerflatje. Stel je voor! Ergens in een akelig gebouw in een akelige straat, dichtbij maar zelfs niet in een van de ergste buurten van de stad, met de passende naam Hell's Kitchen.

'Breng die even naar de auto,' zei Martha tegen Monica. 'Ik laat de chauffeur wachten terwijl ik bij de dokter ben, en daarna rijd ik meteen naar NoHo, als er nog genoeg tijd is om naar het feestje te gaan voordat ik in het restaurant moet zijn voor het etentje met Donald.'

Monica knikte en verdween met de stapel pakjes door de dienstingang. O, Martha kon Jessie en de anderen wel vermóórden omdat ze juist vandaag hadden gekozen – drie avonden voor Kerstmis, op Donalds verjaardag én de dag dat ze naar dr. Hitzig moest! Hadden ze dan helemaal niet geluisterd?

Nou ja, ze zou het wel redden. Als het verkeer een beetje meewerkte, kon ze de winkeldrukte in Fifth Avenue tussen het Rockefeller Center en Bergdorf's misschien ontwijken en nog op tijd in dat niemandsland van de binnenstad zijn, waar Jessie haar geld had weggegooid aan een hopeloze zolderetage waar ze nooit meer vanaf zou komen. En dan snel terug naar East 15th Street, voor haar tafel bij Vert.

Even later zakte ze ontspannen onderuit in de Town Car, terwijl ze nog een verkoop regelde via haar handsfree telefoon. (Wat een luxe, alleen dat luidsprekertje, zodat je je handen vrij had.) 'Neem Park Avenue maar, tot aan 98th Street,' zei ze tegen Matt, haar chauffeur. 'Dan kun je daar wachten.' Hopelijk werkte dr. Francis Hitzig op tijd. Dan zou het vanavond nog wel goed komen.

Een uurtje later liep Martha rusteloos heen en weer, met haar mobieltje tegen haar oor gedrukt. (Ze kon niet langer blijven zitten tussen al die bejaarde zwangere vrouwen van in de veertig en vijftig.) In elk geval kon ze de tijd nog nuttig gebruiken voor wat gesprekjes met cliënten. Dr. Francis Hitzig werkte dus niet op tijd, maar de muren hingen vol met bedankbriefjes van vrouwen die zwanger waren geworden. Er waren ook fotootjes opgehangen, en het viel Martha op – niet helemaal tot haar genoegen – dat er heel veel tweelingen en zelfs een paar drielingen bij waren. De baby's zagen er wat verfomfaaid uit, vond ze, alsof hun hoofdjes waren geplet in de moederschoot. Hun contouren leken enigszins 'gesmolten', alsof ze werden weerspiegeld in metaal. Maar ze waren allemaal heel mooi aangekleed. Een groot aantal droeg gebreide mutsjes die Martha herkende van Chocolat et Tartine, of Bonpointe. *Mucho dollaros*, hier keken ze niet op een stuiver meer of minder. De kleertjes waren schattig, ook al vielen de baby's wat tegen.

'O, alsjeblieft!' bad Martha, terwijl ze langs het prikbord ijsbeerde. 'Neem me als patiënte aan, verdomme!' Ze wist al wat voor kinderwagen ze wilde kopen – niet zo'n inklapbaar ding met een parasol, maar een luxe Engelse wagen met alles erop en eraan, in elk geval een zachte binnenvoering en een klein kussentje. Haar inkopen voor Claire hadden het vuurtje nog wat aangewakkerd, Martha kon nauwelijks wachten om voor haar eigen baby te gaan winkelen.

Eindelijk werd ze binnengelaten in de spreekkamer. Dr. Francis Hitzig, een knappe, gladgeschoren man met kortgeknipt, blond haar, was nog verrassend jong; een medische student bijna. Ze wist dat hij zou beginnen over haar medische geschiedenis, de abortussen die ze als studente had gehad (en die haar vruchtbaarheid hadden bewezen, al hadden ze ook enige schade aangericht), de endometriose, haar gekantelde baarmoeder, de operaties aan haar eileiders en de mislukte inseminaties.

Maar toen hij haar had onderzocht met een koud speculum en de meest behandelde baarmoederhals uit de stad had bestudeerd, zei dr. Francis Hitzig plompverloren: 'Ik wil u wel aannemen, maar zonder uw eicellen. We zullen een donor moeten gebruiken.'

Zonder haar eicellen. Martha voelde het bloed naar haar gezicht stijgen. Ze was pas negenendertigeneenhalf. Waar hád hij het over? Als het niet Martha's eigen eitjes waren, niet haar eigen genen, was het ook niet echt haar kind. Een spermadonor, daar kon ze nog mee leven. Donalds sperma was misschien toch al het probleem. Ze hadden al hun toevlucht genomen tot oocyt en haar eierschalen moeten afschaven, zodat zijn zwakke zaadjes (zwak, de helft was dood!) haar harde eitjes konden binnendringen. Martha en Donald hadden al overwogen om donorsperma met Martha's eitjes te laten mengen. Maar een eiceldonor? Een *eiceldonor?*

Ze was zo ontdaan dat ze bijna begon te gillen, zoals ze soms deed tegen Donald, Monica of Matt. Ik wil het gewone programma! Hoor je me? Ik zei dat ik een baby wilde! En ik bedoelde *mijn* baby!

Haar kruis deed pijn waar hij haar had onderzocht. Ze had dit niet allemaal doorstaan om het kind van een andere vrouw te moeten dragen (een studente, zogenaamd)! Toen ze overeind kwam, met haar hielen nog in de beugels van de onderzoekstafel, kon Martha haar irritatie niet verbergen toen ze op zakelijke toon antwoordde: 'Dáár, dr. Hitzig, valt met mij niet over te praten.'

HOOFDSTUK VIJF

Waarin Lisbeth worstelt met de verlokkingen van de slaap, strijd levert tegen haar huisbaas en een onverwachte ontmoeting heeft in de ondergrondse.

*

Een schone slaapster in 17th Street

In 17th Street, knus weggedoken in de achterkamer die ooit de salon van het herenhuis was geweest, lag Lisbeth onder haar dekbed. Ze keek naar het gedeeltelijke uitzicht door haar raam: een donkerblauwe hemel die paste bij het met kobaltglas gedekte art-decomeubilair waarmee ze een groot deel van het appartement had ingericht.
    Ze woog de voor- en nadelen af om uit bed te komen of weer te vluchten in haar droom. Als ze niet snel een beslissing nam, stond ze voor een voldongen feit. Over een paar minuten moest ze weg, anders zou ze te laat komen voor Claires feestje. Maar als ze nu opstond, zou ze haar droom vergeten die ze eigenlijk niet kwijt wilde. Als ze nog verder wegzakte, kon ze misschien doorgaan met die liefdesscène onder water, of in elk geval de herinnering verversen aan die ontmoeting in de diepzee met een man zonder gezicht... die misschien van grote betekenis zou kunnen zijn.
    Die middag om een uur of vier was Lisbeth Mackenzie in een diepe slaap gevallen. Ze leek wel bewusteloos, alsof ze was neergeslagen door een onzichtbare overvaller. Ze knikkebolde een paar keer en had zich toen voorover op haar bed gestort. Mid-

dagslaapjes waren niets nieuws voor Lisbeth, maar ze was nu zo snel en zo diep onder zeil geraakt dat ze last kreeg van caissonziekte toen ze als een duiker weer naar de oppervlakte kwam.

Lisbeth had een schrift op haar nachtkastje liggen. Het afgelopen jaar had ze een dagboek bijgehouden van haar dromen. En ze was bang dat deze droom haar zou ontglippen als ze hem niet meteen... hoe zeg je dat?... bij de kladden zou grijpen. Het was haar belangrijkste droom sinds een hele tijd, een droom die haar leven zou kunnen veranderen en haar een nieuw inzicht kon geven in wat ze werkelijk moest weten om te overleven. Heel jammer, dacht ze, terwijl ze tussen droom en werkelijkheid zweefde, dat dit conflict zich net voordeed op de dag die ze al weken geleden had omcirkeld op haar kalender: *Feestje voor Claire.* Ze had er zelfs een uitroepteken achter gezet: *Feestje voor Claire!*

Eén moment speelde ze met de gedachte om de telefoon te pakken en af te bellen met een excuus. Wat kon ze zeggen? 'Ik zit midden in een belangrijke droom. Ik kan nu mijn bed niet uit.' Nee, dat ging natuurlijk niet. Ze moest gewoon naar het feest. Claire had haar vriendinnen nodig. Dat had voorrang.

Sta op! probeerde ze zichzelf te dwingen. Maar iets – of iemand? – hield haar tegen, had haar de hele middag al tegengehouden. En haar onderhandelingen met zichzelf kwamen in een beslissende fase. Als ze om zes uur nog niet was vertrokken, zou ze het feestje missen. En door een nevel die op vermoeidheid leek maar het niet echt was herinnerde ze zich vaag dat er nog iets was dat ze moest doen... iets dat ze op de post moest doen... voor een bepaalde datum... heel belangrijk. Een paar keer schoot ze half overeind in bed en voelde haar hart bonzen in het onverbiddelijke ritme van de werkelijkheid: *Je komt te laat... Sta nou op, anders kom je te laat.*

Ze klopte haar kussens op tot een bijna menselijke gedaante en sloeg haar armen eromheen. Haar lievelingskussen, het kleinste en zachtste uit een serie van drie, was gevoerd met de hoogste kwaliteit ganzendons. Lisbeth had er bijna honderd dollar voor betaald, maar dat was het waard. Het kussentje plooide zich naar haar wang, omvatte haar kin en gaf haar precies de zachte ondersteuning die ze nodig had. De charme ervan werd nog vergroot door het Victoriaanse sloop, dat ze ook lang geleden had gekocht. Het was van de beste kwaliteit linnen, fijn geplooid en geborduurd met witte zijde op het witte linnen, wit-op-wit. Het was haar favoriete sloop, niet alleen omdat het zo heerlijk aanvoelde, maar ook vanwege de geborduurde tekst: *Buon Reposo*.

Het kleine sloop had de hoogste katoendichtheid die Lisbeth ooit was tegengekomen: maar liefst 380. Dat was de kwaliteit waar farao's op sliepen. Dit soort katoen werd meestal uit Egypte geïmporteerd, waar het met de hand geweven werd. Lisbeth wist alles van katoendichtheid. Als die onder de 200 lag, kon je er nauwelijks op slapen. Zelfs 200 was nog vrij grof. Hoe redden mensen zich met polyesterlakens? Hadden die ook een dichtheid, of alleen plasticiteit?

Dit was het handgeweven sloop waarop ze troost zocht en soms huilde, en die hoge dichtheid hielp. Als je moest lijden, dacht ze, lijden en dromen, hoorde je toch in alle luxe te vertrekken naar dat donkere droomlandschap dat zij bijna als haar bestemming zag.

Mensen in het vak plaagden Lisbeth weleens dat ze er 'jonger' uitzag dan haar zesendertig jaar. Misschien *wás* ze ook jonger. Als ze al die hazenslaapjes meetelde, was ze hooguit zesentwintig jaar wakker. In de jaren dat ze nog als model had gewerkt was rust een absolute voorwaarde geweest, een letterlijke 'schoonheidsslaap'. Nu was slaap haar troost geworden, haar toevlucht.

Wat waren dromen eigenlijk? vroeg ze zich af – een zinsbegoocheling, verlangen of herinnering? Stukjes van een puzzel die je nooit kon oplossen? Of, nog mysterieuzer, de herinnering aan een vergeten verleden? Of de voorbode van wat komen ging?

Lisbeth had natuurkunde en astronomie gestudeerd. Ze kon zich eindeloos vragen stellen over het heelal, de sterrenstelsels en de dimensies van tijd en ruimte. Alle momenten moesten ergens bestaan, wist ze. Ze zweefden rond in een abstracte vorm, diep in de eindeloze zwarte ruimte tussen de sterren. Licht reisde daar doorheen en nam de beelden van lang verloren levens met zich mee. Elk moment bestond nog ergens, daar in de ruimte, als een oneindige melkweg van herinneringen.

Vanmiddag nog had ze in de *Sunday Times* iets gelezen over neutrino's, die deeltjes waarvan zo lang was aangenomen dat ze geen massa hadden. Nu hadden wetenschappers ontdekt dat neutrino's wel degelijk massa bezaten. Dat betekende dat er ooit een cumulatief effect zou optreden – dat het heelal niet langer zou uitdijen maar in elkaar zou storten.

Niemand was ooit in staat geweest om te beschrijven of zelfs maar te fantaseren wat er voorbij het heelal lag, voorbij de onbegrensde leegde. Naar die grens (die Lisbeth ook als kobaltblauw zag, net als de met glas gedekte decotoilettafel naast haar bed) ging Lisbeths geest bij haar nachtelijke verkenningen op reis. Soms, in haar dromen, kwam ze te dicht bij een felle zon of ster en deinsde ze terug met verbrande pupillen. Waren er zonnevlekken in dit seizoen? Zonnevlekken hadden de naam dat ze alles op aarde veranderden, op manieren die geen mens kon doorgronden. Zelfs hier, in 17th Street, waar het leek of de wereld een beetje gek geworden was en je je afvroeg of je moest opstaan om je aan te kleden.

Hoe kon de plek die ze vanmiddag in haar hele en halve dromen had 'bezocht'... hoe kon die zeekust níét bestaan? Hij moest er zijn, waar dan ook. Ze had te veel details gezien – het witte zand, het azuurblauwe water met de lichte schuimkoppen van een lieflijk tij – om aan het bestaan ervan te twijfelen. Ze wist zeker dat het écht was, maar waar? Was het een strand dat ze zelf ooit had gezien, jaren geleden? Of een herinnering aan een foto, een schilderij, een film? De droom leek realistischer dan de dag zelf, die ze nogal onzeker vond, net als het winterweer buiten haar raam.

Vaag herinnerde ze zich dat ze op een pier had gezeten, terwijl het schuim van de zee in haar gezicht spatte en er een man op een rotspunt was verschenen. De sfeer van die ontmoeting, zo stil en met maar één doel, deed denken aan een eeroude herinnering. Ze waren samen de zee in gestapt, deinend in de golven die van azuur naar turquoise verkleurden. De man had niet echt op Steven Voicu geleken – hij had immers geen gezicht – maar toch had hij haar aan Steven herinnerd. Wás hij misschien Steven, incognito in haar onderbewustzijn? Dat zou heel romantisch zijn: Steven Voicu die in vermomming aan haar verscheen, als een afgezant van het verleden dat ze wilde herontdekken. Of was het juist een voorteken dat hij op haar wachtte? Dat ze hem in de nabije toekomst zou ontmoeten? Ze moest zich beheersen om niet zijn naam te fluisteren.

Lisbeth knipperde met haar ogen en probeerde terug te keren naar de alledaagse wereld van haar slaapkamer. Ze moest opstaan, douchen en zich aankleden. Van waar ze lag in bed kon ze de stapel ingepakte cadeautjes zien, voor Claire en de baby, op de bank bij de haard. Het was laat. Ze had allang aangekleed moeten zijn. Ze mocht het feestje niet missen.

Maar die onzichtbare kracht, streng en verlokkend als de mannenarmen in haar droom, trok haar terug tussen de donzen kussens, het holletje in het dekbed, de hoge futon op haar gewone matras. Ze sliep altijd hoog, als een Egyptische prinses op een sarcofaag. Om haar heen, net als in het land van de farao's, lagen de dingen die haar moesten vergezellen op haar reis naar een andere wereld: een FM-radio met een cd-speler, gedempt afgestemd op een jazzzender met Lady Day en een toepasselijk *Why am I blue?*; een stapeltje romans, op hun plaats gehouden door een oud exemplaar van *Oblomov*; haar asbak, met de askegel van haar laatste Gauloise die gisteren tot een volmaakt cilindertje was opgebrand; een bijpassende blauwe fles mineraalwater; een halfleeg wijnglas. Lisbeth keek naar haar nachtkastje, waar een art-decoklok (nog meer kobaltglas) te vermoeid leek om haar de tijd te vertellen, zodat ze het gevoel kreeg dat zelfs de klok bij deze samenzwering was betrokken om de grens tussen dag en nacht uit te wissen.

Blijf nog maar even liggen, stelde een innerlijk stemmetje haar gerust. *Je redt het nog wel op tijd.* Het was niet eens beleefd om precies op tijd te komen. Het kon geen kwaad nog een kwartiertje langer te genieten van deze zachtheid, deze warmte, de flarden van haar droom. Misschien was het allebei nog mogelijk: de betekenis van de droom doorgronden én op tijd bij Jessie zijn. Lisbeth kroop onder het dekbed en maakte een dieper holletje. Eén minuutje nog, beloofde ze zichzelf. Dan zou ze uit bed komen en een kop espresso zetten met het kleine apparaat op het aanrecht.

Van waar ze lag zag Lisbeth nog een stukje van 17th Street – een straatlantaarn met een felle lamp tegen de criminaliteit, en het skelet van de esdoorn die in lente, zomer en herfst dienstdeed als haar buitengordijn. Dan spreidde de boom een kanten kleed van bladeren tentoon, als een voortdurende inspiratie voor haar kunst, die steeds meer haar modellenwerk verdrong als haar werkelijke roeping. In juni zette de boom deze kamer in een somber groen schijnsel, maar zelfs het verlies aan zon kon Lisbeth niet deren. Het gefilterde licht was net zo mooi. Ze had geprobeerd het op haar doek te vangen, samen met de dansende patronen van de bladeren op haar muur. Haar *Boomstudies* waren haar meest succesvolle serie, bijna allemaal al verkocht. Zelfs de grootste, *Ochtend in mei*, die nog oningelijst bij de schoorsteenmantel stond, was al 'besproken' door een galerie in Luxembourg.

Het hele jaar leefde Lisbeth onder invloed van die boom, de enige overlevende van wat ooit een bomenlaan was geweest. Nu stonden er enkel nog wat zielige, nieuwe sprieten voor de andere huizen, overeind gehouden met krukken en witte plastic manchetten. Lisbeth wist niets van bomen, behalve dat ze van die boom voor haar raam hield. Nee, het was meer dan houden van, ze had er haar emoties aan te danken, en haar carrière. En dat kwam goed uit, omdat ze maar zelden haar appartement verliet. De boom was haar uitzicht, haar levenswerk, haar meest constante liefde.

Nu, op deze bitterkoude winteravond, was de boom net zo naakt als zij. Hij leek wat ontdaan zonder zijn bladeren, met zijn zwarte takken naar de winterhemel geheven in een smekend gebaar om... wat? Meer sneeuw? De lente?

De winter drukte nu zelf tegen de ruit. Lisbeth had zich tegen haar huisbaas verzet toen hij thermopane wilde installeren. Ze vond dat niet passen bij het historische karakter van het oude herenhuis, een aantasting van de schoonheid ervan. Maar Feiler, haar huisbaas, vond het warmteverlies te groot.

Feiler beschuldigde haar van buitensporige stookkosten. Als ze schilderde moest ze de ramen openzetten tegen de dampen. Dan werd het koud in 2A en begonnen de oude radiatoren te rammelen en te hoesten in hun poging om zoveel mogelijk warmte omhoog te stuwen vanuit de oude ketel die in de kelder stond te kreunen en te boeren.

Warmteverlies, ja, dat was dit weekend goed te merken. Maar de ruzie over de ramen – Lisbeths verzet tegen de 'renovatie' – was slechts het topje van de ijsberg van deze langdurige strijd over haar appartement. De oorlog om 2A duurde al tien jaar. Feiler had een gruwelijke hekel aan huurders met een geïndexeerde huur. Lisbeth had het appartement 'geërfd' van haar ouders en had daarom het recht om hier te wonen voor $777,34 per maand, een belachelijk lage huur naar de huidige maatstaven.

Op het bureau naast haar bed vormde een stapel juridische brieven, allemaal aangetekend, het bewijs van de eindeloze aanslagen op haar volharding. Nog de vorige avond had ze zich het hoofd gebroken over de nieuwste aanval: een poging om 2A te 'dereguleren' op grond van haar te hoge inkomen. Op haar vage manier kende Lisbeth alle details. Ze leidde misschien een wat zweverig bestaan – op sommige dagen kwam ze niet uit haar oude, roodzijden kimono en deed ze weinig anders dan importsigaretten roken en espresso drinken – maar ze had een uitstekend overlevingsinstinct. Ze was goed ingevoerd in de nieuwe huurwet en wist dat ze in haar recht stond. Ze zou meer dan 175.000 dollar per jaar moeten verdienen, en dat twee jaar achtereen, om buiten de bepalingen van de geïndexeerde huur te vallen. In een gunstig jaar had ze dat weleens verdiend, maar nooit twee jaar op rij. Soms verdiende ze het ene jaar 175.000 dollar en het jaar daarop maar 7000. Als parttime model en fulltime schilder was Lisbeth een kleine zelfstandige. Ze kon de kosten van haar doeken, het opspannen, het inlijsten en de prijs van de verf zelf (die de pan uit was gerezen als een artistieke variant van de oliecrisis) van haar inkomsten aftrekken.

Ze had een agent, een kale vrijgezel van wie ze wist dat hij heimelijk verliefd op haar was en die haar hielp met haar boekhouding. Lisbeth was ervan overtuigd dat ze niet uit haar appartement kon worden gezet zolang ze haar boeken bijhield en op tijd haar bezwaarschriften instuurde. De kale vrijgezel, Murray, vereiste een doordachte aanpak: ze flirtte wel met hem, maar hield hem ook op afstand. Dat kostte enige mentale energie. Op sommige dagen werd ze wakker, net als vanmiddag ('vanochtend' zou niet kloppen; meestal kwam ze in het weekend 'punctueel' om kwart voor twee haar bed uit) en had ze helemaal genoeg van het gezeur om appartement 2A. Als Feiler het zo graag wilde hebben, dan kon hij het krijgen, dacht ze in zo'n stemming. De methoden van de huisbaas werden steeds irritanter en gecompliceerder. Misschien moest ze het maar opgeven.

Maar zelfs in zo'n wazige, halfbewuste flirt met een nederlaag wist Lisbeth dat ze hier moest blijven. Ze was een gevangene van de stad. Dit was haar cel, maar een prachtige cel. Een doorgebroken appartement als 2A zou, zelfs met alle gebreken, zeker 4500 dollar huur moeten opbrengen op de vrije markt. Daarom was de strijd de afgelopen maanden geëscaleerd. Lisbeth bracht uren door in de copyshop en op het postkantoor om haar stukken te dupliceren en haar brieven aan te tekenen als bewijs van haar tijdige reactie. De verdediging van 2A werd zo langzamerhand een dagtaak. Geen wonder dat ze geen zin had om uit haar warme bed te komen en deze grijze dag onder ogen te zien. Morgenochtend verstreek er weer een datum. Als ze vandaag geen aangetekende reactie stuurde, zou ze morgen de ondergrondse moeten nemen naar de burcht van de Huurcommissie, in Jamaica, Queens. Ze zag het bureau van de commissie als een zwartgeblakerd arsenaal van feodale oorlogjes, waarin bewoners, huisbazen en loensende, slissende ambtenaren eeuwig over de rechten van huurders discussieerden. Lisbeth vreesde dat het een zware mentale slag voor haar zou zijn om persoonlijk naar Gertz Plaza (de naam alleen al klonk onheilspellend) in Jamaica, Queens, te gaan en zich op dat kantoor te vervoegen. Misschien zouden ze haar nooit meer laten gaan. Gertz Plaza leek haar een Bastille van het woningwezen, waar ze je onmiddellijk opsloten en je scherpgesneden voordeursleutel weggooiden. Haar geliefde 2A zou verschrompelen tot een kubus van betwiste ruimte, een cijfertje in een woud van statistieken. Een nederlaag lag op de loer.

Daarom moest ze vanavond, op weg naar NoHo, langs het hoofdpostkantoor bij Pennsylvania Station gaan, dat altijd open was, om haar aangetekende bezwaarschrift te versturen en een bewijsje te vragen. 'Ik heb *niet* in twee achtereenvolgende jaren 175.000 dollar verdiend.' Nee, dat was juist de ironie. In dat geval had ze zich misschien een ander appartement kunnen veroorloven.

Maar de band met 2A ging verder dan alleen de huurovereenkomst. Het was niet zomaar een appartement, zomaar een woning. Nee, het was het huis van de slak, de gepantserde huid die haar beschermde tegen alle mogelijke kwaad. In 2A voelde ze zich ingekapseld in haar dekbed, haar muziek, haar geschiedenis en zelfs haar sigarettenrook. Het was haar natuurlijke leefomgeving.

Lisbeth strekte zich weer uit en overtrad haar eigen regels (en waarschijnlijk de voorschriften van de brandweer) door in bed een Gauloise op te steken met een houten lucifer van de bistro beneden, Le Chat Blanc. Ze inhaleerde en zuchtte. Toen stokte haar adem. Ze hoorde een echo vlak achter het hoofdeinde van haar bed. Nog een zucht: *Awwwgh*. Lisbeth luisterde scherp. De volgende geluiden klonken gedempt, maar ze meende een soort geritsel te horen, als van een muis, achter de muur bij haar hoofd. Dit was het nieuwste wapen van Feiler en Feiler. Vader Feiler had zijn dikke en (volgens Lisbeth) enigszins gestoorde zoon geïnstalleerd in een voormalige voorraadkast op de gang achter haar slaapkamer. Het kwam erop neer dat deze oudere jongere – Ferdie – nu in een kast vlak achter haar muur woonde. Er bestond een bepaling dat een huisbaas een appartement aan zijn eigen familie ter beschikking kon stellen. Lisbeth vermoedde dat Ferdie het kanonnenvoer was in dit aanvalsplan, voor het geval de inkomenstest geen effect zou hebben.

Zo nu en dan ving ze een glimp op van Ferdie, tussen de muren van het gangetje geklemd, als hij zijwaarts met een pizzadoos naar zijn smalle deur schuifelde. De 'jongen' moest zeker dertig zijn, dacht Lisbeth, maar met zijn basketbalshirt en zijn nadrukkelijk afzakkende jeans – waardoor een deel van de roze, puistige halve manen van zijn billen werd ontbloot dat een ongelukkige gelijkenis met zijn gezicht vertoonde – maakte hij de indruk van een onaangename, eeuwige puber. Ja, soms zag ze

Ferdie, maar meestal hoorde ze hem alleen, als een griezel aan de andere kant van de muur.

Ook nu hield Lisbeth weer haar adem in toen ze meende hem te horen zuchten. Het geluid werd begeleid door een mechanische kramp van de radiator, een geklop en gerammel toen de ketel wat hitte ophoestte. Vlak bij de plint klonk het zachte gesis van de ontsnappende stoom, waardoor al een deel van het parket was kromgetrokken. Er was geen isolatie en Lisbeth hoorde Ferdie Feiler ademen en nog erger. Hij leidde een bestaan van ontsnappende lichaamsgassen en (vreesde Lisbeth) rochelend slijm.

Geen wonder dat ze diep, heel diep, wegdook in haar dromen. Ze had geen andere plek om zich te verbergen. Haar probleem bevond zich vlak achter de muur, op tien centimeter van haar hoofdkussen. *Buon Reposo.*

Lisbeth had de hele dag tegen de slaap gevochten en er soms aan toegegeven. Leed ze aan een depressie? Een specifieke donzen-dekbeddepressie? Maar het was zo'n langdurige en soms zelfs sensuele ervaring dat het bijna plezierig leek. Misschien was het een goedaardige vorm van depressiviteit die tot euforie kon leiden als ze zich terugtrok op dat warme, veilige plekje waar het beddengoed haar troostte. Lisbeth voelde zich gekoesterd en bemind terwijl ze sliep. *Nee, ze had geen depressie.* Ze was afgedaald als in een duikersklok en riskeerde misschien een te hoge waterdruk, maar depressief was ze zeker niet.

Ze had altijd een uitstekende relatie met haar beddengoed gehad.

Lisbeth was nooit een kind geweest dat je naar bed moest sturen. Ze ging maar al te graag. Ze was hier zo'n beetje opgegroeid. Deze salon was de kamer van haar ouders geweest voordat het appartement volgens het huurrecht op haar was overgegaan, als enig kind. Nu ze om zich heen keek, besefte Lisbeth weer dat dit de ouderlijke slaapkamer was geweest toen zij nog klein was. Zelf had ze in de woonkamer geslapen, in een nis waar een tijdlang een gordijn voor had gehangen terwille van haar privacy, die natuurlijk niet bestond. Maar misschien was dat in die tijd geen probleem geweest. Haar ouders, zingende artiesten, hadden veel bezoek gehad, vaak tot laat in de nacht. Dan lag Lisbeth in haar kleine bed achter het gordijn en oefende zichzelf om in slaap te vallen, dwars door alle drukte en herrie heen. Het was geen ongelukkige jeugd geweest; ze had zich veilig gevoeld. Zelfs nu konden geluiden als muziek, rinkelende ijsblokjes, stemmen op korte afstand, de radio of de televisie haar niet belemmeren om weg te zakken in een heerlijke, diepe droom.

Lisbeth herinnerde zich een gebaar uit haar jeugd. Ze hief haar handen, alsof ze zich overgaf aan de twee zwarte kussens die ze achter haar hoofd had opgeklopt voor extra steun. Met de handpalmen omhoog liet ze haar handen terugvallen langs de grote kussens, zodat de achterkant van haar nagels over het koele katoen streek. Dat gevoel werkte als een soort verdoving, die Lisbeth terugbracht naar de nachten uit haar vroegste jeugd, toen ze troost kon vinden bij een warme rubberen speen. Haar lippen herinnerden zich de sensatie van het zuigen, waardoor de warme melk haar mond in spoot, een steeds herhaalde beweging die haar – samen met de melk – half in trance bracht. Als kind had ze soms het puntje van haar kussensloop strakgedraaid en het stijfsel eruitgezogen, hard sabbelend, alsof het linnen zelf haar troost kon geven. Als ze moe of van streek was, vingerde Lisbeth nog altijd de punten van haar kussensloop of frunnikte aan de strengen van haar eigen lange haar. Als ze tevreden was, smakte ze met haar lippen tot ze sliep.

En nu zou een van haar beste vriendinnen een kind krijgen. Een kind! Te elfder ure nog verwekt, God mocht weten hoe. Vreemd dat Claire de eerste was. Lisbeth wist dat ze naar het feestje moest gaan; dat was belangrijk. Ze wilde het ook... Het was al te lang geleden dat ze Claire gezien of zelfs maar gesproken had. Een vreemde afstand was er tussen hen ontstaan tijdens Lisbeths laatste affaire, alsof de intimiteit met een man op een onuitgesproken wijze hun vriendschap had verdrongen. Vroeger hadden zij en Claire lange, slaperige telefoongesprekken gevoerd voor het slapengaan, rokend en drinkend in hun eigen appartement, verbonden door een kabel onder Manhattan.

Maar aan die gesprekken kwam abrupt een eind toen Steven Voicu bij haar bleef slapen. De twee vrouwen hadden nooit bewust besloten om elkaar niet meer te bellen; het werd gewoon ongemakkelijk. Je kon niet lekker kleppen terwijl er iemand naast je lag. Misschien hadden die lange telefoongesprekken een leegte gevuld of... misschien kon je maar met één persoon tegelijk intimiteiten uitwisselen. En die afstand die er nooit eerder was geweest verbreedde zich al snel tot een echte kloof tussen Lisbeth en Claire.

Nu wilde Lisbeth die kloof graag overbruggen. De man was verdwenen en de breuk, of wat het ook was geweest, kon worden hersteld. Als Claire dat ook wilde, natuurlijk. Misschien viel er niets te herstellen en had Lisbeth het zich allemaal verbeeld. Claire reisde veel, maar meestal hield ze contact – al die ansichten van moskeeën in het Midden-Oosten of tempels op Bali. Wat had Claire uitgespookt sinds haar terugkeer in New York? Waarom had ze nooit teruggebeld? Waarom was ze verdwenen, om plotseling weer op te duiken, zoveel maanden zwanger?

Opstaan! beval Lisbeth zichzelf. *Een hete douche en koffie. Vooruit!* Maar alsof haar kussens levende wezens waren, een 'bedgenoot' die ze eigenhandig had opgeklopt tot iets dat op Steven Voicu leek, de laatste man die ze hier had liefgehad, misschien wel de laatste man ooit... de kussens die Steven Voicu moesten verbeelden verleidden haar om nog even te blijven liggen, *één minuutje maar...*

Vreemd eigenlijk, de manier waarop ze zich deze keer bij zijn verdwijning had neergelegd. Zonder zichzelf te kwellen of toe te geven aan de uitersten van haat en liefde had Lisbeth de oplossing gevonden. Het had even geduurd, maar de aanpassing was heel geslaagd. In plaats van verdriet te hebben of zich eenzaam te voelen had Lisbeth een geheime extase ontdekt.

Vanavond was bijna de exacte verjaardag van Stevens vertrek – ze wilde het niet zijn desertie of zijn verraad noemen. Daar was Steven te aardig voor. Hij zou niet bij haar zijn weggegaan als hij niet het gevoel had gekregen dat hij geen keus had. Hij had echt van haar gehouden, daar twijfelde ze niet aan. Maar vanaf het eerste begin had ze ook geweten dat zijn liefde een vorm van zwakte was, dat het hem aan moed ontbrak om zichzelf – en uiteindelijk dus ook haar – te redden. Dat zou ze zelf moeten doen en dat had ze ook gedaan.

Eén jaar. In januari. Haar brein, dat op sommige punten zo

grillig functioneerde, was ook een computergestuurde kalender. Nog tien dagen, dan was het op de kop af een jaar geleden. De affaire – zo moest ze het wel noemen – had met vallen en opstaan twee jaar geduurd. Aanvankelijk had ze zich ertegen verzet. Ze voelde niets voor een verhouding met een getrouwde man en beschouwde de trouwring aan Stevens linkerhand als net zoiets als het alarm aan een kledingstuk in een winkel, waardoor je onmiddellijk zou worden aangehouden als je ervandoor ging met iets dat jou niet toebehoorde.

Ze zág bijna een label met ECHTGENOOT in zijn kraag. Hij droeg dure, zachtkatoenen De Pina-shirts (hij wist dus iets van stoffen, of anders zijn vrouw wel). Hij zag eruit als een getrouwde man, zelfs als Lisbeth dat niet zou hebben geweten. Hij leek wat te goed verzorgd, te goed gevoed, heel anders dan die verfomfaaide, pas gescheiden mannen die ze kende en die haar benaderden alsof ze waren uitgespuwd door een wasmachine die op de verkeerde snelheid en temperatuur was ingesteld.

Denk nou niet aan Steven Voicu, beval ze zichzelf. Hij, of het beddengoed, zou haar weer verleiden en dan was de hele avond naar de knoppen. Ze had cadeautjes gekocht en ingepakt. Ze zou naar het feestje gaan. Lisbeth keek naar de fles Merlot van de vorige avond, opengetrokken om te ademen, met het wat zure aroma van een dag later. Ze overwoog een slok te nemen, maar deed het niet. Ze kon beter wachten tot de wijn op het feestje, als het gezellig en gepast was om te drinken. Ongevraagd drong zich het beeld van de beslagen wodkafles aan haar op, in de koelkast. Het was een speciale wodka, gestookt door boeren in Roemenië. Steven had hem haar vorig jaar Kerstmis gegeven als een souvenir uit zijn vooroudelijke dorp in de Karpaten. Vloeibaar vuur en ijs; gedistilleerd genot.

Drink mij, nodigde de fles haar uit, net zo magisch als Alice in Wonderland, maar Lisbeths fles kon met haar communiceren door een vorstvrije GE-koelkast heen. Hoe kon iemand beweren dat wodka een 'kleurloos, geurloos drankje' was? Lisbeth kende alle nuances, de vage gouden of aquatint, de smaak en het aroma van de temperatuur zelf, gezoet door de gisting van de alcohol. Ze overwoog om er alleen maar aan te ruiken.

Nee, bewaar hem maar voor als hij terugkomt, vermaande ze zichzelf. Toen riep ze hem op, met de geheime truc waarover ze niemand had verteld, en Steven Voicu stond weer in haar kamer, knap en ongrijpbaar als altijd.

Ze kon hem zien als ze zich concentreerde op een plek die hij ooit had ingenomen. Niet dat ze hem echt zág, zoals in *Ghost* of die oude films op *American Movie Classics*, waarin een spook rondwaarde als een vage kopie van zijn vroegere zelf, terwijl sommige personen hem konden zien, maar de meesten niet. Nee, Lisbeth wist wel dat Steven er niet was. Maar toch kon ze zijn beeld oproepen...

Ze zag hem in haar stoel bij de haard zitten, of uit de douche stappen met een handdoek om zijn middel. Hij was wit, als een spook, maar dat was zijn echte huidskleur – Steven Voicu was zo blond dat hij bijna een fotonegatief van zichzelf leek. Hij had opvallend witblond haar en heel lichte wimpers. En zijn ogen dreigden van blauw naar witviolet te verkleuren.

Lisbeth hoefde niet haar ogen te sluiten om zich hem voor te stellen. Ze riep hem op met al haar kracht en zag hem dan levensgroot in de deuropening waar hij haar had gekust. Die deuropening had een Moorse boog, een architectonisch element, en onder die boog had hij haar voor het eerst gekust, eerst vriendschappelijk, toen erotisch, met zijn tong als de interpunctie die een eind maakte aan hun beleefde relatie en het begin inluidde van de verhouding die zoveel voor haar betekend had.

Tot die avond kende Lisbeth hem alleen maar indirect. Bij toeval hadden ze een paar vreemde kennissen gemeen. Ooit had ze zijn cursus fotografie gevolgd aan de New School. Ze hadden elkaar weleens ontmoet op grote feesten en soms kwamen ze in hetzelfde restaurant. Jarenlang had ze geweten dat hij ergens in de buurt woonde, een paar straten naar het noorden. Ze wist ook dat hij getrouwd was met een toneelschrijfster die bekendstond om haar nerveuze karakter. Zijn vrouw was veel weg voor regionale producties, en als ze in de stad was bleef ze thuis om haar volgende stuk voor te bereiden of te treuren om de kritieken op het vorige. Volgens de verhalen was ze erg kwetsbaar en er hing een soort sfeer rond Steven Voicu – als de rook van dezelfde

Franse sigaretten waar Lisbeth van hield – dat zijn vrouw zou instorten of misschien wel sterven als hij haar ooit verliet. Steven Voicu droeg zijn milde ongeluk als een mannelijk eau-de-toilette. Hij maakte een gelaten indruk. De paar keer dat Lisbeth hem had ontmoet hadden ze elkaar merkwaardig enthousiast begroet, met een vrolijke omhelzing, alsof ze op die momenten van hereniging met een bijna volslagen vreemde ook haar hoop, haar droom van een man, begroette. Voordat ze elkaar eigenlijk nog kenden leken ze al meer vertrouwd met elkaar dan ze het recht hadden te zijn.

Hij had de gewoonte aangenomen om lang en loom te lunchen aan een tafeltje op het terras van de bistro beneden in Lisbeths gebouw, Le Chat Blanc. Lisbeth merkte dat ze op zijn witblonde hoofd begon te letten als hij over een of andere buitenlandse krant gebogen zat. Op een dag maakte hij een foto van haar toen ze verscheen. Tot haar eigen verbazing hield ze geen afwerende arm voor haar gezicht, maar glimlachte. De volgende dag gaf hij haar de afdruk, die hij opzettelijk had overbelicht, zodat ze net zo spookachtig leek als hij. Hij had zijn hoofd schuin gehouden op een Europese manier (hoewel hij al twintig jaar geleden, als jongen, uit Roemenië was vertrokken) en vroeg of ze een espresso met hem wilde drinken.

Ze was bij hem aangeschoven en ze hadden samen de aanwas van ketens koffietentjes in de stad betreurd. Ze gaven allebei de voorkeur aan de persoonlijke sfeer van een kleine zelfstandige. Ze hadden gelachen om de zondvloed van latte die hun buurt had overspoeld, en om het overdreven formaat van de kopjes. Het was de stedelijke variant van die enorme broodjes die je nu overal bij wegrestaurants kon krijgen.

Lisbeth merkte dat ze heel ontspannen met hem kon lachen. Dus lag het voor de hand dat ze hem uitnodigde om haar appartement en haar schilderijen te zien en zijn portretfoto van haar een ereplaats te geven op haar schoorsteenmantel. Zodra hij de gewijde ruimte van 2A betrad, had hij haar tegen zich aan getrokken. Hij droeg zijn oude regenjas en Lisbeth had zichzelf verbaasd door haar hand uit te steken en zijn knoopjes los te maken... Ze had niet eens haar eigen stem herkend, die hem verwelkomde en zijn raam riep toen ze hem over zich heen trok. Het leek of al hun toevallige ontmoetingen onvermijdelijk hadden geleid tot deze ultieme, doelbewuste vereniging van hun ware ik.

Die dag had de toon gezet voor hun hele affaire en zelfs de nasleep ervan. Steven Voicu bleef voor altijd de Steven Voicu van die nacht. Als ze hem nu 'zag' in haar appartement droeg hij dezelfde kleren als die eerste keer, en beleefde ze weer hoe ze hem had uitgekleed, hem uit zijn regenjas met epauletten had geholpen en daarna zijn riem had losgemaakt. Ze waren samen op haar onopgemaakte bed gevallen, in de diepe plooien van het dekbed. Lachend had hij haar boeken en tijdschriften opzij geschoven om plaats voor hen te maken. Steven Voicu had een manier om bij haar binnen te dringen, heel even te wachten en haar dan tegen zich aan te trekken, omhoog, zodat ze heen en weer wiegden en elkaar in de ogen konden kijken, ogenschijnlijk een eeuwigheid.

En nu was hij verdwenen. Hoewel hij nog altijd in de buurt woonde, kwam ze hem nooit meer toevallig tegen en zag ze hem nooit meer koffiedrinken in de bistro beneden. Ontweek hij haar? Of had het goedgunstige lot dat hen zo vaak samen had gebracht hen nu veroordeeld tot gescheiden levens? Ze zocht hem overal, maar zag hem nergens, behalve voor haar geestesoog, in haar eigen slaapkamer. Hij leek ongelooflijk knap op zijn spookachtige manier, maar zijn beeld begon te trillen, alsof de exacte herinnering aan hem nu elk moment kon verdampen.

Het was niet zijn schuld, dacht Lisbeth toen ze opstond en de warmte van het dekbed en de essentie van Steven ergens in de stapel kussens achterliet. Zijn gebrek was ook te prijzen: vriendelijkheid, zwakte, de angst om haar of zijn vrouw te kwetsen. En natuurlijk had hij hen daarom allebei verwond en in verwarring achtergelaten met zijn weifelende houding.

Hij was al getrouwd sinds zijn vierentwintigste. Zo'n man/jongen was hij. Zijn vrouw en hij hadden geen kinderen, maar wel een hond, Cleo, een spaniël waar ze dol op waren. Steeds als hij over Cleo sprak, kwam er een zachte klank in zijn stem en wist Lisbeth dat hij te veel van de hond hield om bij haar weg te gaan. Misschien had de spaniël uiteindelijk de doorslag gegeven. Vaak liet hij de hond uit in de buurt van haar appartement en Lisbeth had gezegd dat hij haar eens mee moest nemen als hij bij haar kwam. Maar Steven had een bedenkelijk gezicht getrokken, verscheurd door affecties, alsof hij de hond niet in zijn ontrouw wilde betrekken. Dus had ze Cleo nooit gezien, alleen een foto van haar, met Steven, in Central Park.

Ze riep nu zijn beeld op zoals ze hem het laatst gezien had, terwijl hij een dikke trui aantrok en daarna zijn regenjas, met dat lieve maar zwakke lachje van hem. Zou iemands uiterlijk zijn lot kunnen bepalen? Lisbeth dacht aan Stevens vrij kleine, bijna terugwijkende kin en de manier waarop zijn onderlip zich als vanzelf terugtrok, uit angst om bepaalde verplichtingen uit te spreken? Het was zelfs een technisch probleem bij het kussen, omdat het even duurde voordat ze greep kon krijgen op zijn lippen. Zijn pik vertoonde soms diezelfde aarzeling als hij in haar gleed, maar kwam dan tevreden tot rust, alsof hij toch had besloten om bij haar te blijven.

Lisbeth herinnerde zich exact de uitdrukking in zijn ogen, die liefdevolle blik, maar met een schaduw rond de pupillen, als van... twijfel? Had hij die laatste avond al geweten dat hij weg zou gaan en nooit meer terug zou komen? Had hij haar verlaten met voorbedachten rade? Ze bestudeerde hem nog eens, het beeld dat ze zelf had opgeroepen, en dacht toen: *Nee, hij wist het niet.* Hij stond tegenover haar in al zijn onschuld. Het was maar gelukkig dat zulke momenten niet verbrokkelden, dacht Lisbeth – dat deze ene seconde uit de realiteit, die haar zoveel troost gaf, nog ergens bestond in een of ander sterrenstelsel.

De man uit haar droom, de man zonder gezicht, moest Steven Voicu zijn geweest, vermoedde ze. Maar ze wist het niet zeker. Terwijl ze zich concentreerde om hem weer op te roepen, zag ze opeens zijn ogen, die hij eerst niet had gehad. Ja, het leken Stevens ogen. Was dat een voorteken? Een aanwijzing dat hij bij haar terug zou komen, sterker nog, dat hij op een of andere manier nog altijd in haar bed lag?

Nachten van liefde kon je niet terugnemen. Die waren verankerd in de werkelijkheid. Lisbeth liep naar de boog waar hij haar voor het eerst had omhelsd en gekust. Ze raakte de muur aan.

Lisbeth bleef staan, naakt en blank. De botten van haar sleutelbeen en haar bekken waren scherp afgetekend en haar haren waren lang en zacht, bijna net zo blond als die van Steven Voicu. Ze voelde zich bijna gekleed door haar lange haar, zoals haar heldinnen uit die oude verhalen: Lady Godiva of Rapunzel. O, ja... *Rapunzel, Rapunzel, maak je haar los.*

Het tochtte door het oude glas van het erkerraam. Lisbeth huiverde en trok een trui en een onderbroekje aan. Ze had geen tijd meer om te douchen; bovendien was het te koud. Ze pakte een flesje deodorant en spoot zich flink onder de oksels. Ze had de vorige avond gedoucht, dat moest maar voldoende zijn.

Haastig liep ze naar de kleine, ouderwetse, zwart-wit betegelde badkamer (geen aanpassingen totdat Feiler en Feiler de huur mochten verhogen) om zich snel maar vakkundig op te maken. Ze stond soms zelf verbaasd over het resultaat dat ze met een paar eenvoudige hulpmiddelen – lippenbrush, ogenpotlood en blusher – kon bereiken. Lisbeth had een mooie botstructuur, misschien wel té mooi. Zonder make-up leek haar gezicht een beetje op een doodshoofd, met haar witte, gewelfde voorhoofd, de strakke huid van haar jukbeenderen en haar totale gebrek aan kleur, waar dan ook, zelfs geen zweem van roze op haar wangen of haar lippen. Ze was een combinatie van wit- en grijstinten, een houtskoolets, zoals ze het zelf zag, die ze elke dag met verf tot leven bracht. Als model had ze met de beste visagistes uit het vak gewerkt, ware kunstenaars. Lisbeth had alles geleerd over contouren, schaduwen, hoge lichten en schakeringen. Binnen een paar seconden ontstond een meesterwerk in de spiegel: haar eigen gezicht. En ze wist dat iedereen gelijk had. Ze was *mooi*.

Ze trok haar lievelingsrok aan, grijs kasjmier tot op haar enkels. Hij kwam van een Franse ontwerper maar Lisbeth had hem gekocht bij Arthritis Thrift. Door een gelukkig toeval kleurde de rok perfect bij haar trui.

Ze vergaarde haar pakjes, borg ze in een draagtas van een winkel waarvan de naam haar zowel ergerde als amuseerde, Bed, Bath and Beyond, en trok een grijze nepbontmantel aan met een bijpassende grijze kasjmiermuts. Toen haar handschoenen en haar laarsjes. Het waren mooie laarzen, van grijs leer, soepel als boter. Ze was bang dat ze ze vanavond zou ruïneren als het weer ging sneeuwen. Maar ze zaten zo heerlijk, precies hoog genoeg om haar naar voren te tillen en wat extra steun te geven, zonder het contact met de grond te verliezen.

Ze stak de papieren over het huurconflict, met het bewijs van haar wisselende inkomsten, in haar grote tas, bij haar make-up en haar portemonnee, en vertrok uit appartement 2A. Als op een teken verscheen ook Ferdie Feiler in de gang. Had hij geluisterd naar haar voorbereidingen? Hij bromde wat en wrong zich in de tweepersoonslift. Ze was zich nu scherp van zijn lichamelijkheid bewust, zonder nog een muur om hen te scheiden.

'Ik neem de trap wel,' excuseerde ze zich en stapte weer naar buiten. Met zijn dikke lijf raakte Ferdie bijna allebei de wanden van de smalle lift. Weer bromde hij wat, zonder op het knopje te drukken. Lisbeth rende de trap af, terwijl ze zich voorstelde dat Ferdie Feiler als een worst in de lift zou blijven steken tot ze weer terug was.

Hij leek nog dikker geworden dan de vorige keer dat ze hem zag. Ze vroeg zich af of hij door zou groeien tot surrealistische proporties, totdat hij ten slotte de omvang zou bereiken van die vetzakken die alleen nog met een snijbrander uit hun kamer kunnen worden verlost om naar het ziekenhuis te worden vervoerd. Lisbeth huiverde even. Ze besloot meteen naar het postkantoor bij Pennsylvania Station te gaan – het hoofdpostkantoor dat dag en nacht open bleef – om haar bezwaarschrift te versturen, zodat appartement 2A weer veilig was. Ze wilde de zaak niet verliezen op een vormfout. Binnen zestig dagen moest ze reageren, en morgen was de zestigste dag. Waarom stelde ze die dingen altijd uit? Zo was haar leven nu eenmaal. Ze haalde net de trein, was net op tijd met haar rekeningen, moest nog diep in de nacht haar belastingen doen, koos voor een wortelkanaalbehandeling als de kies bijna verloren was en verwijderde op het laatste moment de dode cellen van haar neus, voordat ze konden gaan schubben. Lisbeth Mackenzie haalde op het nippertje de finish, zij werd altijd door de gong gered.

Toen ze naar buiten stapte in 17th Street zag ze dat haar boom stond te bibberen in de wind. Hij boog zo ver door dat Lisbeth vreesde dat hij zou breken. Misschien moest ze het postkantoor maar overslaan en hopen dat ze morgenochtend op tijd wakker zou worden om de trein naar Queens te nemen. Maar stel dat het echt een zware sneeuwstorm werd? Nee, ze kon die verrekte papieren beter vanavond nog versturen. Mensen konden uit hun huis worden gezet als ze te laat waren met hun post. Heel oneerlijk, maar zo ging het nu eenmaal. Ze had er weleens over gelezen in de *New York Times.*

Bovendien wist ze niet zeker of de volgende dag nog op tijd was. Hoe telden ze dat? In werkdagen of kalenderdagen? Eén dag te laat en ze kon haar appartement verliezen. Beter geen risico te nemen. De stukken moesten vanavond nog op de post; daarna was er nog tijd genoeg om naar het feestje te gaan.

Lisbeth liep naar het metrostation in 14th Street, boos op zichzelf dat ze niet eerder was vertrokken. Nu moest ze een grote omweg maken voordat ze bij Jessie was. Er viel één enkele sneeuwvlok, die smolt op haar neus.

Lisbeth zag hem vallen: een grote, glinsterende sneeuwvlok, als witte kant. Het leek wel of die ene vlok het sein was voor een andere belichting, want de nachthemel verkleurde opeens van grijs naar donkerpaars, schitterde even en lichtte weer op tot violet als achtergrondkleur voor de sneeuw. Onwillekeurig dacht Lisbeth weer aan de avond van Stevens vertrek. Toen had het ook gesneeuwd. Hij had gezegd dat hij alleen naar huis ging om zijn boeken, zijn belangrijkste papieren en zijn kleren te halen, zodat hij, als hij weer terugkwam bij Lisbeth in 2A, terug in bed, onder het dekbed, bij het knetterende houtvuur in de marmeren haard van haar prijsgeïndexeerde huurflat, nooit meer weg zou hoeven gaan... in de ware betekenis van weggaan.

Natuurlijk was hij niet teruggekomen. Hij had niet eens gebeld. Dat hoefde ook niet. Ze had het geweten. Ze wist dat hij niet door een taxi was aangereden of een hartaanval had gehad. Hij had er eindelijk iets over gezegd tegen zijn vrouw, en haar verdriet had hem verlamd – verlamd tussen de vrouw met wie hij was getrouwd en van wie hij ooit gehouden had, en haar, Lisbeth, die op hem wachtte. Ze had het begrepen. Ze voelde zijn liefde, net zo duidelijk als de wind. Hij hoefde niets uit te leggen. Ze hadden het altijd al geweten.

Goed, dus was hij verdwenen uit haar leven, bijna een jaar geleden nu, en Lisbeth had zich aangepast. Ze was niet ongelukkig, niet depressief. Als de telefoon ging, verwachtte ze niet langer zijn stem te horen. Op straat zocht ze niet langer naar zijn gestalte, in de vertrouwde regenjas.

Ze leefde nu met haar eigen versie van hem, de abstracte Steven Voicu uit haar herinnering, zijn lichtgolven of moleculen die hier nog in de atmosfeer hingen, hier in 2A. Zo leerden haar de wetten van tijd en ruimte. Hun verleden woonde in dit appartement. Hij bestond hier samen met haar, in een parallel universum, in haar eigen bewustzijn. Wat voor verschil maakte zijn fysieke aanwezigheid dan nog?

Ze had vandaag zo heerlijk geslapen, zijn nabijheid zo sterk gevoeld. Hij was er geweest, naast haar in bed, ergens rechts van haar. Ze had tegen hem kunnen glimlachen als ze had gewild. En toen ze sliep, veranderde haar kussen in zijn borst. Alles in de slaapkamer was een belichaming van Steven. Als ze tegen de muur leunde, kon die veranderen in Steven. Het stucwerk was zo koel als zijn huid. Alles kon Steven zijn... haar jeans, zelfs de divan. Gisteravond was ze op de bank gevallen, op zijn schoot. Ze hadden gelachen en gepraat, elkaar verteld waar ze waren geweest en wat ze hadden gedaan. Ze waren nu altijd samen in 2A; het was toch nog goed gekomen.

Snel liep ze naar het perron en nam de F-trein naar het noorden.

Lisbeth voelde zich geweldig, echt geweldig. Geen wonder dat haar hart een sprong maakte toen ze hem in werkelijkheid zag: daar, helemaal aan het eind van de coupé! Ja, het was hem. Ze zou hem overal herkennen, met zijn witblonde haar en zijn regenjas met epauletten. Er zat een gat in de zak waar ze altijd haar hand in stak. Door dat gat kon ze zijn dijbeen voelen. Nu herkende ze hem als de man uit haar droom, de man zonder gezicht. Niet dat hij fysiek zo sterk op hem leek; het was vooral zijn uitstraling. Zijn ogen. En ze zag dat hij haar op hetzelfde moment herkende. Zijn pupillen werden groter, openden zich tot een draaikolk die haar meezoog in zijn bewustzijn en de tunnel daarachter. Op dat moment dacht ze onwillekeurig aan die neutrino's, al die deeltjes die de atmosfeer vormden om hen heen. Lisbeth herinnerde zich de definitie van een zwart gat: een plek waar de zwaartekracht allesoverheersend wordt en alle materie naar binnen zuigt, een plek waar het heelal zichzelf in de maalstroom van het onbekende stort. Alsof dat nog niet genoeg bewijs was voor de onderlinge verbinding van alle materie. Alsof ze nog één enkel teken nodig had: en daar was het! Precies op het moment dat de trein en Lisbeths ontdekking van de man met de caleidoscopische irissen zich naar de ultieme openbaring spoedden, zag ze heel duidelijk, aan de wand van het station, een groot reclamebord met een kobaltblauwe fles exotische wodka. *Mijn god, ze had dus niets te vrezen! Alles klopte.*

De trein stopte, met veel lawaai; de deuren gingen open en dicht. Lisbeth stak haar arm naar hem op, maar ze raakte hem kwijt in het gewoel van in- en uitstappende passagiers en miste daardoor haar eigen halte, Pennsylvania Station.

Lisbeth bleef staan en greep zich aan de stang vast toen de trein weer doordenderde en haar steeds verder bij de plek vandaan bracht waar ze moest zijn, steeds verder bij de man vandaan die haar grootste liefde was. Ze hoorde iets, een primitief geluid dat ongevraagd aan haar ontsnapte... Het duurde even voordat Lisbeth haar eigen stem herkende, maar opeens hoorde ze de rauwe klank in haar keel en besefte ze dat ze zijn naam riep.

HOOFDSTUK ZES

Waarin Nina en Jessie de hors d'oeuvres klaarmaken, Australische rode wijn drinken, geheimen uitwisselen en een complot beramen tegen Martha.

*

Rauwkost – een duet

Bezoek ontvangen heeft iets optimistisch. Jessie raakte in een goede stemming door de muziek, de dansende vlammen in de haard achter haar en de heerlijke geuren uit de oven. De goederenlift kwam kreunend tot stilstand, de deuren gingen open en daar stond Nina.

Het was warm en gezellig in het zolderappartement, zag Nina toen ze binnenkwam. Er waren kaarsen aangestoken en de haard brandde. Ze snoof de lucht op van gepofte aardappels, knoflook en rozemarijn, eerst nog subtiel, maar toen veel nadrukkelijker, meegevoerd op de warme luchtstroom. Nina merkte dat ze honger had. Ze genoot van dat gevoel – en van haar strakke buik.

Voor Jessie kwam Nina binnen in een wolk van zoete geuren, zwevend op een bries van L'Air du Temps en een suggestie van suikervrije kauwgom. Ze stampte met haar bontgevoerde laarzen en rinkelde met haar armbanden. Behalve de lucht van het parfum nam ze ook de frisse geur van vorst en sneeuw met zich mee toen ze haar koude wang aanbood voor een kus.

Het eerste bezoek van de avond heeft ook iets intiems. Jessie en Nina waren alleen in het zolderappartement totdat de volgende gast zou komen. Hun omhelzing was enthousiast en hartelijk. 'Je ziet er fantastisch uit!' riepen ze tegelijk. 'Nee, jij!'

Toen ze haar vriendin in de armen sloot, fris uit de koude buitenlucht, kreeg Jessie voor het eerst plezier in de avond. Ze negeerde het feit dat het bij haar altijd zo ging – dat ze de hors d'oeuvres verkoos boven het hoofdgerecht, de aankomst van de gasten boven een urenlang bezoek...

Maar in het enthousiasme van die eerste begroeting was ze ongelooflijk blij om Nina weer te zien. Ze zag hoe Nina lachte, een lach die zich uitstrekte tot aan haar donkere ogen, die ze bijna helemaal dichtkneep, in Russische stijl. Nina straalde, met volle rode lippen, hoge Slavische jukbeenderen en een glimp van roze tandvlees boven haar vierkante, glinsterend witte tanden. Een vreugdekreet, 'Hé!', leek op precies hetzelfde moment bij hen op te wellen.

Wat heerlijk dat Nina de eerste was. Door haar voelde Jessie zich het minst onder druk gezet. Zij was degene die Jessie het liefst in vertrouwen wilde nemen over haar nieuwe affaire – en degene die haar graag zou willen helpen bij het snijden van de rauwkost.

'Je ziet er geweldig uit,' zeiden ze nog eens, in koor. Ze konden veel fysieker en intiemer zijn, veel meer uitgesproken, omdat er geen getuigen waren.

Eerst hadden ze commentaar op elkaar. 'Je haar!' riep Jessie. 'Je bent toch nooit rood geweest?'

'Het is geoxideerd,' zei Nina en ze schoten allebei in de lach. Ze konden elkaar de waarheid vertellen, als ze maar genoeg tijd hadden voordat de anderen kwamen. Jessie liep al bijna naar de keukenla waar ze tussen het bestek de fax met de korrelige foto van Jesse Dark had opgeborgen. Ze popelde om haar vriendin de foto te laten zien en als een schoolmeisje te roepen: 'Is hij niet knap?'

'Er is iets met je,' zei Nina, terwijl ze Jessie onderzoekend opnam. 'Je lijkt anders. Er is iets gebeurd.' Ze deed een stap terug en bekeek haar vriendin nog eens. Jessie was roze geworden; er was geen ander woord voor. Haar wangen waren roze, haar voorhoofd was roze en ze werd met de seconde rozer. Bovendien was er iets met haar houding: ze had een beter figuur, een slankere taille, rondere heupen.

'Er is iets gebeurd,' herhaalde Nina. 'Iets fijns.'

Afgetekend tegen het licht van de kaarsen, de lampen en het haardvuur leek Jessie weer heel even een klein meisje. Haar donkere haar, dat meestal sluik hing, krulde nu in vochtige plukken om haar gezicht, alsof het meer energie kreeg door de dampen van de oven. Ze droeg haar magische witte trui, waarvan de pluizige, witte angorawol nog iets suggereerde van de romantische omstandigheden waarin ze hem gedragen had, bijna alsof haar geliefde een onzichtbare handafdruk erop had nagelaten. Ze leek anders – een vrouw die was geliefkoosd.

Jessie had het er bijna uitgegooid, dat ze iemand had 'ontmoet' (een understatement). Maar iets hield haar tegen toen Nina haar zware, zwartwollen jas met de imitatiebontkraag uittrok. Daaronder droeg ze een strakke jeans en een goedzittende trui. Nina's houding vroeg duidelijk om commentaar op het resultaat, dat niemand kon ontgaan: ze was afgevallen. Het was haar gelukt.

'Je bent... slank!' riep Jessie. 'Wat zie je er goed uit!'

'Ja, ik weet het,' zei Nina. 'De mannen lopen al achter me aan op straat...' Ze liet haar stem dalen tot de toon van seksuele confidenties: 'Negen kerels maar liefst!'

Ze noemde ook de man in het steegje. 'Hij bood me vijftig dollar om...' Nina lachte. 'Is dat niet wat weinig? Zie ik er echt uit als een hoertje? Een goedkópe hoer, nog wel?'

Nina had de onbedwingbare neiging om te doen wat ze zichzelf had verboden: Jessie in vertrouwen te nemen en haar alle smerige details op te biechten van haar escapade met Jerk, die middag. Door haar het allerergste te vertellen kon ze misschien de duivel uitbannen. Maar hadden ze nog genoeg tijd?

Jessie voelde zich meteen verantwoordelijk als gastvrouw. Ze was twee lastige mannen op straat tegengekomen, die nu misschien wel voor haar deur stonden: de potloodventer en de drugsdealer. Schuldgevoel brandde als maagzuur in haar keel. Als er straks iemand werd lastiggevallen, konden ze het háár verwijten.

Jessie moest denken aan die arme vrouw, lang geleden, 'alleen

een vriendin van een vriendin', die was omgekomen bij een auto-ongeluk met de schilder Jackson Pollack. Jessie zelf was ooit over die weg gereden waar de vriendin door een noodlottig toeval was verongelukt. Iemand had Jessie de plek laten zien waar de tragedie zich had afgespeeld. Daar was de vrouw om het leven gekomen, een slachtoffer van omstandigheden, alcohol en het feit dat ze de juiste vriendin op de verkeerde plek was geweest. Omdat ze was ingegaan op een uitnodiging van haar eigen vriendin: 'Toe, ga mee, joh. Het wordt best leuk.'

Als een van haar vriendinnen nu werd aangerand in het gebouw, of zelfs op weg naar het feestje, zou Jessie zich niet rechtstreeks aansprakelijk voelen, maar sociaal gezien wel verantwoordelijk... een medeplichtige van het noodlot.

Die man in haar steegje, was dat de exhibitionist of de dealer? Ze wilde het weten, hoewel ze onmogelijk kon bepalen wie van de twee nu 'erger' was voor haar vriendinnen, die spitsroeden moesten lopen door Butane Street. Alsjeblieft, laat ze niet worden verkracht, beroofd, afgeperst of op een andere manier in de ellende komen, alleen omdat ik ze vanavond hier heb uitgenodigd, bad Jessie vurig.

Maar was het nu de man die ecstasy verkocht of degene met zijn pik in zijn hand?

Nina begon hartelijk te lachen, en Nina kón lachen, diep vanuit haar buik. Je zag haar amandelen als ze lachte. 'Die vent met zijn kleine, roze pikkie... Het leek wel een vingerkootje.'

Jessie zei dat ze wist wie Nina bedoelde. 'Ik had medelijden met hem, weet je, zo wanhopig als hij zich daar blootgaf... letterlijk, dus... in die kou. Maar ik had toch liever dat hij het ergens anders deed.'

Nina trok een gezicht. 'Ik liet bijna mijn cake vallen en dat zou écht een ramp zijn geweest. Een chocoladecake zonder bloem. Maar hou me tegen als ik er zelf iets van wil eten. Hij is helemaal voor jullie.'

Jessie pakte de doos aan en wierp snel een blik op de cake. Heerlijk versgebakken. Jessie rook de chocola, de eieren en zelfs... een vulling van fondant? Ze bedankte Nina. 'Jij was de enige die aanbood iets te bakken.'

Nina legde uit dat ze niets mocht eten, geen vast voedsel tenminste, tot aanstaande donderdag. Ze volgde het speciale dieet van dr. Duvall. Na donderdag mocht ze weer kippenborst hebben, zonder het vel, maar tot die tijd moest ze zich beperken tot de milkshakes en de pakjes 'geheime, hoogenergetische vetverbranding'. Ze hield een van de pakjes van het dieetcentrum omhoog. Er zat een etiketje op. 'Morgen krijg ik er nog een. Eigenlijk eet ik dus niet meer. Ik moet dit vermengen met gedistilleerd water, als je dat in huis hebt.'

'O, toe nou.' Jessie wees naar de gedekte tafel, de dampende oven en de hapjes die ze nog niet allemaal klaar had. 'Je moet toch wat eten? Ik heb vijf gebraden krielkippen... het lijkt wel een kippenslachterij daar.' Ze wees naar de open keuken, waar de gemarineerde kippen al klaar lagen, met hun pootjes omhoog. Omdat ze nog maar met hun tweeën waren, durfde Jessie haar wel te bekennen dat ze uren achter lag met de voorbereidingen van het feestje, dat ze de gedachte aan extra gangen maar had opgegeven, maar dat ze wonderbaarlijk genoeg wel een heel redelijke maaltijd in elkaar had gedraaid. 'En jij moet ook wat eten,' besloot ze tegen haar vriendin.

'Het geeft niet,' zei Nina. 'Ik vind het leuk om anderen te zien eten. Dat is een kijksport voor mij geworden.'

Dat Jessie er zo stralend uitzag kon alleen maar betekenen dat ze een verhouding had, dacht Nina. Dus kon ze Jessie ook wel vertellen over Jerk, de klootzak. Nina liep naar het aanrecht en begon automatisch met het snijden van de ingrediënten voor de rauwkost. Ze had Jessie al eerder geholpen en ze wist wat ze moest doen.

Terwijl ze de kleine, rode trostomaten opensneed, putte Nina zich uit in complimentjes. Het appartement zag er prachtig uit – hoe deed Jessie dat toch? Het was zo leuk ingericht, en de antieke mandenwieg was een vondst.

Ze doorliepen ook het sombere ritueel over de toestand van Mira Moskowitz. 'Hoe is het met je moeder?'

'Hetzelfde.'

'Hetzelfde' betekende 'nog steeds stervende', een antwoord dat Jessie begreep. Haar vriendin was naar het feestje gekomen om een paar uur niet aan haar stervende moeder te hoeven denken. Vanavond ging het alleen om het nieuwe leven en de oude tijden.

Nina dacht bijna hetzelfde – wat een opluchting het was om hier te zijn. Ze voelde de angst voor de naderende dood van haar moeder wegebben, alsof ze zich hier in elk geval veilig kon voelen, voor vanavond. Hier bleef het drama van haar eigen leven op grote afstand, ver naar het noorden, in het Confederated Project, dat al schuilging onder een dikke laag sneeuw. Ziekte, dood, ouderdom... al die spookbeelden had ze daar achtergelaten, in witte dekens van sneeuw gewikkeld, bevroren in de ballingschap van de Siberische Bronx, terwijl Nina even respijt had met haar vriendinnen, in de stad.

Hier ging het leven weer over vriendinnen, hun liefdes, hun triomfen en teleurstellingen op het werk... Hier konden ze genieten van het eten (al was het maar als toeschouwer) en de wijn, die Nina wel mocht drinken. Ze voelde al de eerste tekenen van euforie voordat ze nog het glas had gepakt dat Jessie voor haar inschonk.

'Het is gewoon Australische wijn, maar het smaakt als Franse,' zei Jessie, toen ze het kristallen glas had gevuld. Ze lachten allebei. Het was nog niet zo lang geleden dat ze allebei alleen het goedkoopste bocht hadden kunnen betalen en uitsluitend naar de prijs hadden gekeken: 'Aanbieding, nog geen zes dollar!' Van zulke wijnen werd je maar heel kort vrolijk. Een paar jaar terug hadden ze besloten dat alles onder de negen dollar te giftig was, te zware katers veroorzaakte of de mooie belofte te snel vertaalde in een zure teleurstelling.

De zes vriendinnen dronken geen witte wijn, behalve champagne, maar die was superieur en telde dus niet mee. Hun vaste grap was dat goede witte wijn eenvoudig niet bestond, omdat het spul in het geniep werd aangeleverd door tankers, zodra de olie eruit was gepompt, en 's nachts in het diepste geheim werd overgeheveld in flessen met etiketten, uitsluitend bestemd voor recepties.

'Witte rommel' was het standaarddrankje op allerlei conventies waar je de koppijn van een slechte wijn kon toeschrijven aan walging en spanningen, veroorzaakt door het verblijf in troosteloze maar comfortabele hotelketens tussen mensen met wie je normaal geen woord zou wisselen als het niet echt nodig was.

Sinds het moment waarop ze wat gingen verdienen hadden de vriendinnen Australische rode wijn gedronken, omdat die niet duur was en net zo goed smaakte als een klassieke Franse Cabernet. Voor vanavond had Jessie drie flessen van hun favoriete soort gekocht: een Shiraz van een wijngaard waarvan ze het etiket allemaal kenden, Rosemary Estates.

Rosemary Estates was vol maar niet te zwaar. Je werd er prettig dronken van, zodat de wereld weer helemaal in orde leek. De robuuste smaak paste goed bij de sterk gekruide gerechten die Jessie op tafel wilde zetten. In het glas had de wijn een heldere, robijnrode kleur die prettig overkwam, met een fruitig bouquet. Hij dronk lekker weg en je kon er onder het eten zeker twee glazen van nemen zonder dat je er last van kreeg. Voor het geval er nog meer werd gedronken had Jessie haar huiswijn achter de hand, een schandelijk goedkoop mengsel van Chileense en Amerikaanse wijn uit New York, El Conquistador – voldoende voor de hele avond, als de vriendinnen meer wilden drinken dan waar ze op gerekend had.

'Dus?' zeiden ze allebei.

'Dus!' was het gelijktijdige antwoord.

Ze kregen allebei de slappe lach, bijna hysterisch omdat het zo synchroon ging. 'Jij ook al?' vroeg Jessie.

Op het gebied van elkaars pleziertjes en teleurstellingen waren ze altijd telepathisch geweest. Omdat ze zelf na een lange onderbreking weer seks had gehad, veronderstelde Jessie dat Nina hetzelfde was overkomen.

'Je bent verliefd,' zei Nina op beschuldigende toon.

Jessie werd extreem roze. Geen wonder dat die kleur in de reclame synoniem was met vrouwelijkheid. Van mandenwieg via babykleertjes en barbie tot deze negenendertigjarige blos... er viel iets te zeggen voor de kleur roze.

'Nee, *jij*...' riep Jessie, terwijl ze zichzelf nog een glas Australische rode wijn inschonk en diep ademhaalde. Een of ander instinct dwong haar om niets te zeggen, ook al lag de bekentenis op haar tong. Misschien kon ze zich beter inhouden, in elk geval tot acht uur, als hij zou bellen. Op een ondoorgrondelijke wijze zou een voortijdige onthulling al haar banden met deze intieme onbekende kunnen doorsnijden.

Hij moest eerst maar bellen, besloot Jessie. Daarna zou ze misschien alles vertellen...

'Nee, *jij*,' hield ze vol. Nina draaide zich half om en stak haar mes in de lucht voordat ze de volgende tomaat opensneed. 'Hé, zal ik mijn croutons maken?' vroeg ze. Een afleidingsmanoeuvre, besefte Jessie. Dus Nina aarzelde ook?

'Bedankt, maar het is wat te laat voor croutons,' zei Jessie. 'Ze kunnen ieder moment hier zijn.'

'Zeg maar wat je wilt. Ik help graag mee. Ik zou ook pasta kunnen maken.'

'Pasta? Ik heb al aardappels.'

Ze lachten. Ze waren allebei dol op koolhydraten; daar hadden ze geen probleem mee. In de tijd dat ze nog niet zo fanatiek aan de lijn deed had Nina weleens pizza's met pasta gemaakt, geserveerd met knoflookbrood.

'De rauwkost of de kaartjes voor de tafelschikking. Zeg het maar.'

'Een tafelschikking? Is dat niet wat formeel?'

Jessie voelde een koude hand om haar hart. Ze moesten nu over Martha praten, en snel, voordat de anderen arriveerden.

'Hoor eens,' zei ze, terwijl ze haar stem liet dalen omdat het niet gepast was om over een vriendin te roddelen. Op een irrationele manier was ze toch bang dat Martha haar kon horen. Vaak had ze het gevoel dat Martha het wist als ze niet opnam als ze Martha's stem op het antwoordapparaat hoorde. Jessie zag Martha als oppermachtig, een vrouw met griezelige contacten; het was niet onmogelijk dat haar zendertjes gesprekken konden oppikken van honderden meters afstand. Jessie staarde achterdochtig naar haar telefoon, een onopvallend wit model aan de keukenmuur. Hij was voorzien van een luidspreker met een geperforeerde mond die Jessie ook aan Martha deed denken – altijd open, klaar voor ontvangst, gespitst op alle details, niet in staat een geheim te bewaren.

'Ik moest Martha wel vragen...'

'Ze zou gekwetst zijn geweest,' beaamde Nina.

Jessie zag dat Nina in haar laden naar een scherper mes zocht. Ze wist dat haar messen inferieur waren, niet scherp genoeg. Al haar vriendinnen klaagden daarover als ze in Jessies keuken aan het werk gingen. Zelf stond ze ook te vloeken als ze het vlees van een kippenborst sneed en zag wat voor een troep het werd. Nina bekeek een groot slagersmes, een verzameling goedkope vleesmessen en een hakmes. Voor het schillen van een komkommer koos ze ten slotte voor een gekarteld vleesmes in plaats van het mesje dat ervoor bedoeld was. 'Martha zal de pret wel weer bederven,' voorspelde ze.

Toen kwam Jessie met haar plan. 'Martha komt wel, maar ze kan niet blijven.' Ze schaamde zich een beetje toen ze doorging, maar ze wist dat het een goed plan was, de enige manier om deze avond plezierig te laten eindigen. Ze gaf toe dat ze bewust een datum had geprikt die moeilijk lag voor Martha, omdat ze een etentje had georganiseerd ter ere van Donalds verjaardag.

'Dus Martha komt wel,' herhaalde ze, 'maar ze kan niet *blijven.*' Ze vonden het verhaal wel amusant – dat Martha al elf maanden geleden had gereserveerd. Ze zou om halfacht bij Jessie moeten vertrekken, omdat het tafeltje anders zou worden vergeven. Dus als Claire aan de late kant was, zoals gewoonlijk, zou Martha haar misschien nog mislopen.

Nina gaf toe dat het een briljante sociale strategie was, een geniale inval. Ze wierp een blik op de gemarineerde krielkippen en telde ze: vijf stuks. Jessie had niet eens een kip gekocht voor Martha. Nina merkte dat het water haar letterlijk in de mond liep – ze kon de geur van de kippetjes bijna próéven. In feite had Jessie wel een extra kip gekocht, omdat Nina de hare niet zou opeten. En Martha kon niet blijven, zoals gezegd. 'Je bent een ongelooflijke gastvrouw,' zei Nina.

Gastvrouw, dacht Jessie. Dat was een woord dat nog duidelijk onderscheid maakte tussen de seksen. Gastvrouw en gastheer. Een uniseksvariant moest nog worden uitgevonden. Maar echt gastvrij voelde ze zich niet op dit moment. Per slot van rekening had ze er alles aan gedaan om Martha tijdig te kunnen wegwerken. Het ontbrak nog maar aan een bitter kruid in de hors d'oeuvre of een druppeltje gif in de pistou.

De twee vrouwen schoven wat dichter naar elkaar toe, alsof iemand hen zou kunnen afluisteren in de grote, open ruimte van het zolderappartement. Het harde tl-licht accentueerde de vage, violette highlights in hun bruingeverfde haar toen ze de koppen bij elkaar staken en verder gingen met de rauwkost.

Uiteindelijk was Jessie wel tevreden over haar plan. Het was de meest humane oplossing. Ze hadden Martha niet gekwetst door haar niet uit te nodigen, wat een openlijke oorlogsverklaring zou zijn geweest. Maar ze hadden ook geen zin in 'het Martha-effect', zoals ze het allemaal heimelijk noemden.

'Blufpoker...' zei ze toen ze de kaartjes tevoorschijn haalde, waarop ze in haar mooiste handschrift alle namen had geschreven met een gouden gel-pen: *Claire, Lisbeth, Sue Carol, Nina, Jessie* én *Martha*.

Giechelend zetten ze het kaartje met *Martha* op de belangrijkste plek aan tafel, zodat Martha geen argwaan zou krijgen als ze een blik die kant op wierp... Nina inspecteerde de gedekte tafel, samen met Jessie. Ze dronken allebei flink van de Australische wijn en het effect werd merkbaar. Gesterkt door de alcohol maakten ze een fout waarvoor ze later nog zouden boeten.

'Als ze toch niet kan blijven, maken we het nog mooier. Zet Claires kaartje maar naast het hare.'

Ze schrokken zelf van die grap. 'Te gevaarlijk,' vond Nina. 'Martha is veel te onvoorspelbaar. Zelfs al ze maar een minuut gaat zitten, kan ze de verschrikkelijkste dingen zeggen tegen Claire.'

'Ik voel me wel schuldig,' bekende Jessie, 'om zo over Martha te praten.'

Op de toon van vriendinnen die weten dat ze nooit de band met een andere vriendin zullen verbreken, zeiden de twee vrouwen in rituele wanhoop: 'Eigenlijk is ze wel aardig.'

Als schrijver probeerde Jessie zoveel mogelijk overbodige bijwoorden te schrappen. Die stonden alleen maar in de weg en ondermijnden de betekenis. *Eigenlijk*. Was Martha *eigenlijk* wel aardig? Waarom kon ze zich dan zo lomp gedragen? 'Ja, eigenlijk is ze wel aardig,' herhaalde Nina zonder veel overtuiging.

Ze zette haar eigen kaartje zo ver mogelijk bij dat van Martha vandaan en liep terug naar de snijplank. Nina ging aan de slag met de komkommer en haalde te veel van het bleekgroene vruchtvlees weg toen ze probeerde hem te schillen met het vleesmes.

Jessie kende Nina al twintig jaar en had het gevoel dat haar nieuws niet onverdeeld gunstig was. Ze nam haar nog eens aandachtig op in het schijnsel van de tl-buis boven het aanrecht. Ze zag dat Nina's haar inderdaad geoxideerd was, en aan de veelzeggende witte streep bij de scheiding te zien had Nina geen pogingen gedaan de grijze wortels te verbergen. Hoewel ze er heel aantrekkelijk uitzag (ze werd altijd 'aantrekkelijk' genoemd, nooit 'knap' of 'mooi'), viel het Jessie op dat Nina meer rouge droeg en een donkerder lippenstift had gebruikt dan anders, alsof ze voor wat fellere kleuren had gekozen. Ze leek nogal bleek onder haar foundation en ze had een krijtachtige streep onder haar ogen gezet. Waarom? Om haar donkere wallen te maskeren, slapeloosheid, zenuwen? Of was ze ziek?

Jessie berispte zichzelf omdat ze zo kritisch was en op alle gebreken van haar vriendin lette. Het was een beroepsdeformatie van haar om mensen te observeren en te beschrijven – op zoek naar de achilleshiel, zelfs als je die niet wilde vinden.

Ze was blij te zien dat Nina was afgevallen, niet alleen omdat ze er nu beter uitzag en 'gezonder' was, hoewel hen dat allebei geen lor kon schelen, maar vooral omdat ze wist dat Nina begon te eten als ze overspannen raakte. Nina was niet iemand die wegkwijnde onder stress, juist het tegendeel. Verdriet en wanhoop werden bij haar vertaald in vet. Toen Nina's vader was gestorven, een paar jaar geleden, was ze veertig pond aangekomen. Gelaten had ze al haar 'slanke' kleren weggegeven en was ze naar een winkel voor grote maten in Madison Avenue gegaan, met de slecht gekozen naam The Forgotten Woman.

Het was dus een goed teken dat Nina was afgevallen, op welke manier dan ook. Maar toch maakte ze een wat afwezige indruk en klonk haar stem te hoog toen ze een verhaal hield over al die babycadeautjes, terwijl dit officieel geen babyfeestje mocht heten.

'God,' zei Nina, 'sinds ik uit de Bronx ben verhuisd, ben ik nooit meer naar een baby shower geweest. Daar had je ze elke week.' Daar was de Bronx ook voor bedoeld, vervolgde Nina, terwijl ze de uien in blokjes sneed. Die buurten waren broedmachines. Dat was een van de redenen waarom zij uit de Bronx was weggegaan en haar kans had gewaagd door op haar twintigste een kamer te nemen in Theresa House. Theresa House was een quakerhuis voor meisjes die niet meteen wilden trouwen en kinderen krijgen. Volgens de statuten was het bedoeld voor 'jonge vrouwen die een betaalde baan ambiëren in de stad en baat kunnen hebben bij de bescherming van een officieel adres voor fatsoenlijke vrouwen'. Nina had zich om de verkeerde reden gemeld. Op haar twintigste zat ze nog 'zonder'. Daarom vluchtte ze naar Manhattan, waar het juist als positief werd gezien om zelfstandig te zijn. Geen wonder dat het meteen had geklikt met haar nieuwe vriendinnen; geen wonder dat die vriendschap was gebleven.

De meisjes met wie Nina op school had gezeten hadden al zo lang geleden kinderen gekregen dat die kinderen zelfs al niet eens kinderen meer waren. Ze herinnerde zich een meisje in haar klas dat al op haar vijftiende zwanger was geraakt. Onder maatschappijleer waren haar vliezen gebroken. In die tijd gebruikten 'kinderen' nog geen voorbehoedsmiddelen; ze ontkenden gewoon dat ze aan seks deden. Cynthia Greenspan. Ze had haar baby naar John Travolta genoemd, dus heette hij John Travolta Greenspan. En John Travolta Greenspan moest nu... Nina rekende het snel uit... eenentwintig zijn.

'Nou?' vroeg Jessie. 'Wat is er precies gebeurd? Ga maar zitten, ik doe de rest wel.'

'Nee, nee, nee,' protesteerde Nina. 'Ik lijk slanker als ik sta.'

'Gaat het wel goed?' voelde Jessie zich gedwongen te vragen.

'Wil je de waarheid of iets waar we allebei mee kunnen leven?' reageerde Nina.

Jessie stopte met wat ze deed en zette de naamkaartjes voor Lisbeth en Sue Carol op tafel.

'Niná.'

Haar vriendin kende die toon. 'Niná' was een vriendelijk verzoek om met de waarheid voor de draad te komen.

'Vooruit,' zei Jessie. 'Als je me iets wilt vertellen, doe het dan nu, voordat de anderen er zijn.'

Nina haalde diep adem en nam nog een slok Australische wijn. *In vino veritas.* Waarom zou ze zich niet bevrijden van de last van wat er zeven uur geleden in flat 24P was gebeurd met Zhirac, hierna in haar persoonlijke mythologie en geschiedenis nog slechts aan te duiden als Zakkenwasser? Of was het te smerig om te vertellen?

'Nou,' begon ze, 'weet je die vent nog in de flat van mijn moeder? Een joodse zenboeddhist? Hij had me uitgenodigd voor... een kopje kruidenthee...'

Jessie knikte. 'Een bloesemtheetype.' Bloesemtheetype was een soort seksueel steno onder de vriendinnen. Thee definieerde een man. Waarschijnlijk was hij macrobioot en vegetariër, en misschien gebruikte hij softdrugs. Dikwijls was hij thuis in yoga en oosterse seksuele praktijken. Hij kon mager zijn of niet, maar in elk geval bevond hij zich aan de ambiseksuele, meer vrouwelijk georiënteerde kant van het spectrum. Bier-, whisky-, wijn- en zelfs koffiedrinkers waren wat ruwer, meer macho. Maar het bloesemtheetype, net als de thee, kon heel prettig voor je zijn – licht, gezond, met natuurlijke zoetstoffen. Jessie had zelf eens een aangename holistische nacht doorgebracht met een man in de East Village die alleen maar groene thee dronk.

'De thee kwam zijn oren uit,' bevestigde Nina. En toen kwam het hele verhaal. Hoe ze in de Zakkenwasser geïnteresseerd was geraakt door de omstandigheden en dat ze zelfs nog had gedacht dat hij écht een spirituele figuur kon zijn – een tedere, seksuele kameraad.

Daarna aarzelde Nina even. Ze wist niet hoeveel ze precies moest vertellen en hoeveel tijd ze nog had voordat de volgende arriveerde. Het was al halfzeven geweest, de anderen konden ieder moment hier zijn. Nina wilde graag haar hart uitstorten, maar alleen bij Jessie. Zij zou het wel begrijpen, zij zou discreet zijn. Aan Jessie te zien had ze zelf een soortgelijke ervaring achter de rug.

Nina dacht niet dat Jessie haar zou veroordelen, maar zou ze het heimelijk niet krankzinnig van Nina vinden dat ze naar flat

24P was gegaan? Zou ze niet walgen van de details, de onbeschaamde 'invitatie', het gebrek aan decorum? Jessie had haar altijd een wat omzichtiger type geleken.

Maar Jessie boog zich naar haar toe, weer helemaal roze, en Nina dacht dat het wel goed zat. Daarom waagde ze het erop en vertelde haar over het vasten en hoe ze naar boven was gegaan in een witte jurk van niet-synthetische vezels. Daarna wachtte ze even, omdat ze niet precies wist hoe ze de aard van haar seksuele escapade met Zhirac Macklis (dat was de naam op zijn deur) moest beschrijven. Ze staarde naar een wortel voordat ze hem in schijfjes sneed. Het was een organische wortel, heel jong nog, enigszins gebogen en met een bos dun wortelloof die als haren aan de oranje schacht bungelde. Moest ze iets zeggen over dat vreemde geslachtsorgaan?

'Wat gebeurde er toen?' wilde Jessie weten.

Nina beschreef hoe Zhirac haar had begroet in een soort grote, witte luier (net waar ze behoefte aan had). Gelukkig was het geen Depends, maar een Indiase wikkeldoek...

'Nou, hij had dus een witte luier om en zodra hij de deur achter me dicht deed...' begon Nina, toen de zoemer van beneden klonk.

Verdomme. Nina en Jessie keken elkaar aan. Geen tijd meer voor een onderonsje. Dat zou moeten wachten tot ze weer een paar minuten alleen konden zijn.

'Wie is daar?' vroeg Jessie in het roostertje voor de metalen mond van de gebrekkige intercom. Ze wist niet waarom ze de moeite nam. De geluidskwaliteit was zo slecht dat ze iemand nog zou binnenlaten als hij 'Jack the Ripper' zei.

Van beneden, in Butane Street, kwam een antwoord, maar zo ijl dat de vrouwen boven het niet goed konden verstaan. Het was het kleinste stemmetje ter wereld en het fluisterde: 'Ik.'

HOOFDSTUK ZEVEN

Waarin Lisbeth een sigaret misloopt door een schokkende confrontatie, bondgenootschappen zich wijzigen en een telefoontje de groep zorgen baart.

*

Trio

Lisbeth liep door de straten van de binnenstad, verbijsterd maar zielsgelukkig. Ze stak over zonder op de voetgangerslichten te letten. Het was een wonder dat ze niet werd aangereden door een van de vele slippende, volle taxi's die de straten hadden overgenomen als een zwerm hommels die zich in het seizoen hadden vergist. Op een straathoek, ineengedoken tegen de harde wind, bleef ze even staan om van het moment te genieten. In een opwelling kocht ze een bosje bloemen van een verkoper die zich achter een doorschijnend plastic gordijn had verschanst. Lisbeth koos witte lelies voor de gastvrouw, Jessie.

Ze had hem gezien. Ze had Steve gezien! Het snijpunt van droom en werkelijkheid had haar naar een nieuw vlak getild. Van het ene moment op het andere had ze haar hele innerlijke leven moeten aanpassen. Steven, de échte Steve, was wel en niet de Steve uit haar gedachten, haar bed, haar dromen. Om te beginnen was hij magerder, kleiner en ouder. En zijn ogen hadden een holle, opgejaagde blik. Was dat de draaikolk van het heelal of gebruikte hij soms iets? Nee, Lisbeth verwierp de mogelijkheid van drugs.

Maar Steven, de échte Steve, had haar aangekeken en zijn

ogen waren de ogen uit al haar voorstellingen, uit dromen die nog dateerden uit de tijd voordat ze hem zelfs maar kende. Hij was een deel van haar ziel, tot in alle eeuwigheid. De moleculen bewogen zich in de lucht tussen hen in. Hier waren natuurwetten aan het werk die voorgoed haar geloof en verwachtingen hadden bevestigd.

Lisbeth struikelde bijna over het deksel van een mangat, waaruit wat stoom in een spiraal omhoogzweefde. Haar hart bonsde en haar gezicht voelde heet. Op de een of andere manier had ze het gênant gevonden om hem te zien, alsof ze hem opzettelijk had verrast, hem had betrapt toen hij zomaar doorging met zijn leven. Ze had zich vreemd kwetsbaar gevoeld, alsof ook zíj was betrapt, terwijl ze in haar eentje de liefde bedreef. Wat ze natuurlijk ook deed.

Maar dit was een teken, anders kon ze het niet zien – het doorslaggevende bewijs. Lisbeth kon nauwelijks wachten om het haar vriendinnen te vertellen. Het bewijs dat ze niet gek was, niet gestoord... Een bewijs dat zoveel verder ging dan de relatie tussen haar en Steven Voicu, dat ze zich afvroeg of ze het niet aan een wetenschappelijk tijdschrift moest schrijven of naar een paranormale site moest mailen.

Er heerste orde in het heelal, een draaikolk had hem naar haar toe geslingerd en zou hem nog dichter bij haar brengen, voelde ze, bij de volgende omloop. Lisbeth was zo in gedachten verzonken toen ze de ingang van Jessies gebouw bereikte dat ze niet eens de oude Howard opmerkte – wat zo heette hij – die naar haar zwaaide met zijn fallus, een fallus die van een beweegbare voorhuid was voorzien.

De oude exhibitionist moest er wel mee zwaaien (in plaats van eraan te rukken voor zijn eigen plezier) om Lisbeths aandacht te trekken. Hij opende zijn mond en gromde ook nog iets. Maar nog altijd zag Lisbeth hem niet staan.

De hele bedoeling was dat ze zou kijken, dat iemand hem zou zien... anders kreeg hij geen bevrediging. Dan had hij wel thuis kunnen blijven, op zijn eigen huurkamer, als hij geen vrouw nodig had om toe te kijken.

Lisbeth bleef staan, met haar babycadeautjes in hun glimmende draagtassen. Ze had nog een laatste sigaret willen opsteken voordat ze naar boven ging; dat was nog haar enige kans om te roken tegenwoordig. Er waren altijd wel mensen die het haar verboden of haar waarschuwden voor de gevolgen. Inmiddels wist ze natuurlijk dat ze naar believen kon inhaleren. Alles was toch door het lot bepaald. Als je uur geslagen had, dan ging je. Zo niet, dan kon je niets gebeuren. Dus zocht Lisbeth naar de smalle, witte cilinder van een sigaret, met haar kobaltblauwe aansteker.

Ze wilde de portiek in duiken om beschut tegen de wind haar Gauloise op te steken ter ere van deze avond. Op dat moment zag ze dat de ruimte al was bezet door de oude Howard, druk bezig met zijn gezwollen lid.

Hè? wilde ze zeggen. Wat krijgen we nou? Het ergerde haar, want nu kreeg ze geen gelegenheid voor haar heimelijke sigaret. Waarom werd dat kleine genoegen haar ontnomen door dit hinderlijke incident? Ze wist dat ze moest reageren, moest schreeuwen of hem moest uitvloeken misschien, maar in de stemming waarin ze zich nu bevond was ze voornamelijk nieuwsgierig.

Wat kon seks toch mechanisch zijn, merkte ze op – dat eentonige geruk, en met welk doel...

'Waarom doet u dat in vredesnaam?' vroeg ze. 'Is het niet veel te koud? Wat bezielt u?'

De oude Howard keek Lisbeth aan. Ze kon zien dat niemand hem ooit zo toegesproken had.

'Het heeft helemaal geen zin, weet u,' gaf ze hem advies, in een genereuze bui na haar hereniging met Steve. 'Achteraf voel je je nog eenzamer.'

Ze wist niet of het door haar woorden kwam of door de kou, maar de man liet zijn penis vallen als een nutteloos aanhangsel, trok zich terug in de schaduw van de portiek en sloot zijn jas als een gordijn. Hij keek beledigd, alsof ze had gezondigd tegen een etiquette tussen potloodventer en slachtoffer die voorschreef dat zij hem niet op die manier mocht aanspreken.

Lisbeth liep langs hem heen, belde aan en werd binnengelaten. Ze kon nauwelijks wachten om de anderen te vertellen over Steve Voicu. Ze had hem gezien, ze had hem echt gezien! Ze nam zich voor om niets tegen Jessie te zeggen over de exhibitionist – dat leek haar onbeleefd, een kritiek op haar vestibule, alsof je commentaar had op hondenpoep.

'Steve,' riep ze toen de liftdeuren opengingen en ze het appartement binnenstapte. 'Ik heb net Steve gezien.' Ze hoorde zelf ook dat haar stem te hoog klonk, alsof er iets op haar luchtpijp drukte. Ze kon nauwelijks articuleren toen ze 'Steve' zei. Het leek meer een zucht.

Jessie en Nina keken haar aan en wisselden een blik. Lisbeth wist meteen dat ze niets had moeten zeggen, zeker niet waar Nina bij was.

'Ik dacht dat Steve finito was,' begroette Nina haar.

Finito. Lisbeth was beledigd.

Nee, legde ze uit, ze zaten in een overgangsfase. Ze gaf Jessie de bos lelies – een wit bruidsboeket, maar waarom niet? Dit feestje kwam voor Claire nog het dichtst in de buurt van een bruiloft. Lisbeth legde haar cadeautjes op de koffietafel. In de glanzende draagtas zaten twee pakjes: een kanten nachtpon voor Claire en een bijpassende doopjurk voor de baby.

Ze glipte uit haar jas en keek om zich heen, speurend naar de wijn. Daar stond hij, open en ademend, een robijnrode Shiraz. Lisbeth hield van Australische rode wijnen, maar zou het erg onbeleefd zijn om eerst een wodka te vragen?

Jessie was de perfecte gastvrouw. Ze leek Lisbeths gedachten te raden en trok de koelkast open. 'Ik weet waar jij trek in hebt,' zei ze, terwijl ze haar een beslagen glas aanreikte en het inschonk uit een ijskoude fles wodka met een rood Russisch etiket. Niet helemaal hetzelfde als de wodka die Lisbeth zelf thuis had, maar toch was ze Jessie dankbaar.

Als een derde vrouw een kamer binnenkomt is het duidelijk welke twee vrouwen de beste vriendinnen zijn. Driehoeken hebben altijd een punt. Toen Lisbeth uit de lift kwam, schoof Nina naar de bar. Lisbeth was zich bewust van Nina, die een tirade hield over Steve, die ze 'een zak' noemde.

Jessie wist de sfeer nog te redden door op te merken: 'Als ze aantrekkelijk zijn, moet je ze anders noemen, vind ik.'

'Dank je.' Lisbeth dronk van de wodka en de synapsen flitsten door haar brein met nog meer goed nieuws en hele rivieren van vergevingsgezindheid. Ze zou Nina's opmerkingen door de vingers zien. Nina was soms zo agressief tegenover mannen. Waar kwam dat vandaan? Het viel Lisbeth op dat Nina er wat bleekjes uitzag, met een te krijgszuchtige make-up, te zwaar aangezette wenkbrauwen en slordig aangebrachte lippenstift, die net het randje miste. Ook haar mascara was doorgelopen, waardoor ze 'wasbeerogen' had. Nina's gezicht leek vervormd, onscherp.

Nina trok zich terug van de twee andere vrouwen. Je beste vriendin is je beste vriendin, en vanaf het moment dat Lisbeth binnenkwam werd het oorspronkelijke verbond tussen Jessie en Lisbeth, gesmeed in Theresa House, hersteld.

Toen Jessie en Lisbeth elkaar begroetten en omhelsden, voelde Nina zich op een zijspoor gezet. Ze liep naar het aanrecht, dat Jessie als een provisorische bar had ingericht, en schonk zich nog een glas Australische wijn in. Ze nam een stevige slok en dacht: Jessie houdt meer van Lisbeth.

Als ze heel eerlijk was (en dat moest, vanavond) gaf Nina ook de voorkeur aan Lisbeth boven zichzelf. Lisbeth was bloedmooi; vanavond leek ze nog mooier dan anders, zij het een beetje spookachtig, helemaal in het grijs en met haar zachte blonde haar los op haar schouders. Ze had een dramatische uitstraling, zonder daar bewust naar te streven, zoals Sue Carol zou doen. En Lisbeth was zó slank!

Misschien was slankheid wel de belangrijkste voorwaarde om te worden bemind in deze wereld. Nina zag er overal de bewijzen van. Mannen accepteerden krankzinnigheid, hebzucht, stupiditeit, wreedheid en ontrouw van vrouwen, alleen omdat ze slank waren. Nina wist dat je het niet hoorde te zeggen, maar ze had het met eigen ogen gezien. Slanke vrouwen konden zich heel veel permitteren. Ze maakten een meer ontspannen indruk omdat ze niet zo zwaar waren – geen knellende ritssluitingen, geen gesprongen knoopjes en geen te strakke jeans, zoals de broek die Nina nu droeg en die heel vervelend tegen haar overgevoelige kruis drukte. Alles paste slanke vrouwen. Kijk maar naar Lisbeth, met haar lange rok in een klein maatje, die ruim en soepel om haar heen hing. Zij kon zich bewegen zonder deinend vet.

En Lisbeth was een heel aardige meid, dat wist Nina ook wel. Zachtaardig en gevoelig. Zelfs Nina had de neiging Lisbeth te beschermen en haar op te tillen als een gewond vogeltje, een beetje knokig maar wel mooi. Nina voelde zich een reus als ze naast Lisbeth stond. En dan te bedenken dat ze in Theresa House nog elkaars kleren hadden geleend. Lisbeth paste nu in een van haar broekspijpen.

Nina wist dat ze geen vast voedsel mocht aanraken tot aan donderdag, als ze volgens het dieet van dr. Duvall recht had op die kippenborst zonder vel, maar opeens kreeg ze hevige trek in een trostomaat, klein maar rijp, en gevuld met gorgonzola. Nina hield niet eens van gorgonzola, omdat die haar herinnerde aan wat ze juist wilde vergeten: wat er met de aderen van haar benen kon gebeuren. Maar toch kreeg ze een onbedwingbare neiging iets te eten. Je zou denken dat Lisbeths magere voorbeeld Nina's wilskracht zou vergroten, maar het slanke figuur van de andere vrouw maakte Nina juist wanhopig. Zo mager zou ze nooit worden. Waarom nam ze dan geen hapje? Gewoon een snack, meer niet. Nina had een vreemde smaak in haar mond van het lijnen, een bijna metaalachtige bitterheid. Zou dat betekenen dat ze nu een hogere toestand van vetverbranding had bereikt? Misschien was die bittere smaak juist een goed teken.

Maar in plaats van te eten hoorde ze zichzelf tegen Lisbeth zeuren: 'Toe nou,' zei ze. 'Eet nou wat...' Ze dreef een wig in het verbond tussen Lisbeth en Jessie door Jessie duidelijk te maken hoe mager haar vriendin was. Lisbeth moest wat eten.

'Ik eet heus wel,' zei Lisbeth defensief.

'Wat dan?' vroeg Nina.

'Kaascrackers,' antwoordde ze. Lisbeth verlangde weer naar een sigaret. Straks begonnen ze weer over anorexia en wilden ze haar al dat eten door de strot duwen, net als ganzen die werden vetgemest voor paté. Lisbeth at wel degelijk. Ze at zelfs véél. Soms at ze zuiver vet. Ze deed overal boter op, zelfs op haar kaascrackers. Ze at snoep, chocolade, truffels. Anorexia was niets voor haar. Ze had een ongelooflijk snelle stofwisseling, dat was alles. Soms vergat ze weleens te eten, maar dat compenseerde ze door om twee uur 's nachts nog fettucine in roomsaus klaar te maken of een hele bak ijs naar binnen te werken. Ze kocht zelfs opzettelijk de meest vette ijs- en kaassoorten. Ze had een nieuw merk ijs ontdekt waarin stukjes vet koekdeeg waren verwerkt. Maar soms maakte ze zich zorgen dat haar kleine billen een beetje afzakten. Lisbeth kende een ander model, Anouka, die haar hele kont was kwijtgeraakt en daarom voor én achter siliconen had laten implanteren, met een decolleté aan beide kanten.

'Ik had niet gedacht dat ik dit nog ooit zou zeggen,' vervolgde Nina.

Doe het dan niet, waarschuwde Lisbeth haar in gedachten.

'Maar je bent te mager voor *Vogue*.'

'Niemand is te mager voor *Vogue*,' kwam Jessie haar vriendin te hulp.

'Maar het zijn wel magere meiden met pit. Je ziet ze altijd in het rond springen. Of ze leggen hun benen over een rotsblok, als slanke nimfen op het strand.'

'Ik heb al een jaar niet meer in *Vogue* gestaan,' reageerde Lisbeth bits. 'Ik poseer nu meestal voor *JAMA*, het *Journal of the American Medical Association*.'

Jessie en Nina keken zo ontzet dat Lisbeth nog even doorging. 'Ik ben een Prozac-model.' Ze nam een dramatische pose aan, helemaal slap, met haar lange haar voor haar gezicht. 'Als ze de simpelste problemen van het leven niet meer aankan, geef haar dan Prozac...'

Ze schoten alledrie in de lach. Ze maakte natuurlijk een geintje.

'Nee, helemaal niet,' hield Lisbeth vol. 'Die farmaceutische firma's betalen echt voor mijn modellenwerk. Ik probeer me nu op te werken naar Thorazine. Ik ben al door een wolk gevlogen met Zoloft.'

Ze besloot met een opmerking die ze allemaal konden onderschrijven: 'De schoorsteen moet toch roken.'

Dat was het sein voor de vrouwen om het 'zakelijke segment' aan te snijden, zoals Jessie het altijd noemde – elkaar complimenteren met de successen in hun werk. Het was een vast ritueel om zichzelf te adverteren. Nina vertelde dat ze haar salon, de Venus Di Milo, had uitgebreid door de Dunkin Donuts ernaast over te nemen. Haar werkterrein, Riverdale en Lower Westchester, de Pelhams en New Rochelle, was opgedeeld in cafetaria's en afslankcentra. De ene hand waste de andere, zogezegd.

'De zaak loopt vanzelf,' zei ze. 'Ik hoef er nauwelijks te zijn.'

Ze complimenteerden Jessie allebei met de verfilming van haar laatste boek, *The Jackson Whites of the Ramapo Mountains*. Het docudrama droeg de titel *Mountain Men* en ging over 'een wildernis op een half uur rijden van New York City'.

'De kijkcijfers waren niet geweldig,' mopperde ze, 'maar ik heb er wel de tegels voor de badkamer van kunnen kopen.'

Daarna kwam het gesprek op het volgende vaste onderwerp: de woonsituatie. De twee gasten slaakten enthousiaste kreetjes over de veranderingen in Jessies zolderverdieping.

'Je hebt het echt huiselijk gemaakt,' zeiden ze bijna in koor.

Ze bewonderden de pluspunten: de haard, en de zachte, perzikkleurige, zijden kap die Jessie over een tl-buis had aangebracht.

'Je hebt er je eigen stempel op gedrukt,' zei Nina bij wijze van compliment.

'En de lampen zijn zo mooi,' vulde Lisbeth aan.

Jessie hield haar twijfels. 'Er is nog erg veel te doen.'

Er viel een korte stilte, waarin Jessie voelde dat de twee vrouwen haar vorige etage, haar krappe tweekamerflat 4B, toch misten. Het was een gezellig en praktisch appartement geweest. Wegens ruimtegebrek had Jessie haar oude, met spreien toegedekte sofa's in een hoek tegen elkaar aan moeten schuiven. Daardoor waren haar vriendinnen wel gedwongen geweest om knus bij elkaar te kruipen, als honkballers in een dug-out.

Nu viel het Jessie op dat haar gasten bij de oven bleven staan om zich te warmen, ondanks het knetterende haardvuur achter hun rug. Jessie keek naar de schaduwen en vroeg zich af of de anderen ook de kilte voelden uit de donkere hoeken van de zolder. Ze huiverde en nam nog een slok wijn.

'Als ik er het geld voor heb,' zei ze, 'wil ik een van jouw boomschilderijen kopen voor die muur.'

Lisbeth bood haar meteen een schilderij aan.

'Nee, nee! Dat is je werk.' Jessie wist dat Lisbeth nu meer verdiende met haar olieverfdoeken van de boom dan met haar fotosessies als model, waar langzaam de klad in leek te komen. Jessie begreep niet veel van Lisbeths financiën. Haar vriendin droeg altijd smaakvolle, dure kleren, maar had soms nauwelijks geld op zak en klaagde vaak dat ze rood stond. Dan rolde ze met haar ogen en mompelde iets over 'het ene gat met het andere dichten'. Jessie leidde eruit af dat Lisbeth de schulden van haar ene Visakaart met haar andere betaalde – steeds met kleine bedragen, terwijl de rente opliep.

'Ik zou je het schilderij graag geven,' drong Lisbeth aan.

'Nee, dat kan ik niet aannemen. Ik wil het kopen.'

Jessie en Lisbeth deden dat steeds: elkaar aftroeven in vrijgevigheid. 'Toe, neem het nou aan...' 'Nee, écht niet!'

'Jezus, Jessie, neem dat schilderij nou maar,' zei Nina. 'Je moet toch iets hebben voor die kale muur.'

Ze staarden alledrie naar de lege muur, die opeens heel groot en naakt leek. Hij was nog niet helemaal gestuukt, waardoor een ruitpatroon van houten balken te zien was, de ribbenkast van de zolder. Tegenover de half afgewerkte muur bevonden zich de hoge ramen, met uitzicht op de stad.

Wat een warmteverlies moet dat opleveren, dacht Lisbeth.

Ze zou het uitzicht graag eens schilderen, hoewel ze het een beetje vijandig vond, die verlichte wolkenkrabbers, als verticale streepjescodes. Hoge torens, hoge prijzen.

'Er branden niet zoveel lichten meer,' merkte Jessie op. 'Energiebesparing en zo.' Ze vertelde dat ze graag een reportage zou maken over de Darth-Vader-torens – hoeveel stroom ze verslonden en welke problemen ze zouden krijgen met hun potdichte ramen als de gefaseerde stroomonderbrekingen ook tot de oostkust doordrongen.

'Alsjeblieft, geen maatschappelijke problemen vanavond,' smeekte Nina. 'Dit is een babyfeestje, verdorie. Geen woord meer over gefaseerde stroomonderbrekingen!' Bij een andere gelegenheid zouden ze misschien de verschillende nationale en internationale crises bespreken en kon iemand zelfs een petitie laten rondgaan tegen het kappen van de regenwouden. Ze zouden kritiek spuien op de president en de burgemeester en zich zorgen maken over de economie. Maar zo'n avond was dit niet. Dit moest een feestje worden voor een uniek persoonlijk feit: Claire die moeder ging worden, als eerste van de hele groep.

Het hele najaar hadden ze het al over de politiek en de maatschappij. Lisbeth zette zich in voor het milieu en Martha vroeg om bijdragen aan haar favoriete hulporganisaties. Maar vanavond ging het om persoonlijke zaken en dat zou ook duidelijk blijken uit hun gesprekken. Twee dingen stonden nu op de voorgrond: ze wachtten met spanning op Claire en ze vreesden Martha's komst. De grote vraag was wie het eerst zou arriveren. Nina en Jessie hoefden Lisbeth niet eens in te seinen over het complot tegen Martha.

'Ik weet dat je haar moest uitnodigen,' had Lisbeth gezegd toen ze de kaartjes van de tafelschikking zag en het hare wat verder bij dat van Martha vandaan zette, aan Claires kant van de tafel. Ze popelde om Claire weer te zien en vroeg zich af of de zwangerschap van haar vriendin een voorteken was. Zou het niet heerlijk zijn om een kind te krijgen met Steve? Ze kon nauwelijks wachten om Claire te vertellen dat ze hem in de metro had gezien – de bevestiging van hun gezamenlijke plek in de eeuwigheid. Claire zou het wel begrijpen.

'Mag ik roken zolang Claire er nog niet is?' vroeg Lisbeth.

Ze keken haar allebei nijdig aan. 'Ben je gek geworden?'

O, Jezus, dacht Lisbeth, dat wordt de brandtrap naar het dak. Daar had ze de vorige keer ook gestaan, met de smoes dat ze een luchtje ging scheppen, terwijl ze alleen maar een sigaret wilde. Toch dacht ze er met enig plezier aan terug. In de lichte motregen had ze moederziel alleen drie Gauloises achter elkaar gerookt om er weer tegen te kunnen in die rookvrije ruimte daar beneden. Ze kon de ruwe tabak nog proeven op haar tong, alsof ze Frankrijk zélf inhaleerde...

'Claire rookt ook,' zei Lisbeth defensief, tegen niemand in het bijzonder.

'Ja, één sigaret per jaar,' reageerde Nina.

'En nu rookt ze zéker niet meer,' voegde Jessie eraan toe. 'Ik ben zo opgelucht dat ze komt.'

Daar waren ze het alledrie over eens. En weer verbaasden ze

zich erover dat Claire zomaar was verdwenen. Ze hadden haar in geen maanden gezien, ze belde maar zelden terug en ze ontweek alle vragen over de man, het kind of wat dan ook. Lisbeth had nog een nieuwtje te melden, terwijl ze in hun zenuwen al op de rauwkost stonden te knabbelen, behalve Nina. Spanning vertaalde zich nu in eten.

'Claire zei dat ze ons alles zou vertellen. Ze wilde ermee wachten tot ze ons weer persoonlijk zag,' zei Lisbeth.

'Ik heb haar beloofd dat ik het geen "baby shower" zou noemen,' zei Jessie plechtig. 'Maar ze heeft natuurlijk van alles nodig...' Ze wees naar de wieg, die al gedeeltelijk vol lag met pakjes. Ze haalde er het enige uit dat niet was ingepakt: een zacht, knuffelig speelgoedlammetje, en draaide aan de sleutel op zijn buik. Meteen klonk er een klaaglijk 'bèèèh' en blaatte het dier een mechanisch liedje: *Baah, baah, black sheep, have you any...?*

'O, mijn god.' Ze keken elkaar alledrie aan, geschrokken van het steeds herhaalde versje. *Dit is echt. Claire... krijgt een baby.* Het was vreemd, beaamden ze allemaal. Claire leek de minst waarschijnlijke kandidate.

'Zouden we nu allemaal baby's krijgen?' vroeg Lisbeth.

'Nee,' antwoordden Jessie en Nina prompt.

Ze zaagden Jessie door over wat Claire nu létterlijk had gezegd toen ze eindelijk akkoord ging met het idee van een feestje.

'Ze was heel vaag,' gaf Jessie toe. 'Ik kon geen woord uit haar krijgen. Het enige dat ze zei was: "Ik ben wanstaltig dik."'

'Nou, dat zal wel meevallen,' vond Nina.

'En zelfs áls ze dik is, zal ze haar figuur meteen weer terugkrijgen zodra de baby is geboren,' bedacht Lisbeth.

'Ik heb mijn figuur nooit teruggekregen, en ik heb niet eens een baby gehad,' zei Nina. 'Ik krijg mijn figuur al niet meer terug na een maaltijd.'

De telefoon ging. Nina en Lisbeth grepen werktuiglijk naar hun mobieltjes. Jessie bezeerde zich bijna toen ze een sprong nam naar de telefoon aan de muur, want die was het. Misschien was híj het wel. Hij had 'acht uur' gezegd, maar stel dat hij niet zo lang kon wachten? O, god, ze moest zich niet in de zenuwen gooien door de hele avond op zijn telefoontje te wachten. Daar was ze nu toch te volwassen voor. Hij zat in Colorado, heel ver weg, niet alleen geografisch, maar ook overdrachtelijk, in dat schemergebied van postseksueel contact, de beruchte postcoïtale kloof waarin zoveel mannen spoorloos verdwenen.

Nee, hier ben ik veel te volwassen voor, dacht Jessie nog eens, terwijl ze diep ademhaalde voordat ze opnam. In haar haast om het antwoordapparaat voor te zijn stootte ze haar knie tegen de koelkast.

Ze hoorde een knerpend gebulder door de telefoon – niet Colorado, maar de ingewanden van de BMT. Ze kon zelfs een vage oproep onderscheiden om 'afstand te houden van de bewegende perrons'.

Jessie spande zich in om te horen wat er gezegd werd, maar Sue Carol was nauwelijks te verstaan. Ze klonk alsof ze grote moeite had niet in tranen uit te barsten. Er vielen angstige stiltes, terwijl ze steeds herhaalde: 'Ik weet niet waar ik ben...'

'Niks aan de hand! Je komt er wel. Gewoon rustig blijven,' adviseerde Jessie. Ze boog zich over de hoorn en concentreerde zich op wat Sue Carol zei, terwijl ze haar instructies gaf. De andere twee vrouwen begrepen dat er iets aan de hand was en kwamen dichterbij. 'Wat? Wat is er?'

'Problemen?' vroeg Nina.

'Neem de volgende trein naar het centrum,' zei Jessie tegen Sue Carol. 'Het komt wel goed. Je bent niet zo ver hier vandaan. Je klinkt al beter.'

Zodra Jessie had opgehangen voelde ze zich verplicht verslag uit te brengen aan de anderen. 'Ze klonk helemaal in de war.'

'Ze wil van Bob scheiden,' raadde Lisbeth.

'Alweer,' zei Nina.

HOOFDSTUK ACHT

Waarin Martha teruggaat naar Theresa House, meent Claire te zien, en wordt aangerand door de potloodventer.

*

De limousinestrook vrijhouden, alstublieft...

Achter in de Town Car, een Lincoln met een beige leren bekleding, vervloekte Martha het verkeer, dat met een slakkengang door Fifth Avenue kroop. Ze stond nog liever stil. Het was om gek van te worden zoals haar chauffeur, Matt, voortdurend moest remmen en optrekken. Martha schoot steeds een paar centimeter naar voren. Ze zou zijn uitgestapt om het laatste eind te lopen als ze niet die hoge Prada-wedgies had gedragen en het niet zo ver was geweest. Waarom had Jessie in godsnaam besloten het feestje bij haar thuis te houden?

De kans werd steeds groter dat Martha zou moeten afbellen, omdat ze anders niet op tijd zou zijn voor haar etentje met Donald. Straks had ze een auto vol met babycadeautjes en leuke presentjes voor haar vriendinnen, maar moest ze alles laten bezorgen zonder er zelf bij te kunnen zijn. Dan kon ze er geen plezier aan beleven, geen voldoening scheppen in de dankbare reacties van de anderen.

Martha keek op haar Cartier-horloge, dat ze van Donald had gekregen om de aankondiging van hun verloving te vieren. Het was zeven over zes. Martha nam een zakelijke beslissing over de baby shower. Als de file zich niet oploste en ze om vijf over halfzeven nog niet voorbij 14th Street was, zou ze het feestje overslaan en rechtstreeks naar Vert rijden. Maar ondanks haar irritatie maakte Martha nog steeds efficiënt gebruik van het oponthoud. Ze had al zeventien gesprekken gevoerd via de autotelefoon en keek tegelijk met een half oog naar het avondnieuws op een tv-toestel ter grootte van een polshorloge. Ze had zich zelfs een glas Cutty Sark ingeschonken uit Donalds voorraadje, hoewel ze dat nooit dronk. Ze liet de ijsblokjes rinkelen.

Opeens kreeg ze een hevige behoefte aan een sigaret. Ze had Matt, de chauffeur, uitdrukkelijk verboden om te roken, maar toen ze nog een kwartier in de file zaten op weg naar 86th Street, draaide Martha het elektrische raampje van de scheidingswand omlaag en vroeg of ze er een kon bietsen. Matt gaf haar een pakje Nicorette-kauwgom, samen met het slechte nieuws:

'Sorry, mevrouw,' zei hij, terwijl hij haar aankeek in het spiegeltje. 'Ik ben gestopt, omdat u me zei...'

Matt had een duidelijk accent. Hij was nog niet zo lang geleden overgekomen uit Sligo in Ierland. Met zijn dikke, springerige, blonde haar en zijn sproetige gezicht was hij best een knappe kerel, afgezien van zijn tanden. Toen Martha de jongeman bestudeerde in het spiegeltje, staarde ze onwillekeurig naar de zwarte restanten van een tand, of tandje, als een dunne, levende tandenstoker op de plaats waar een voortand had moeten zitten.

Ze klapte haar Palm Pilot open en noteerde dat ze een afspraak bij de tandarts moest maken voor Matt McElroy, haar chauffeur. Ze zou hem naar haar eigen tandarts sturen, dr. David Smilow, een genie op het gebied van cosmetische gebitsregulatie.

Martha zuchtte. Ze zag haar eigen toekomst in het slechte gebit van haar grijnzende chauffeur. Ze zou de tandartskosten voor de jongen betalen, en hij zou bij haar weggaan. Dat was de tragedie van haar leven, net zo bitter als stukgebeten aspirine op haar tong. Ze voelde weer een spanningshoofdpijn opkomen. Zo ging het altijd. Ze hielp mensen en werd daarvoor gestraft. Maar ondanks dat verraad zou ze de volgende keer toch weer helpen, nam Martha zich heilig voor. Dat was haar rol in het leven: proberen om goed te doen. Ze kon zich niet laten weerhouden door de ondankbaarheid van de ontvangers; daar stond ze boven.

Haar moeder had haar ooit een prachtig geborduurd merklapje gegeven: EEN GOEDE DAAD BLIJFT NOOIT ONGESTRAFT. Martha koesterde het.

'Dank je, Matt,' zei ze, in gedachten al bij de dag dat hij ontslag zou nemen. Hij was een leuke jongen met blauwe ogen, verlevendigd door witte vlekjes. Als zijn gebit was gereviseerd, kon hij zelfs filmster worden. 'Die nicotinekauwgom is ook wel goed...'

Martha kauwde hard. Het was geen sigaret, maar ze was al drie jaar geleden gestopt, dus moest ze zich behelpen. Drie minuten voor halfzeven, zag ze nijdig. Ze waren hooguit anderhalve meter opgeschoten in tien minuten. Voor en achter de Lincoln klonk een kakofonie van taxiclaxons. Ze had moeite om de televisie te verstaan, waar de weervrouw aankondigde dat 'de sneeuwstorm van de eeuw' in de loop van de avond boven New York werd verwacht. 'Wie niet echt de deur uit hoeft kan beter binnen blijven,' was het enige andere zinnetje dat Martha opving.

Merveilleux, marveloso, dacht Martha. Ze kauwde heftig op de gom en perste het chemische sap er zo snel uit dat ze alleen een smakeloze klont plamuur overhield.

Een vergissing, dacht Martha. Ze spuwde de kauwgom uit en deed hem in het lege, schone asbakje. Nu zou die smerige smaak waarschijnlijk haar etentje met Donald bederven. De menukaart van Vert scheen heel subtiel te zijn. Het restaurant had een uitstekende reputatie; dat mocht ook wel, voor een *prix fixe* van tweehonderd dollar per persoon, alleen al voor een simpel couvert. Met de wijn erbij zou het etentje voor Donald zo'n vijf- of zeshonderd dollar kosten. Ongelooflijk hoe de prijzen in de horeca de pan uit waren gerezen. Het ging net als met huurprijzen. Vooruit, jongens, nog een nulletje erbij. Vorig weekend nog had Martha een paar cliënten getrakteerd op zo'n peperdure maaltijd. *Nouvelle cuisine*, jawel. Iets heel kunstzinnigs op je bord: een minimalistische portie zee-egel op een zeldzaam blaadje groen, met wat stippeltjes vetarme saus. Zo mooi als een impressionistisch schilderij – en met hetzelfde prijskaartje.

Soms overwoog Martha weleens om in kunst te investeren in plaats van uit eten te gaan. Het was een idee. Of in plaats van een restaurant in New York te boeken zou je naar Frankrijk kunnen vliegen om daar te eten. Ze wist dat de *prix* schandalig was, maar toch verheugde ze zich op hun afspraak bij Vert. Je kwam er alleen binnen als je rijk en beroemd was. De gerant had zelfs Pulitzerprijswinnaars geweigerd.

Iedereen in de stad had het erover en probeerde een tafeltje te krijgen. Het klonk erg leuk. De hele inrichting en alle gerechten waren *vert*: groen. Slim bedacht. Dat 'groen' sloeg niet alleen op de kleur, maar ook op het milieu. Het vlees dat je at was diervriendelijk bereid. Experts hadden zich erin verdiept en een manier gevonden om een kreeft te doden zonder dat hij de hitte voelde.

Martha vroeg Matt de airco wat hoger te zitten. Buiten was het koud, maar de temperatuur in de stilstaande auto liep behoorlijk op en Martha zat te zweten onder haar shahtoosh-mantel. Dat kon er nog wel bij, vanavond: zweetplekken.

Meteen golfde er een koude luchtstroom door de auto. Martha ademde diep in en uit om zich te ontspannen. De migraine die haar hoofd in een bankschroef hield leek wat weg te ebben, hoewel haar linkeroogbol nog steeds aanvoelde alsof hij elk moment uit haar oogkas op haar wang kon rollen. Haar hart bonsde licht: suiker in de whisky, misschien ook in de kauwgom. Wat bezielde haar vanavond? Liep het haar uit de hand? Ze begon zich al zorgen te maken dat dit niet haar gewone kwaal was, maar iets ernstigers.

Martha overwoog Francine te bellen, haar therapeute. Dan hielden ze hun sessie – een uurtje van vijftig minuten – gewoon over de telefoon. Voor driehonderd dollar. Of Martha zou haar moeder kunnen bellen, Athena Lucille Sarkis. Gratis.

Donoreicellen... Hoe durfde hij! Hoe durfde dr. Hitzig haar zo lang te laten wachten op een afspraak om haar te helpen eindelijk zwanger te worden en haar dan te vertellen dat ze donoreicellen nodig had? Vergeet het maar, dacht Martha. Donoreicellen? Van een studente, zeker. Aan de Bimbo Universiteit. En hoeveel *dollaros*, hoeveel lires, hoeveel nullen zou ze moeten neertellen voor het eitje van een of andere meid uit een achterbuurt?

Maar wat nu? Ze had erop gerekend dat ze Donald het goede nieuws zou kunnen vertellen: 'Geen zorg, lieveling, dr. Hitzig heeft me aangenomen als patiënte en dr. Hitzig heeft altijd resultaat...' Ze had het hele verhaal al gerepeteerd voor bij de eerste slok Veuve Cliquot. (O nee! Ze was vergeten die gekoelde extra fles mee te nemen. Als ze ooit nog bij Jessie en de anderen arriveerde, zou ze hun wijn moeten drinken. En het mousserende, alcoholvrije druivensap voor Claire had ze ook thuis laten staan. Verdorie, dat was niets voor haar. Het liep haar echt uit de klauwen. Ze moest iets doen, en snel.)

Dit ging niet goed. Zij, Martha Stephanie Garbabedian Sarkis Sloane, die nooit iets vergat, begon foutjes te maken. Het eerste teken van Alzheimer? Een echte paniekaanval? Of het gebruikelijke, een verhoogd bloedsuikerpeil, maar met nieuwe, afschuwelijke symptomen? Ze pakte haar Palm Pilot en belde met haar diëtiste. Het probleem was misschien de gist.

Hitzig had haar al het gevoel gegeven dat ze afgeschreven was. Wat had hij haar ook alweer gezegd? 'Een oudere prima gravida.' Alleen kwam ze niet eens in aanmerking voor een gravida. Dit was duidelijk niet haar dag, haar avond. Misschien kwam het toch door die maan in Saturnus. Volgens de astrologie mocht ze vandaag niets belangrijks doen. Zie de gevolgen. Martha geloofde niet in die astrologische flauwekul, tenzij je horoscoop werd getrokken door iemand die er echt verstand van had, maar ze had wel het gevoel dat er vanavond vreemde krachten aan het werk waren in het heelal.

Misschien moest ze het feestje schrappen, het hele plan opgeven. Dan kon ze een beetje kalmeren en rechtstreeks naar Vert rijden, om klaar te zitten voor Donald als hij kwam. Desnoods moesten ze maar iets anders vieren.

Ze drukte op de voorkeuzetoets van haar telefoon. 'Mam,' zei ze, 'de dokter zegt dat mijn eicellen te oud zijn.'

Goddank nam Athena Lucille Sarkis Sloane meteen op. Martha putte troost uit het beeld van haar moeder, goed verzorgd in een privé-suite van de Haciënda in Hartsdale, een 'beschermde leefomgeving in het exclusieve Westchester'. Ze hoorde wat rammelen toen haar moeder een paar mahjong-stenen neerlegde of een flesje medicijnen wegzette – de twee belangrijkste symbolen van haar leven in de Haciënda in Hartsdale.

Een van de fijnste dingen die Martha met haar nieuwe zevencijferige inkomen had kunnen doen was haar moeder een mooie oude dag bezorgen. Ze had allebei haar ouders in de luxe verzorgingsflat geïnstalleerd, maar haar vader was gestorven op de dag van de verhuizing. Bij aankomst in de citroen- en avocadokleurige Duce en Duchessa Suite bleek hij overleden. Hij zou nooit de golfclubs gebruiken die Martha voor hem had gekocht om de verhuizing te vieren.

Martha voelde een steek in haar hart toen ze terugdacht aan Emir Sarkis Sloane. Heel even zag ze hem voor zich, met de vooruitspringende kaak die ze van hem geërfd had, net als de lage haarlijn die ze elektrolytisch had moeten verwijderen. Bij haar vader had al dat haar zijn knappe mannelijke kop nog geaccentueerd. Hij had pikzwarte, in elkaar overlopende wenkbrauwen, permanent gefronst. En in zijn ogen smeulde een brandend, duister vuur. Woede? Wellust?

Emir was als een dolle stier door het leven gedenderd. Geen wonder dat Zorba de Griek zijn grote voorbeeld was. Hij was een selfmade man, die alle obstakels had overwonnen om zijn doel te bereiken. Hij dreef een tapijthandel om in het onderhoud te voorzien van zijn gezin, zijn drie maîtresses en god mocht weten hoeveel vriendinnen en halve hoertjes hij er verder nog op nahield. Emir had vrouwen gehad in heel Queens, verspreid over al die wolkenkrabbers.

Martha en hij hadden gevochten, bijna als gelijken, toen ze bijna klaar was met haar studie bedrijfskunde. Hij had gewild dat ze voor hem ging werken, maar Martha wilde voor zichzelf beginnen. Ze hadden op zijn kantoor staan schelden en elkaar met schoenen bekogeld toen hij haar toelage introk. Daarna was ze het huis uit gegaan en had een kamer in Theresa House genomen om onder de knoet van haar vader vandaan te komen.

Haar moeder had nooit meer dan één ding over haar vader gezegd: 'Toon respect voor hem.'

Toon respect voor hem. Dat had Martha gedaan. Ze had hem niet gehoorzaamd, maar toen hij zag dat ze op eigen kracht veel geld verdiende, had hij haar vergeven. Misschien had hij zelfs respect voor háár gekregen, omdat ze zo op hem leek: een *self-made woman*. In zijn laatste levensjaren was ze een plichtsgetrouwe dochter voor hem geweest. Haar enige tekortkoming was dat ze hem geen kleinkinderen had gegeven. Haar zus Debbie had een dochter, maar er was nog geen kleinzoon, geen kleine Emir, geen donkere erfgenaam voor het tapijtenkapitaal. Nog steeds had Martha die langverwachte kleinzoon niet geproduceerd, maar uiteindelijk had ze wel haar respect voor pappa getoond door hem in de loop van de jaren regelmatig te bezoeken en zijn tirades zwijgend aan te horen.

Vreemd genoeg was het zijn dood die Martha weer bij het leven van haar vader had betrokken. Toen hij overleed moest zij zijn zaken regelen; toen ontdekte ze zijn belangrijkste maîtresses, allemaal in gestoffeerde tweekamerflats met bontmantels in de kast. Het waren ruime, luxueuze appartementen, maar met een belabberd uitzicht. Ze keken allemaal uit op de industrieterreinen in het oosten.

Martha wist niet of haar moeder op de hoogte was of niet. Het einde van haar vader was zo vreemd geweest: een beroerte die hem alleen van zijn spraak en de kracht in de linkerhelft van zijn lichaam had beroofd. Dat laatste jaar had Emir zich moeizaam rondgesleept, maar nog gewoon zijn werk gedaan. En zijn ogen waren nog net zo dwingend als vroeger: *Doe wat ik zeg. Geen tegenspraak.*

Toen, op de dag van de verhuizing naar de Haciënda in Hartsdale, volgde een tweede beroerte, die onmiddellijk fataal was. Martha had respect voor zijn einde. In zekere zin had Emir Sarkis het zelf zo gewild. Toen zijn actieve leven, zijn leven van handeltjes en maîtresses, lekker eten en wijn, voorbij was, wás het ook voorbij.

Voor Martha's moeder was het anders geweest. Zelfs toen haar man nog leefde en haar dochters volwassen waren, vormden de mahjong- en bingoavondjes met haar vriendinnen nog altijd de hoogtepunten van haar week. Regelmatig ging ze uit eten met die vriendinnen, Gladys en Edna, als Emir er niet was. Nu leek het of hij voorgoed op reis was gegaan. Ondanks hun blauwgespoelde kapsels waren de weduwen – vrouwen van in de zestig en de zeventig – nog altijd haar vriendinnen van school. Gladys en vooral Edna vulden het leven van Martha's moeder.

Haar ouders hadden zich allebei op hun eigen wijze aangepast. Emir was gestorven, haar moeder had zich vastgeklampt aan bingoavondjes en lezingen. Een gemakkelijke uitweg voor allebei.

'Mam,' zei Martha, 'de dokter zegt dat mijn eicellen niet deugen.'

'Onzin,' zei Athena Lucille Sarkis Sloane resoluut. 'Ga dan naar een andere dokter. Een dochter van een kennis van me is zevenenveertig en krijgt nog een tweeling. Ze mengen het gewoon in een reageerbuisje. Ik ken je, jij vindt echt wel een manier. Er is geen enkele reden waarom je zus Debbie wel een baby zou kunnen krijgen en jij niet. Ik was eenenveertig toen jij werd geboren, in een tijd dat al die medische foefjes nog niet bestonden. En moet je me zien.'

'Hoe gaat het met je, mam?' herinnerde Martha zich het vaste ritueel. 'Hoe is het met je been?' Haar moeder had last van iets dat flebitis werd genoemd. Martha begreep het niet helemaal, maar het had te maken met de stress toen ze zwanger was geweest. Door het extra gewicht was de verkeerde schakelaar in de aderen van haar been overgehaald, waardoor ze was opgezwollen. Voorgoed.

'Zolang ik blijf zitten gaat het wel,' antwoordde mam.

Ze kletsten nog even voordat ze allebei riepen: 'Ik hou van je!' en Martha zich weer liet terugzakken in de kussens van de achterbank. Ze knapte altijd op van een gesprekje met haar moeder. Natuurlijk zou ze een oplossing vinden. Haar zelfvertrouwen was weer terug. Meteen raadpleegde ze haar Palm Pilot. Die dingen waren een soort elektronische masturbatie; je kon twintig keer per dag klaarkomen als je wilde.

En ja, daar vond ze de naam die ze zocht, in het lijstje *Onvruchtbare vriendinnen*: Helen Fishbein. Een kennis. Martha had Helen Fishbein geholpen de flat naast haar te kopen, zodat ze de muur kon doorbreken en nu een appartement van twaalf kamers bezat, aan de rivierkant van de Drive. En omdat Helen Fishbein twintig jaar had rondgelopen met haar droom om ergens iets door te breken, zou ze Martha wel dankbaar zijn.

Het beeld van Helen – blond, met een wipneus, energiek, in een joggingpak – doemde voor Martha op als een visioen van nieuwe mogelijkheden. Helen had niet alleen een heel geslaagde facelift ondergaan, maar in januari ook haar eigen eitjes bij een draagmoeder laten implanteren.

Er was meer dan één manier om je doel te bereiken. Helen Fishbein leek weer achttien en jogde door de Hamptons met een tweeling die wel haar kleur en intelligentie bezat maar was voldragen in de schoot van een Guatemalteekse werkster – tegen een gigantisch bedrag, uiteraard. Hoeveel miljoenen pesos? Dat wist Martha niet meer, maar in elk geval waren Helens eigen eicellen in de Guatemalteekse dame tot wasdom gekomen.

Goddank. Martha haalde diep adem en kalmeerde weer wat toen ze zich dit veelbelovende verhaal herinnerde. Het was allemaal nog mogelijk, als je je er goed in verdiepte en de touwtjes in handen hield. Zou diezelfde Guatemalteekse werkster nog beschikbaar zijn? En was ze doorgegaan met werken tijdens de zwangerschap? Nee, dat leek Martha geen goed idee. Een zwangere vrouw kon beter geen schoonmaakmiddelen inademen.

Als in een reactie op haar uitgelaten stemming kwam eindelijk de file weer in beweging. Matt McElroy zigzagde tussen een paar andere limo's door en vond een vrije baan. Alle lichten stonden op groen. Hij grijnsde even tegen haar in zijn spiegeltje.

Lieve jongen, sprak Martha hem in gedachten toe, wij gaan iets aan je tanden doen!

Ze was weer zielsgelukkig en voelde zich in een gulle bui. Ze nam zich voor om wat meer geld aan goede doelen te besteden. Ze betaalde haar 'tiende penning' trouwens al. Meer dan tien procent van haar jaarlijkse inkomsten ging naar liefdadigheid. Martha was altijd bereid in de buidel te tasten, waar of wanneer iemand het maar vroeg, hoewel ze er weinig erkentelijkheid voor kreeg en haar foto nooit in de krant kwam bij dat soort acties.

Martha gaf veel meer *dollaros* dan al die vrouwen die elke week op allerlei recepties werden gefotografeerd. Ze wist niet wat je daarvoor moest doen. Er was geen ziekte te bedenken of

Martha gaf wel iets voor de bestrijding ervan. Ze gaf voor multiple sclerose en aan alle vormen van kanker. Ze schonk grote bedragen aan de behandeling van artritis, omdat ze daar zelf zo bang voor was. En aan het onderzoek naar herseninfarcten, vanwege haar vader. Ze had een pleegkindje in Afrika met zo'n dikke hongerbuik. Ja, Martha deed meer dan wat er van haar verwacht mocht worden. Zelfs de sjaal die ze droeg, van zachte shahtooshwol, had ze bij Memorial Sloan Kettering gekocht voor een goed doel – een of andere tumor.

Het was één minuut voor halfzeven, maar de file leek opgelost. Ze gaf Matt opdracht om het trage boodschappenverkeer in Fifth Avenue te ontwijken en door de parktunnel naar 65th Street te ontsnappen als het daar niet vastzat.

Ze konden doorrijden. Martha slaakte een zucht en ving een glimp op van de Children's Zoo met de toren van een minikasteel. De blauwe gipsen walvis en de ark van Noach uit haar eigen jeugd waren al lang geleden weggehaald. Martha miste ze niet; dit zag er veel leuker uit.

De West Side bleek een geniale inval. Het was de snelste route naar NoHo. Misschien zou ze toch nog op tijd zijn voor Claires feestje. Er kwam een idee bij haar op en ze pakte haar mobieltje. Ze kon Claire bellen om te horen of ze al was vertrokken uit haar appartement. Nou ja, appartement... meer dan een kamer was het niet. Als Claire nog thuis was, zou Martha haar kunnen oppikken. Ze kwam er bijna langs.

Martha toetste het nummer in terwijl de auto op weg ging naar 56th Street. Ze hoorde het toestel overgaan. In gedachten zag ze Claires kamer, nummer 312, in Theresa House. Claire was de laatste die daar nog woonde, het enige lid van de oorspronkelijke vriendinnengroep die er gebleven was. Martha herinnerde zich de kamer, die aan de voorkant lag, boven het verkeer van Ninth Avenue. Martha had vlak naast Claire gewoond, in kamer 314, die een mooier uitzicht had.

Toen ze door Ninth Avenue reden, wierp ze een snelle blik opzij, naar West 56th, en zag tot haar schrik dat Theresa House in de steigers stond.

'Rijd die straat in,' beval ze Matt. 'Ik wil even kijken.'

Ze kon haar ogen niet geloven. Theresa House leek onthoofd. De bovenste zes verdiepingen waren gesloopt. De onderste drie stonden er nog, maar alleen als platform voor de bouw van een hoog complex in roze baksteen met een soort glazen atrium in het midden, waar nog druk aan werd gewerkt. Het deed denken aan het gebouw dat Donald Trump had neergezet in East 68th Street, waar jarenlang het oude Foundling Home had gestaan. Dit ademde dezelfde fallische energie, met dezelfde oplichtende punt aan de bovenkant.

Martha vroeg Matt om te stoppen. Even later stapte ze uit in haar oude straat, staarde omhoog naar de nieuwe gevel en toetste Claires nummer nog eens in. Ze had het gevoel dat de verbinding wat beter zou zijn nu ze recht voor het gebouw stond.

Terwijl ze het billboard van de aannemer bekeek, hoorde Martha om een of andere reden de stem van Donald Trump, die een verhaal hield over het inwisselen van echtgenotes, na een van zijn talloze scheidingen: 'Het vlees van een vrouw van vijfendertig is niet het vlees van een vrouw van vijfentwintig.'

En nu rustte deze vleeskleurige toren op een sokkel die ooit een quakerhuis voor alleenstaande vrouwen was geweest. Op het billboard stond een fraaie tekening van hoe het eindresultaat er moest komen uit te zien: 'Theresa Towers'... luxeappartementen... keukens met ramen... toezicht van een huismeester. De naam van de projectontwikkelaar stond er niet bij, dus Trump kon het niet zijn. Martha bestudeerde de kleine lettertjes, maar ontdekte alleen een onpersoonlijke afkorting: KACA Corporation.

Toen ze de geïdealiseerde tekening bekeek, met stelletjes die de roze woontoren binnenwandelden, langs bloeiende, geelgroene bomen die nog nergens te bekennen waren, kon Martha enige bewondering voor het project niet onderdrukken. Het was vergelijkbaar met de ontwikkelingen in The Cottages, verderop. Een klein deel van het oorspronkelijke gebouw was behouden, waarschijnlijk vanwege de architectonische waarde van de ingang en de hal, of om tegemoet te komen aan de protesten van actievoerders die vonden dat dit officieuze monument een wezenlijk bestanddeel van de buurt vormde.

Martha keek nog eens omhoog, blij dat hun oude verdieping

niet ten prooi was gevallen aan de slopershamer. De appartementen 312 en 314 waren er nog: haar eigen grote hoekvenster en Claires enkele raam met het mindere uitzicht. Achter het raam hing een simpele, blauwwitte kimono, als een exotisch gordijn met motieven van het Japanse platteland. Ja, dat moest Claires kamer zijn, dat kon niet missen. De grote avocadoplant was nog te zien. Tien jaar geleden hadden ze allemaal de guacamole gegeten waaruit die pit afkomstig was. Martha herkende de lianen van Claires groene jungle achter het glas. Weer toetste ze Claires nummer in op haar mobieltje.

In gedachten zag ze Claires oude zwarte draaischijftelefoon op het bureau naast haar bed. Het toestel had een doordringende bel, die zelfs tot Martha leek door te dringen. *Toe nou, Claire, neem op!*

Ze kreeg een antwoordapparaat. Martha hoorde muziek, een hele tijd. *Wat is dit? Een nieuwe ouverture?* Eindelijk klonk Claires stem, met al haar irritante fluctuaties, op het bandje: 'Ik geloof niet dat ik er ben, maar misschien ook wel. Hoe leg je dat uit? Spreek maar een boodschap in, als je wilt, dan bel ik je terug... of niet.' En toen, heel onverwachts: 'Kusje.'

Een serie luide pieptonen. Martha wachtte even en zei toen: 'Ja, met mij, lieverd... Ik belde je even om te horen of ik je misschien een lift kon geven naar Jessie, maar...' Tot haar stomme verbazing begon ze te hakkelen. Haar stem klonk anders, ook in haar eigen oren.

'Je bent al weg, neem ik aan.' Ze bleef nog even staan, verbaasd en teleurgesteld dat ze Claire niet kon oppikken. Martha was niet iemand die in het verleden leefde, maar in gedachten stond ze opeens weer op deze zelfde plek, vijftien jaar geleden, roepend naar Claire, achter haar raam.

Claire was haar eerste vriendin geweest hier. Martha had haar ontmoet toen ze haar koffers haar nieuwe kamer binnenzeulde, naast die van Claire. Nog helemaal in de stemming van haar verzet tegen Emir was ze bijna in Claires armen gevallen toen het meisje haar uitnodigde 'voor een borrel, hoewel dat hier streng verboden is'.

Nu, op de stoep, dacht Martha terug aan een ander moment,

vijftien jaar geleden, toen ze hier ook had gestaan om Claire te roepen. Ze zouden naar een feestje gaan. 'Kom nou beneden... Schiet op!' Er was een fuif in The Village en daarna zouden ze naar een nachtkroeg gaan om Sue Carol te horen zingen.

Martha schudde haar hoofd. Het leek allemaal zo lang geleden, die tijd dat ze 's avonds in versleten badjassen en pluizige pantoffels in de recreatiezaal naar oude films op de televisie zaten te kijken. Martha stapte weer in de limo en vroeg Matt om door te rijden naar NoHo.

Haar hoofdpijn, die was afgenomen, kwam in alle hevigheid terug en drukte tegen haar slapen als zo'n helm van een vikingmaagd, Brunhilde. Ze leunde naar achteren en drukte een ijsblokje van de scotch tegen haar voorhoofd. Wat moest ze tegen Donald zeggen? Dat ze van inseminaties en IVF op een surrogaat moesten overstappen? Wat een 'cadeau' voor zijn veertigste verjaardag!

Ze kneep haar ogen dicht tegen de pijn, alsof je jaloezieën voor je hersens kon laten zakken. Ze maakte zich zorgen over vanavond, niet alleen over het etentje, maar ook daarna. Ze moesten seks hebben als ze terugkwamen in Ph43; het was immers zijn verjaardag. Maar deze nieuwe berichten leken haar niet bevorderlijk voor zijn probleem, dat steeds duidelijker werd...

Nee! Ze moest nu niet aan Donalds gebrekkige penis denken. Ze had al genoeg moeten doorstaan voor één dag. Martha had overwogen hem te pijpen voor zijn verjaardag, omdat mannen dat zo lekker vonden (met een blauwe strik om zijn pik?) Misschien zou hem dat helpen met dat rare verschijnsel daar beneden, die vreemde knik die er in zijn penis was gekomen, waardoor hij als een accordeon in elkaar klapte wanneer hij wilde stoten. Ze moest het kunnen volbrengen, dacht Martha, als ze het echt wilde – om haar liefde te bewijzen.

Ze opende haar ogen, en dat was maar goed ook, anders zou ze Claire hebben gemist. Want daar was Claire, vlak bij de limousine, rennend door Ninth Avenue, een beetje waggelend vanwege haar zwangerschap. Ze zag er anders uit, maar het wás Claire, geen twijfel mogelijk. Martha zou haar overal hebben herkend, met dat warrige haar boven haar honkbaljack... haar lange, krullende rode haar, nu opeens doorspekt met grijs. Martha liet het raampje zakken en riep: 'Claire!'

Claire draaide zich om en staarde verbaasd naar de limo met zijn zwarte ruiten. Zág ze haar wel? Martha riep nog eens haar naam. Claire zag er vreselijk uit, vond ze, met al dat extra gewicht. Ze was echt walgelijk dik. Hoe kon ze nou van die tienerkleren dragen in haar toestand? Geen gezicht, die hotpink spandex leggings met die hoge gympen. En haar gezicht... zo gezwollen dat Martha haar bijna niet herkende, haar nek zo mager en gespannen. Als ze niet zo'n dikke buik had, zou je hebben gedacht dat deze vrouw te oud was om nog een kind te krijgen.

'Claire,' riep Martha, zo hard als ze kon. 'Claire!'

Claire – áls ze het was – draaide zich om en sprong op de bus in Ninth Avenue. Martha gaf toe aan haar migraine, dwong zichzelf om rustig te blijven zitten en zich te concentreren op de rode duisternis van haar gesloten oogleden, in de hoop dat ze voldoende zou herstellen om te kunnen genieten van het feestje en nog genoeg energie over te houden voor het etentje met Donald en wat er daarna misschien zou komen. Zuchtend schakelde ze het mobieltje uit en viel half verkrampt in slaap.

Ze schrok wakker toen Matt stopte voor Butane Street nummer 16, Jessies adres.

'Wacht hier op me,' zei Martha. 'Misschien blijf ik niet lang.'

Hij bood aan de tassen met pakjes naar boven te dragen, maar na enige overweging sloeg Martha dat aanbod af. 'Deze straat bevalt me niet. Blijf maar bij de auto. Ik red me wel.'

Zeulend met de twee grote dozen en de vier draagtassen, waarvan de hengsels in haar handen sneden, stapte Martha de voormalige fabriek van Frankenheimer binnen. In de vestibule bleef ze staan en drukte op Jessies bel. Ze had nauwelijks de tijd om de verbouwing van de hal te bewonderen, waar het oorspronkelijke marmer was hersteld, toen ze werd geconfronteerd met de aanblik van een man in de laatste stadia van zijn zelfopgewekte extase.

Hij was een wat oudere man, grijs en verweerd, en hij droeg een soort militaire overjas die openhing. Zijn hand ging snel op en neer over het vlezige orgaan dat verkeerde in een toestand die Martha de vorige avond moeizaam had geprobeerd bij haar verloofde te bereiken: een volledige erectie.

Zijn ogen, weggedraaid in die onnozele vervoering van een naderende verlossing, rolden door hun roodomrande kassen en zochten Martha's blik toen ze getuige was van zijn finale en de gekwelde kreet van zijn slotakkoord.

Door de intercom hoorden haar vriendinnen in Jessies appartement alleen wat statisch geruis dat ze niet herkenden als een gillende Martha.

HOOFDSTUK NEGEN

Waarin Martha arriveert met een dringende waarschuwing voor iedereen, zonder dat iemand naar haar luistert.

*

Kwartet

Waardoor kwam het eigenlijk, vroegen ze zich dikwijls af, dat Martha zo'n dodelijk effect had? Waarom bezorgde ze hun altijd een minderwaardigheidscomplex? Waarom waren ze zo benauwd voor haar en konden ze toch niet met haar breken? De vrouwen hadden het daar net over toen Jessie de bel hoorde en er vreemde geluiden klonken uit de hal beneden.
 'Laat me erin!' gilde Martha. 'Er is een probleem hier.'
 Dat klonk als Martha, raadde Jessie, terwijl ze op de knop drukte. Verdorie, het was pas zes minuten over zeven. Martha en Claire zouden elkaar niet meer kunnen ontlopen. Hoewel Claire overal te laat kwam, kon ze nu toch elk moment arriveren.
 Toen de vrouwen de liftkabels hoorden kreunen en wisten dat Martha eraan kwam, deden ze een paar haastige voorspellingen.
 'Ik krijg er meteen van langs,' zei Nina.
 'Nee, ze heeft eerst kritiek op mij, omdat ik ben afgevallen,' zei Lisbeth.
 'Ze zegt tegen mij dat ik mijn appartement moet verkopen,' vermoedde Jessie.
 'En daarna krijgen we van die vreselijke cadeautjes.'
 Jessie kende Martha goed genoeg om haar cadeaus te vrezen.

Toen Jessie het zolderappartement had gekocht, had Martha haar een paar deprimerende boekjes gegeven over de onzekere financiële positie van vrouwen. Natuurlijk had Martha de pest in gehad omdat Jessie haar niet in de arm had genomen en het appartement had gekocht zonder gebruik te maken van Martha's netwerk.

Op een ander gebied gaf ze Martha ook de schuld van haar angst voor geslachtsziekten. De afgelopen jaren, sinds haar verloving, was Martha geobsedeerd geraakt door seksueel overdraagbare aandoeningen. Bij elke nieuwe uitbraak stuurde ze haar vriendinnen zelfs krantenknipsels: 'Een op de vier mensen heeft nu herpes!' 'Wist je dat chlamydia de snelst groeiende infectieziekte van het westelijk halfrond is?'

Martha had haar vriendinnen gewaarschuwd voor nieuwe vormen van syfilis die resistent waren tegen antibiotica en ze was een van de eerste pleitbezorgers van een test op seksueel overdraagbare hepatitis. Als ze geen makelaar was geworden zou ze medicijnen hebben gestudeerd, zei Martha altijd. En het was wel duidelijk wat haar specialisme zou zijn geworden: SOA's. Ze wist die afkorting uit te spreken met de kracht van een luchtdoelraket. 'Meiden...' – ze noemde hen altijd 'meiden' – 'wees op je hoede voor SOA's.' Ze mailde hen brochures en sprak berichten in op hun antwoordapparaat als er op de televisie een documentaire over geslachtsziekten te zien was.

'Martha heeft zo'n verwoestend effect omdat ze écht op de hoogte is,' zei Nina op het moment dat de deur van de goederenlift openging en Martha naar binnen struikelde. De andere vrouwen sloegen het tableau met open mond gade: Martha, omringd door draagtassen en grote dozen met hengsels. Ze droeg een zijdezachte cape, als een grote sjaal, en had duidelijk haar haar en make-up laten 'doen'. Ze zag er prachtig uit, onberispelijk verzorgd, maar vreemd genoeg stond ze op één been, als een kraanvogel, en staarde hen vol ontzetting aan.

Op haar Prada-wedgie hinkte ze naar het midden van het appartement. Haar andere voet hield ze omhoog.

'Een of andere zuiplap heeft op mijn schoen gepist,' verklaarde ze. 'Beneden in de hal.' Daarna vaardigde ze een paar bevelen uit. 'Geef me een keukenrol. Ik wil er niet met mijn handen aankomen. Weet iemand of urine vlekken maakt op koper? Ach, neem die pakjes even van me over, wil je?'

Martha nam even de tijd om de anderen te bekijken en gaf de hele groep een complimentje. 'Jullie zien er allemaal geweldig uit, veel jonger dan jullie zijn. Dit wordt een geweldige avond.'

Een nachtmerrie, dacht Jessie, met een blik op de stapel cadeautjes en de rondhinkende Martha. Haar eigen stem klonk wat blikkerig toen ze Martha een keukenrol gaf en vroeg: 'Wat zit er in al die tassen?'

Martha had zichzelf overtroffen. Jessie zag een paar reusachtige draagtassen, twee grote dozen en wat kleinere pakjes. Ze vielen bijna uit de zware tassen, die half scheurden onder hun gewicht.

'Jullie cadeautjes zijn een leuke aanvulling,' antwoordde Martha met haar eerste brede glimlach. Ze ontblootte een gebit dat *mucho dollaros* had gekost. 'Ik heb de hele baby-uitzet al gekocht.'

Jessie, Nina en Lisbeth staarden haar ontzet aan. Blijkbaar begreep ze hun blik verkeerd, want ze zei: 'Waarom niet? Ik heb het geld en ik kijk niet op een paar centen.'

De anderen waren met stomheid geslagen en keken zwijgend hoe Martha haar Prada-schoen schoonmaakte. Ze opende haar Kate-Spade-tasje, haalde er een spuitbusje met ontsmettingsmiddel uit en spoot dat over de dure schoen. Jessie kende dat busje. Ze wist dat Martha het ook voor haar telefoon gebruikte en voor alle oppervlakken die ze in de badkamer of de wc aanraakte. Ze was doodsbang voor bacillen.

'Weet je zeker dat het urine is?' vroeg Lisbeth op haar meest academische toon. 'Ik heb beneden ook een man gezien toen ik hier aankwam, maar hij stond niet te plassen...'

'De oude Howard,' beaamde Jessie gelaten. Dus die ouwe rukker was weer bezig in haar hal. God, waarom juist vanavond?

'De oude Howard,' herhaalde Martha. 'Je kent hem?' Meteen maakte ze een opmerking tussendoor, die Jessie aanhoorde als zoveel van Martha's consumentenbulletins: 'Je moet niet van die goedkope keukenrollen nemen, die zijn niet voldoende absorberend. Koop maar Bounty. Ik zal je een voorraadje sturen, je hebt genoeg kastruimte voor een pak van achtentwintig rollen. Nee, zeg maar niets. Doe mij nou een plezier.'

Jessie voelde zich lamgeslagen in Martha's aanwezigheid. Hoe had ze ooit kunnen hopen dat ze deze vrouw in toom zou kunnen houden, zelfs maar een paar minuten? Martha was een mythe, zoals Beowulf.

Doe mij nou een plezier was het excuus voor al die vrijgevigheid waarmee Martha nu al bijna twintig jaar hun zelfvertrouwen ondermijnde. Dat ene zinnetje gaf Martha een vrijbrief om zich zo te gedragen, veronderstelde Jessie.

'De oude Howard. Dus je kent hem?' vroeg Martha opnieuw. 'Ik dacht dat het een vieze zwerver was die een warme portiek in was gedoken om te pissen.'

'Volgen mij heeft hij op je voet geëjaculeerd,' fluisterde Lisbeth. Ze sprak het woord 'geëjaculeerd' heel zorgvuldig uit.

'Jasses,' zei Martha. 'Maar ik denk het niet. Toen ik binnenkwam stond hij met zijn rug naar me toe en zijn... zijn ding in zijn hand. Hij raakte me toen hij zich omdraaide.'

'Ja, hij staat ook wel te pissen,' merkte Jessie op. 'Regelmatig, zelfs. Maar niemand in het gebouw vindt het erg. Zo houdt hij overvallers en inbrekers een beetje op afstand.' Ze wist dat ze Martha zat te 'voeren', maar de verleiding was te groot – net als het voederen van een beer, schijnbaar. De andere twee vrouwen, Lisbeth en Nina, schoten in de lach.

Zoals de sociale thermostaat en de persoonlijke voorkeuren waren veranderd op het moment dat Nina en Lisbeth binnenkwamen, zo was die verandering nog duidelijker te bespeuren met de komst van de vierde gast, Martha. Haar aanwezigheid versterkte onmiddellijk het verbond tussen de andere drie vrouwen, die zich nu als één front tegenover haar hadden opgesteld bij de wijnbar. Martha zag dat ze stonden te lachen en vroeg zich af wat de reden was. Zetten ze zich tegen haar af omdat ze rijk was?

Ze mocht niet te koop lopen met haar succes, besefte Martha weer. Waarom zou ze de anderen daaraan herinneren? Ze kon weinig veranderen aan de duidelijke verschillen – haar kleren en haar haar – maar uit consideratie met haar vriendinnen kon ze beter niets vertellen over de verkoop van die ochtend, over haar uitverkiezing tot Makelaar van het Jaar of over hun aanstaande reisje naar het Comomeer.

Het liefst zou ze haar Palm Pilot hebben gepakt om die voornemens te noteren, maar dat ging niet zonder dat de anderen het zagen. 'Misschien is alcoholhoudende urine wel een uitstekende remedie tegen criminaliteit,' grapte Lisbeth. 'Je zou het in flessen moeten verkopen.'

'Of in een spuitbus,' opperde Nina. Ze stond nu ferm tussen Jessie en Lisbeth in. De drie vrouwen opereerden als een trojka. Hoe lang konden ze Martha blijven pesten voordat ze het doorhad en meedogenloos terug zou slaan, met ontblote slagtanden en klauwen?

'Lachen jullie maar. Je zou wel anders piepen als hij op jullie schoenen had gepist.' Fronsend keek ze naar de vochtige Prada. 'Het zijn nieuwe schoenen.'

Martha vroeg zich af waarom ze eigenlijk loog over wat er was gebeurd. Diep in haar hart wist ze ook wel, net als Lisbeth, dat de zwerver was klaargekomen over haar schoen, maar dat kon ze niet onder ogen zien. Urine was al erg genoeg, maar als ze toegaf dat het sperma was, zat ze met een dilemma. Dan moest ze ervoor zorgen dat de zwerver op geslachtsziekten werd getest, hoewel ze moest erkennen dat de kans op een besmetting door het leer van haar dure schoenen heen niet groot was. Ja, urine was al erg genoeg. Meer kon ze niet hebben, aan het einde van deze zware dag.

Ze dook de badkamer in, maar liet de deur open, zodat ze kon blijven praten terwijl ze haar handen boende. 'Ik kan er niet tegen als mensen over me heen plassen,' zei ze. 'Het is al erg genoeg als je op damestoiletten al die spetters op de bril vindt.'

'Ja, heel vervelend,' beaamde Jessie. 'Ik vraag me altijd af hoe die er komen. Ik laat nooit spetters na.'

'Dat zijn al die vrouwen die is geleerd dat ze niet met hun kont op een openbare wc moeten gaan zitten,' bracht Nina in het midden. 'Ze zijn bang voor besmetting. Daarom hurken ze boven de bril.'

'Zodat andere mensen met de ellende zitten,' vulde Lisbeth aan.
'Als iedereen gewoon ging zitten was er niets aan de hand,' vond Nina.
'Kunnen we ergens anders over praten dan over plassen?' vroeg Martha. 'Ik wil wel iets drinken. Jessie, het spijt me, maar...'
Ze keken allemaal hoopvol. Zou Martha meteen al vertrekken?
'Ik ben vergeten je Veuve Cliquot mee te nemen. En ik had ook die alcoholvrije mousserende nepchampagne voor Claire willen kopen.' Martha kwam weer uit de badkamer en zag dat Lisbeth wodka dronk. 'En voor iedereen die zo verstandig is om geen sterkedrank te drinken.'
Jessie kwam snel naar haar toe met een glas Australische rode wijn, dat Martha aannam met de woorden: 'Ik hoop dat ik hier geen migraine van krijg. Ik ben allergisch voor alles wat goedkoper is dan twintig dollar per fles.'
'Het was een actie,' zei Jessie verdedigend. 'Normaal is het wel twintig dollar, maar nu was het in de aanbieding.'
'Het is een lekkere wijn,' prees Nina. 'Heel vol.'
Martha's ogen, subtiel opgemaakt met nuances van een bruine eyeliner in een kleur die bekendstond als Ash Auburn, boorden zich in die van Nina. Toen nam ze haar van hoofd tot voeten op. Zoals gewoonlijk voelde Nina zich in elkaar schrompelen en ging ze een beetje krom staan om haar borsten kleiner te laten lijken. Ze wist dat er een aanval ging komen, maar niet waar Martha precies zou toeslaan.
'Je ziet er veel fitter uit,' merkte Martha op.
'Dank je,' zei Nina. 'Jij verandert nooit.'
'Dank je, lieverd. Je haar is geoxideerd.' Het was een aanval vanuit de flank, terwijl ze zich al half omdraaide naar Lisbeth, die zich op de bank had laten vallen en ook probeerde kleiner te lijken.
'En jij,' zei ze tegen Lisbeth, 'ziet er zo schattig uit zoals je daar zit... heel petite, als een miniatuur van jezelf. Nou ja...' ze glimlachte zoals alleen Martha dat kon, 'het is allemaal een kwestie van stijl, neem ik aan.'

Mijn beurt, dacht Jessie.

Martha liep naar de rand van de grote, kale ruimte. 'Je hebt al een heleboel zélf gedaan, zie ik. Leuk geprobeerd. Als je volgende boek een succes wordt, kun je vakmensen inhuren om het professioneel te doen. Maar het is heel verstandig om het nu goedkoop te houden...' Ze deed een stap terug, leunde tegen de halfvoltooide wand en bekeek het hele appartement, met haar ogen half toegeknepen als iemand die er echt verstand van had.

'Misschien krijg je je geld er nog wel uit,' zei ze na een korte stilte. 'Hoe bevalt de buurt? Raak je eraan gewend? Je hebt nog geen problemen gehad? Als je 's avonds thuiskomt... alleen?'

Opeens had Jessie een voorgevoel dat dit de avond was waarop eens en vooral moest worden afgerekend met het Martha-effect. De vorige keer, met Kerstmis, was het er bijna van gekomen toen Martha de hele groep had geschoffeerd door iedereen een abonnement op *Modern Maturity* te geven. ('Ik weet wel dat jullie er nog niet aan toe zijn, maar het is heel verstandig om vooruit te kijken en nu al financiële plannen te maken voor je pensioen.') Bovendien hadden ze allemaal een geschenkbon gekregen voor een behandeling bij Georgette Klinger. ('Je zou verbaasd staan hoe ze je kunnen helpen. Ik kan jullie een heel goede liposuctionist aanraden.')

Bestond er maar een centraal liposuctiekanaal, dacht Jessie somber, waardoor Martha kon worden opgeslorpt – in elk geval voor vanavond. 'Ik ruik de kat!' zei Martha. 'Ik ben allergisch, weet je.'

Ze draaide zich om naar Jessie. 'Zou je de poes willen opsluiten, zodat ik lang genoeg kan blijven ademen om Claire nog te zien? Dat vind je toch niet erg?'

Jessie probeerde haar ergernis te verbergen en pakte de twintigjarige kat van haar kussen voor de haard. De poes miauwde klaaglijk, alsof ze wilde zeggen: Ho! Wat krijgen we nou?

'Sorry,' zei Jessie, toen ze de poes in de badkamer zette en de deur dichtdeed.

'Het geeft niet,' zei Martha, die het excuus verkeerd begreep. 'Eigenlijk zou die kat ook niet in de buurt van Claire moeten komen. Toxoplasmose, weet je...'

Jessie zag dat Nina en Lisbeth dicht tegen elkaar aan op de bank zaten met een glas in hun hand. In haar zenuwen werkte Lisbeth alle kleine, gevulde tomaatjes naar binnen, zonder ze te proeven.

'En?' vroeg Martha. Ze hield ervan om haar zinnen te beginnen met 'En?' Daardoor drong ze iedereen meteen in het defensief.

'En wat?' vroeg Jessie.

'Het is dus geen probleem?'

'Nee,' snauwde Jessie. 'Het is geen probleem. Ik vind het heerlijk om hier thuis te komen, 's avonds laat, in mijn eentje.'

'Je bent zo dapper.' Martha slenterde naar de hoge ramen. 'En het uitzicht is sensationeel. Precies de juiste esthetische afstand. Mis je je vroegere buurt niet?'

'Ik heb het hier naar mijn zin,' zei Jessie. 'Ik ben een jaar bezig geweest om de zaak op te knappen.'

'Dat is het ideale moment om er weer vanaf te komen,' zei Martha poeslief, met getuite lippen. 'Ik maak me soms zorgen over je.' Ze keek even naar haar schoen. 'Moet je zien wat zich beneden afspeelt. Die hele straat is een openbaar toilet.' Ze zag Jessies gezicht en probeerde het goed te maken. 'Maar jij hebt er iets geweldigs van gemaakt. Daar heb je echt talent voor.'

Martha ging nog even door met haar favoriete onderwerp: snel verkopen, nu er nog veel vraag was. 'Het is allemaal een kwestie van vraag en aanbod, lieverd,' zei ze tegen Jessie. 'En dat zouden jullie je ook ter harte moeten nemen,' betrok ze de anderen erbij. 'Je moet verkopen als het appartement zijn waarde nog heeft. Dit is de top van de markt voor jou, Jessie. Zet het te koop voordat de prijs gaat zakken. Je hebt een lineaire hypotheek; daar kan ik wel wat mee. Ik denk dat dit heel geschikt is voor een buitenlander,' besloot ze met haar breedste glimlach.

Jessie liep weer naar de oven. Ze rook de aardappels, de knoflook en de rozemarijn. God, laat het niet verbrand zijn! Ze greep een ovenwant en trok de deur open.

God bestond. De aardappels waren net bruin genoeg en de knoflook en olie sputterden in de pan toen ze hem op het aanrecht zette.

'O!' riep Martha met een blik van herkenning, alsof ze de kinderen van een vriendin begroette. 'Van die heerlijke goudbruine Yukon-krieltjes. Mmm. Maar niet voor mij, want ik moet straks nog uit eten.'

Gelukkig, dacht Jessie, die haar kans rook. 'Ik weet het,' zei ze meteen. 'Martha, het zou heel vervelend zijn als je te laat kwam. Het verkeer is soms zo druk, en je kunt onmogelijk een taxi krijgen...'

'Ik ben met mijn eigen auto, met chauffeur,' zei Martha kortaf. 'Ik kan niet weg voordat ik Claire heb gezien. En?' hervatte ze.

'En wat?'

'Zou je niet liever bij mij in de buurt wonen? Vlakbij?' Haar stem kreeg weer die opgewekte klank van een verkooppraatje. 'Ik ben bezig een herenhuis in 65th Street, tussen Madison en Park Avenue, te verkavelen.'

'Te verkavelen?' vroeg Jessie.

'Ja, dat zeg ik. Ik heb net een woontoren van vijfendertig verdiepingen verkaveld, compleet met een winkelcentrum, een ondergrondse fitnessclub en een parkeergarage.' Haar toon werd wat milder. 'Mondo Condo.' Martha kon de trots niet helemaal uit haar stem houden toen ze vervolgde: 'Ik heb zelfs een parkeerplaats verkocht voor tachtigduizend dollar.'

'Zo mooi?' wilde Lisbeth weten.

Martha keek haar aan. 'Mooi? Het is een parkeerplaats. Maar heel aantrekkelijk...' voegde ze eraan toe. Ze nam een slok wijn en verklaarde toen op zakelijke toon tegen de hele groep: 'Weet je, in die dubieuze, half verdachte buurten krijg je steeds meer parkeergarages, zodat je rechtstreeks naar binnen kunt rijden en niet meer over straat hoeft om je appartement te bereiken. Dat is de toekomst. Kijk maar naar Washington.'

Er kwam bijna stoom uit Nina's oren. 'Hoor eens, Martha, ik ben opgegroeid in de Bronx en je kunt een buurt niet "verbeteren" via afstandsbediening. Je moet wat aan de sociale omstandigheden doen, je...'

Jessie hield Nina het schaaltje met groene pepers voor.

'Probeer dit eens. Ik heb het meegebracht uit Colorado.' O

god, bad ze, laat het niet op een ruzie uitdraaien. Laten we proberen Martha de deur uit te werken voordat er harde woorden vallen, dan kunnen we daarna nog wat van de avond maken.

Waar bleef Claire in vredesnaam? Eén moment vreesde Jessie dat de eregaste niet zou komen opdagen. En Martha zou niet eerder vertrekken dan dat ze Claire had gezien...

Martha ging door met haar verkooppraatje voor Mondo Condo. 'Een beschermde woonomgeving, daar gaat het om. Winkelcentra, dat is het antwoord. Ze moeten alleen wat groter worden. Meiden, het ontbreekt jullie gewoon aan visie. Ik denk dat Florida ooit de eerste ommuurde staat zal worden. Als je in een gevaarlijke omgeving woont, moet je jezelf verschansen, compleet verschansen.'

'Een parkeerplaats voor tachtigduizend dollar? Niet te geloven,' mompelde Lisbeth.

'En over twee jaar is hij drie keer zoveel waard,' voorspelde Martha.

'Als de stad nog bestaat over twee jaar. Heb je de *Times* gelezen? Over die neutrino's?' vroeg Lisbeth.

O, daar gaan we weer, dacht Jessie, terwijl ze een tortillachip in de groene peper dipte. Ze at zelf nu ook zonder iets te proeven, hoewel de pittige peper haar weer herinnerde aan Jesse Dark. Ze keek op de klok aan de muur. Vijf voor halfacht. Over een halfuurtje zou hij bellen. Tenminste...

De gedachte aan Jesse Dark gaf haar moed om de sociale uitdaging van vanavond onder ogen te zien. Jessie Girard ontspande weer wat. Ze genoot al bij voorbaat van Martha's reactie op de neutrino's. Lisbeth was opgestaan en stond te gebaren.

'Ze zweven allemaal om ons heen als een onzichtbare oceaan...'

De anderen volgden haar gebaren, alsof ze ieder moment verwachtten de neutrino's te zien. Martha keek heel geconcentreerd, maar ook een beetje benauwd, als iemand die last had van constipatie.

'Wat? Wat? Ik begrijp er niets van.' Ze keek om zich heen. 'Als bacillen?'

Lisbeth bracht het nieuws voorzichtig: 'De aanwezigheid van

neutrino's betekent dat het heelal ooit zal stoppen met uitdijen en in elkaar zal klappen.'

'Niet Midtown, of de Upper East Side. Zelfs de Upper West Side overleeft het wel.' Martha legde een hand op Lisbeths arm. 'Lieverd, ik zal voor jou ook rondkijken. Ik ken je huisbaas, Feiler. Die wil je weg hebben.'

Lisbeth voelde zich opeens een beetje duizelig, maar nog een slok van de ijskoude wodka hielp. Ze at het schijfje citroen op. 'Ik red me wel in 2A,' zei ze. Martha richtte haar aandacht nu op Jessie, die zich met geen mogelijkheid kon herinneren hoe ze de dressing voor de sla moest aanmaken: meer of juist minder azijn?

'Maak je geen zorgen, Jessie,' stelde Martha haar gerust. 'Je hoeft het maar te zeggen en ik heb je zó hier vandaan. Er komen zelfs idioten uit Jemen hiernaartoe, die echt geen idee hebben. Ze zouden dit een prachtige plek vinden. Nu we weten dat je zo handig bent, kan ik wel een opknapper voor je vinden die wat dichter bij de beschaafde wereld ligt.'

Martha liep naar haar grootste doos en tikte ertegen met haar voet, terwijl ze Jessie om een mes vroeg. 'Om het touw door te snijden. Ik wil het bedje vast neerzetten. Ik heb echt een goddelijk bedje voor haar gekocht. Zeg haar maar niet wat het heeft gekost, doe mij nou een plezier. Ik wilde het bedje klaarzetten, vol met mijn andere cadeaus, dat staat zo leuk. Ik heb geprobeerd overal aan te denken en volgens mij heb ik wel alles.'

Jessie gaf haar het mes waarmee Nina de groente had gehakt. 'Met wat ze van ons krijgt heeft ze straks alles wat ze nodig heeft, en dat was toch de bedoeling van dit avondje?'

'Wat ze nodig heeft,' zei Martha, terwijl ze het touw doorzaagde, 'is een man.'

Lisbeth kwam soms met de vreemdste antwoorden uit de hoek. 'Maar ze zei dat ze in haar appartement geen ruimte had voor een man.'

Martha scheen haar niet te horen. Ze was bezig het inklapbare bedje op te zetten, schuivend met de houten spijlen om de wanden te monteren. 'Ik moet opschieten. Ik kan niet lang blijven. Eigenlijk zou ik al weg moeten zijn. Schop me over vijf minuten de deur maar uit. Ik meen het.'

De anderen moesten toegeven dat Martha efficiënt te werk ging. Binnen de kortste keren had ze het bedje neergezet, vol met kleinere cadeautjes. 'Ik begrijp niet hoe je me dit kon aandoen, Jessie. Vanavond, nota bene! De enige avond in het jaar dat ik niet kan blijven, vanwege Donalds verjaardag. De grote vier-nul. Moest dat nou echt? Hoor ik mezelf nou praten? Ik heb dit al honderd keer gezegd. Je weet dat ik er graag wil zijn voor Claire, maar ik kan echt niet blijven. Zet me over vijf minuten de deur maar uit. Beloofd?'

'Beloofd,' zeiden Nina, Lisbeth en Jessie in koor.

Jessie haalde diep adem en besloot haar rol als gastvrouw weer op te eisen. 'Hoor eens, Martha,' zei ze, 'ik wilde het vanavond een beetje traditioneel houden. Claire maakt alle pakjes open en wij geven ze aan elkaar door in een kring.'

'Maar mijn cadeau is te groot,' protesteerde Martha. 'Kijk nou. Dit is toch veel leuker zo?'

Bezorgd dat Claire nog zou komen voordat Martha weg was, staken ze weer de koppen bij elkaar. 'Ze zal de verschrikkelijkste dingen tegen Claire zeggen,' fluisterde Jessie op samenzweerderige toon. 'Wat kunnen we doen?'

Martha tilde het bedje bijna dreigend in de lucht. 'Moet je dat frame voelen. Zo stevig! Het heeft meer dan driehonderd dollar gekost. Maar zeg dat niet tegen Claire, want ze moet zich niet... verplicht voelen.' Ze keek om naar de anderen, met die veel te stralende blik in haar ogen.

Martha lijkt door het dolle heen, dacht Nina. Dat gaat helemaal fout vanavond.

'Weet een van jullie of Claire verzekerd is?' wilde Martha weten.

'Verzekerd? Waarvoor?' vroeg Lisbeth.

'Voor de bevalling. En de kraamzorg.'

Jessie vond het tijd worden om in te grijpen. 'Martha, dat zijn onze zaken niet. Begin er alsjeblieft niet over als je Claire ziet.'

'Geweldig,' zei Martha. 'Dus ik moet toekijken terwijl ze thuis een kind krijgt op een kokosmat of een Afrikaanse beddensprei? Hoe zit het met de medische zorg? Wakker worden, dames, als jullie je echt om je vriendin bekommeren. Ik vrees het ergste...

Ik heb een intuïtie voor die dingen. Sinds ze zo plotseling verdween had ik al mijn twijfels, en die werden bevestigd toen ik haar zag, op weg hierheen.'

'Heb je Claire gezien?' Jessie schreeuwde bijna.

'Ze was bijna onherkenbaar,' bracht Martha verslag uit. 'Ik wilde er niets over zeggen; jullie zien het straks zelf wel. Ik... ik dacht even dat ze een zwerfster was. Ze liep er verwaarloosd bij, in een honkbaljack en hoge gympen met losse veters. Ze is onvoorstelbaar opgezwollen. Ik zeg het niet graag, maar ze leek totaal... verwilderd. Een gegroefd gezicht, een magere hals... Eerlijk gezegd leek ze te oud en te onverzorgd om een baby te kunnen krijgen. Ze heeft onze hulp nodig.'

De anderen keken haar verbijsterd aan. 'Als je haar bijna niet herkende, zoals je zei, dan was het Claire gewoon niet,' zei Jessie ten slotte ferm. 'Het zal wel iemand zijn geweest die op haar leek.'

'Ik heb haar naam nog geroepen,' hield Martha vol. 'Ze sprong op een bus.'

Jessie stond op en keek zenuwachtig naar de deur van de lift. Die arme Claire. Dit moest haar bespaard blijven.

'Hoor eens,' zei ze, 'we moeten echt even praten voordat ze komt. We zijn allemaal bezorgd om Claire. Ze is duidelijk... kwetsbaar. We moeten heel, heel voorzichtig zijn met wat we tegen haar zeggen. We mogen niet de verkeerde toon aanslaan.'

Op dat moment werd er gebeld. 'Daar is ze,' riep Martha en ze rende naar de knop van de intercom. 'Gelukkig maar. Ik was al bang dat ik haar zou mislopen.'

Ze drukte op de knop voordat Jessie de kans kreeg.

Beneden drukte een vrouw dringend op de bel van GIRARD, appartement 12A – een verwilderde vrouw, die luid stond te gillen, niet alleen naar de intercom, maar ook tegen de oude Howard, die zo dom was geweest haar te confronteren in de hal.

'Vuile viezerik!' gilde Sue Carol, terwijl ze haar tassen en pakjes tegen zich aan klemde. 'Doe dat ding weg!'

Ze griste iets uit een draagtas om hem mee te slaan. Toen de oude Howard achteruit wankelde tegen de muur, besefte Sue Carol dat ze hem had geraakt met haar trouwalbum. Alle foto's, een vergeelde uitnodiging, een paar liefdesbrieven en haar schooldiploma vlogen door het halletje.

Juist op dat moment klonk de zoemer van de deur. Sue Carol griste de foto's en papieren bij elkaar en stapte haastig door de tussendeur. 'Kijk nou wat je hebt gedaan,' schreeuwde ze. 'Mannen... Ze zijn allemaal gestoord! Soms zou ik dat ding er het liefst afbijten.'

De oude Howard ging er haastig vandoor op zijn afgetrapte instappers.

HOOFDSTUK TIEN

Waarin Sue Carol arriveert als de vurige Medea van Butane Street, met bewijzen van overspel en een vreemd cadeau.

*

Het heksenuur

Sue Carol had naar de elfde etage kunnen opstijgen op de hete dampen van haar woede. Ze was zo kwaad dat ze bijna los van de grond kwam. God, wat haatte ze Bob – het was allemaal zíjn schuld! Met haar kostbaarste bezittingen in een paar tassen was ze de hele stad door gerend, halfbevroren in de ijzige kou. Voorbijgangers hadden haar voor dakloos aangezien (aangezien? ze wás ook dakloos), alleen omdat Bob zijn broek niet dicht had kunnen houden!

Ondanks haar woede vergat Sue Carol toch haar training niet. Ze bleef haar eigen reacties en symptomen registreren. Die observaties, haar 'derde oog', zouden haar goed van pas komen als ze Medea zou mogen spelen.

Onthoud dat goed, dacht ze: de energie van je woede, de bovenmenselijke kracht om toch door te gaan en je leven weer vorm te geven.

Ze kneep haar ogen tot spleetjes en tuurde naar haar vage spiegelbeeld in de metalen liftdeur. Veel kon ze niet onderscheiden met die ene contactlens. Ze zag er warrig uit. Verdriet is verwarring, prentte ze zichzelf in. Het uitte zich niet in tranen, maar in onhandigheid: alles laten vallen, belangrijke dingen kwijtraken, zoals geld, sleutels, contactlenzen, treinkaartjes. Verlies is letterlijk.

Ze had haar rechterhandschoen nu ook verloren en god mocht weten hoe haar vingers eraan toe waren nadat ze al die tijd de Bonwit-tas met liefdesbrieven, cv's en trouwfoto's had rondgesjouwd. Zou ze haar vingers kwijtraken en zich met de stompjes moeten vastklampen aan de hoop op een betere toekomst? Wat haar scheidde van al die zwervers, paria's en mismaakten was maar een heel dun wandje, dat eerder die dag finaal kapot was gescheurd toen ze haar afschuwelijke ontdekking deed. Dit was chaos, dacht ze, het einde van haar wereld.

Maar er dienden zich ook oplossingen aan. Ze had wat kleine, blauwe pilletjes gekocht van een man verderop in de straat: ecstasy. Precies wat ze nodig had. Ze had nog een oud valiumbuisje voor een inmiddels gestorven hond. Als ze hulp nodig had, hoefde ze maar in haar broekzak te tasten.

Zie ik er echt zo uit? Dat afgezakte gezicht met die Mongoolse ogen? Hopelijk kwam het door de vertekening van de metalen liftdeur. Het volgende moment zag ze haar spiegelbeeld splijten en stond ze tegenover haar vriendinnen, die allemaal teleurgesteld keken toen ze de lift uit stapte.

'Nou, bedankt,' begroette Sue Carol hen. 'Wat zijn jullie blij om me te zien!'

'We dachten dat je Claire was.'

Claire! Lieve hemel, dacht Sue Carol, dat was een veeg teken. Bijna was ze de hele bedoeling van deze avond vergeten. Ze zocht in haar tassen en haalde het zakje tevoorschijn dat ze bij de Koreaanse kruidenier had gekocht. Turend keek ze om zich heen en ontdekte het bedje, volgeladen met pakjes. 'Ik had niet veel tijd om wat te kopen, maar een paar straten hier vandaan vond ik nog een Koreaan die open was...' Ze haalde diep adem toen ze haar pakje liet zien. 'Daar heb ik wat schattige groente gekocht.'

De hele groep – Martha, Jessie, Nina en Lisbeth – staarde haar nog steeds niet-begrijpend aan, dus legde Sue Carol de kleine aubergine en de minicourgettes neer.

'Kijk, het zijn allemaal *baby*groenten! Gelukkig zag ik ze liggen

toen ik er voorbijrende. Wat een leuke kleine worteltjes, dacht ik, en die snoezige kleine aubergine. Er is zelfs een piepklein watermeloentje bij. Dat past toch precies bij een babyfeestje?'
'Ze is gek geworden,' fluisterde Nina tegen Lisbeth.
'Dat heeft je toch algauw drie dollar negenennegentig gekost,' snoof Martha.
O god, dacht Jessie, ik ben de gastvrouw. Ik moet dit oplossen.
'Je hebt jezelf meegebracht,' zei ze, terwijl ze Sue Carol bij haar blote, ijskoude linkerhand pakte en haar meenam door het appartement. 'Dat is het belangrijkste.'
Tot haar schrik zag ze dat Sue Carol haar woedend aankeek. 'Doe alsjeblieft niet zo lief tegen me! Dan stort ik helemaal in. Ik kan alles hebben, behalve vriendelijke woorden.'
'Je ziet er prachtig uit,' zeiden ze allemaal.
'Heus?'
'Ja.'
'Geweldig,' zei Nina.
'Fantastisch,' beaamde Lisbeth.
'Ik weet niet hoe je het doet, maar je ziet er heel mooi uit,' zei Martha.
'O,' zei Sue Carol. 'Dus niet oud, zielig, verslagen, troosteloos en lelijk?
'Nee,' zeiden ze allemaal.
'Wat lief. Ik heb zulke fijne vriendinnen. En misschien zie ik er wel goed uit, als iedereen dat zegt. Ik word ook steeds gevraagd voor jongemeisjesrollen.'
'Omdat je nog zo jong lijkt,' complimenteerde Lisbeth haar. 'Echt waar.'
'Dat komt door mijn lengte. Mijn maten. Ik ben niet jong, alleen maar klein. Ik heb al rimpels...'
'Nee,' zei Nina.
'Jawel. Drie. Ik draag een pony om de rimpels in mijn voorhoofd te verbergen. Kijk maar.'
Sue Carol tilde haar pony op en zei: 'Tel ze maar. Drie!'
'Wat een onzin,' vond Nina.
'O ja? Ik heb een pony om mijn voorhoofd te bedekken en ik draag een coltrui om mijn hals te verbergen. Als ik nog zo

jong lijk, komt dat misschien omdat er zo weinig van me te zien is.'

Ze tuurde weer om zich heen. 'Ik zie niks meer met mijn linkeroog,' legde ze uit. 'Mijn contactlens is uitgedroogd en nu heb ik problemen met mijn traanbuis. Ik heb zo hard gehuild dat mijn traanbuizen ook zijn opgedroogd. Vraag me niet om het hele verhaal te vertellen, maar straks raak ik nog het zicht in mijn ene oog kwijt, alleen vanwege je-weet-wel-wie... Niet te geloven, toch?'

'Wat heeft hij nu weer gedaan?' wilde Nina weten.

'Niks,' zei Sue Carol, met haar laatste restje waardigheid. 'Ik zeg er geen woord over. Dat is voorbij. Verleden tijd. Ik ben bij hem weg.' Haar 'goede' oog gleed door het appartement. Waar zou ze kunnen slapen?

'Jessie, vind je het erg als ik hier zou blijven? Tot ik wat anders gevonden heb? Ik kan niet meer terug naar huis na wat er is gebeurd. Ik wil dat appartement nooit meer zien. Het is besmeurd, bezoedeld, ontheiligd door wat zich daar vannacht heeft afgespeeld.'

Jessie volgde Sue Carols blik. Er waren geen scheidingswanden. Haar bed stond in een hoek. Verder was er nog een bank, maar meer ook niet. Jessie had wel ruimte, maar geen kamers.

Sue Carol leek het dilemma aan te voelen. 'Heb je geen plaats voor me? Is het te lastig? Dan zoek ik wel wat anders, al weet ik nog niet waar. Ik red me wel, dat doe ik altijd.' Ze bukte zich om haar tassen te pakken.

Jessie hield haar tegen. 'Nee, nee! Natuurlijk kun je hier blijven. Neem mijn bed maar, dan slaap ik wel op de bank.' *Ik krijg geen letter meer op papier zolang zij hier logeert,* dacht Jessie, *maar ik heb geen keus.*

Sue Carol leek weer wat op te knappen. Ze sleepte de tassen naar de hoek en gooide ze op Jessies bed.

'Als ik begin te huilen,' beval ze, 'zeggen jullie maar dat ik stil moet zijn en in een hoekje moet gaan zitten. Ik zou het mezelf nooit vergeven als ik deze avond zou verpesten. We gaan er een geweldig feest van maken...'

'O ja?' vroeg Nina.

'Ik kan haast niet wachten om Claire te zien. Ze is zó dapper.'
Sue Carols kin begon te trillen.
'Bijt maar op je onderlip. Hard,' beval Jessie.
Sue Carol beet op haar lip, met de beheersing van haar training aan de William Esper School: *Het gevecht om je tranen terug te dringen kan op het toneel vaak meer indruk maken dan een echte huilbui. Een verstikte stem is een veel effectiever instrument. Je mag je wel laten gaan, zolang de zuivere emotie maar zichtbaar blijft.*
Sue Carol zou het liefst in een luid gejammer zijn uitgebarsten, blèrend als een baby, roepend om haar moeder. Maar natuurlijk wilde ze niet terug naar huis, terug naar Kentucky. Als ze dat deed, zou ze er nooit meer vandaan komen. Dan zou ze eindigen in een leunstoel, met de bediening van de rugleuning als enige vorm van voorwaartse beweging. Ze dacht aan haar moeder, met de minibar in de console van haar stoel, en aan haar vader, die bijna alleen nog overeind kwam om naar de wc te gaan. Nee, dit was de plek waar ze moest overleven, hier in New York. Met de kracht van haar pijn en haar ondraaglijke verdriet moest ze zich weer omhoog proberen te vechten. Al deze energie zou ze goed kunnen gebruiken als ze maandag auditie deed voor *Medea*.
Zoveel emotie had ze al lang niet meer meegemaakt, besefte Sue Carol. Ze voelde zich springlevend in haar verdriet en pijn. Als het nog erger werd, zou ze zelfs overwegen om van de elfde verdieping uit het raam te springen. Nu wist ze dus ook hoe het voelde om suïcidaal te zijn, dacht ze, om aan jezelf te willen ontsnappen, je kwelgeest te straffen... en eindelijk rust te hebben.
Maak er gebruik van, vermaande ze zichzelf. *Depressie is naar binnen gekeerde woede.*
Jessie keek op de klok. Vier minuten over halfacht.
'Martha,' zei ze, 'ik moest je iets beloven – om je binnen vijf minuten de deur uit te schoppen. Als je nu niet gaat, kom je nog te laat voor je etentje.'
'En?' vroeg Martha aan Sue Carol.
'En wat?' Sue Carol was niet van plan haar hart uit te storten.
'Heeft hij je weer vernederd?' raadde Martha.
'O, alsjeblieft,' zuchtte Nina.

Jessie staarde naar de vijf gemarineerde krielkippen op het aanrecht en deed nog een schietgebedje, hoewel ze weinig hoop had: *Laat Martha vertrokken zijn voordat Claire arriveert... dan komt het misschien nog goed.*

'Ik heb nog wel een paar minuten,' dreigde Martha. 'Ik kan niet weg voordat ik Claire gezien heb.'

'Je kent Claire,' zei Jessie. 'Ze komt nooit op tijd. Ze was al laat voordat ze zwanger werd, dus waarschijnlijk is ze nu nóg later.'

Jessie wist dat ze maar wat kletste, maar tegelijkertijd drong ze Martha met zachte hand in de richting van de deur, naar de kapstok met haar shahtoosh-mantel. *God, ze moet hier weg,* bad Jessie. *Ik heb er alles voor over als ze nu weggaat.*

'Claire is zo geweldig, zo sterk... Ik moet er bijna van huilen,' begon Sue Carol weer.

'Martha,' zei Lisbeth, 'je moet nu echt gaan. Volgens mij kan het nog wel even duren voordat Claire er is. Anders zou ik haar... naderende aanwezigheid... wel voelen.'

'Dat is belachelijk,' vond Martha.

Jessie gooide het over een andere boeg. 'Denk nou aan Donald. Hij wordt veertig. De grote vier-nul. Je mag hem niet in zijn eentje bij Vert laten zitten, terwijl hij zich afvraagt waar je blijft.'

'O, ik ga wel,' zei Martha, 'maar eerst wil ik Claire nog zien. Dat heb ik nu eenmaal in mijn hoofd.'

Ik verdom het om drieduizend *dollaros* aan een babyuitzet uit te geven zonder haar reactie te kunnen zien, dacht Martha. Ze verheugde zich al de hele dag op Claires verbaasde gezicht... haar dankbaarheid.

Het lukte Jessie de mantel over Martha's schouder te gooien en haar nog wat dichter naar de deur te dringen.

'Aan de andere kant... misschien kan ik wel terugkomen na het toetje,' opperde Martha met de eerste tekenen van twijfel. 'Ik heb al elf maanden geleden gereserveerd en we hebben vandaag nog twee keer gebeld om het te bevestigen.'

Gelukkig, ze gaat ervandoor, jubelde Jessie inwendig. Maar ze had te vroeg gejuicht. De vrouwen stonden net klaar om afscheid te nemen van Martha toen er werd aangebeld.

HOOFDSTUK ELF

Waarin Claire een schokkende entree maakt die de avond een nieuwe impuls geeft, en behalve met haar eigen cadeaus ook met een onverwachte bekentenis komt.

*

De eregast

De vrouw die Martha in Ninth Avenue had gezien was niet Claire Molinaro. De zware vrouw met het grijzende rode haar, in een honkbaljack en hoge gympen met losse veters, was een zwerfster, op weg naar de rij voor de brood- en soepkeuken van St.-Malachy's, de Actors' Chapel, een paar straten verderop. Ze was niet eens zwanger, alleen maar dik.

Op het moment dat Martha meende Claire te zien, lag Claire in bad in het overgebleven deel van het onthoofde Theresa House. Ze hoorde de telefoon wel, maar niet Martha's stem op het antwoordapparaat. De kraan liep en de muziek, een cd met de oude 78-toerenopnamen van Caruso, die juist 'La Donna Mobile' aanhief, vulde de badkamer met een warm geluid.

Claire had negen kaarsen aangestoken en in een cirkel rond de diepe badkuip met klauwpootjes neergezet. Haar handdoeken lagen in een stapeltje op de radiator om warm te worden. Ze lag heerlijk in het bad te klotsen en te weken als een zeemeermin, een zwangere zeemeermin, drijvend op de warme zeepbelletjes van het water, dat haar zware gevoel wat verlichtte.

Ze dacht aan de baby, die diep in haar binnenste dreef en naar de muziek luisterde – want dat was mogelijk, zeiden ze tegenwoordig – en ze glimlachte. Claire draaide haar mooiste platen voor dit kind. In gedachten zag ze de baby, gevangen in een regenboogzeepbel, een inwendige variant van de grote bellen die over de rand van de glimmende porseleinen wanden van het oude bad dreigden te verdwijnen. Zoals altijd was Claire de ontwerper van het bad, wie het ook mocht zijn, innig dankbaar. Het was meer dan een badkuip, het was een leefomgeving van ruim twee meter lang en negentig centimeter diep. Zo werden ze tegenwoordig niet meer gemaakt.

Slopen, daar waren ze tegenwoordig heel goed in, dacht Claire. Ze had een verbijsterende week achter de rug: de ontmanteling van het oude Theresa House. Zoveel badkuipen, identiek aan de hare, waren de straat op gesmeten. Domheid en waanzin. Vlak bij Jessie, in NoHo en SoHo, waren winkels met namen als Urban Archaeology, waar ze dit soort badkuipen verkochten, maar lang niet zo mooi! Deze badkuipen waren duizenden dollars waard. Maar toch waren de beulsknechten gekomen en hadden ze met hun mokers aan stukken geslagen en op straat gegooid. De arbeiders, voornamelijk Kroaten die eerst tegen de Serviërs hadden gevochten en daarna waren gevlucht, leverden nu strijd tegen het oude Amerikaanse sanitair. Ver van hun geboorteland sloegen ze toe, met een onverschillige uitdrukking op hun gezicht. Ze hadden wel zwaardere verwoestingen meegemaakt of zelf aangericht, dacht Claire.

Ze had ooit een heerlijke zomer in Dubrovnik doorgebracht en het viel haar op dat deze arbeiders het duistere conflict in Bosnië hadden meegenomen naar Ninth Avenue. Claire herinnerde zich juist de mooie dingen, de kleine cafeetjes, de sterke Turkse koffie in kleine kopjes, de heerlijke pruimencake en de zigeuners met hun violen. Dat was het oude Joegoslavië waarvan ze had gehouden, dat ze gekoesterd had.

Claire had moeite te beseffen dat het oude land in letterlijke zin niet meer bestond. Ze sloot haar ogen en liet zich drijven, terwijl ze terugdacht aan een wijngaard, een tafel in een boomgaard, gedekt met wijn, kaas, fruit en nog meer koffie, speciaal voor haar gezet. In die tijd en in dat dorp waren Kroaten en Serviërs nog vrienden, familieleden, geliefden geweest. Nu stonden ze elkaar naar het leven in die zonovergoten wijngaard. Claire huiverde als reactie op weer zo'n dreunende klap waarmee een oude badkuip werd losgerukt van de oude gestuukte muren waar hij al meer dan een eeuw troost had geboden aan de bewoonsters van Theresa House. Claire hoorde de mannen roepen in hun eigen taal, met al die keelklanken. Ze stonden niet ver bij haar vandaan, hooguit een paar meter, in een badkamer die ten dode was opgeschreven.

Waren deze mannen, ingehuurd om Theresa House aan gort te slaan, ooit lid geweest van de doodseskaders van Oost-Europa? Hadden ze hun revolutie op kleine schaal geïmporteerd naar haar eigen straat, met porseleinen badkuipen als hun levenloze slachtoffers?

Het geweld riep dezelfde beelden en geluidseffecten op. Stofwolken waaiden op, begeleid door rauwe kreten. Mannen schreeuwden elkaar toe over de puinhopen. Claires hele omgeving werd verwoest. Het gebouw trilde op zijn grondvesten toen drilboren en voorhamers de halve lobby sloopten en de vleugel wegsloegen waar ooit de gemeenschappelijke eetzaal en de bibliotheek van Theresa House waren ondergebracht.

Een kleine 'recreatieruimte' was gespaard gebleven – de plek waar Claire en haar vriendinnen ooit muziek hadden gedraaid en naar oude films en concerten hadden gekeken op de kleine televisie die er zo alert had uitgezien met zijn sprietantenne als twee konijnenoren.

De ruimte was er nog, maar het oude toestel had plaatsgemaakt voor een breedbeeldtelevisie met een plat scherm. En de konijnenoren waren niet meer nodig. Ergens op een tussendak in het steegje was een satellietschotel geïnstalleerd. Vanuit haar bad, door het gebobbelde glas van het badkamerraam, zag Claire de schotel als een grote metalen tulp. De grijze trompetvorm leek een dodelijke bloem, die microgolven opving en haar het aangename uitzicht op de binnentuin van Theresa House benam. De schotel richtte een grijze staaf naar de hemel boven de stad. De televisieontvangst in Theresa House was nu uitstekend. Je kon zelfs de neushaartjes zien van de nieuwslezers die voortdurend in beeld kwamen om op gedempte toon verre rampen te beschrijven. Claire maakte zich zorgen dat de satellietontvanger schadelijke straling uitzond, maar de directie had haar verzekerd dat het ding juist als een reusachtig schild werkte. In kamer 312, weggedoken in de cocon van haar badkuip, was Claire waarschijnlijk beter tegen straling beveiligd dan wie ook in de stad.

Ze maakte zich niet meer ongerust over de schotel, maar ondergedompeld in haar geliefde bad, luisterend naar de klappen waarmee de andere antieke badkuipen werden gesloopt, onderging Claire de trillingen in het water als de schokgolven van een tsunami, binnenshuis. De toekomst spoelde met angstwekkende snelheid over haar heen, zonder dat ze enig idee had van de gevolgen voor haar eigen leven. Ze had geprobeerd de badkuipen te redden, maar geen mens had naar haar geluisterd.

'Wacht nou!' had ze geroepen. 'Ik weet wel iemand die ze wil hebben.' Maar de mannen, de beulsknechten van de renovatie, hadden niet eens opgekeken. Hun mokers daalden neer en vermorzelden niet alleen de badkuipen, maar ook de wastafels met hun piëdestals, de grote toiletkasten en al die andere elementen uit een veel elegantere tijd, toen gebruiksvoorwerpen nog werden ontworpen om lang mee te gaan, toen alledaagse dingen nog iets kunstzinnigs hadden, toen een badkuip nog de afspiegeling vormde van een hele cultuur en een wastafel zelfstandig op een voetstuk stond, sierlijk gelijnd, als een 'ode aan een urn'.

De nieuwe wastafels waren vierkante kasten van plastic en formica. De badkuipen waren gegoten 'units' waarin het badwater nooit hoger kwam dan laagtij. In die goedkope nieuwe baden zat je met je benen opgetrokken, half boven water, als een kreeft die op het verkeerde strand was aangespoeld. Claire had de hele week toegekeken toen de nieuwe 'units' bij Theresa House werden afgeleverd. Als ze maar van míjn bad afblijven, had ze gedacht. Anders vallen er klappen.

Claire veroorloofde zich nog één heerlijke duik onder de warme belletjes. Ze snoof de damp op van de badolie die ze in Griekenland, Italië en Turkije had gekocht, en een lavendelgeurtje dat ze in haar tasje had meegenomen uit Le Lavandou in Frankrijk. Aromatherapie, een heerlijke uitspatting. Claire leefde volgens het principe van 'meer is beter'. Ze had alle mogelijke combinaties van kruiden en bloemen in dit hete bad gegooid, ervan overtuigd dat ze haar hielpen zich te ontspannen.

Het was een grote opluchting voor Claire geweest dat de legers van de sloophamer tot staan waren gebracht vlak voor haar deur, op de tweede verdieping. Op het nippertje gered van de guillotine. Haar badkuip had het overleefd, met Claire erin. Als ze hier waren gekomen, had ze niet voor zichzelf kunnen instaan. Sommige dingen waren nu eenmaal onmisbaar in het leven. Muziek en een lekker bad. *Ik zou voor mijn bad hebben gevochten,* dacht ze. Zelfs als ze een arrestatieteam hadden opgetrommeld zouden ze haar nog niet uit dit bad vandaan hebben gekregen.

Caruso haalde zijn hoogste noot, de hoge C, en hield die even vast. Claires hart steeg mee met de emotie. Ze glimlachte. Hartenpijn, tot kunst verheven. Wat kon je nog meer verlangen? Ze hoorde ook een A-mineur, toen ergens boven haar een volgende badkuip van Theresa House onder de slopershamer viel.

Het leven was verandering. Vandaag bestond die verandering uit verwoestingen, puinhopen en stofwolken – die zelfs door haar potdichte raam naar binnen drongen. Al wekenlang zat alles onder het stof. Als een fijn poeder daalde het neer over Claires spulletjes en Claire zelf, waardoor ze zich nog vaker en langer in het bad moest terugtrekken.

Toen de aria het einde naderde en Caruso aan zijn finale begon, hees Claire zich omhoog en stapte uit het bad, helemaal roze na zo'n lange tijd in de tobbe. Haar vingertoppen waren gerimpeld. Ze moest uren in het bad hebben gelegen; het was al na zessen. Ze zou te laat komen voor het feestje, maar daar hielden haar vriendinnen wel rekening mee, dacht Claire lachend. Tegen haar zeiden ze altijd dat het een uur eerder begon dan werkelijk het geval was.

Claire Molinaro leefde in haar eigen tijdzone, niet Eastern Standard Time, maar Claire International Time. Vaak was ze de tijd zeven uur vooruit, alsof ze in gedachten nog ergens in het buitenland vertoefde, zoals vroeger. Daarom werd ze in New York pas 's avonds actief, wat haar goed uitkwam. Ze was een nachtmens.

Claire had altijd het gevoel gehad dat ze tegen de stroom in roeide, de andere kant op. Op tijden dat mensen naar hun werk vertrokken, ging zij naar huis. Dikwijls had ze de dag voor de nacht verruild, en de nacht, met al zijn schittering, had haar hart gewonnen. Het grootste deel van haar 'carrière' had ze muziek gemaakt in kroegen die tot vier uur 's nachts openbleven, waarna ze nog even doorzakte met de andere muzikanten. Ten slotte kwam ze dan terug in Theresa House, op haar kamer met het woud van planten en de vogel die met zijn kop onder zijn vleugel zat te slapen.

Misschien was dat wel haar favoriete tijd van de dag, die wandeling terug naar huis, vroeg in de ochtend. Soms kon ze uren lopen en had ze de stad bijna voor zich alleen. Als in een droom slaapwandelde ze door de straten, totdat New York langzaam voor haar ontwaakte, de straatvegers hun werk deden en de eerste geuren van koffie en warme broodjes naar buiten zweefden. Ze vond het heerlijk om binnen te stappen bij haar koffietentje, dat nooit sloot, bij voorkeur op het moment dat de *Times* met een bevredigende klap op het tafeltje viel. Daar knapte ze altijd van op, bereid om de nieuwe dag onder ogen te zien met meer dan alleen maar hoop – met de verwachting van een prettige verrassing te midden van alles wat ze koesterde als veilig en vertrouwd.

Nu het donker werd, voelde Claire dat haar bioritme zich versnelde. Ze kreeg meer energie en voelde zich alerter, klaar voor actie. De kaarsen, het warme bad, de zeepbelletjes en zelfs de grote, ruwe handdoek op de radiator deden haar weer denken aan de Nacht der Nachten, de nacht waarover haar vriendinnen alles wilden weten... de nacht waarin ze... hoe moest je dat noemen? Claire hield niet zo van al die termen voor zwangerschap, zoals 'in verwachting' of (god verhoede) 'met kind geschopt', zoals ze dat bij haar thuis zeiden, in Dullsville, Pennsylvania. Het stadje heette eigenlijk Dooleyville, maar ze was het grapje uit haar jeugd nooit kwijtgeraakt. Dooleyville was *dull*, doodsaai. Nee, ze zou nooit zeggen dat ze 'in verwachting' was. Het bijbelse 'ontvangenis' vond ze eigenlijk nog het mooist. Want zo zag ze het. Ze had een kind ontvangen, en een idee.

Hoeveel kon ze de anderen vertellen? Alles? Claire blies de

kaarsen uit, die in glazen potten van verschillende kleuren en afmetingen stonden. De kaarsen waren getuige geweest van wat zich hier had afgespeeld. Ze hadden het tafereel beschenen: de twee naakte lichamen, van hem en haar.

Claire droogde zich af en er kwam een glimlach om haar lippen toen ze terugdacht aan die avond. De Nacht der Nachten... jazeker. Ze zou hun er iets over vertellen, genoeg om haar vreugde te kunnen delen. Claire schudde even met haar haar. Ze hield niet van een föhn, dus moest ze wachten tot haar haar droog was. Het was veel te koud om met nat haar de straat op te gaan. Ze kon geen verkoudheid riskeren.

Op haar toilettafel lag een stilleven van dingen die ze zichzelf niet meer toestond: een klein beursje met een voorraadje uitstekende wiet, een pakje Turkse sigaretten, een karaf Metaxa-cognac, een espressoapparaat en een paar geheimzinnige groene pilletjes, zogenaamd tegen de verkoudheid, die ze ooit van een medisch student in de Alpen had gekregen. Claire schoot in de lach toen ze zich herinnerde hoe ziek ze was geweest nadat ze naakt, op ski's, boven op de Matterhorn had geposeerd. De pillen hadden goed gewerkt, maar wat erin zat...?

Verboden genotsmiddelen uit de hele wereld, dacht Claire, met een verlangende blik op de uitstalling. Nou ja, als de baby er eenmaal was... De baby... Ze kon nog steeds niet geloven dat er over een paar weken een echte baby zou komen, hier in haar eigen kamer, appartement 312.

Waar moest ze in vredesnaam de ruimte vinden? De kamer puilde nu al uit. Waar hij nu zat, in Claires buik, paste de baby wel. Nu waren ze net zo'n Russische matroesjkapop. Maar als hij eenmaal geboren was... Als op een teken begon de baby te schoppen, vol verwachting, een roffel tegen Claires dikke buik. De baby zou op haar lijken: actief en reislustig. Net als de man, de vader. Glimlachend dacht ze terug aan zijn rugzak. Hij was een draagbaar persoon geweest, met al zijn bezittingen op zijn rug – net als zij, vroeger.

Ze wreef haar haar droog met de handdoek, heerlijk warm van de oude radiator. De warmte koesterde haar en ze herinnerde zich nog meer. Opeens zag ze zijn huid weer voor zich, zo zongebruind, maar niet overal... Durfde ze haar vriendinnen te vertellen wat ze had geleerd toen ze naar hem keek? Ze moest opschieten, vermaande ze zichzelf. Hoog tijd om naar NoHo te vertrekken. Ze mocht de anderen niet teleurstellen. Jessie had vast een heleboel moeite gedaan. Eén moment, terwijl ze haar haar droogwreef en van de handdoek genoot, voelde ze zich daadwerkelijk 'in verwachting', alsof deze avond de baby en de bevalling veel concreter maakte. De raderen waren in beweging gezet, en niet alleen haar eigen raderen. Ze masseerde wat cacaoboter over haar buik, die strak stond maar ook trilde, als de grond tijdens een lichte aardbeving.

Claire vroeg zich af of ze zwangerschapsstriemen zou overhouden. Nou ja, dat zou ze gauw genoeg merken. Tijdens haar reizen, op de talloze nudistencampings in Europa en het Midden-Oosten waar ze was geweest, had ze honderden naakte vrouwen gezien. Claire wist wat er met vrouwenlichamen gebeurde. Sommige vrouwen bleven precies hetzelfde als ze een kind hadden gekregen, anderen hadden zo'n geplooide huid, als een lap zijde die ergens was blijven haken. Aan hun bevalling hadden ze een rimpelig littekenweefsel overgehouden, alsof ze de huid van hun taille hadden uitgelegd als bij een jurk. Claire had de littekens van keizersneden gezien, en zelfs een dubbele navel als souvenir van een ingreep bij een buitenbaarmoederlijke zwangerschap. Ze had de tekens op buiken, billen, borsten en dijen gelezen, in het blauwe of rode schrift van gesprongen haarvaten die het verhaal vertelden van wat een vrouwenlichaam had meegemaakt. Sommige vrouwen leken permanent getekend, bijna mismaakt door hun zwangerschappen; anderen bewaarden tot op hoge leeftijd de gladde huid van hun meisjesjaren.

Claire vroeg zich af of het een voordeel was om fit te zijn, of juist niet. Ze had haar hele leven hardgelopen, gezwommen en gefietst. Maar misschien waren haar spieren daardoor zo sterk dat er een vernietigend proces nodig was om ruimte te maken voor de groeiende baby.

Toen haar spieren zich spanden had Claire een symptoom ondervonden waar ze nog nooit van had gehoord: opgerekte weefselbanden. De pijn was niet erg, maar wel onverwacht. Haar lichaam verzette zich nog steeds tegen de baby. Als ze om te beginnen niet zo'n strakke buik had gehad, zou ze nu misschien nog groter en logger zijn geweest.

Haar reiswekker liep af. Ze had hem ingesteld om een beetje voort te maken. Ze moest nu echt vertrekken. In gedachten plande ze de route naar Jessies adres in NoHo. Hoe kon ze het beste gaan, met de metro, met de bus, of op de fiets? Wat zou het snelste zijn, vanavond? Om de een of andere reden voelde ze haar hart bonzen en begon ze licht te zweten. Misschien kwam het door de hitte van het dampende bad. Waarom zou ze nerveus zijn voor vanavond?

Rustig maar, vermaande ze zichzelf. Ze zouden haar wel zien verschijnen – en precies op het juiste moment, zoals haar instinct en haar ervaring uitwezen. Claire liep van haar geliefde badkamer naar de woonkamer van zes bij vijf, die nu al zoveel jaren haar thuis was. Hij leek groter dan hij eigenlijk was, vanwege het zes meter hoge plafond met kroonlijsten en het erkerraam van de vloer tot aan de zoldering, dat met zijn gebogen vorm een illusie van ruimte schiep. Zoals altijd dankte Claire de goden voor dat enorme raam, het hoge plafond en het stevige stucwerk.

Appartement 312 had nog geen krimp gegeven onder de sloopwerkzaamheden, afgezien van dat dunne laagje grijs stof. Toen Claire om zich heen keek, viel het haar weer op hoe compact ze de kamer had ingericht. De enige manier om in deze beperkte ruimte te overleven was kasten en planken te installeren. Alles moest een vaste plaats hebben, anders werd het een chaos – en zelfs nu was het soms een rommeltje, moest ze toegeven. Je kon hier maar beter geen kijkje nemen als ze zich haastig moest omkleden voor een concert. Als je te driftig naar een bepaalde sweater zocht die je niet kon vinden, zag de kamer er binnen vijf minuten uit alsof hij was geplunderd.

Claires belangrijkste apparaten waren allemaal zo klein mogelijk gehouden. De koelkast was een tafelmodel, met een kookplaat erop. Ze had een kleine spoelbak waarin ze de afwas deed. In een boekenkast stond haar Beierse porselein, een bamboestoompan en een verzameling nieuwe en schoongemaakte eetstokjes. Tegen een van de wanden stonden haar boeken, tot aan het plafond, en aan de andere hing haar fiets, aan haken. Een kleine jungle van kamerplanten groeide tegen het raam, met opengevouwen bladeren en stengels die zich naar de zon verhieven. Haar kleine kanarie – een illegale immigrant volgens de oude voorschriften van Theresa House, die huisdieren verbood – zat in een bamboekooi. Hij heette Joe Bird en hij zong als er ergens muziek klonk, als er water stroomde of als de geluiden op straat een bepaald aantal decibels bereikten.

Claire hield van haar kleine Joe Bird. Hij was een vrolijk baasje, een echte gevederde vriend. Tot aan haar laatste avontuur was de zorg voor haar kanarie Claires beste benadering van het moederschap geweest. Ze verborg hem voor het 'gezag', de conciërge van Theresa House, die haar soms had aangesproken op de tsjilpende geluiden uit haar kamer, voordat Claire geluiddempende panelen had aangebracht. Claire kocht lekkernijen voor Joe Bird, zoals honingstokjes, speciale zaden en gele wafeltjes die Birdie Biscuits heetten. Ze had hem behandeld toen hij longontsteking had, volgens de methode van de beroemde Birdman van Alcatraz, door de kooi af te dekken en er een klein lampje te laten branden om hem warm te houden.

Joe Bird had het overleefd en wedijverde nu met Pavarotti, Caruso, Cecelia Bartoli of wie hij maar hoorde zingen. Soms bracht hij zijn schommel in beweging en danste hij op de met zand en papier bedekte bodem van zijn kooi, terwijl hij naar haar opkeek. Claire durfde te zweren dat hij de beweging van de schommel dan als metronoom gebruikte. Niet alle muzikanten waren mensen, bedacht ze. De vogels waren ons vóór geweest. Als ze maar half zoveel van de baby zou houden als van Joe Bird, zou het hier een hemel op aarde worden, dacht Claire, terwijl ze hem te eten gaf en zijn drinkbakje ververste voordat ze wegging.

Kanaries waren gevoelig voor kou, maar hielden van licht, dus hing Claire een stuk doorschijnend plastic aan de noordelijke raamkant van Joe Birds kooi. Hij floot verheugd. Claire floot terug. Ze zongen vaak een duet. Toen keek ze om zich heen, in de wetenschap dat ze zich prettiger zou voelen als ze de kamer even opruimde. Dat leek vanavond nog belangrijker dan anders

– in elk geval de schijn ophouden dat er nog enige orde heerste in haar leven.

Het huishouden hier was een soort magische truc: de dozen in de dozen, de torens van boeken, voor alles een plek, maar vaak niets op zijn plaats. Het belangrijkste waren haar bed en haar muziekinstrumenten: de kromhoorn en de fagot. De instrumenten stonden op een statief, waardoor het bijna levende wezens leken, kinderen die hier ook woonden. Maar natuurlijk bewogen ze zich alleen als Claire ze van hun statief haalde om ze mee te nemen naar een repetitie of concert.

Waar zou ze de baby moeten leggen? De rest van de vloer werd bijna geheel in beslag genomen door haar bed, niet veel meer dan een futon op een andere futon, bedekt met kleurige zijden en fluwelen kussens die Claire had meegenomen van haar reizen door Azië, Afrika en Europa. Ze had een souvenirkussen van bijna elk land waar ze ooit geweest was – het waren er tientallen. Er lag ook een dekbed op de futons en een bonte quilt die ze van haar bejaarde buurvrouw, mevrouw Rice, had gekregen. Het resultaat was een luxueus en kleurig bed. Net als het bad was de dubbele futon meer dan een bed; een deel van haar leefomgeving.

Tussen het bed en de muur bleef maar een smal gangetje over, waarin Claire een bijna twee meter hoge Victoriaanse kast van knoestig noten had geperst, voor haar kleren. De kamer had geen ingebouwde kasten. Appartement 312 was oorspronkelijk een openbare ruimte geweest, een bibliotheek of misschien, zoals Claire zich graag voorstelde, een muzieksalon. De Victoriaanse kast bood niet alleen onderdak aan Claires kleren, maar ook aan een kleine dossierkast met haar belangrijkste papieren. Vanavond zat hij voller dan ooit, omdat Claire vorige maandag, in het geweld van de laatste 'renovatie', een stapel stoffen en papieren van mevrouw Rice in een container op de gang had gevonden.

Dat was een schok geweest. Waar was mevrouw Rice? Claire had het kleine dametje met de zilveren krullen al een paar dagen niet gezien. Was zij soms ook 'verwijderd'? Dat gebeurde weleens, na de dood van een van de bejaarde bewoonsters. Dan werd het lichaam in een zwarte vinylzak via de goederenlift en de dienstingang naar buiten gebracht, waar een onopvallende lijkwagen in het steegje stond te wachten.

Maar goddank was dat lot mevrouw Rice nog niet beschoren. Claire had gisteren pas gehoord dat de oude vrouw naar een gesubsidieerd project in Brooklyn was overgebracht. Maar het was een plotselinge verhuizing geweest, door anderen georganiseerd, waardoor mevrouw Rice niet alle quilts en stapels bladmuziek had kunnen meenemen die ze in haar leven had vergaard. Claire had de stoffen en de bladmuziek gered om ze naar Brooklyn te brengen zodra ze tijd had om bij haar oude buurvrouw langs te gaan.

Dat bezoek zou nu misschien tot na de baby moeten wachten. De rit met de ondergrondse naar Brooklyn leek haar nu een reis naar Uranus. Claire kon het niet overzien, met die verschillende metrolijnen, maar uiteindelijk zou ze er wel komen, daar twijfelde ze niet aan.

Claire had instinctief de neiging zich te verbergen totdat de baby was geboren. Zou dat een soort oeroud evolutionair mechanisme zijn? Een dierlijke aandrift om het ongeboren jong te beschermen? Of had het iets te maken met haar vreemde slaaptijden? Ze sliep meestal overdag en ging pas heel laat naar de avondkruidenier om de hoek, om haar boodschappen te doen in de waanzin en het kille licht van de middernachtelijke stad. Het winkelpersoneel en de andere klanten leken figuranten in haar slaapwandeldroom.

Waarom trok ze zich zo terug? Claire kroop zelfs weg voor het antwoord. Er loerde iets, een schaduw, iets dat ze niet wilde confronteren. Door zich te verbergen voelde ze zich veiliger, behoed voor nog meer veranderingen, totdat ze er klaar voor was.

Het zou allemaal wel goed komen. Zo was het altijd gegaan. Ze had een gelukkig gesternte, wist Claire. Ze hoefde niet bang te zijn...

Hier, in 312, leefde ze in haar eigen klimaat, met de vochtigheid van haar bad – een klimaat waarin ze goed gedijde. Hier kon ze componeren en slapen. Hier maakte ze hapjes klaar, luisterde naar muziek en zorgde voor Joe Bird.

De dampige atmosfeer beschutte de vogel en haar instrumenten tegen de gevaren van droge hitte en andere weersinvloeden. Ook haar eigen jungle, opgekweekt uit een paar zaadjes, deed het hier goed en werd steeds hoger, dichter en groener, reikend naar het licht dat – soms te fel – door haar grote raam naar binnen stroomde.

Het broeikaseffect bestond: ze leefde ermiddenin. En het was goed. Soms kon ze haar potgrond ruiken, met het plantenvoedsel waarmee ze de aarde uit de bloemenwinkel verrijkte, en voelde ze zich één met haar avocado's en bananen. De planten waren al bijna uitgegroeid tot bomen, als haar groene kinderen, groeiend tegen de klippen op. Claire was tevreden toen ze haar kleine domein in ogenschouw nam.

In appartement 312 was alles nog mooi, méér dan mooi zelfs: gezond en vruchtbaar, met prachtige muziek en zoete geuren. Op de een of andere manier zou de baby hier helemaal op zijn plaats zijn. Ze zouden samen knuffelen; mensen die van elkaar hielden hadden niet veel ruimte nodig. In andere landen leefden hele families of groepen wel in kleinere kamers dan de hare. Nee, alles zou goed komen, geen zorg... De kanarie liet een triller horen, alsof hij het ermee eens was. Vogels waren slim, dat hadden ze wel bewezen.

De baby zou komen, er zou liefde zijn... Opeens had Claire de geur van een baby in haar neus. Was het nog maar in mei dat ze in de rij voor het fruitstalletje haar lippen tegen zo'n klein hoofdje had gedrukt? De baby van zomaar een vrouw, die Claire haar kind had aangeboden om vast te houden en te kussen, omdat ze had aangevoeld wat Claire nodig had? Was ze er daarom aan toe geweest, later die avond? De natuurlijke geur van een baby... Ze zeiden wel eens dat het een genetische truc was, waardoor je automatisch van ze hield. Claire lachte. Het werkte wel. Ze had de lucht van een baby opgesnoven en nu zou ze er zelf een krijgen. Ze droeg haar kind met zich mee, het mooiste van al haar geheimen, klaar om zich bekend te maken.

Claire trok een wollen legging aan, met die rare bult aan de voorkant, waar ze nog steeds niet aan gewend was en nooit aan zou wennen. Binnenkort kon ze haar gewone kleren weer aan.

Ze stapte in haar sweatpants voor extra warmte en trok de skitrui aan die ze van een van haar vele reizen naar IJsland had meegenomen. Deze winter droeg iedereen gebreide mutsen met folkloristische motieven, maar Claire had haar muts al jaren. Ze stak haar lange, rode haar eronder weg, sloeg een sjaal om en trok daar een extra trui overheen. Ten slotte slingerde ze haar rugzak over haar schouders. Hij voelde zwaar aan, door het gewicht van haar fietsslot, haar portemonnee en een paar leuke verrassingen die ze voor Jessie had gekocht.

Claire droeg nooit een jas; dat vond ze te lastig. Meestal bewoog ze zich op de fiets door de stad en jassen hinderden je bij het fietsen.

De grote vraag vanavond was of ze het risico nog durfde te nemen om op de fiets naar NoHo te gaan? Ze wist wel dat ze nu snel met fietsen zou moeten stoppen, omdat ze steeds dikker en zwaarder werd. In de loop van deze week zou ze onder ogen moeten zien dat het niet meer ging, tot na de bevalling.

Eén ritje dan nog? De laatste keer voor de bevalling? Binnenkort zou het gevaar te groot worden dat ze haar evenwicht zou verliezen, maar ze wilde vanavond met vliegend vaandel bij Jessie aankomen, zo gezegd, om te laten zien dat ze nog steeds de oude Claire was, niet conservatief of ingeslapen. Fietsen was gemakkelijk, goedkoop en snel... en ze fietste graag. De oude sneeuw was weer opgeruimd en de straten waren schoon.

Claire had haar fiets uit de opslag gehaald toen de renovatie van Theresa House begon. Ze wist dat hij zou verdwijnen als ze hem daar liet staan in al die chaos. En het was een bijzondere fiets, een Peugeot, die ze van een vroeger vriendje had gekregen.

De vorige week hadden een paar jochies haar op straat aangehouden en gevraagd: 'Hé, waar heb je die antieke fiets vandaan?' Claire had gelachen omdat ze haar Peugeot een 'nieuwe' fiets vond, een recente innovatie. Maar op dat moment voelde ze zich opeens als een middeleeuwer die in onze tijd wakker werd. Claire had nog maar pas een computer, waarmee ze zich in cyberspace had gewaagd. Tot nu toe beviel cyberspace haar goed. Ze had al vrienden gemaakt in twaalf landen. Het was ook beter voor haar telefoonrekening, die in sommige maanden hoger was dan haar inkomen, ondanks pogingen om de tarieven internationaal gelijk te trekken. Claire had de neiging om langer te blijven praten naarmate een vriend of vriendin verder weg woonde – daar was verband tussen. Ze kon tijden kleppen met iemand in Nieuw Guinea of Egypte, terwijl ze het zo kort mogelijk hield met een vriendin in 28th Street.

Ze liep met haar fiets de gang door, langs de dekzeilen en het besmeurde stucwerk. Hoewel de KACA Corporation de onderste drie verdiepingen in stand had gehouden, moedigden ze de oude huurders bepaald niet aan om te blijven. De luidruchtige Kroatische renovatie was nu in volle gang en twee klarinettisten en een schilder waren al vertrokken. Misschien moest Claire ook de knoop doorhakken en naar Florence of Boedapest gaan, of naar een andere buitenlandse stad waar ze kennissen had en plezier kon maken.

Misschien was het wel afgelopen met New York en stond de stad op het punt te worden vernietigd of onherkenbaar veranderd. Misschien was dit niet langer haar stad. Ze woonde hier nu twintig jaar. Op haar zestiende was ze vanuit Dullsville, Pennsylvania, naar 56th Street en Ninth Avenue gevlucht. Maar had ze het tempo niet kunnen bijhouden of was New York een ongastvrije, onbetaalbare stad geworden?

Zou ze soms opnieuw moeten vluchten, om haar baby te krijgen in een land met een mildere cultuur – en een gratis ziekenfonds? Claire had vrienden in Italië en Zweden, Israël en Griekenland. Ze wist dat ze vanavond nog op een vliegtuig zou kunnen stappen. Ze had airmiles en contacten, zelfs geliefden, over de hele wereld. Ze was een vrouw met voldoende 'kilometers in de benen', zoals dat heette.

Claire stapte in de lift, die ook het slachtoffer leek van de renovatie, half afgedekt met verfbesmeurde kleden. Een paar centimeter boven de overloop kwam hij tot stilstand. Geen wonder dat de oudere bewoners uit Theresa House vertrokken. Straks werden ze nog tussen de verdiepingen geloosd, spoorloos afgevoerd in de krochten van de KACA Corporation.

Het zou heel jammer zijn om haar kamer en haar bad te moeten opgeven, dacht Claire toen ze met de fiets door de hal liep, die op het punt stond in tweeën te worden gehakt. Ruimte was te kostbaar geworden, dacht ze. De elegante lobby zou worden verkleind om plaats te maken voor medische kantoren op de begane grond. Claire kwam langs een van de kapotgeslagen badkuipen, die op zijn kant naast de ingang van de goederenlift lag.

Maar daar moest ze vanavond niet aan denken. Ze ging nu naar een feestje en dat verdiende al haar aandacht... plezier maken met oude vriendinnen. Terwijl ze met haar fiets naar buiten stapte was ze dankbaar dat ze zo'n gemakkelijke zwangerschap had.

Eenmaal buiten, onder het oude, rafelige groene markies, nog altijd met de tekst THERESA HOUSE, WOONGEMEENSCHAP VOOR VROUWEN, zwaaide Claire zonder veel moeite haar been over het zadel, zocht naar de juiste balans (dat was wat lastiger) en vertrok toen in een flink tempo door Ninth Avenue.

De ijzige avondkou sloeg haar als een onzichtbare muur tegen de borst. Toen ze inademde, voelde ze de vrieslucht in haar longen dringen, zo scherp dat Claire de topografie van haar luchtwegen kon volgen. De wind striemde in haar gezicht en vormde een barrière, alsof het winterweer haar fysiek probeerde tegen te houden. Haar wangen gloeiden; het leek of haar huid eerst dichtsloeg en toen gevoelloos werd.

Claire huiverde niet. De warmte diep vanuit haar binnenste, uit de kern van haar bestaan, waar de baby groeide, verspreidde zich door haar hele lichaam, tot aan haar vingertoppen om het stuur. Ze schakelde naar het juiste verzet en trapte stevig door, tegen de harde wind in.

Ze hield even in toen ze langs het fruitstalletje kwam, dat de profetische naam Hof van Eden droeg. Ze zou nooit zwanger zijn geraakt als er hier niet twee dingen waren gebeurd, op die ene dag in mei, bij haar eigen fruit- en bloemenkraampje.

Ze had zich die dag niet eens gerealiseerd dat het een feestdag was: moederdag. Haar eigen moeder was al lang dood; ze was gestorven toen Claire pas twee was. Claire had alleen wat vage herinneringen aan haar: de geur van poeder, een zweem van eau de cologne en de aanraking van zachte lippen vlak voordat ze in slaap viel. De enige associaties die Claire met moederdag had, als feestdag, waren onprettig. Haar vader was onmiddellijk hertrouwd (vier weken later, heel kwetsend) met een zekere Herda, die zo uit een griezelig sprookje van Grimm leek weggelopen. Herda was een stiefmoeder – met de nadruk op 'stief'. Claire vermoedde dat haar vader met Herda was getrouwd omdat hij geen oppas voor zijn kinderen kon betalen en zelf hele dagen in een staalfabriek werkte. Herda, die binnenkwam als huishoudster tegen een karig salaris, bleef daar wonen als zijn vrouw, zonder loon. Het was een beslissing waarvoor Claires vader ten slotte duur zou moeten betalen, net als Claire.

Haar vader was veroordeeld tot een uitzichtloos huwelijk. Hij had zijn ziel verkocht voor een appel en een ei, maar zijn overhemden werden weer gewassen en gestreken. Herda en hij haatten elkaar met zo'n hevigheid dat het bijna liefde leek. Ze zouden nooit meer van elkaar loskomen.

Claire had al jaren geen contact meer met hen. Op moederdag zou ze nooit op de gedachte komen om seringen of snoep voor Herda te kopen. Herda was de reden waarom Claire van huis was weggelopen. Ze had zich nooit kunnen neerleggen bij de keuze van haar vader. Het leek alsof hij de herinnering aan haar eigen moeder – die volgens de verhalen een vrolijke, vrije en mooie vrouw moest zijn geweest – had vermoord. Lila, haar moeder, was musicus geweest, net als Claire, maar meer klassiek georiënteerd, binnen de beperkingen van haar leven in die tijd. Ze had het kerkorgel bespeeld. Er waren foto's van Lila: lichtblond, met een grove botstructuur, net als Claire, met dezelfde volle mond en grote blauwe ogen. Hoe kon ze in vredesnaam hebben plaatsgemaakt voor Herda, een trol die gebreide kousen en orthopedische sandalen droeg?

Zelfs in Dooleyville, Pennsylvania (Dullsville voor Claire) had Herda de reputatie gehad dat ze gierig was. Ze waste plastic bordjes af en had nooit iets begrepen van het principe van recycling. Ze bewaarde alle doosje en bakjes die ze ooit had gekocht, waste ze om en zette ze in stapels in de keuken, waar ze langzaam stof vergaarden.

Maar veel erger was dat Herda zich wreed tegenover Claire gedroeg, precies als die akelige stiefmoeders uit de sprookjes. Het was niet overdreven om te zeggen dat ze Claire liever had zien sterven. Maar Claire was bepaald geen willig slachtoffer en verzette zich. Toen Herda haar begon te slaan was Claire zo slim een boek in haar broek te stoppen, waardoor Herda haar eigen hand bezeerde. De eerste keer dat Claire hoge hakken droeg, had Herda haar een slet genoemd, waarna Claire opzettelijk een van haar hakken op de open sandalen van haar stiefmoeder plantte toen ze zich langs haar heen wrong in de met stapels plastic bakjes volgestouwde keuken.

Op haar zestiende was Claire van huis weggelopen en had Dullsville uit haar leven verbannen. Op die moederdag, zeven maanden geleden, had ze dus geen moment aan Herda gedacht, maar aan haar eigen moeder, met de vage herinnering uit haar vroegste jeugd. Haar moeder was een lieve vrouw geweest, dat wist ze bijna zeker. Ze herinnerde zich die bloemengeur en de zachte lippen tegen haar wang. Ze herinnerde zich dat ze huilde en huilde, totdat haar moeder haar in slaap wiegde. Er was haar slechts één duidelijk beeld van haar moeder bijgebleven, maar dat was dan ook heel mooi. Haar moeder gaf haar nog de borst en blijkbaar was het tijd geweest voor een voeding.

Claire had gesmeekt om nog één keer te mogen drinken. Haar moeder aarzelde, maar zei toen lachend: 'Ach, waarom ook niet? Toe maar.' En daar was het, de smaak van liefde, rechtstreeks van moeder naar kind, nog altijd bewaard op het palet van Claires mooiste herinneringen, vierendertig jaar later.

Maar op die bewuste moederdag had Claire zich tegen zulke gevoelens verzet. Ach, moederdag, dacht ze zelfs: een bedenksel van de middenstand, meer niet. Een hele industrie van wenskaarten, boeketten, chocolade en kokers met rozen, alleen als bewijs van een liefde die vanzelfsprekend zou moeten zijn, los van de kalender.

Maar daar, bij het bloemen- en fruitstalletje, was Claires leven totaal veranderd. Er stond een vrouw in de rij voor haar. Het was geen bijzondere vrouw, wel knap op een alledaagse manier, vrij klein, met sluik, bruin haar. Maar ze had een heel bijzondere baby bij zich. En die baby keek naar Claire. Claire durfde te zweren dat de baby haar werkelijk observeerde, heel aandachtig, als een volwassene. Een wijze baby, die Claire met haar grote, blauwe ogen aankeek alsof ze haar een belangrijke vraag wilde stellen: *Wat? Waarom?*

Toch zou Claire niets anders hebben gedacht dan 'leuke baby', als er niet iets anders was gebeurd. De moeder had moeite haar portemonnee te vinden tussen al haar pakjes en zette de baby daarom op de toonbank. Opeens zag Claire dat het kind dreigde te vallen en zonder erbij na te denken greep ze in. In een reflex stak ze haar armen uit en wist de baby op te vangen voordat ze van de toonbank gleed.

'O, god,' had de vrouw gezegd. *'Dank u.'*

Ze moest de uitdrukking op Claires gezicht hebben gezien. Zodra Claire de baby ving, werd ze zelf gevangen. De geur van de haartjes van het kind, het zachte huidje, dat ongelooflijke compacte kleine wezentje... De baby had een uniek gewicht, tegelijk licht en zwaar in Claires armen.

Later dacht Claire aan die oude wijsheid: *Je weet niet dat je dorst hebt totdat je te drinken krijgt.* Toen Claire de geur van de baby opsnoof, had ze voor het eerst dat allesoverheersende verlangen gevoeld.

'Wilt u haar nog even vasthouden?' vroeg de moeder.

Claire knikte sprakeloos. In die ene minuut maakte ze een heel mensenleven door en raakte ze verliefd op die onbekende baby voordat ze haar ten slotte op haar donzige kopje kuste, als afscheid.

Had dit incident met de baby iets te maken met wat er daarna gebeurde? Was Claire nog in de ban van die ervaring toen ze later die avond terugslenterde naar het fruitstalletje?

Was die eerste baby een moderne cupido geweest? Misschien wel. Claire fietste weer door, langs de Hof van Eden. Waarom gingen de dingen zoals ze gingen? Het zou ook toeval kunnen zijn. Maar die avond was haar leven voorgoed veranderd en nu fietste ze hier, zeven maanden later, op weg naar een baby shower, hoewel haar vriendinnen hadden gezworen dat ze het niet zo zouden noemen.

Eerst had Claire zich nog verzet tegen het feestje, maar nu het zo ver was, kon ze nauwelijks wachten. Ze zouden natuurlijk alles willen weten. Claire verheugde zich nu al op de kans om alle details van haar romance met haar vriendinnen te kunnen delen.

Blijkbaar glimlachte ze, want een Latino op de stoep riep luid: 'O, *Mamacita!*' Hij hield van haar. Claire reed hem lachend voorbij.

Vreemd, hoe bepaalde dingen je in een goed humeur konden brengen. De opmerkingen en toespelingen van de Latino's in de buurt gaven Claire een blij en energiek gevoel. Ze wezen lachend naar haar buik en tuitten hun lippen in een kus. Sommige vrouwen zouden er aanstoot aan nemen, wist ze, omdat die mannen zo onbeschaamd keken. Claire verstond genoeg Spaans om te begrijpen dat zij graag degene zouden zijn geweest die...

'Ja, ja,' giechelde ze, stampend op de pedalen. '*Love ya!*'

'Hé, mooie meid!' riep een andere man.

Het was moeilijk te zeggen of Claire echt mooi was. Iedereen dacht van wel, omdat ze altijd zo vrolijk leek. Ze had een stralende lach. Haar tanden staken wat naar voren, met iets te veel tandvlees, maar haar lach was zo hartelijk dat iedereen er iets over zei.

'Duizend dollar voor die lach!' riep een man toen ze de laatste hoek omsloeg naar Butane Street. Hij was een haveloze zwerver in een oude legerjas en schoenen zonder veters, maar hij lachte toen hij Claire zag.

Ze was een leuke maar vreemde verschijning op deze winteravond. Ze droeg een felblauwe sweatpants, een paar truien over elkaar heen, een vrolijke gebreide sjaal met folkloristische motieven, en een paarsrode wielerhelm met een achteruitkijkspiegeltje. Haar rode haar wapperde achter haar aan, onder de helm vandaan, en ze zong luid in het Italiaans, terwijl ze de trappers van haar oude mountainbike ronddraaide: '*La donna e mobile...*'

De straat was verlaten, afgezien van een limousine die voor Jessies deur stond geparkeerd. De chauffeur zat half te slapen, met zijn hoofd naar voren gezakt, maar de motor liep nog – om de auto warm te houden, veronderstelde Claire. De straat leek zo leeg, zo veilig, en het was er zo koud, dat Claire bijna vergat haar fiets op slot te zetten. Maar ze woonde al twintig jaar in New

York en uit gewoonte haalde ze het voorwiel los en zette de rest van de fiets aan een stopverbodsbord vast.

Ze had nieuwe energie gekregen van het fietstochtje, maar toch bleef ze even staan om diep adem te halen voordat ze de voormalige fabriek van Frankenheimer binnenstapte. Boven zaten ze nu allemaal op haar te wachten. Al die maanden had Claire hen ontweken, en ze schrok zelf terug van de reden daarvoor.

Eén moment overwoog ze om weer op haar fiets te stappen en terug te rijden naar Theresa House, haar vogel, de muziek en de status-quo van het afgelopen halfjaar. Soms leek het genoeg om alleen maar zwanger te zijn, alsof ze alleen maar hoefde te kijken hoe haar buik groeide, terwijl ze haar baby voelde schoppen, luisterend naar zijn hartslag en wachtend zijn komst. Daar had ze het vreemd genoeg heel druk mee gehad, terwijl ze ogenschijnlijk maar weinig uitvoerde, of helemaal niets.

Maar het werd steeds donkerder en ze was zich bewust van de scherpe kou die onderweg gemeen door al haar truien had gesneden. Toch had ze genoten van de tegenwind en de uitdaging om op de fiets naar het feestje te komen. Ze was gewend om zware dingen mee te zeulen – rugzakken van vijfendertig kilo. De baby was dus geen probleem. Toch moest dit haar laatste fietstochtje zijn voor de bevalling, besloot Claire. Ze had wat moeite met haar evenwicht. Maar ze had het gehaald en dat was het belangrijkste.

Haar nachtelijke bioritme kwam nu pas goed op gang en ze voelde haar wangen gloeien. *Ja, de nacht is nog jong. Ik zal ze eens wat laten zien!* dacht ze, toen ze naar binnen stapte.

Boven zaten haar vriendinnen nog steeds te wachten. Claire arriveerde om precies vijf over halfacht Claire International Time: meer dan een uur te laat.

Op de elfde verdieping was Jessie bezig Martha naar de deur te loodsen. Ze pakte Martha's cape of mantel, waarvan alleen zij zag dat hij was gemaakt van de wol van een antilope die op de lijst van beschermde diersoorten stond: de shahtoosh. Jessie vroeg zich af of Martha wel wist dat het een illegale bontmantel was en dat de importeurs een boete en gevangenisstraf hadden gekregen. Ze aarzelde of ze het ter sprake moest brengen terwijl ze Martha in haar jas hielp.

Nee, besloot ze. Het was belangrijker om Martha de deur uit te werken voordat Claire er was. Anders stonden ze straks zélf op de lijst van bedreigde soorten.

'Maar ik wil haar zien!' protesteerde Martha. 'Ik wacht nog een minuutje...'

'Nee,' wees Jessie haar terecht. 'Je reservering. Donald.' Nina, Lisbeth en Sue Carol steunden haar in koor: 'Nee, je mag dat etentje niet laten lopen.'

'Donald,' zei Jessie nog eens. 'Het is zijn verjaardag. Je kunt hem daar niet in zijn eentje laten zitten.'

En bijna was het gelukt. Martha stond bij de lift. Jessie had al op de knop gedrukt, blij dat ze Martha zo ver had gekregen, toen er opnieuw werd aangebeld. Wie kon het zijn? Er kwam maar één persoon in aanmerking. Het kon niemand anders zijn dan...

'Claire!' riepen ze tegelijk toen de liftdeuren opengingen en ze Claire zagen staan – zichtbaar zwanger, hoewel haar buik minder opviel dan haar vrolijke warme kleren, haar gebreide muts en het fietswiel in haar hand. Ze trok haar muts af en liet haar vuurrode haar op haar schouders vallen. Het was moeilijk te zeggen wie het meeste straalde toen Claire het spleetje tussen haar tanden ontblootte in een brede lach en de anderen allemaal riepen: 'Je ziet er geweldig uit!'

HOOFDSTUK TWAALF

Waarin de groep wordt herenigd en Claire onthullingen doet.

*

'Je ziet er geweldig uit'

'Je ziet er geweldig uit.'
Ja, ja, heel geweldig. Claire vond zelf van niet – ze had te grote voeten, te brede schouders, en natuurlijk die overdreven gespierde benen en kuiten van al dat fietsen en lopen. Maar ze was een leuke, stevige meid (op haar zesendertigste niet echt een 'meisje' meer, maar wel meisjesachtig) met een vrolijke toet en een stralende lach. *Ja, ze was blij hen te zien.*
Eigenlijk schrok ze nu pas van het feit dat ze zich zo lang had verstopt.
'Ik weet het, ik weet het,' verontschuldigde ze zich tegenover de groep. 'Dat was niet mooi van me. Maar wat wil je? Ik had moeten bellen, natuurlijk.'
Snel liep ze naar de tafel en de anderen drongen om haar heen. Eén bizar moment moest Claire denken aan haar reizen naar exotische uithoeken en afgelegen eilanden, waar ze zo sterk verschilde van de inboorlingen dat ze allemaal nieuwsgierig om haar heen kwamen staan. In Nieuw-Guinea hadden ze hun handen uitgestoken naar haar krullende, rode haar en geprobeerd de sproeten van haar gezicht te vegen. Hier raakten de vrouwen haar buik aan en probeerden de baby te voelen, alsof ze kennis

wilden maken met het leven dat in haar groeide, terwijl ze tegelijkertijd het contact herstelden met hun oude vriendin, die ze nu lachend begroetten met: 'Hé, mamma!'

'En?' vroeg Martha vorsend.

'Ik weet het, ik weet het,' excuseerde Claire zich. 'Ik was steeds van plan om te bellen, maar...'

'Ik heb zeven berichten ingesproken op je apparaat,' zei Martha.

'Ja, ik wilde je wel bellen, en de anderen ook, maar het kwam er niet van, en na een tijdje leek het gewoon te laat.'

Zodra Claire appartement 12A binnenstapte, was ze blij dat ze gekomen was. De zolder was warm en licht en de vijf vrouwen waren echt dolblij om haar te zien. Heel even vielen de jaren weg en waren ze weer twintig, nauwelijks meer dan tieners, joelend als kinderen.

Het speet haar écht. Claire zag wat de vrouwen hadden gekocht en hoeveel moeite Jessie had gedaan: al die cadeautjes, en de wieg. Ze was dankbaar voor de feestelijke stemming, de kaarsen, het haardvuur, de gedekte tafel en de dampende pannen op het fornuis. Ze snoof de heerlijke lucht op van de gebraden krielkippen, de rozemarijn, de knoflook, de uien en de aardappeltjes. God, ze had honger – geen gewone trek, maar een biologische oerkracht.

Het hongergevoel was zo hevig dat ze er geen weerstand aan kon bieden. Het kwam natuurlijk door de baby, die voedsel nodig had en steeds meer vroeg. De afgelopen maanden had Claire eindelijk de verhalen begrepen over een ander wezen dat bezit van je nam, een kleine duivel die ergens in je huisde en je van binnenuit verslond. Gisteravond nog had ze een hele kalkoenborst weggewerkt. Werktuiglijk en onbeheerst was ze doorgegaan met eten tot al het vlees verdwenen was. Daarna had ze bij de Chinees een portie voor twee besteld, die ze in haar eentje had verorberd. Omdat er toch niemand keek, had ze zelfs het bord afgelikt.

Nu liep ze naar de koffietafel en pakte een handje tortillachips. 'Sorry, ik bulk van de honger. Ik ben echt uitgehongerd. Hou me maar tegen als jullie ook wat willen.'

'Het geeft niet,' zei Jessie, uit naam van de hele groep. 'Geen probleem. Het is allemaal voor jou. Dat is het belangrijkste – dat jij er bent.'

Claire at van de chips, slaakte een enthousiaste kreet over de dip van groene peper, klapte in haar handen bij het zien van de cadeaus en raakte niet uitgepraat over hun vrijgevigheid en hun vergevingsgezindheid. 'Is dit allemaal voor mij?' vroeg ze nederig.

'Het is van ons allemaal,' zei Martha. 'Ik heb de complete uitzet en het bedje gekocht.'

O god, daar begint ze al, dacht Jessie. Ze trok de shahtooshcape nog wat nadrukkelijker om Martha's schouders.

'Leuk dat je Claire nog hebt gezien,' zei ze, terwijl ze Martha nu fysiek in de richting van de lift duwde. 'Je kunt nog net op tijd zijn voor je etentje. Dat komt mooi uit.' Ze keek om naar Claire. 'Martha moet weg. Donald is jarig. Hij zit op haar te wachten bij Vert.'

Ze voelde Martha's verzet op de drempel. 'Ik wil alleen zien hoe ze de pakjes openmaakt. Ik blijf nog een minuutje.'

Verdomme, vloekte Jessie in gedachten. Ze had een angstig voorgevoel. Ze wilde het nog niet toegeven, maar ze zag een vreselijk ongeluk aankomen, net zo zeker als wanneer ze onderweg een bordje met DOORGAAND VERKEER GESTREMD zou hebben genegeerd.

Ondertussen zocht Claire in haar rugzak en haalde er een pakje uit in een gewone, bruinpapieren zak.

'Jessie, dit is voor jou... voordat ik het vergeet. Ik wilde het je al maanden geven. Ik hoop dat je het leuk vindt.'

'Ik vind het enig,' zei Jessie, terwijl ze iets uit de zak haalde dat op een stuk zandsteen leek. 'Wat is het?'

Claire verontschuldigde zich tegenover de anderen. 'Ik heb dingen voor jullie allemaal, maar ik vergeet ze steeds te geven.'

Martha griste de steen uit Jessies handen. 'Het lijkt wel cement.' Nina vroeg of het een blok cocaïne was. In dat geval, zei Sue Carol, wilde ze wel wat.

'Het is een stuk van de Klaagmuur,' zei Claire. 'Ik heb het vorig jaar meegenomen uit Israël.'

Ze staarden haar allemaal aan.

'Het was uit de muur gevallen. Het... lag daar zomaar. Ik zou het er nooit zelf hebben uitgehakt.'

Alsof ze dit ritueel al honderd keer hadden geoefend verplaatsten de vrouwen het gesprek naar de twee sofa's en trokken een paar stoelen bij, zodat ze een kring vormden, met Claire als middelpunt. Ze zat in het midden van de grootste bank, met de anderen om zich heen.

Jessie durfde weer even opgelucht adem te halen als gastvrouw. De sfeer was goed. Er heerste een uitgelaten stemming, vooral dankzij Claire. En gelukkig was Jessie behoed voor een sociale ramp: in elk geval was haar hoofdgast komen opdagen.

Als Martha nu nog vertrok, was er een redelijke kans op een geslaagde avond. Het eten stond klaar, kokend heet uit de oven, en ze konden meteen aan tafel, zodra Martha haar hielen had gelicht.

Martha leek zelfs wat handelbaarder geworden. Ze was niet gaan zitten, zoals de anderen, maar ze demonstreerde Claire hoe de wanden van het opklapbare bedje werkten. Er waren nu verschillende gesprekken aan de gang tussen de zes vrouwen. Terwijl Claire in gelukzalige vergetelheid zat te knikken bij Martha's demonstratie van het bedje, vertelde ze Sue Carol en Lisbeth – die heel geïnteresseerd leken – hoe de Klaagmuur had aangevoeld.

'Dit voelt een beetje... vettig,' zei Lisbeth, wrijvend over de heilige steen.

'Dat komt,' zei Claire, 'doordat hij door miljoenen mensen is aangeraakt. De hele muur voelt aan of er een laagje op zit. Dat is natuurlijk wel logisch als er miljoenen handen overheen gaan. Dan wordt het... vettig.' Ze gaven de steen door, van hand tot hand.

'Voelen jullie de kracht van al die geconcentreerde gebeden?'

Lisbeth zei van wel. Ze leek onwillig de steen weer los te laten. Eindelijk gaf ze hem toch door aan Sue Carol, die zei: 'Misschien brengt hij me geluk.'

Claire vertelde hoe gelovige joden hun gebeden en wensen doorgaven, geschreven op kleine stukjes papier die in spleten van de muur werden gestoken.

'Het is heel heilig,' zei ze, 'om die papiertjes overal in de muur te zien zitten. Ze vallen er ook uit... bij honderden. Net als propjes in een klaslokaal.'
'Heb jij ook een papiertje achtergelaten?' wilde Martha weten.
'Reken maar,' zei Claire, met ongewone heftigheid, vond Jessie. Maar meteen grijnsde Claire weer. 'O, dat was ik vergeten.'
Ze stond op en liep naar het bedje, waar Martha steeds meer cadeautjes tevoorschijn haalde die ze daar had neergelegd. 'Nog wat van mij!' riep Martha. Claire kwam naar haar toe. Jessie zag dat haar vriendin een hand naar achteren bracht, alsof haar rug het gewicht van de baby voelde. Het was Claires eerste 'zwangere' gebaar en het viel ook Martha op.
'Mag je wel fietsen?'
'Het is makkelijker dan lopen.' Claire lachte.
O jee, daar gaan we. Bijna kneep Jessie haar ogen dicht. Kon ze haar oren maar dichthouden...
Martha begon aan een tirade: 'Het lijkt mij echt niet verstandig om te fietsen. Je zwaartepunt ligt nu heel anders. En bovendien is er weer sneeuw voorspeld. Hoe moet je straks thuiskomen?'
Claire negeerde die laatste vraag, maar maakte een pirouette voor Martha als antwoord op de eerste.
Ze kwam weer tot stilstand. 'Ik héb geen zwaartepunt. Misschien vormt dít...' ze raakte haar buik aan (het tweede 'zwangere' gebaar van de avond), 'een tegenwicht. Ik rij nu sneller tegen de wind in dan vroeger.'
'Stel dat je weeën krijgt op de fiets?' opperde Martha.
Jessie drukte op de knop van de lift. 'Martha, ik moest het je belóven. *Het is tijd.*'
Maar Claire plaagde Martha. Ze had haar handen in haar zij gezet, breed grijnzend, en zei: 'Nou, dat zou geweldig zijn, Martha. Ik heb een fantastisch verhaal gehoord over een wielrenster in Missouri of zoiets, die inderdaad weeën kreeg, tijdens een orkaan. Haar man was niet in de buurt, dus is ze zelf naar het ziekenhuis gefietst, ruim twintig kilometer, door zware stortbuien. Toen ze daar aankwam, had ze een snelle en makkelijke bevalling. De volgende dag ging ze alweer naar huis.'
'Op de fiets?' vroeg Lisbeth.

'Natuurlijk.' Claire knipoogde tegen de groep die zich had teruggetrokken op de bank. Martha kon de uitdrukking op haar gezicht niet zien toen ze vervolgde: 'Ze had een kinderzitje achterop. Dus je hoeft je nergens zorgen over te maken.'

Martha kwam naar haar toe, met haar lippen stijf op elkaar geknepen. Jessie kende die blik: kritiek vermomd als bezorgdheid. O nee, dacht ze. Bommen los.

'Die vrouw,' zei Martha kortaf, 'verkeerde in een heel andere situatie dan jij. Die vrouw was... *getrouwd*.'

Het woord 'getrouwd' bleef in de lucht hangen als een smerig luchtje.

'Donald,' zei Jessie nog eens dringend tegen Martha. De lift stopte op haar verdieping en de deuren gingen uitnodigend open. Martha maakte een snel gebaar met haar elleboog. 'Wacht nou even...'

Claire negeerde haar. Ze was bezig met een komisch nummer, een show voor de anderen. 'Ik heb me nog nooit zo goed gevoeld. Je huid knapt ervan op... en moet je zien.' Ze trok haar trui wat omlaag. 'Decolleté.'

Heel even liet ze haar borsten zien en richtte zich toen weer op, kauwend op de laatste rauwkost.

'Ben je niet misselijk 's ochtends?' vroeg Martha.

'Ik ben 's ochtends nooit wakker. Ik heb de eerste drie maanden alleen maar geslapen.'

'Het eerste trimester,' zei Martha.

'O, heet dat zo? Dan heb ik het eerste trimester gemist.'

'Als de hersenen worden gevormd,' deelde Martha mee.

'O, gebeurt dat dán?'

Was Claire van streek? Ze verslond de hors d'oeuvres, werkte in hoog tempo de trostomaatjes naar binnen en kauwde op de stengels selderij.

'Heerlijk,' verklaarde ze. 'Hou me tegen. Straks eet ik de tafel zelf nog op. Ik heb er geen controle over. Ik bulk van de honger, de hele dag. Niets helpt. Vanmiddag nam ik nog een hap van een stuk piepschuim.'

'Een krankzinnige eetlust,' stelde Martha vast.

'Toe nou, Martha,' drong Jessie aan. 'Je etentje. Donald...'

'Ja, ik ga zo.'
'Claire, wil je wat drinken? En ga zitten,' zei Jessie een beetje verstrooid, zonder het gevaar te beseffen van die opmerking.
'O, heerlijk. Ik lust wel wat. Lekker.' Claire liep meteen naar de fles Shiraz, die stond te ademen. 'Rosemary Estates! Onze huiswijn,' zei ze, terwijl ze zichzelf een stevig glas inschonk.
'Hij kostte maar twaalf negenennegentig in de aanbieding,' merkte Nina op, terwijl ze zich nog eens bijschonk. 'Maar hij smaakt als vijftig dollar en hij helpt tegen de pijn.'
'Hij vernietigt je DNA.' Martha liep naar de bar. Jessie had het gevoel alsof ze getuige was van een busongeluk. Het leek een eeuwigheid te duren, maar in werkelijkheid was het binnen een seconde gebeurd. Martha pakte Claire het glas af voordat ze nog een slok genomen had.
'Hé, toe nou!' protesteerde Claire. 'Een glaasje rode wijn...'
'Dat kan geen kwaad,' viel Sue Carol haar bij. 'Dat kan echt geen kwaad. Hoor eens, mijn moeder heeft haar hele zwangerschap pleegzusterwijn gedronken en ik mankeer helemaal niets.'
Martha keek naar Sue Carol. 'Hm,' zei ze en draaide zich weer om naar Claire. 'Je chromosomen...'
'Die zijn toch al naar de filistijnen.'
Claire sloeg een arm om Jessie, die niet wist wat ze moest doen. Zwangere vrouwen die drugs gebruikten werden toch ook gearresteerd? En in de metro zag je overal posters tegen het gebruik van drank en drugs. Zelfs op sommige bierblikjes stonden waarschuwingen: GEVAARLIJK VOOR HET ONGEBOREN KIND. Maar in Europa dan, waar iedereen elke dag wijn dronk bij het eten? Kregen hele volksstammen daar dan geen last mee?
'En in Europa dan?' zei Jessie hardop, hoewel ze zelf hoorde hoe zwak dat klonk.
'Moet je ze zien!' snauwde Martha. 'Het gaat daar echt niet goed. Misschien komt het allemaal door de wijn... die wereldoorlogen, en die rare films daar. Ik ben van de zomer naar zes landen geweest en ik heb heel wat vreemde types gezien. Dat een heel continent domme dingen doet is nog geen excuus voor jou, Claire. Jij weet wel beter. Dat dácht ik, tenminste.'
Het bleef even stil. Jessie voelde de spanning door Claire heen

slaan als een elektrische stroom. Als kortsluiting. Ze wist dat Claire, ondanks haar vrolijke karakter, ook geweldig uit haar slof kon schieten. Claire had haar eigen woede, diep begraven, die soms als een vulkaan tot uitbarsting kwam. Als de spanning te groot werd, kon ze heel heftig reageren.

'Martha,' zei Claire nu heel rustig en nadrukkelijk, net als Martha zelf, 'vindt dus dat het niet deugt dat ik een kind krijg zonder vader.'

'Dat zeg ik niet,' zei Martha. 'Ben je verloofd?'

'Nee,' zei Claire lachend. 'Ik ben zwanger. Ik wil helemaal geen man. Daar heb ik geen ruimte voor in mijn appartement.'

'Maar je ziet hem nog wel?'

Martha besloot om als gastvrouw in te grijpen. 'Alsjeblieft, Martha, dit is een feestje, geen kruisverhoor.'

'Het geeft niet,' zei Claire.

'Je had het beloofd,' zei Lisbeth. 'Je had beloofd dat je ons over hem zou vertellen als we elkaar weer zagen.'

Jessie hield van Lisbeth, maar op dit moment had ze haar kunnen wurgen.

'Je moet er niet eens aan dénken om te trouwen,' deed Sue Carol een duit in het zakje. 'Daar komt niets dan ellende van, lieverd, geloof me maar.'

'Vertel eens wat over die man,' drong Nina aan.

'Als ik wat gedronken heb,' zei Claire. Ze glimlachte nog steeds, maar haar stem klonk effen.

'Een glaasje Pellegrino dan? Ik heb twee soorten mineraalwater, met en zonder prik,' stelde Jessie voor, maar zonder veel hoop.

'Nee, ik heb liever rode wijn.' Claire pakte haar glas bij de steel en bracht het naar haar lippen. Toen grijnsde ze. 'Ik zal het alleen maar inhaleren.' Ze ademde diep in en zuchtte spottend.

'Daar gaan de armpjes en de beentjes,' zei Claire en ze snoof nog eens.

Zou ze echt een slok nemen? vroeg Jessie zich af.

Claire liep terug naar de bank en de koffietafel, waar ze nog wat groene peper op haar tortillachips schepte. Toen zette ze het glas neer.

Ja, juichte Jessie in stilte. Hou het maar bij eten. Ze zag hoe Martha bijna fysiek werd verscheurd door twijfel. Martha kon gewoon niet vertrekken voordat de alcoholkwestie was opgelost.

Claire liet zich op de bank vallen en begon de pakjes open te maken. Het eerste cadeau, zag Jessie, was het glanzende witte pakje van Lisbeth.

'Wil je mijn cadeaus het eerst openmaken?' vroeg Martha. 'Ik moet weg.'

Ja, doe dat maar, dacht Jessie, dan gaat ze tenminste.

Maar Claire hield het met kant afgewerkte babyjurkje al omhoog. 'O!' riepen ze allemaal. 'Wat schattig.'

Lisbeth kwam dichterbij en ging naast Claire zitten. 'Mooi, hè? Ik kon er geen weerstand aan bieden.' Claire haalde een mutsje tevoorschijn, dat ook in het pakje zat.

Ze bond het om haar eigen hoofd voordat Martha kon zeggen: 'Dat is voor de baby!'

'Het staat Claire ook wel leuk,' verdedigde Lisbeth haar. 'En die nachtpon is voor jou. Ik zie jullie allebei al, in het kant.'

'Ik hoop dat het een meisje wordt,' zei Claire.

'Bedoel je dat je dat niet weet? Heb je dan geen vruchtwaterpunctie laten doen?' vroeg Martha.

Claire gaf geen antwoord.

Om de pijnlijke stilte op te vullen sprong Nina overeind en ramde haar cadeau zowat in Claires handen. 'Dit is van mij en van mijn moeder... die ken je toch nog wel?'

Claire opende de doos en hield de babypop omhoog.

'Hij is anatomisch correct,' zei Nina.

Jessie zag dat Nina bloosde, net als Lisbeth had gedaan, heel emotioneel. Het cadeau was wel voor Claire, maar het ging haar ook om het moment van dankbaarheid, de vreugde in de ogen van haar vriendin. Ze wilden allemaal precies het juiste cadeau geven, dat was duidelijk, maar er zat veel meer achter, een gespannen verwachting die nieuw was.

Claire is niet alleen de eerste van ons die een baby krijgt, dacht Jessie, ze zou ook weleens de enige kunnen blijven.

'De wieg is van míj,' hoorde ze zichzelf zeggen. 'Hij is meer dan honderd jaar oud en hij komt uit Lapland.'

Claire streek met haar hand over het gladde hout en zuchtte. 'O, Jessie...'

'Heel interessant,' zei Martha. 'Het lijkt wel iets voor een museum. Is het wel veilig?' Ze begon een verhaal over baby's die met hun hoofdje beklemd waren geraakt in wiegjes met ouderwetse spijlen.

Claire legde de pop in het wiegje. Ze bogen zich allemaal over het oude, houten babybedje en keken naar de naakte, kleine pop; het was een jongetje.

'Als ik zeg correct, dan bedóél ik ook correct!' lachte Nina.

Verbaasd zag Jessie hoe levensecht het popje leek. Het was een schok voor haar om de 'baby' te zien liggen in de wieg die ze zo lang geleden had gekocht, in de hoop dat ze zelf ooit... Ach, hou toch op, vermaande ze zichzelf.

'Weet je wat best griezelig is?' vroeg Claire, terwijl ze de pop weer in haar armen nam. 'Hij lijkt echt op de vader!'

'Was die ook van plastic, met blond acrylhaar?' vroeg Lisbeth.

'En?' wilde Martha weten.

'Je had beloofd het te vertellen.'

'Toe nou...' drong Sue Carol aan. 'We zijn allemaal benieuwd naar de smeuïge details.'

'Waar is hij nu?' vroeg Martha.

'Hij is terug naar Athene,' antwoordde Claire.

'Athene?'

'In Georgia!' riep Sue Carol.

'In Griekenland,' verbeterde Claire.

'Griekenland?' herhaalde Martha, op een toon die beelden opriep van ranzige olijfolie en bedorven souvlaki.

Zelfs Jessie, die meestal niet zo nieuwsgierig was, wilde weten: 'Is het een Griek?'

Nee, hij bleek er alleen maar te werken.

De vrouwen vormden weer een halve kring. Sue Carol zat met gekruiste benen op de grond – met een kussentje uit haar eigen flat in haar armen, zag Jessie. Lisbeth zat naast Claire en Nina aan haar andere kant. Jessie balanceerde op het puntje van de bank. Martha bleef staan, met haar handen op de rugleuning van Jessies oude fauteuil, alsof ze ieder moment kon vertrekken. Het was nog altijd mogelijk dat ze zou opstappen voordat er rampen gebeurden, zodra ze genoeg had gehoord om haar nieuwsgierigheid te bevredigen of haar vooroordelen te bevestigen. Maar veel hoop had Jessie niet. Martha keek strak naar Claire, met een uitdrukking die Jessie nog nooit eerder van haar had gezien. Martha's gezicht weerspiegelde een opeenvolging van heftige emoties: eerst nieuwsgierigheid, toen jaloezie en ten slotte preutse afkeuring.

Claire genoot, dat was duidelijk te zien. Ze had inderdaad de 'gloed' die bij haar toestand hoorde; haar sproetige gezicht leek te glimmen in het kaarslicht en haar stem klonk trots toen ze zei: 'Hij is bouwkundig ingenieur.'

'O ja?' Zelfs Martha scheen onder de indruk. 'Dat zijn geweldige mensen. Een gunstig teken. Hij moet dus een goed opgeleide, intelligente man zijn. En in het algemeen zal het kind de *hoogste* intelligentie erven.'

Ach, hou toch je mond, dacht Jessie. De anderen keken Martha aan.

'Dat is toch mooi?' zei Martha, die niet begreep waarom ze zo staarden. En ze besloot met het zinnetje waar ze allemaal zo'n plezier om hadden gehad in de tijd van Theresa House, toen Sue Carol de anderen amuseerde met perfectie imitaties van Martha: 'Heb ik soms iets gezégd?'

'Heb ik soms iets gezégd?' vroeg Martha. De hele groep begon te giechelen.

'Je komt te laat. Je mist je hele etentje met Donald nog,' zei Jessie dringend.

'Ik wil dit nog even horen. Dan ga ik,' zei Martha.

'Hij is bezig met restauraties op de Akropolis,' legde Claire uit.

Jessie voelde zich opgelucht, hoewel ze niet had willen toegeven dat ze zich zorgen maakte.

'Ik ben nu al dol op hem,' zei ze tegen Claire.

'Dat klinkt goed,' zei Sue Carol.

'Ja,' beaamde Lisbeth. 'Een kunstenaar dus. Steve is ook kunstenaar.'

'Het zijn allemaal kunstenaars,' zei Nina, die meteen spijt had van haar bittere toon. De man van de bloesemthee had een metaalachtige smaak nagelaten, of had haar stofwisseling zich versneld tot die begerenswaardige maar zeldzame toestand van 'ketose'? Door die heerlijke etensluchtjes begon ze bijna te kwijlen. Je werd daar pas echt gevoelig voor als je aan de lijn deed. Nina voelde zich als een bloedhond. Ze kon zelfs de geur van kervel onderscheiden. En de nieuwsgierigheid naar Claires romance deed haar het water in de mond lopen; haar maag rammelde van honger en frustratie.

Niet zo giftig reageren, dacht Nina. Claires verhaal leek een happy end te hebben.

'Hij restaureert oudheden,' vervolgde Claire. 'Hij kan uren, dagen, weken, soms wel jaren bezig zijn om een oude vondst uit het puin te redden.'

'Wanneer is hij klaar?' wilde Martha weten.

'Ik denk niet dat de Akropolis ooit "klaar" is,' antwoordde Jessie. 'Het is een permanente opgraving.'

'De Akropolis is eeuwig,' beaamde Lisbeth op dromerige toon.

'Hij probeert het dus te rekken,' concludeerde Martha, voordat ze de eerste voltreffer plaatste: 'En? Hij zal dus niet op tijd zijn voor de baby?'

Claire keek haar aan. 'Ik weet het niet, Martha.' Ze hield Martha's blik vast en zei toen zacht en rustig: 'Ik weet niet of we elkaar nog moeten zien. Dan zou het heel anders zijn. Dit soort dingen is zo mysterieus. We hebben een geweldige nacht gehad...'

'Eén nacht maar? Meer niet?' Martha klonk verbaasd, alsof dat nog erger was dan ze had gedacht.

'Niet zomaar een nacht! Het was uniek.' Claire straalde. Moest ze in detail treden over de Nacht der Nachten? Ze had het nog nooit aan iemand verteld, maar in haar gedachten had ze die nacht al duizend keer opnieuw beleefd. Haar mooiste nacht. O, yes!

Ze plaagde hen een beetje, terwijl ze overwoog hoe ver ze kon gaan. 'De volgende morgen wilden we eigenlijk aan elkaar ontsnappen. We hadden nog schaafwonden van het kleed...'

'Schaafwonden?' riep Martha.

'Door de wrijving over het kleed,' legde Nina uit.

Martha knipperde met haar ogen terwijl ze zich probeerde voor te stellen hoe dat mogelijk was.

'Zo heftig was het dus,' begreep Lisbeth. 'Als de grenzen wegvallen lijkt het bijna gevaarlijk, alsof je helemaal zou kunnen verdwijnen.'

O ja, dacht Jessie, verdwijnen kun je zeker! Ze dacht aan Jesse Dark en keek even naar de oven. Ze kon net het klokje lezen; het was tien voor acht. Ze had een gevoel alsof al haar inwendige organen positie kozen, om zo snel mogelijk te kunnen reageren als de telefoon ging.

'Hé,' zei Sue Carol van waar ze zat op de vloer, tegen de onderkant van de sofa geleund. Ze dronk stevig door, zag Jessie. Sue Carol had een van de flessen Shiraz gepakt die eigenlijk voor bij het eten waren bedoeld en hem naast zich op de grond gezet. Jessie moest opletten of Sue Carol niet te veel dronk. Ze schonk het ene glas na het andere in. En als Sue Carol een glaasje te veel op had, kon ze zich heel... vreemd gedragen. Maar er was ook een praktische overweging. Als Sue Carol zo bleef drinken, was er dan nog genoeg kwaliteitswijn voor bij het eten?

'Hé, de beste dingen sla je over,' zei Sue Carol.

'Jullie waren toch wel verliefd? Je zou toch geen baby hebben gekregen als je niet verliefd was?' vroeg Lisbeth.

Jessie keek naar Lisbeths glas en zag tot haar opluchting dat het nog wodka bevatte. Maar tot haar schrik zag ze ook dat Lisbeth een pakje Gauloises en een kobaltblauwe aansteker tevoorschijn had gehaald en op de koffietafel gelegd. Ze zou toch niet gaan roken?

'Was hij de moeite waard?' wilde Nina weten.

Claires eerste reactie zei genoeg. Ze zagen een zachte uitdrukking over haar gezicht glijden. O ja, dacht Jessie, jij bent verliefd...

'Ik heb me er helemaal ingestort,' beaamde Claire. 'Daarom besloot ik ook een baby te nemen. Wie weet wanneer ik ooit weer verliefd zal worden? Dat kan nog wel jaren duren.'

'En tegen die tijd ben je onvruchtbaar,' zei Martha. Daarna kwam ze met haar formule voor conceptie, het Martha-plan: vier jaar om een baby te krijgen. De eerste twee jaar om de perfecte

partner te vinden, dan een jaar om te zien of je het met hem uithield...
Ze hadden het allemaal al eens gehoord en begonnen te lachen. Het Martha-plan paste totaal niet bij Claire. Wat je ook van Claire kon zeggen, ze was iemand van het moment. Een Claire-plan was onbestaanbaar. Dat dachten ze tenminste.

Claire dacht terug aan de Nacht der Nachten. Nu ze hier zat, in deze kamer, verlicht door kaarsen, met de aanwakkerende wind buiten de ramen en de zachte klanken van de muziek, leunde Claire naar achteren en genoot van de luxe van haar herinneringen.

Ze vertelde haar vriendinnen hoe ze hem had ontdekt: de Man, vanuit haar ooghoek.

'Hij stond ergens rechts van me, bij de tangelo's,' begon ze. 'Jullie kennen dat toch, hoe je opeens iets ziet, hoe je plotseling een beslissing neemt? Niet, dan?'

'Ja,' zei Jessie. Ze dacht terug aan haar nacht in Colorado. O, ja!

'Een knappe, interessante man, dacht ik. Maar ik had geen idee hoe ik hem moest aanspreken,' zei Claire. Maar het volgende moment nam hij het haar uit handen, letterlijk. Hij pakte de avocado die ze in haar hand hield en zei: 'Wacht, dan zoek ik een rijpe voor je.'

Daarna ontspon zich een vreemd gesprek. 'We hadden het over het verschil tussen het fruit buiten en het fruit dat binnen ligt. Hoe een groenteman dat onderscheid maakt, bedoel ik.'

'Ze proberen eerst het rotte fruit kwijt te raken,' wist Martha.

'Het was niet rot, alleen maar rijp.'

'Hm, als je dat fruit koopt... van die goedkope frambozen. Die hebben schimmel,' zei Martha.

Schimmel. De SOA van fruit.

'Hij heette David,' vertelde Claire. En hij had zo ontspannen met haar gepraat. Natuurlijk vond ze dat hij er leuk uitzag: een lang, mager lijf met een goudblonde baard en zeegroene ogen. Ze zag ook zijn grote handen, met dikke aderen, gebruind door het werk in de buitenlucht. Hij had prachtige ogen, zei ze... dat was nog het belangrijkste.

'We wisten het gewoon,' zei Claire. 'Zodra we in elkaars ogen keken. We wisten dat er iets ging gebeuren en dat het fantastisch zou zijn.'

'Dus het was een man die je bij een fruitstalletje ontmoette,' zei Martha. 'Je bedoelt toch niet dat je een kind gaat krijgen van iemand van de straat?'

'Het is niet op straat gebeurd, hoor. We zijn naar mijn kamer gegaan,' antwoordde Claire.

'Maar je hebt hem wel op straat ontmoet?'

'Nee, bij het fruitstalletje,' kwam Lisbeth haar te hulp.

'Iedereen die je niet op een feestje, via je werk of via vrienden leert kennen ontmoet je gewoon "op straat",' verklaarde Martha met grote stelligheid.

'Wat maakt het uit waar je iemand tegenkomt?' vond Claire. 'Het zijn dezelfde mensen die ook werken en op feestjes komen.'

'Helemaal niet,' hield Martha vol. 'Hoe het ook verdergaat, heimelijk denken ze toch: ik ken haar van de hoek van 56th Street en Ninth Avenue. Dat kan een reden zijn voor minachting en misbruik, omdat ze je *op straat* hebben gevonden.'

'Martha, je komt te laat!' zei Jessie dringend. Het werd nu echt gevaarlijk.

'Ja, ik ga zo,' zei Martha. 'Dus je hebt iemand van de straat mee naar je appartement genomen, en...?'

'En ik ben met hem naar bed gegaan, ja. En ik ben zwanger geraakt. Inderdaad,' bevestigde Claire.

'Op straat,' herhaalde Martha nog eens. 'Op straat.'

'O, op straat kom je heel leuke mensen tegen,' snauwde Nina. 'Jij hebt Donald op het strand ontmoet. Wat is het verschil? Dat er zand lag?'

'Het was geen strand, het was de Vineyard. En we zijn aan elkaar voorgesteld. We hadden dezelfde tandarts.'

'Dus jou valt niets te verwijten,' zei Sue Carol giftig.

O jee, dacht Jessie. Sue Carol werd dronken. Zelfs haar 'goede' oog was al rood en keek een beetje wazig. Maar Sue Carol was nog wel handelbaar. Ze zou misschien gaan huilen, in slaap vallen of naar de badkamer verdwijnen voor 'zelfmedicatie'. Ze zou zelfs kunnen vertrekken, snel terug naar huis, naar Bob. Maar

Sue Carol was Jessies minste probleem; Martha vormde het grootste obstakel voor een geslaagde avond. Zij moest hier weg voordat ze onherstelbare schade zou toebrengen.

Jessie sleepte Martha bijna ruw aan haar shahtoosh-cape naar de lift terug.

'Luister nou, Martha, je moet echt gaan. En zou je niet zo... kritisch willen zijn?'

Martha keek weer bezorgd. 'Jessie, nu begin ik me ook ongerust te maken over jóú. Ik weet niet wat jij ervan vindt, maar ik kan niet zwijgend zo'n verhaal over een enge Griek aanhoren, met al die welig tierende geslachtsziekten.'

Jessie keek snel of Claire het had gehoord. Goddank leek Claire nog totaal in vervoering en vertelde ze hoe de man haar had aangewezen welke bananen ze moest kopen: niet de groene, maar die met bruine vlekjes.

'"Ze zien er niet goed uit," zei hij tegen me, "maar ze smaken lekker."'

'Luister nou,' fluisterde Jessie zo zachtjes mogelijk tegen Martha, zodat Claire het niet kon horen, 'hij behoorde duidelijk niet tot een risicogroep.'

'Ze behoren allemaal tot een risicogroep. Ze slapen rond en ze verspreiden dodelijke ziekten met hun... En nu is er Viagra, zodat ze daar nog langer mee door kunnen gaan.'

'Waarom zeg je dat zo *blij*?' fluisterde Jessie. 'Bovendien is het nu toch te laat.'

'Ik ben niet blij, maar juist bedroefd. Bedroefd dat ik weer gelijk heb gekregen. Ik wist het wel. Ik heb altijd gezegd dat het onhygiënisch was. Dat je zo'n man eerst moet laten testen. Gelukkig heb ik mijn schijnwerper al in 1984 op de geslachtsdelen van de man gericht! En toen zocht ik alleen nog maar naar herpes.'

Nina had het blijkbaar gehoord en probeerde zich in beide conversaties te mengen. 'In de hoop wat te vinden...' mompelde ze in Martha's richting.

'Sssst!' siste Jessie tegen haar, met een waarschuwende blik naar Claire. 'Pas nou op, Martha...'

'Moet *ík* oppassen?' siste ze terug. 'En Claire dan?'

'Heeft hij voor dat fruit betaald?' wilde Nina weten.
Martha boog zich naar voren. Eindelijk een zinnige vraag. 'Heeft hij voor dat fruit betaald?' herhaalde ze.
'Nee, ik,' zei Claire.
Er viel een stilte terwijl iedereen dat verwerkte.
'Hij heeft Hawaiiaanse ananas gekocht,' vulde Claire aan.
'Nou, doe maar duur,' zei Martha.
Claire leek haar niet te horen. 'Het was een stilzwijgende afspraak dat we al het fruit samen zouden opeten,' zei ze met een trilling in haar stem. 'Hij heeft zelfs wat yoghurt gekocht, een halve liter. En hij wilde me laten zien hoe je een heerlijke vruchtensalade kon maken... Als vanzelf liepen we terug naar mijn appartement. Het was alsof we elkaar al jaren kenden. En toen we op mijn kamer kwamen vond hij het zo leuk dat mijn bed helemaal in het midden stond.'
'Ja, waarom ook niet?' vroeg Sue Carol.
'Nou, niet iedereen vindt dat een goed idee,' bekende Claire. 'Daarna maakte hij de fruitsalade.' Ze nam een irritant lange pauze om de laatste tortillachips te eten. De hors d'oeuvres waren al op. Claire depte de kruimels met haar vingertoppen uit het bakje en likte ze af.

Nina kwam wat dichterbij en Jessie zag dat ze hevig betrokken was bij het verhaal, bijna alsof haar leven ervan afhing. Wat was er die middag in vredesnaam met Nina gebeurd? Ze was helemaal niet zichzelf. In rust leek haar gezicht af te zakken tot een droevig masker dat Jessie niet van haar kende. Zelfs haar stem klonk hol. 'Nog voordat jullie iets deden?' vroeg ze aan Claire.

'Ja, nog voordat we iets deden,' was het antwoord. Volgens Claire had David gezegd: 'Het is beter als de salade eerst een kwartiertje staat. Dan kunnen de sappen doorlekken.'

'O, hij klinkt leuk!' riep Lisbeth uit. 'Mag ik roken?'
'Nee,' zei Martha.
Claire bood aan om uit de rook te gaan zitten.
'Daar komt niets van in,' zei Martha. 'Meeroken is nog dodelijker.'
'Kan ik er dan een bietsen?' vroeg Claire.
Martha begon bijna te gillen. Ze kon de nicotinekauwgom nog

proeven, wat haar reactie niet vriendelijker maakte. 'Vooruit, vertel nou verder,' zei ze tegen Claire. 'Ik moet weg, maar ik wil de rest graag horen.'

De andere vrouwen mompelden al tegen elkaar hoe leuk ze 'hem' vonden. Iedereen was het erover eens dat hij heel goed klonk.

'In elk geval heeft hij de salade gemaakt, dat is al iets,' gaf Martha toe.

Claire bloosde. Moest ze álles vertellen? Ze wist het nog precies. Ze herinnerde zich hoe David de grenzen van haar domein had verkend. Waarom slenterden mannen altijd eerst je hele huis door? Hij had haar appartement echt grondig geïnspecteerd. Ze vroeg het de anderen: 'Waarom doen mannen dat toch? Deuren openen, overal rondkijken? Bijna alsof ze iets zoeken.'

Sue Carol leek opeens te ontnuchteren. 'Ze zoeken naar sporen van andere mannen.'

Later zou Jessie zich die opmerking herinneren als veelzeggender dan hij op dat moment had geklonken. Zelf was ze te veel verdiept in wat zich in Claires studio/slaapkamer had afgespeeld. Claire straalde helemaal toen ze de man beschreef: hoe hij haar muziekinstrumenten had herkend en de namen had kunnen noemen. 'De eerste man die wist wat een kromhoorn was.'

Het duurde Nina allemaal te lang. 'Wanneer gingen de kleren uit?'

Claire keek haar aan en bloosde, zo diep dat haar sproeten in de achtergrond leken te verdwijnen, als een Seurat die je van een afstand bekijkt. Ze staarde naar haar ronde buik en liet haar stem nog verder dalen nu het gesprek eindelijk op seks kwam.

'Hij zei: "Laten we eerst in bad gaan,"' fluisterde ze.

'En wat zei jij?' moest Nina weten.

'Ik zei oké.' Claire vertelde iets wat Jessie wel begreep: dat ze door puur toeval net het bad had schoongemaakt en een speciale fles olie en wat geurkaarsen had neergezet.

'Nou, dat kwam goed uit,' merkte Martha op.

'Wie stapte het eerst in bad?' vroeg Sue Carol.

'Hij.'

'Ik probeer het me voor te stellen. Wat droeg hij?'

Claire sprak nu zo zacht dat de anderen zich naar haar toe moesten buigen om haar te verstaan. 'Jeans,' zei ze. 'Een shirt, een gewone witte onderbroek en grijze sokken. Daaronder had hij echt een mooi lichaam. Hij zag er prachtig uit.'

'Mannen zijn niet prachtig,' zei Martha.

'Deze wel. Hij heeft een mooie mond...'

'God mag weten waar die mond geweest is,' viel Martha haar in de rede. Ook de anderen riepen nu: '*Sssst!*'

'...met volle lippen,' vervolgde Claire. 'Heerlijk om te kussen.'

'Ik hou niet van volle lippen. Dan wordt het zo'n geslobber,' zei Martha.

'Bij hem was het geen... geslobber. Goed kussen is een gave,' verklaarde Claire.

Jessie was het heimelijk met haar eens toen ze terugdacht aan de stevige kussen van Jesse Dark. Eerst had ze dat niet prettig gevonden, totdat ze begon te smelten als reactie. Ja, het was zeker een gave.

'Nou, die van Bob zijn beroemd,' merkte Sue Carol op.

'Donalds lippen zijn heel droog en prettig,' droeg Martha bij.

'En had hij een grote?' vroeg Nina.

De anderen lachten, maar ze wilden het toch weten. 'Er zijn wel andere overwegingen dan de lengte van het lid van een man,' vond Martha.

'Het lid?' herhaalde Jessie. 'Dat klinkt alsof het bij een club hoort.'

'Zo is het ook,' zei Sue Carol.

Nina was het met haar eens. 'Ik bedoelde meer de dikte dan de lengte.'

'Sssst!' riep iedereen nu heel nadrukkelijk. Claire lachte tegen Nina en zei: 'Precies goed.'

Nina leek tevreden. 'Zei hij dat jij een mooi lichaam had?'

'Daar zei hij niets over. We hebben elkaar begroet als oude vrienden.'

'Die elkaar toevallig tegenkwamen in het bad,' kwam Martha ertussen.

Maar niemand luisterde nu naar haar. Ze waren in de ban van Claires gefluisterde verhaal. Zelfs Martha boog zich naar voren toen Claire zei: 'De kaarsen brandden... we rookten wat wiet... en de kamer begon helemaal te glinsteren, net als de zeepbelletjes. We speelden ermee en droogden elkaar toen af. Ik heb van die grote, ruwe handdoeken die heel lekker aanvoelen. Ik leg ze op de radiator om warm te worden.'

Jessie was onder de indruk. 'Ik krijg een heel nieuwe kijk op je leven, Claire.'

'Ik hou het niet meer,' zei Lisbeth.

'Toe nou!' zei Nina dringend.

'Ja, ga nou door,' drong Sue Carol aan. 'Ik word gek van de spanning.'

Claire bloosde weer. Toen, tot hun verbazing stond ze op en liep naar het raam om over de stad uit te kijken.

'Ik kan jullie niet aankijken als ik het vertel,' zei ze, zo zacht dat alle vrouwen zich naar haar toe bogen alsof ze werden aangetrokken door een magneet van erotische nieuwsgierigheid. 'Ik weet niet precies wat er toen gebeurde,' ging Claire verder. 'Daarna wordt het wat... wazig. Ik geloof dat hij mijn radio aanzette. Ik herinner me nog dat ik zei: "Zullen we dansen?" En hij antwoordde, heel zacht... op een andere toon dan normaal: "Ja, dat lijkt me heerlijk..."'

Claire draaide zich half naar hen om.

'We hebben nooit gedanst,' bekende ze. 'Ik geloof dat we maar één stap deden, en dat was het. Toen bleven we staan. Alsof we wachtten om... te beginnen. Ik weet het niet. Het leek een plechtig moment, maar ik geloof...' ze glimlachte tegen de anderen, 'dat we nog wel konden lachen. Ik stond daar met knikkende knieën. Ik begon al naar de grond te zakken en toen... fluisterde hij iets in mijn haar, zo zacht dat ik er geen woord van begreep, behalve dat het een vraag was. "Wil je..." En dan nog iets.'

'En wat zei jij?' vroeg Nina.

'Ik zei ja.' Ze lachte zachtjes bij de herinnering. 'Blijkbaar vond ik alles best. Misschien vroeg hij alleen maar of ik hem lief vond.' Ze schudde haar hoofd. 'Ach, ik weet het niet meer. Ik herinner me alleen dat we begonnen te kussen en dat ik de stoppels op zijn bovenlip voelde, en zijn wang tegen de mijne. En toen... het leek bijna toevallig, alsof we ons niet eens bewogen... behalve de trilling van onze armen, en toen een trilling diep vanbinnen, en...'

Claire draaide zich weer om naar het raam. 'En daarna vielen we op de grond in slaap. Een tijdje later werden we weer wakker. Het was aardedonker. Ik was het eerst wakker en keek hoe hij sliep. Op de een of andere manier moet hij dat hebben gevoeld, want hij deed meteen zijn ogen open.'

Weer liet ze haar stem dalen, zodat ze haar laatste zin bijna niet konden verstaan: 'En ik zal nooit vergeten hoe hij glimlachte.'

De vrouwen zwegen, alsof ze het verhaal fysiek in zich opnamen. Niemand bewoog zich, totdat Claire probeerde de ban te breken met een grapje. 'Als jullie me maar niet citeren,' lachte ze.

Het was niet haar bedoeling geweest om zoveel te zeggen. Was dat dom? Zou de herinnering daardoor verbrokkelen? Ze keek Jessie aan, maar Jessie leek in trance, alsof ze heel ver weg was. Dat was ook zo. Jessie was terug in Coyoteville, in die motelkamer, waar ze weer haar eigen moment van seksuele spanning beleefde.

Bij iedere vrouw in de kamer had Claires verhaal een reactie losgemaakt. Ze dachten allemaal terug aan die zeldzame momenten waarop er werkelijk contact was tussen mannen en vrouwen. Sommige vriendinnen werden door Claires beschrijving teruggebracht naar mijlpalen in hun leven, naar die unieke samensmelting, die iets heiligs had. Wie niet op zo'n herinnering kon terugzien had een andere reactie, vergelijkbaar met koudvuur.

Hoe lang de vrouwen in hun persoonlijke mijmeringen verzonken waren gebleven, zal niemand ooit weten, omdat Martha's mobieltje ging. Het was Donald. Hij zat in het restaurant te wachten.

'O, god. Je moet weg!' Jessie kwam met een schok in de werkelijkheid terug en duwde Martha naar de lift. Ze drukte weer op de knop. Lieve god, bad ze, laat ze nu eindelijk vertrekken.

'Nee, nee,' zei Martha in het kleine telefoontje. 'Hoor eens, schat, probeer het te begrijpen. Het spijt me echt, maar... dit is heel belangrijk.' Ze kromde haar hand over de telefoon. 'Ik kan nu niet praten, ze staan allemaal om me heen. Ik vertel het je al-

lemaal later wel. Maar...' haar blik gleed over de groep, 'ik moet echt nog even *blijven*.'
  We zijn ten dode opgeschreven, dacht Jessie.
  'Je hoeft je niet op te offeren!' zei ze tegen Martha, maar ze wist dat het hopeloos was. De anderen stonden als aan de grond genageld. Langzaam drong het besef door dat ze de rest van de avond met Martha zaten opgescheept.
  Jessie zag de verslagen gezichten van haar vriendinnen en reageerde als gastvrouw. Ze hief haar glas en zei: 'Een dronk. Een toost op Claire.'
  Allemaal hieven ze hun wijnglas, ook Claire. Martha nam een sprong naar Claires glas, zo snel dat Jessie het niet eens zag. Maar de gevolgen zag ze wel. De wijn spatte omhoog en een rode vlek als van een dodelijke wond verspreidde zich over Martha's borst. De toost ging door, ondanks de chaos. De woorden hadden zich al gevormd en konden niet meer worden teruggenomen.
  'Op Claire!'
  Precies op dat moment wierp Jessie een blik op de klok van de oven en zag dat het vijf over acht was. Hij had dus niet gebeld.
  Haar stemming, die was gestegen door Claires verhaal, zakte onmiddellijk naar het nulpunt. Hoe had ze zich zo in deze man kunnen vergissen? Ze was zo zeker van hem geweest... Verdomme, dat ze zich zo had laten vernederen door als een puber op zijn telefoontje te zitten wachten! Ze ziedde van woede. Het liefst zou ze haar nieuwe mobieltje kapot hebben gegooid om de zwijgende boodschapper te vermoorden.
  Ze was niet alleen vergeten hoe het was om verliefd te zijn, maar ook wat er allemaal bij hoorde: die misselijkmakende kwetsbaarheid, die noodlanding na de vlucht.
  Jessie keek jaloers naar Claire, afgunstig op haar nonchalante trots, haar vanzelfsprekende onafhankelijkheid. Claire Molinaro wachtte niet tot een man haar zou bellen. Claire was beroemd bij haar vriendinnen vanwege haar vaste voornemen om nooit afhankelijk te worden van een mobieltje. Claire wachtte écht niet op een telefoontje. Het interesseerde haar misschien wel, maar ze stond er niet te lang bij stil. Ze bleef emotioneel in beweging en ging gewoon verder met haar leven.

Jessie wilde dat ze meer zoals Claire zou zijn, in plaats van zichzelf te haten om wat ze deed: wachten op het rinkelen van haar vaste telefoon én haar GSM. Ze had Jesse Dark allebei de nummers gegeven, plus haar e-mailadres: rawspace@earth link.net. Tegenwoordig kon een man zich niet meer verschuilen achter onbereikbaarheid. Jessie had de aanvechting om alles te controleren, haar voicemail, haar antwoordapparaat en haar e-mail. *O, was ze maar terug in de tijd van Emma Bovary, toen je het slechte nieuws of de afwijzing nog ontving in sierlijk handschrift op perkament, in een mooi rieten mandje.*

Wat had Jesse nou precies gezegd? 'Acht uur... mijn tijd is jouw tijd'? Waarom zo onduidelijk? Bedoelde hij toch dat hij om acht uur zíjn tijd zou bellen, dus om tien uur New Yorkse tijd?

Jessie besloot de hoop nog niet te laten varen, de moed nog niet op te geven. Hij belt om tien uur, dacht ze. Zijn tijd is mijn tijd.

Ze koos ervoor om nog twee uur langer te geloven in Jesse Dark en verliefd te blijven. '*L'chaim*,' zei ze, terwijl ze haar glas hief naar Claire. 'Op het leven.'

'*Skol*,' zei Martha duister, van achter haar glas.

HOOFDSTUK DERTIEN

Vier gangen. Sue Carol komt met het 'bewijs'; Lisbeth gaat op in rook; Nina overtreedt haar dieet; Martha raakt geflambeerd.

*

'We kunnen aan tafel'

Jessie legde de knapperige, goudbruine krielkipjes op een schaal en garneerde ze met kervel. Daarna schikte ze de gepofte aardappeltjes eromheen. Terwijl ze de salade mengde, vroeg ze zich af of ze misschien een mailtje had gekregen van Jesse Dark, avengeanasazi.com.

Terwijl Martha in de badkamer bezig was de vlek uit haar blouse te halen met zout en sodawater, roddelden de anderen nog even over haar.

'Zie je wel dat ik gelijk had?' zei Nina. 'Ik wist dat Martha niet zou vertrekken.'

'Ze is een beetje tactloos,' fluisterde Lisbeth tegen Claire.

'Beloof me dat je je niet op de kast laat jagen, wat ze ook zegt,' zei Jessie.

'Hoe meer kritiek, hoe liever,' antwoordde Claire. 'Net alsof ik weer thuis ben.'

'Serieus,' zei Jessie zacht. 'Als ze zo raar blijft doen, vraag ik haar zelf om te vertrekken... voorgoed.'

'Ach, jij zou Ivan de Verschrikkelijke nog niet de deur wijzen. Je bent de vleesgeworden beleefdheid,' vond Sue Carol.

'Nou, let maar op. Ik heb ook een grens, en die heeft ze bijna

bereikt. Nog één zo'n verschrikkelijke, kwetsende opmerking en ze gaat eruit.' Ze hoorden water stromen in de badkamer.
Martha.

Nu pas drong het tot Jessie door, op het moment dat ze haar vinger brandde toen ze per ongeluk de steel van het pannetje pakte die te dicht boven het gas hing. 'De kippen!' riep ze. 'Ik heb er maar vijf gekocht.'

'Martha kan de mijne wel krijgen,' zei Nina. 'IJswater,' vervolgde ze, wijzend naar Jessies vinger. Jessie stak haar vinger in een glas ijswater en verbaasde zich dat het zo goed hielp. In elk geval zou ze geen blijvende schade overhouden aan het etentje van vanavond. 'Dank je,' zei ze tegen Nina.

'Ik ben bijna een dokter,' merkte Nina op.

'Dat weet ik,' zei Martha, met een stralende nieuwe glimlach in mauve lippenstift toen ze uit de badkamer kwam. 'Ik herinner me nog dat je neurochirurg wilde worden.'

'Gewoon uit interesse,' zei Nina. 'Ik las veel over de oude Egyptenaren, die gaatjes boorden in de hoofden van mensen.'

'Schedelboren,' zei Lisbeth. 'Dat noemden ze schedelboren. Zo verlichtten ze de spanning op hun klassieke hersenen. De Egyptenaren hadden zulke geweldige ideeën: het hiernamaals met alle voorbereidingen... de versieringen van de graftombes. Is het niet fascinerend dat elke cultuur wel een variant kent van datzelfde geloof? De goden van de onderwereld, de reis naar de volgende wereld. Dat zet je toch aan het denken.'

'Maar waar is Egypte nu?' vroeg Martha. 'Ze lopen achter de feiten aan. Zelfs het toerisme gaat achteruit. Sinds die toeristen bij de piramiden werden onthoofd door die hoe-heten-ze-ook-alweer. Toen konden ze het wel schudden. Er zijn zoveel plaatsen waar Donald en ik niet meer naartoe kunnen voor onze huwelijksreis. Afghanistan kun je ook schrappen.'

Terwijl ze de warmhouders neerzette, hoorde Jessie Claire zeggen hoe leuk het zou zijn om David weer te zien, maar 'die dingen liggen heel mysterieus... Als ik hem nooit meer zie, is het ook goed. Het was een fantastische nacht! Die een fantastische baby moet opleveren.'

'Er is geen enkel verband,' zei Martha terwijl ze naar haar

plaats aan het hoofd van de tafel liep. Ze depte haar vochtige blouse. 'Dus heb ik nu een natte, zoute vlek.'

De anderen waren al gaan zitten, volgens de tafelschikking van de kaartjes. Martha zat tegenover Claire. Jessie en Sue Carol zaten aan de ene kant, met Lisbeth en Nina tegenover hen. De grenzen waren getrokken. De botte messen lagen klaar.

'Uit geweldige seks worden geweldige mensen geboren,' verklaarde Claire. Jessie zag dat Claire de enige was die van de aardappeltjes at. De anderen hadden ze keurig naar de rand van hun bord geschoven en kozen als vanzelf voor de mesclunsalade. Ze knabbelden wat.

'Geen enkel verband,' herhaalde Martha.

'O nee?' vroeg Claire uitdagend. Ze keek strak naar de overkant van de tafel en Jessie wist dat ze geen wapenstilstand hoefde te verwachten. Ze gebaarden allebei met hun vork in een steekspel van bestek.

Claire wees met haar slavork. 'De meeste mensen ontstaan uit routineuze seks, en *moet je ze zien!*'

Haar ogen boorden zich in die van Martha.

'Hoor eens, ik *zeg alleen maar...*'

Een lachje ging de tafel rond, samen met het zuurdesemstokbrood dat Jessie was vergeten warm te maken in de oven, maar dat ze wel van tevoren had gesneden om problemen bij het snijden te voorkomen. Er stond gezouten en ongezouten boter op tafel, met een klein schaaltje van de vleessappen, bij wijze van jus. In de binnenstad was een nieuw restaurant gekomen, waar de Franse kok vleessappen met stokbrood serveerde. Ouderwets, dacht Jessie – eenvoud tot chique verheven.

'Ik bedoel alleen,' vervolgde Martha, 'dat je niet eens aan een baby zou moeten dénken voordat je er helemaal aan toe bent. Je moet a) je eigen appartement hebben, b) een partner, c) een inwonende hulp kunnen betalen en d) een goede ziektekostenverzekering afsluiten voor het geval het kind bijvoorbeeld...' ze zocht naar een medisch voorbeeld, 'gebitsregulatie nodig heeft.'

'Claire heeft een mooi gebit,' zei Sue Carol, knarsend met haar eigen tanden. Ze had een tweede fles mee naar de tafel genomen en naast haar glas gezet. Jessie bedacht dat ze een kruik van de huiswijn, El Conquistador, moest pakken – de Chileense aanbieding van een onbekende wijngaard bij Copake Falls, waar buitenlandse en eigen wijnen werden versneden tot een goedkoop mengsel dat bij 'wijnproeverijen' in New York werd verkocht. De grote kruik stond onder in het keukenkastje naast een paar krachtige oplosmiddelen. Jessie vermoedde dat ze niet uitkwam met de Rosemary Estates. De flessen waren al bijna leeg. Sue Carol had in haar eentje een groot deel van de consumptie voor haar rekening genomen.

'Maar we hebben zíjn gebit nooit gezien,' zei Martha.

'O, hij had een vreselijke overbeet,' treiterde Claire haar.

'Dat gaat je geld kosten, op de lange duur,' voorspelde Martha. 'Als je toch zo nodig een kind wilde, begrijp ik niet waarom je niet naar een spermabank bent gegaan, zodat je tenminste iets wíst over de vader.'

'Wie zou je beter kennen, Martha,' vroeg Claire, 'iemand wiens medische dossier je hebt gelezen of iemand met wie je naar bed bent geweest?'

'Nou...' Martha dacht even na. 'Je zou in elk geval over wat genetische informatie beschikken. Stel dat die man van het fruitstalletje een gen bezat voor neurofibromatose, of dat je kind ooit een beenmergtransplantatie nodig heeft en jouw eigen beenmerg niet geschikt is? Wat doe je dan? In dit soort dingen moet je je verantwoordelijkheid nemen, op alles voorbereid zijn. Ik vraag me gewoon af hoe je kon denken dat je er klaar voor was, meer niet.'

De anderen keken haar nijdig aan.

'Hij klinkt als een heerlijke man,' zei Lisbeth. 'Hij doet me denken aan Steve. Ik durf te wedden dat hij prima genen heeft. Je krijgt een heel goed beeld van iemands genen als je hem in zijn ogen kijkt,' besloot ze.

'Ja,' beaamde Jessie, 'ogen zeggen alles.' Ze was verbaasd over de verdrietige klank in haar stem. Hij kón toch nog bellen?

'En je wilt echt niet meer van hem?' vroeg Nina aan Claire.

'Ik héb al meer van hem,' antwoordde Claire en ze legde een hand op haar bolle buik. 'En dit is beter voor mij. Ik ben nog nooit een huwelijk tegengekomen waar ik jaloers op was.'

Jessie herinnerde zich haar eigen huwelijk, en dacht er zonder weemoed aan terug. Ze wist niet waarom, maar opeens kwam er één moment uit haar huwelijk met Hank bij haar boven. Ze had op hem staan wachten, ergens op straat, op een afgesproken plek. Hij had pas haar aandacht kunnen trekken door te toeteren. 'Laat je oren uitspuiten,' had hij gezegd toen ze hem eindelijk zag en in de auto stapte.

Je oren laten uitspuiten, dacht ze nu. Nou, dat had ze gedaan. Kon je net zo plotseling je liefde voor iemand verliezen als verliefd worden? Kon die liefde zomaar in haat veranderen? Vanaf die dag had ze een hekel gehad aan haar man, en kreeg ze het gevoel dat zijn blauwe ogen, die ze altijd zo mooi had gevonden, haar buitensloten. Haar huwelijk, zoals zij het voelde, was op dat moment geëindigd. Toch was ze nog tien jaar bij hem gebleven, niet in staat dat feit onder ogen te zien. *Laat je oren uitspuiten.*

'Sorry, Martha,' zei Claire. 'Ik heb geen enkele behoefte om naar het altaar te schrijden.'

Claire was écht onafhankelijk. Het was geen pose van haar, een trucje om mensen te lokken. Het leek of ze werkelijk niemand nodig had, dacht Jessie.

Jessie wist dat er genoeg mannen waren in Claires leven. Als iemand van haar vriendinnen was gezegend met feromonen, die geheime seksuele lokstoffen of wat het ook waren, was het Claire wel. Overal waar ze kwam kreeg ze mannen achter zich aan. En ze werden duidelijk aangetrokken door het feit dat ze hen niet nodig had. En als het niets werd, leek Claire in staat hen onmiddellijk weer te vergeten en zich te concentreren op de volgende man die ze tegenkwam. Ze reisde emotioneel met hetzelfde gemak als waarmee ze door de wereld trok. Claire gaf vluchtigheid een goede naam. Ze reisde snel en licht, en bleef alleen waar ze zich welkom voelde en zelf graag wilde zijn. Jessie, zojuist hevig teleurgesteld in de liefde, benijdde haar.

Niemand had aan een eettafel kunnen zitten met meer verlangen dan Nina Moskowitz die avond. Vastbesloten geen hap te eten snoof ze de lucht op en voelde haar maag rammelen. Ze keek naar het eten en had zelfs hevige trek in de kruiden (ze had weleens mosterd van een lepel gelikt of een vingertopje ketchup van iemands bord patat geveegd). Maar ondanks haar hoorbaar rommelende maag en haar reuk, zo scherp als van een jachthond, wist ze alle verleidingen te weerstaan, scheurde haar Dr. Duvall Diet System Powder open en schudde het in een glas met water. Met een sombere blik roerde ze het geklonterde grijze poeder met haar vork tot een gelatineachtig drankje dat haar een 'voldaan' gevoel moest geven. Ze kon de boter ruiken...

Martha viel aan op de krielkip die voor Nina bedoeld was geweest en zei: 'Mmmm! Jessie, wat heerlijk. Maar je had jezelf heel wat tijd en moeite kunnen besparen. Dean & DeLuca verkopen ze al gemarineerd en gebraden. Maar die van jou hebben natuurlijk dat *je ne sais quoi*, en het was ook goedkoper om het zelf te doen, natuurlijk. Niet zoveel *dollaros*, dat scheelt weer. Je bent een goede kokkin. Maar waarom hebben we dit feestje niet bij mij thuis gehouden? Dan had ik de catering laten komen en had jij alle tijd gehad om te genieten.'

Daarna ging Martha's blik weer naar Claire, tegenover haar. 'Dus jij voelt je in staat om helemaal in je eentje een kind op te voeden? Zonder enige hulp van een echtgenoot of zelfs maar een vriend? En dat wil je dan financieren door de... kromhoorn te spelen?'

'Er is anders best belangstelling voor oude muziekinstrumenten,' merkte Lisbeth op.

'Nou, mijn muziek is het niet,' zei Martha bits.

Jessie schepte nog wat saus op haar kip. Zalig. Het eten was een succes. Nu nog iemand die Martha een prop in haar mond wilde duwen.

'Claire is een heel goede musicus,' verdedigde Jessie haar vriendin. 'Ze wordt veel gevraagd. Ze heeft een Yaddo-beurs gekregen.'

'Ja, mooi. Wanneer was dat, in 1998?'

Claire zei dat ze altijd wel een optreden kreeg als ze het nodig had.

'Er zijn overal van die renaissancefestivals,' zei ze. 'Maar ik heb zelf ook geen verklaring voor mijn wonderbaarlijke geluk. Als ik echt, écht geld nodig heb, dan gaat de telefoon.'

Martha beet in de minidrumstick, niet groter dan haar pink.

'Heerlijk,' verklaarde ze. 'Maar ik moet toch protesteren.'
Jessie besloot in te grijpen voordat ze de maaltijd kon verzieken.
'Martha, laat nou maar. We zijn hier om Claires baby te vieren, niet om alle mogelijke problemen te bespreken.'
'Zo is dat,' beaamde Sue Carol.
Jessie keek haar kant op. Sue Carols ogen waren bloeddoorlopen en het loensende rechteroog dreigde helemaal dicht te vallen. Sue Carol was al een heel eind verder dan aangeschoten. Met haar ene blauwe oog halfdicht en het andere draaiend in zijn oogkas deed ze denken aan een panisch paard. 'Heb je misschien een middeltje voor mijn lenzen?' vroeg ze.
Jessie sprong op, liep snel naar de badkamer en kwam terug met een plastic spuitflesje met een zoutoplossing. Sue Carol zocht in haar zakken en haalde er van alles uit. 'Ik moet die verrekte lens toch ergens hebben!'
Er viel een plastic boterhamzakje op de grond. Sue Carol raapte het op en stak het weer in de zak van haar strakke jeans. Jessie keek naar het zakje en vroeg zich af of Sue Carol weer drugs gebruikte. Niet dat haar vriendin echt verslaafd was, maar Sue Carol was de enige van de groep die zichzelf op hoogtijdagen een lijntje coke of een superieure joint toestond. Nu Sue Carol zich minder goed voelde, vroeg Jessie zich af of ze misschien haar toevlucht zocht tot pillen. Ze voelde aan dat Sue Carol vanavond naar een crisis toewerkte, ondanks haar herhaalde verklaring dat dit 'het beste is wat me ooit kon overkomen, dat ik nu bij Bob weg ben. Het werd hoog tijd.' Maar hóé hoog?
'Dus jij drinkt weer?' vroeg Martha tussen neus en lippen door aan Sue Carol. 'Je had toch besloten dat je geen maat kon houden? Ik was zo trots op je toen je in elk geval over de AA wilde nádenken, ook al zei je dat Bob het werkelijke probleem was. Ik dacht dat je begon te beseffen dat jullie allebei het probleem waren. Help me herinneren dat ik je een nieuw boek stuur, *Wederzijdse afhankelijkheid: Als je geliefde je eigen vijand is.* Heel nuttig. Het gaat niet alleen om de drankzucht en de leverziekten, maar je moet ook om je huid denken. Alcohol maakt vroeg oud.'
'O, alsjeblieft,' zei Nina.
'Nou, bedankt,' mompelde Sue Carol.

'Ze zei dat ze wonderbaarlijk geluk had,' kwam Lisbeth uit de hoek. 'Ik weet precies wat ze bedoelt... Het is allemaal voorbestemd, het staat al geschreven.'

'Bedankt voor je bijdrage, Lisbeth,' zei Martha. 'En... ik zie dat je sigaretten bij je hebt. Ik dacht dat je gelijk met mij was gestopt. Heb je de nieuwste studies niet gelezen?' Martha tuitte bezorgd haar lippen. 'Zal ik je een voorraadje nicotinepleisters sturen? Voor de kerst? Roken veroorzaakt niet alleen K, maar ook rimpels. Het is net alsof je je gezicht blootstelt aan een proces van leerlooien. Wil je er straks uitzien als Samuel Beckett?'

'Ja,' zei Lisbeth en ze pakte haar sigaretten en haar aansteker.

'Martha,' zei Jessie, 'dit is een feestje, om de goede dingen in het leven te vieren. Claires baby...'

'O, is dit een feestje?' vroeg Martha. 'Het zou een reddingsactie moeten zijn.'

Ze leunde over de tafel.

'Hoor eens,' zei ze tegen de groep, 'ik heb Claires belastingen gedaan, dus ik kan het weten. Haar inkomsten zijn lager dan haar telefoonrekening.'

'Hé, zo is het leven,' zei Sue Carol defensief. Ze was opgestaan en probeerde de zoutoplossing in haar 'slechte' oog te sproeien.

'Je hebt een spiegel nodig,' zei Jessie. Ze liep naar haar toe en nam Sue Carol mee naar de muur, waar een ovale spiegel hing.

'Owwwhgggh!' gilde Sue Carol tegen haar spiegelbeeld. 'Dat ben ik.'

Jessie keek naar de spiegel. 'Nee, je ziet er veel beter uit. Deze spiegel is heel onflatteus.'

Sue Carol concentreerde zich om de lens weer in haar oog te krijgen. 'Nee,' zei ze, 'het doet te veel pijn. Ik kan geen lens meer dragen. Naast al die andere ellende ben ik ook nog blind aan één oog.'

'Het komt wel goed.'

'Ik wil nog wat wijn,' zei Sue Carol.

'We zijn bijna door de dure wijn heen,' fluisterde Jessie tegen haar. 'Ik wilde net die fles uit het aanrechtkastje openmaken.'

'Fijn, een nieuwe fles!' Opeens leek Sue Carol veel vrolijker, bijna uitgelaten, hoewel ze nog steeds door dat ene rode oog naar de groep staarde. 'Trek die fles maar open om te ademen.'

En op de professionele toon van een serveerster vervolgde ze:
'Wil er nog iemand iets van de bar?'
'Sue Carol, ga zitten.' Jessie zag dat haar vriendin niet helemaal recht meer liep. 'Ga zitten, ik pak hem wel.'
'Nee. Ik wil...'
'Schenk mij ook nog maar eens in,' zei Nina.
'Ik zal in de wijnkelder kijken,' zei Sue Carol. Ze liet zich op haar knieën vallen en kroop naar het aanrechtkastje. 'Aha, daar zie ik een uitstekende Chileense rode, de wereldberoemde Conquistador, de Chileense Druif Die Heel Colombia Veroverde.'
Ze draaide zich om naar de groep aan tafel. 'Jullie moeten allemaal eens bij Vert komen eten. Ik werk daar tussen de middag, op maandag, vrijdag, zaterdag en zondag. Jullie moesten me eens zien in mijn leuke pakje, helemaal groen, regenwoudgroen. Een spandexjurk van Versace. Versace is dood, maar zijn zus heeft iemand ingehuurd en de naam blijft hetzelfde. Het staat me zo enig. Jullie moeten echt eens komen kijken. Ik doe alsof ik de rol van serveerster speel. Zo houd ik er plezier in. Ik heb een heel karakter opgebouwd van mezelf als serveerster. Dames, mag ik u onze nieuwe wijnselectie voorstellen?'
'Past hij wel bij de fles die we zojuist hebben gehad?' vroeg Lisbeth.
'Ik weet niet of hij van hetzelfde jaar is.'
'Elk jaar is goed, behalve dit,' zei Nina.
Jessie schoot in de lach. De vrouwen waren weer aan het dollen – zoals jaren geleden, in Theresa House, toen ze dure etentjes speelden terwijl er gemberbier en chips op tafel stonden. Ooit hadden ze een heel volkorenbrood opgesneden alsof het een kalkoen was.
'Sommelier,' zei Sue Carol, terwijl ze voor Jessie knielde, 'sommelier, moet een fles wijn van tevoren worden geopend om te kunnen ademen?'
'Absoluut,' verzekerde Jessie haar. 'Het zijn echte hijgers, die flessen. Ze hebben wel een uurtje nodig.'
'Hijgers,' herhaalde Nina.
Sue Carol zette de grote fles met Conquistador op de grond. 'Wil iemand nog de schroefdop ruiken?'

'Zit er niet eens een kurk op?' vroeg Martha.

'Ach, ruik nou maar,' zei Nina.

Sue Carol zocht in haar broekzak en haalde er nog wat munitie uit: een verfrommelde joint, de blauwe pilletjes die ze op straat had gekocht en een medicijnbuisje van haar dierenarts voor haar overleden Yorkie die valium nodig had gehad tegen de zenuwen.

'Je gebruikt toch geen drugs en alcohol door elkaar?' vroeg Martha.

'Nog niet,' antwoordde Sue Carol. 'En ik voel me zo lekker dat het waarschijnlijk niet nodig is. Maar voor alle zekerheid: wat past er goed bij valium?'

'Nou, niets past er... góéd bij valium. Dat kan een dodelijke combinatie zijn.' Martha griste de joint uit Sue Carols hand. 'Ik zal niet werkeloos toezien terwijl jij je gezondheid in gevaar brengt.'

'Het was alleen maar een hulpmiddel, Martha. Zelfmedicatie, dat is alles. Omdat ik nu op mijn best wil zijn.'

'Ik bewaar die joint wel.' Martha stak hem in haar Kate-Spadetasje. Op hetzelfde moment klonk er een alarmbelletje in Jessies hoofd. Waarom gooide Martha het stickie niet weg?

Ondertussen had Sue Carol de dop van de fles Conquistador geschroefd en bood hem aan Nina aan, die haar glas omhooghield. Nina nam een slok en trok een gezicht. El Conquistador smaakte als een kruising tussen azijn en aanstekerbenzine.

'Hij is niet helemaal goed meer, geloof ik,' zei Nina.

'O jee. Hier...' Sue Carol schonk haar glas vol uit de halflege fles Australische rode wijn die ze naast haar eigen glas had gezet.

'Alsjeblieft... en neem me niet kwalijk dat ik er zoveel van heb gedronken.' Sue Carol liet zich weer op haar stoel vallen. 'Shit,' zei ze, terwijl ze haar armen vouwde en haar hoofd erop legde, als een schoolkind met straf. 'Ik red het allemaal niet meer. Het lijkt mijn werk wel.'

Jessie kwam naast haar staan en masseerde haar schouders. 'Dat geeft niet. Je hoeft vanavond niet te werken.'

Opeens hield Sue Carol een hele tirade – dat ze wel de rol van Ophelia uit haar hoofd kende maar niet eens de dagschotels kon onthouden.

'Jezus,' zei ze. 'Ik noem het altijd "gehakte tonijn". Echt waar!

En dat gaat nou al tien jaar zo. Misschien kom ik er nooit meer vanaf. Weet je wel hoe oud ik ben?'

'Zesendertig-en-een-half,' zei Martha.

'Een serveerster van zesendertig...'

'Je bent actrice,' zei Claire.

'Actriveerster,' verbeterde Sue Carol haar. 'Een kruising tussen een actrice en een serveerster... een professionele actriveerster. En als ik niet snel weer een rol krijg, ben ik gewoon een oude serveerster die de dressing van het huis moet kunnen onthouden: groene vinaigrette. *Vert vinaigrette*.'

'In elk geval werk je bij de nieuwste en populairste zaak van de hele stad,' zei Martha. De uitdrukking op haar gezicht veranderde. 'Ik heb er vanavond een tafeltje. Hoe is het eten daar? Echt zo goed als ze zeggen?'

'O, niet slecht,' zei Sue Carol. 'Jammer dat ik er niet ben om jou en Donald te bedienen.'

'Weet je, Martha,' opperde Jessie, 'als je nu gaat, ben je in elk geval nog op tijd voor het toetje, met Donald.'

'Ik heb mijn chauffeur gevraagd me om elf uur weer op te halen,' zei Martha beslist. 'Nu had hij de tijd om zelf te gaan eten. Donald vindt het niet erg. Hij begreep het wel, heus. Mannen zijn niet sentimenteel over hun verjaardag. We gaan wel een andere keer naar Vert.'

Ze straalde. 'Ik heb de eetzaal boven al gereserveerd voor het bruiloftsdiner.'

Martha draaide zich weer om naar Sue Carol. 'Dus je denkt dat hij wel goed te eten krijgt? Zijn lievelingsgerecht is geschaafde truffels in wodkasaus... met jonge zee-egeltjes op een bedje van polenta.'

'O, dat hebben ze vast wel,' zei Sue Carol. Ze snotterde nog even en veegde toen haar neus af met het servet. 'Ach, wat doet het ertoe? Alles is toch al bepaald: de rijken en de armen, de sterren en de sukkels, en de serveersters. En ik ben een...'

'Jij bent een mooie actrice,' zei Claire haastig.

'O ja? Wat is het laatste waar ik in heb gespeeld? Die nieuwe versie van *Oklahoma*... zo lang geleden dat het alweer terugkomt als retro.'

Jessie hoorde dat Sue Carols zuidelijke tongval, die soms verdween, weer terug was en haar woorden smoorde als dikke jus. En met dat accent nam ze ook haar 'provinciaalse' houding weer aan. Ze zat in elkaar gedoken, begon te loensen en slikte haar g's in terwijl ze stevig doordronk van de Conquistador.

'Je was zo ontroerend! Echt prachtig. Ik hield mijn adem in als je zong. Je was...' Lisbeth zweeg, om de anderen de kans te geven ook iets te zeggen, en dat deden ze.

'Fantastisch!' riepen ze allemaal.

'Het was heel lief van jullie om te komen kijken,' zei Sue Carol, 'maar dat is al drie jaar geleden. En het was een dinervoorstelling.' Ze snotterde weer even. 'Alles wat ik doe heeft met eten te maken.'

'Nou, kun je dát dan niet als het hoogtepunt van je carrière beschouwen en er nu mee stoppen om een baby te krijgen?' opperde Martha.

'Misschien kan ik niet zoveel, Martha,' antwoordde Sue Carol. 'Maar één ding weet ik wel,' vervolgde ze, nu met een zwaar zuidelijk accent. 'Ik wil geen kinderen nemen alleen omdat de rest van mijn leven is mislukt.'

Ze lachte, net zo zuur als de wijn die ze dronk. 'Toen ik vanmiddag bij Bob wegging, zei ik: "In elk geval heb ik mijn carrière nog." Is dat niet komisch? Wélke carrière, in godsnaam?'

'Dus nu heb je niets meer,' zei Martha, niet kwetsend, maar peinzend, alsof ze probeerde het te begrijpen.

'Wil je het menu zien?' vroeg Sue Carol kortaf, terwijl ze haar kin naar voren stak.

'Nou,' zei Martha, die besefte dat ze werd aangevallen, 'ik was degene die voorstelde dat je informatica moest studeren.'

'Jezus, Martha,' zei Jessie, terwijl ze dacht: Laat ik maar weer wat op tafel zetten. Verdorie, ze moest die bloedsinaasappels nog in cassis wellen. Snel liep ze terug naar haar werkstation achter het aanrecht en begon de sinaasappels te snijden met een van haar gebrekkige, stompe messen.

'Sue Carol krijgt heus wel een grote rol,' zei ze, tegen de hele groep. 'Dat vóél ik gewoon.'

'Nee. Met mij is het afgelopen, helemaal afgelopen...' zei Sue Carol.

'Welnee.' Claire stond op, liep naar haar vriendin toe en trok haar mee naar de spiegel. 'Kijk nou eens naar jezelf. Naar je gezicht, je haar, je lijf. Prachtig, toch?' De anderen vielen in vanaf de tafel: 'Je ziet er geweldig uit. Breek jezelf toch niet zo af.'

Sue Carol keek met haar goede oog en begon weer te janken. 'Bob is gisteren met een ander naar bed geweest.'

'Heb je bewijzen?' vroeg Martha meteen.

'Ja,' zei Sue Carol.

'Je zult je wel druk maken over niets. Hé, ik heb bloedsinaasappels gesneden. Ik wil ze in cassis wellen. Hebben jullie daar trek in?'

Jessie begon de borden weg te halen, een beetje in paniek toen ze de skeletjes van de krielkippen zag. Was er iets droevigers denkbaar, dacht ze, dan de restanten van een maaltijd? De mesclunblaadjes zaten aan de slakommen geplakt en haar mildzure dressing had plasjes gevormd als oud, bruin bloed.

De groep staarde als gebiologeerd naar Sue Carol, die zelf ook in trance leek toen ze het verhaal over Bobs ontrouw vertelde aan haar eigen spiegelbeeld en de reflectie van haar vriendinnen, achter haar. Ze viel meteen met de deur in huis. Ademloos vertelde ze dat Bob 'zich steeds vreemder ging gedragen; echt heel raar'. Zo kwam ze op de laatste catastrofe.

'Twee weken geleden begon iemand ons nummer te bellen, maar steeds als ik opnam, werd er opgehangen.'

'Misschien waren het telefonische verkopers,' opperde Martha.

'Nee,' wierp Sue Carol tegen. 'Want ongeveer op hetzelfde moment begon Bob met gewichten te werken op de sportschool. Om meer spieren te krijgen.'

'Dat is veelzeggend,' beaamde Nina.

'Ik zou niet weten waarom,' vond Claire, die Sue Carol op een ander onderwerp wilde brengen. Ze begon een grappig verhaal over haar verschoven dagritme, waardoor ze 's nachts klaarwakker was en naar de tv-shop was gaan kijken. Zo had ze ontdekt dat de slapelozen van de stad 'geobsedeerd moesten zijn door fitness, fitness, fitness! Dat wil zeggen, tot een uur of drie in de ochtend. Daarna is het de beurt aan gluten, gluten, gluten!'

Maar Sue Carol liet zich niet op een dwaalspoor brengen en ging koppig door met haar verhaal over de 'andere vrouw'. 'Gisteren belde ze weer...'

'Hoe weet je dat het steeds dezelfde is die ophangt?' vroeg Jessie, om twijfel te zaaien.

'De beltoon klinkt steeds hetzelfde.' Sue Carol deed een hoge, hysterische zoemer na. 'En de eerste paar keer hing ze wel op, maar nu wordt ze brutaler en zegt ze ook wat.'

'Wat zegt ze dan?' wilde Lisbeth weten.

'Ze vraagt: "Is Bob er ook?"'

Er ontstond enige discussie onder de vrouwen. Nina vond het verdacht, de anderen waren het erover eens dat het ook heel onschuldig zou kunnen zijn.

'Geeft ze haar naam?'

'Nee, ze zegt dat ze "een vriendin" is.'

Nina snoof. *Schuldig.* Ze had ook andere redenen om aan te nemen dat Bob een affaire – of affaires – had. Ze leunde naar achteren, staarde naar de kaars op de tafel en nam nog een slok wijn, terwijl ze zich afvroeg of ze iets moest zeggen over de gebeurtenissen die waren begonnen op de Vierde Juli, anderhalf jaar geleden, toen ze allemaal een huisje aan het strand hadden gehuurd in Cape Cod, waar Bob een poging had gedaan om Nina te betasten, terwijl hij haar zogenaamd op de been hield in de sterke branding.

Hij was een ongelooflijk aantrekkelijke man, peinsde Nina, en hij wond er geen doekjes om. Hij had haar in haar oor gefluisterd hoe sexy hij haar vond. En vanaf dat moment had hij haar bij elke sociale gelegenheid – als hij haar even aanraakte, om welke gewone reden ook – stilzwijgend dezelfde seksuele signalen uitgezonden. Als hij haar in haar jas hielp, zijn hand op de hare legde om haar stoel naar achteren te schuiven bij een etentje... altijd was er die extra seconde van fysiek contact die zijn verlangen duidelijk maakte. Meer dan eens had ze bij de vriendschappelijke afscheidskus van de echtgenoot-van-een-vriendin de druk van zijn lippen op de hare gevoeld. Ze wist dat hij haar wilde. Dat was niet zo bijzonder, maar Nina schrok wel van het feit dat het wederzijds was.

We zijn als vampiers, dacht ze – mensen met een sterke seksualiteit. Ze voelde met Bob mee, omdat ze begreep dat hij er nauwelijks controle over had, dat de banden van het huwelijk te benauwend voor hem waren, dat hij nu eenmaal geen tam huisdier was.

Alsof je met een panter bent getrouwd, dacht Nina weleens. Bob was lenig, soepel, donker en gespierd. En hij liep als een roofdier. Er ging een verhaal over een vrouw in deze buurt die door een buurvrouw was verraden omdat ze met een luipaard samenleefde. Ze had het dier als jong gekregen en grootgebracht op haar zolderappartement, waar het veel te groot en rusteloos was geworden.

Hoe moest je leven met een grote wilde kat, of een man als Bob, zonder dat hij uit die kooi zou willen breken en jijzelf daarbij gewond zou raken? Toch begreep Nina wel waarom Sue Carol voor hem gekozen had... Iedere vrouw zou hem willen.

Als echtgenoot was hij een ramp. Als acteur was hij intrigerend. Met zijn geloken ogen en zijn donkere uitstraling speelde hij meestal een charmante maffioso. Hij was wel donker, maar met opvallend lichte, blauwe ogen. Het waren vooral zijn diepe stem en zijn gespierde bovenlijf die hem een plaatsje in de top tien bezorgden. Bob werd meestal gecast als een verleidelijk maar gestoord type. Zijn bekendste rol kwam uit een B-film naar het voorbeeld van de *Godfather*-reeks. Daarin speelde hij Nicko, een pathologische rokkenjager en huurmoordenaar, met het beroemde afscheidszinnetje: 'Sorry, maar hier scheiden onze wegen.'

Als hij geen maffiosi speelde, zat hij in stukken van Shakespeare – meestal ook als de schurk. Zijn stem leek uit een diepe mannelijke bron te komen: sterk en krachtig. Op het podium had hij een magnetische energie. Buiten het toneel moest hij kilometers per dag hardlopen om die overtollige energie kwijt te raken, hoewel dat nooit helemaal lukte. Hij was een sensuele man, die dronk, spaarzaam drugs gebruikte en een voorliefde had voor drukpuntmassages. Thuis was hij maar zelden.

Onwillekeurig had Nina zich voorgesteld hoe het zou zijn om die fijne haartjes op zijn gespierde onderarmen te voelen... of met haar vingers zijn goed ontwikkelde dijen te strelen. Die zomer op het strand had hij zijn spierballen laten zien, waar Nina niet ongevoelig voor was. Als hij ze spande, voelde ze een duidelijke reactie. Nina wist dat de andere vriendinnen Bob als een 'narcistische, egocentrische, lichtelijk irritante spierbundel' beschouwden, maar Nina vond dat allemaal geen bezwaar.

Terwijl ze aan Bob dacht, luisterde Nina nog steeds naar Sue Carols sombere verhaal. Lisbeth was nieuwsgierig, zoals altijd, maar zonder te oordelen. 'Hoe klonk ze?' vroeg ze over de mysterieuze vrouw die voortdurend opbelde.

'Lief,' antwoordde Sue Carol op giftige toon.

O jee, dacht Nina, *dat had ik wel kunnen zijn aan de andere kant van de lijn...* De 'andere vrouw' was blijkbaar een ongetrouwde dame die Bob ergens was tegengekomen en een beetje had versierd. Nu was ze op zoek naar hem, misschien tegen haar eigen principes in, maar eenzaam en verlangend sinds hij haar had aangeraakt. Nina voelde zich wat droevig en kreeg opeens een onweerstaanbare trek in het zuurdesemstokbrood dat ze braaf had laten liggen. *Ach, één hapje van de korst kon toch geen kwaad?*

Ongewild kwam er een herinnering – en iets van haar eigen verlangen – bij haar boven toen ze terugdacht aan de onvermijdelijke avond waarop Bob haar naar huis had gebracht en zich plotseling tegen haar aan had gedrukt. Zijn stotende heupen hadden geen twijfel laten bestaan over zijn bedoelingen. Nina was geschrokken haar flat in gedoken, maar hij was haar achterna gekomen in het kleine halletje, waar hij haar binnen twee seconden plat op haar rug had op het kleed. Als een professionele worstelaar hield hij haar in zijn greep en tot haar eigen schaamte voelde ze hoe haar mond – en die niet alleen – zich opende onder zijn druk. Maar op de een of andere manier had ze zich weten vast te klampen aan haar principes: *Nee! Geen getrouwde mannen, en zeker niet de man van een vriendin.*

Ze rukte zich los, hoewel hij ongelooflijk efficiënt te werk ging. Hij had zijn hand al in haar broekje en ze had op het randje gebalanceerd van het moment waarop er geen terugweg meer mogelijk was. Ze had fluisterend geprotesteerd: 'Nee, dit kan niet, dit is waanzin!' en zelfs een paar keer de naam van haar vriendin aangeroepen als voorbehoedmiddel, voordat hij de daadwerkelijke versie om zijn overspelige pik had kunnen schuiven.

'Sue Carol!' riep ze nog eens.

'O ja,' had hij gezegd, toen hij zich herinnerde dat hij getrouwd was.

'Sorry,' fluisterde Nina, om op een vriendschappelijke wijze van hem af te komen, 'maar hier scheiden onze wegen.'

Lachend was hij vertrokken, zoals haar bedoeling was.

Die avond (nog maar een jaar geleden? Het was een decemberavond geweest, net zo koud als nu... ja, bijna exact een jaar geleden) was Nina weer bij zinnen gekomen, zoals dat heet, en had ze Bob als een zwerfkater de deur uit gezet. Maar het was een zwerfkater die ze toch wel lief vond. Ze had zelfs met haar hand door zijn haar gewoeld voordat ze hem naar de kleine lift in haar gebouw duwde. 'Wegwezen, schavuit. Terug naar huis.'

Daarna had ze zichzelf tegen de grond geworpen, terwijl het bloed in haar oren gonsde en er allerlei tegenstrijdige signalen door haar heen sloegen. Ze had niet geweten of ze blij moest zijn of spijt hebben. Als ze hem daarna weer zag, bij sociale gelegenheden, kon ze hem bijna próeven. Moest ze Sue Carol dat nu vertellen?

Bijna opende Nina haar mond om Sue Carols verdenkingen te bevestigen en haar vriendin te sterken in haar besluit. Maar iets hield haar tegen. Ze beet zich op haar – enigszins schuldige – tong. Sue Carol had zelf al de bewijzen van zijn ontrouw gevonden, Nina hoefde er dus geen schepje bovenop te doen en Sue Carol nog meer te kwetsen. Ook overspel kende een ongeschreven etiquette. Je hoorde je mond te houden totdat het absoluut noodzakelijk was om iets te zeggen. Als Sue Carol op haar besluit terugkwam, zou Nina misschien haar verhaal kunnen doen over de kneepjes onder water en de hand in haar broekje.

'Laten we het er niet meer over hebben,' zei Jessie toen Sue Carol maar doorging over haar 'bewijs'. 'Je bent bij hem weg. Dat moet voldoende zijn.'

'Hij had het lef om te zeggen dat ik gék was!' riep Sue Carol. 'Ben ik gek? Zeggen jullie het maar. Jarenlang heb ik het vermoed. Ik kon het gewoon aan hem ruiken, maar dan zei hij: "God, wat ben je toch jaloers, Sue Carol, doe daar eens wat aan." Waarschijnlijk heeft hij me al die tijd belazerd, maar ik kon het nooit bewijzen, tot vandaag... tot nu. Nu heb ik hem.'

Ze stak haar hand diep in de zak van haar perfect passende jeans en haalde het plastic zakje eruit dat Jessie al eerder die avond had gezien en waarvan ze dacht dat het drugs bevatte. Sue Carol hield het doorschijnende zakje tegen het licht van de lamp.

'Zeg het maar. Vertel me maar of het allemaal verbeelding is – of ik spoken zie.' Ze opende het zakje en haalde er iets uit. De vrouwen bogen zich allemaal naar voren om het bewijs te inspecteren, dat op een meter afstand met het blote oog nauwelijks te onderscheiden was.

'Het is een haar. Van háár,' zei Sue Carol op boze, triomfantelijke toon. 'Een haar die ik in óns bed gevonden heb.'

Sue Carol hield de lange haar (schouderlengte) omhoog met een blik van afschuw tegenover dat 'schepsel', zoals ze haar noemde, dat haar diep had vernederd door in Sue Carols eigen huis, in de onschendbaarheid van Sue Carols huwelijksbed, met Bob te liggen rollebollen terwijl zij, Sue Carol, het gezinsinkomen moest verdienen als serveerster bij Vert.

'Ik heb hem zelfs gebeld op zijn mobieltje,' vertelde Sue Carol. '"Schat," zei ik, "zal ik overwerken of niet? We kunnen het geld goed gebruiken, maar als je je eenzaam voelt, kom ik wel naar huis." O, ik wíst dat ik die hitsige klootzak nog geen tien minuten alleen kon laten. Ik heb nog gebeld.'

'Weet je zeker dat die haar daar niet op een andere manier terecht kan zijn gekomen?' vroeg Lisbeth. 'De werkster, misschien...?'

'Die haar lag op mijn kussen. Op míjn kussen! En de slet heeft ook nog het lef gehad mijn tandenborstel, mijn tandpasta, mijn haarborstel en waarschijnlijk zelfs mijn parfum te gebruiken. Er zat opeens veel minder in het flesje, en ik weet dat het vol was. Had ze niet het fatsoen kunnen opbrengen om haar eigen sletset mee te brengen? Nee, ze moest ook intiem zijn met míj, ze moest mij ook iets afpakken.' Ze snotterde. *'Je reviens.'*

De vrouwen knikten en dachten na. Er waren beledigingen die verdergingen dan overspel.

'En er is meer,' zei Sue Carol. 'Hij is nog dieper gezakt dan het laagste niveau voor hitsig mannelijk gedrag. Hij wist...' Sue Carol begon te huilen. 'Hij wist hoe ik me de laatste tijd voelde... dat ik op het punt stond om er helemaal mee te kappen. Dit was geen gewoon avontuurtje, ergens op tournee in een andere stad. Dat zou ik ook niet leuk hebben gevonden, maar daar had ik mee kunnen leven – iets anoniems in een... in een motel, of zo. Maar niet dít, en niet nú, in mijn eigen bed, terwijl ik me rotwerkte als serveerster om wat geld voor ons te verdienen. Terwijl ik begreep dat ik nooit zou kunnen bereiken waarvan ik mijn hele leven heb gedroomd. En dan roept hij ook nog dat ik gek ben, zoals hij al jaren heeft gedacht!' Opeens kwam er een gejaagde blik in haar ogen – of beter gezegd, in haar ene oog, want het rechter deed nog steeds niet mee. 'Ik bén toch niet gek?'

'Laat me die haar eens zien,' zei Nina.

Nina hield de lange, zwarte haar tegen het licht en bestudeerde het bewijsstuk. 'Aziatisch,' concludeerde ze. 'Niet geverfd, niet behandeld, en dus vermoedelijk van een jonge vrouw. Een Aziatische of Amerikaans-Indiaanse vrouw...'

'Indiaans. Ze noemen zich nu weer indiaans,' verbeterde Jessie haar. God, alles wat er vanavond gebeurde herinnerde haar aan Jesse Dark.

'En wil je het ergste horen?' vroeg Sue Carol.

'Ja,' zei Martha, terwijl ze opstond van haar plek aan het hoofd van de tafel en naar Sue Carol liep, die de haar weer in haar handen hield.

Jessie probeerde haar tegen te houden. 'Hé,' zei ze. 'De sinaasappels zullen nu wel klaar zijn. Laten we ze proberen.'

Niemand luisterde. Ze waren allemaal gefascineerd door de haar. Zelfs Jessie wierp er onwillekeurig weer een blik op.

'Nou,' zei Sue Carol met grimmige voldoening, 'toen ik belde en tegen hem zei: "Zal ik overwerken of naar huis komen als je je eenzaam voelt?" antwoordde hij: "O, ik moet zelf ook werken. Je kunt rustig een extra dienst draaien."'

Sue Carol wachtte op de reactie. De anderen hielden hun adem in en slaakten een collectieve zucht van verontwaardiging over dit walgelijke gedrag. Hij deugt echt niet, dacht Nina.

'Toen ik thuiskwam, lag hij te slapen in bed. Ik had nog een zakje kreeftscharen uit Alaska voor hem meegebracht. Hij werd wakker, waarschijnlijk door de lucht. "Schat, ik heb wat lekkers voor je," zei ik. Hij kwam overeind om de kreeft te eten, en toen vond ik het bewijs... de haar.'

'Terwijl jij nog wat eten voor hem had meegebracht,' zei Jessie. Ze zette de schaal met gewelde bloedsinaasappels neer om Sue Carol te omhelzen. 'Je bent zo'n lieverd. Ik hou van je.' Lisbeth en Claire sloten zich bij de knuffel aan. 'Wij ook.'

'Ik hou van jullie allemaal. En ik hááát hem!'

Nina kon niet haten. Ze herkende het, dat wel. 'Echt een man.'

Martha deed een greep naar de haar en wist hem te pakken te krijgen. Toen bleef ze vlak voor Sue Carol staan.

'Hoor eens,' zei Martha. 'Het is nog niet te laat. Je hebt deze haar nooit gezien.'

'Ik heb hem al beschuldigd.'

'Neem het dan terug. Zeg dat je je vergist hebt. Dit is... niets. Alle mannen zijn ontrouw. Ze zijn anders dan wij. Maar het betekent ook minder, bij hen. Het is gewoon wat afleiding, zoals ze ook naar een bokswedstrijd gaan. Of naar het honkballen. Precies hetzelfde.'

Sue Carol probeerde de haar terug te grijpen. 'Geef hier, hij is van mij.'

'Ik zal die haar wel bewaren,' zei Martha tegen Sue Carol. 'Luister goed. Goddank heb je het aan mij verteld voordat het te laat was. Je was bijna alles kwijtgeraakt. Nu kun je nog terug. Je vergeet gewoon dat die Indiaans-Amerikaanse in je bed heeft gelegen. Ik zal je wat vertellen. Misschien klinkt het walgelijk, maar het kan je helpen.'

Martha haalde diep adem. Ze deed niet graag onthullingen over haar ouders, maar nu kon het nuttig zijn. 'Mijn vader,' verklaarde ze, 'was mijn moeder twee keer per week ontrouw... en altijd met mollige vrouwen met rood haar.'

Uit gewoonte keek ze even naar Nina, die in elkaar kromp.

Niet alleen was Nina mollig, met rood haar, maar ze had Martha's vader, Emir Sarkis Sloane, ooit in werkelijkheid ontmoet, op Martha's verlovingsfeest. Op de een of andere manier had Emir zich in het restaurant naast Nina gewrongen in het gangetje naar de toiletten. O, die lastige borsten, had Nina inwendig gevloekt. Weer hadden ze haar in problemen gebracht. Emir had haar gekust. Het was zeker geen vriendschappelijke kus – ze namen geen afscheid, of zo. Ze waren gewoon op weg naar de wc, en in het gangetje had Nina de natte binnenkant van zijn onderlip gevoeld. Hij had haar half gekust, half gebeten, terwijl hij mompelde: 'Ik kan je alles geven wat je wilt.'

'Dat is lief aangeboden,' had Nina gezegd (waarom toch die idiote behoefte om beleefd te blijven?), 'maar ik kan mezelf heel aardig redden.'

Nu, terwijl ze luisterde naar Martha's verhaal over al die maîtresses van haar vader, kon Nina zich voorstellen hoe ze als Emirs vriendin een luxe leventje had kunnen leiden in een appartement in Queens. Ook zij had uitzicht kunnen hebben op de industrieterreinen in het oosten, in ruil voor erotische handelingen waar Martha's moeder, Athena Lucille, geen zin in had.

'Mijn moeder vond het niet erg,' zei Martha. 'Ik geloof dat ze die andere vrouwen wel dankbaar was. Het is net als met Monica Lewinsky: Hillary had haar een bedankbriefje moeten sturen.'

Een kreet van verontwaardiging steeg op onder de vrouwen. 'Er zijn altijd seksuele constructies geweest,' ging Martha onverdroten verder. 'Echtgenotes krijgen een ereplaats, terwijl ander vrouwen als... vergaarbak dienen.' Martha trok met haar mond, net als wanneer ze kaas proefde die volgens haar ranzig was. 'Het is een vervelend gevolg van onze zogenaamde "emancipatie" dat we het vuile werk nu zelf moeten opknappen... diensten moeten verlenen die eigenlijk thuishoren in de commerciële sector.' Martha glimlachte om haar eigen vergelijking. 'Als seksuele schoenpoetsers.'

Hoe was haar moeder daar dan mee omgegaan? Nou, zei Martha, 'elke keer dat mijn vader een nieuwe maîtresse had, kocht mijn moeder een mooie jurk voor zichzelf.' Ze glimlachte en wachtte even voor het effect. 'Ze zijn veertig jaar getrouwd geweest, tot aan zijn dood.' Ze nam een slok Conquistador. 'En ze had een *ongelooflijke* garderobe.'

Jessie schudde haar hoofd terwijl ze de schaal met bloedsinaasappels in cassis naar Martha toe schoof. 'Ze had twaalf bontjassen,' zei Martha nadrukkelijk. 'En ze waren allebei gelukkig.'

De seksuele etiquette was veel te volks geworden, dacht Martha. Ze werd zelfs verondersteld om David terwille te zijn, zij het alleen bij speciale gelegenheden zoals vanavond, zijn verjaardag. Ze zou het wel doen, uit liefde, maar ze keek er niet naar uit. Het was maar goed dat ze het etentje bij Vert had overgeslagen. Nu liep ze niet het risico een maaltijd van zevenhonderd dollar weer uit te kotsen. Niet dat ze pijpen nou zó vreselijk vond; maar wat deed je tegen die reflex om te gaan kokhalzen? Logisch dat je braakneigingen kreeg als er iets door je strot werd geduwd. Martha had een aantekening in haar Palm Pilot gemaakt: 'Beter leren ppn.' Ze kon de techniek misschien leren van André, haar kapper, die homo was en waarschijnlijk wel een paar trucjes kende.

Toch zou ze nooit protesteren als Donald liever naar een beroepsdame ging als hij dat wilde, net als wanneer hij een kraker voor zijn rug nodig had of een pedicure voor zijn teennagels.

Martha had Sue Carols situatie al heel lang in de gaten. Bob was een rokkenjager, een drugsgebruiker en een soort ster. Sue Carol was een actriveerster van zesendertig-en-een-half. Dus moest ze hem proberen vast te houden. Met een scheiding schoot ze weinig op. Martha maakte zich zorgen om haar vriendin. Ze zag het allemaal voor zich, bijna als een weersverwachting: Sue Carol als dienster in een of ander Grieks restaurantje, waarvan ze 's avonds terugkwam in een armoedige eenkamerflat of hooguit een tweekamerappartement in een huurkazerne zonder liften. Tenzij ze er nog wat alimentatie uit kon slepen – waarvoor Sue Carol waarschijnlijk te koppig en te opvliegend was. Dus liep haar vriendin het risico vanavond alles kwijt te raken... als Martha niet in de bres sprong.

'Een verzoening,' adviseerde ze.

'Zet hem de deur uit,' raadde Nina haar aan. Bob was te ver gegaan. Ze had nu zelfs spijt dat ze met haar vingers door zijn haar had gewoeld. Dit was onvergeeflijk, nog erger dan overspel. Zijn gedrag was...

'Schandalig,' vond Jessie. 'Nog niet eens de ontrouw, maar de totale minachting voor hun huwelijk.'

Lisbeth sloot zich daarbij aan. 'Ik geloof niet dat hij spiritueel bij je past. Dat gedoe in jullie bed vind ik maar niks. Een bed is heilig,' zei ze. Martha schudde haar hoofd en hield de lange haar omhoog.

'Jij hebt deze haar nooit gezien,' instrueerde ze Sue Carol. Ze griste Lisbeths aansteker van de tafel en voordat iemand kon ingrijpen verbrandde ze de haar. De schroeilucht walmde door de kamer.

'Hé, die haar was van mij!' riep Sue Carol.

'Vergeet die man,' zei Claire. 'Je komt wel iemand tegen met wie je het veel leuker zult hebben.'

'Ja, vergeet hem maar,' drong Jessie aan. 'En neem wat sinaasappel, in cassis geweekt.' Ze zette een bord neer en probeerde Sue Carol weer aan tafel te krijgen.

'Makkelijk gezegd voor jou. Jij komt genoeg mannen tegen,' zei Sue Carol tegen haar.

'Ik?' vroeg Jessie. 'Hoe vaak dan? Eens in de drie jaar.'

'Je had twee zeebiologen,' merkte Sue Carol op.

Jessie bleef abrupt staan. Michael en Paul. In haar opwinding over de nieuwe man in haar leven was ze zijn voorgangers bijna vergeten.

'Paul zit in Antarctica en Michael in Micronesië,' zei Jessie. 'Ik heb ze allebei al drie jaar niet gezien.'

'Maar ze houden wel van je,' zei Sue Carol beschuldigend.

Was dat zo? Het waren leuke jongens, dacht Jessie, maar vanwege hun beroep en hun expedities naar verre oceanen zag ze hen bijna nooit. Behalve dat ze hetzelfde vak uitoefenden, gedroegen ze zich ook op andere manieren bijna synchroon. Als ze in New York kwamen, dan dikwijls in hetzelfde weekend, waardoor ze als het ware tegen elkaar wegvielen. Ze vertelde Sue Carol de waarheid maar.

'Ik ben meestal in mijn eentje.'

'En vind je dat niet erg?' vroeg Sue Carol.

'Ik vind het juist heerlijk,' zei Jessie. 'Dan kan ik veel meer doen.'

'Doen? Wat dan?'

'Mijn werk. Want met of zonder mannen, we moeten toch ons eigen leven opbouwen.'

Opeens greep Sue Carol haar Bonwit-tas en zwalkte naar de deuren van de goederenlift. 'Ik ga naar beneden,' riep ze uit. 'Dit is niks voor mij. Ik kan niet in mijn eentje leven. Ik kan niet zonder Bob. Misschien moest ik maar naar huis gaan om te horen wat hij vindt.'

'Ik zou het niet doen,' zei Nina.

'Ik kan naar huis gaan om hem te vergeven, en hem dan straffen,' zei Sue Carol met plotselinge inspiratie.

'Dat is geen slecht idee,' gaf Martha toe. 'En vertel hem nog wat medische griezelverhalen. Heeft hij weleens gehoord van venerische wratten? Leg het hem maar uit... en laat hem de statistieken zien. Het is een seksueel riool daarbuiten. Een op de vier heeft herpes, en zelfs als het niet actief lijkt kan het zich toch verspreiden, weten ze nu. Bijna allemaal hebben ze al chlamydia. En vergeet AIDS niet; het virus schijnt nu ook in speeksel te kunnen leven.'

'Afschuwelijk,' kwam Claire tussenbeide.

Jessie ging tussen hen in staan met nog een schaal sinaasappelen in cassis.

'Hoor eens,' zei Sue Carol toen ze op de knop van de lift drukte, 'ik ben al met Bob sinds we kinderen waren.' Ze verviel weer in haar zuidelijke accent. 'Niemand is volmaakt. Ik weet niet eens of ik wel kan eten of slapen zonder hem.'

'Ach, toe nou!' snauwde Nina. 'Hij is altijd de hort op.'

'Ja, maar ik wist dat hij terugkwam,' zei Sue Carol. 'En zelfs dan kon ik maar moeilijk slapen. We liggen altijd als lepeltjes, dicht tegen elkaar aan, met mijn buik tegen zijn rug. Ik heb hem nodig, ik kan niet zonder hem... Ik moet zijn warmte voelen, zijn hart horen kloppen.'

Jessie versperde haar de weg naar de lift. 'Daar hebben we allemaal behoefte aan,' zei ze, 'maar soms is het beter om alleen te zijn.' Ze zei het wel, maar Sue Carols opmerking over 'lepeltjes' had de herinneringen aan Jessies eigen huwelijk uit een diepe slaap gewekt. Hank was wel erg saai geweest als hij wakker was, maar zolang hij sliep was Jessie heel tevreden met hem. Zijn charme was zijn lichaamstemperatuur; hij was lekker warm, niet zweterig, en hij had een persoonlijke geur, als van vanille.

Het was waar, Jessie had nog nooit zo lekker geslapen als toen ze getrouwd was. Ze begreep wat Sue Carol bedoelde. Een huwelijk had een soort bioritme, waarvan de medische wetenschap zelfs had aangetoond dat het je leven kon verlengen. Dat was zo verleidelijk, nog meer dan seks: de synchronisatie van twee afzonderlijke levens. Ze herinnerde zich hoe Sue Carol en Bob tegen elkaar aanleunden als ze bij haar op de bank zaten. Dan vielen ze in slaap, ineengerold als katten. Het duurde jaren om zo innig met elkaar te kunnen zijn. Zelfs een heerlijke affaire, zoals Jessie nu zelf was begonnen, bood die geborgenheid nog niet. De spanning van een nieuwe geliefde was juist heel onrustig. De afgelopen twee nachten had ze wakker gelegen in de armen van Jesse Dark, tot ze van uitputting in slaap viel en dan weer wakker schrok, als in een vreemd land.

Lisbeth kwam naar Sue Carol toe en legde een hand op haar elleboog. 'Jessie heeft gelijk. Je kunt pas je innerlijke bronnen ontwikkelen als je alleen bent.' Ze glimlachte tegen Jessie. 'Ik herinner me dat ik op een avond hier kwam, zonder dat ik van tevoren had gebeld. En weet je wat Jessie deed? Ze was bouillabaisse aan het koken, voor zichzelf.'

'Heel indrukwekkend,' zei Martha. 'Wat doe je met al die viskoppen?'

'Die vries ik in,' zei Jessie.

'Geweldig. Maar niets voor mij.' Sue Carol pakte nog een van haar tassen. De stapel papieren en foto's dreigde uit de gescheurde Saks-tas te vallen. Jessie wist dat ze Sue Carol zo niet kon laten vertrekken, de koude nacht in, dronken en verward.

'Hoor eens,' zei ze, terwijl ze op de knop van de lift drukte om de deuren te sluiten, 'ik heb jullie nooit verteld waarom ik bij Hank ben weggegaan...'

'Hij boerde zonder sorry te zeggen,' herinnerde Lisbeth zich.

Jessie lachte. Dat was ze vergeten. Maar het klopte wel. Het was een boer van verveling geweest, een symptoom van een knellend huwelijk, dat ten slotte van ellende uit elkaar was gevallen.

'Ik was aan hem gewend,' bekende Jessie. 'Het was wel uit te houden. In zekere zin gaf mijn huwelijk met Hank nog richting aan mijn onvrede. Ik voelde me vaag ongelukkig en als ik naar hem keek wist ik weer waarom. Hij heeft me een keer gezegd dat ik "mijn oren moest laten uitspuiten". Toen heb ik eindelijk naar hem geluisterd.'

'Het had dus nog best goed kunnen komen,' riep Martha. 'Luister,' zei ze tegen Sue Carol. 'Je moet je met hem verzoenen. Getrouwd zijn is altijd beter.' En tegen Jessie zei ze: 'Heb je wel overwogen om kinderen te krijgen met hem?'

'Zijn ogen stonden te dicht bij elkaar,' zei Jessie terwijl ze haar hand uitstak om Sue Carols tassen weer terug te nemen. 'Ten slotte werd het me zelfs te veel moeite om een hekel aan hem te hebben. Ik wilde meer zijn dan een catalogus van verongelijkte momenten, een opsomming van gekwetste gevoelens... wat hij had gedaan, wat ík had gedaan.'

'Een catalogus?' herhaalde Sue Carol. 'Nou als jij een catalogus was, dan ben ik een hele encyclopedie van verwijten. Hij heeft me overal geraakt waar hij me raken kon. Daar is hij goed in. Geniaal zelfs.'

Superlatieven? dacht Jennie. Iemands spraakgebruik kon heel onthullend zijn. Op een bepaalde manier, dacht ze, had Sue Carol respect voor Bob om de hoeveelheid pijn die hij haar kon toebrengen. Zo nam ze hem de maat: hij was de beste.

'Superlatieven?' zei ze hardop. 'Sue Carol, je laat je te veel imponeren.'

'Dat zal wel.' Alle energie leek opeens uit Sue Carol geweken en Jessie bracht haar terug naar de bank. 'Hier. We eten het toetje wel in de zithoek,' zei ze. 'Dan kunnen we tegelijk de rest van de pakjes openmaken.'

'Ik heb er nog meer,' zei Martha.

'O ja,' zei Sue Carol. 'En hier.' Ze gaf Claire de zak van de Koreaanse kruidenier. 'Dit is van mij.'

De vrouwen gingen weer zitten, in de halve cirkel van het pakjesritueel. Er viel een verbijsterde stilte toen Claire de minigroente uit de plastic zak haalde.

'O!' riep Claire uit en Jessie hield haar adem in. 'Wat enig! Nou kan ik een lepeltje ratatouille maken.'

'Een dom cadeau,' gaf Sue Carol toe, 'maar ik had haast. Als ik meer tijd had gehad was ik wel teruggegaan naar Kentucky om de familiewieg te halen. Ik dacht er niet bij na...' Ze zakte weer in elkaar, diep weggedoken tussen de kussens, met haar knieën opgetrokken in foetushouding.

'Waarom?' jammerde ze. 'Waarom slaapt hij met een ander?'

Misschien mankeerde er iets aan haar, vertrouwde ze de anderen toe.

'Er mankeert helemaal niets aan jou,' zeiden ze.

'Jullie hebben niet met me geslapen. Hij zei een keer tegen me...' het leek of Sue Carol ieder moment in haar eigen knieschijven kon bijten, zo ontdaan was ze, 'dat andere vrouwen veel hartstochtelijker zijn dan ik. Dat ze zo opgewonden raken dat ze hem gewoon het bed uit wippen.'

'Ja, dat zeggen ze allemaal,' zei Martha honend.

Sue Carol keek hen aan met haar goede oog, dat nu bijna net zo bloeddoorlopen was als het andere. 'Doen jullie dat ook?' teemde ze met haar zuidelijke accent. 'Wippen jullie ze ook het bed uit?'

Haar vriendinnen wisselden een blik. Jessie probeerde het muzikale lammetje in het spel te brengen. 'O, moet je dit schattige lammetje zien!' riep ze uit. 'Het zegt bèèèh!' Maar de anderen bogen zich geïnteresseerd naar voren.

'Toe nou,' smeekte Sue Carol. 'We kennen elkaar al zoveel jaren. We hebben al die wijn en kaas naar binnen gewerkt, we hebben zo vaak ons hart bij elkaar uitgestort, maar niemand weet hoe de anderen zich gedragen als ze alleen zijn met een man. Nou? Wippen jullie ze het bed uit?'

Het lammetje werd de ene kant op doorgegeven, de antwoorden gingen de andere kant rond.

'Ik doe wat er verwacht wordt,' zei Martha. 'Soms, uit beleefdheid... wip ik Donald weleens het bed uit.'

'Ik heb Steve nog nooit het bed uit gewipt,' zei Lisbeth peinzend. 'Maar ik heb het overwogen.'

'Ja, zo nu en dan,' zei Claire.
'Nou, ik niet,' zei Nina.
Jessie hoorde dat nog net toen ze de rest van de cadeautjes bracht. Lachend bekende ze: 'Ja, ik ben een wipper. Het is steeds weer raak. Door die lange tussenpozen, denk ik. Ik heb Paul een keer tegen die muur gegooid.'

De anderen staarden naar de grote kale muur, met het open stuk dat nog gestuukt moest worden, of betimmerd. Jessie herinnerde zich die nacht. Het was half een grapje geweest, maar ze had Paul inderdaad een slinger gegeven in een moment van centrifugale passie. Hij was een kleine man, één bonk spieren, en hij was weggestuiterd alsof hij van elastiek was. Paul was haar laatste minnaar geweest, drie jaar geleden, tot nu. Tot Jesse.

Onwillekeurig keek ze op het klokje van de oven. Het was al negen uur geweest. 'Mijn tijd is jouw tijd', had hij gezegd. Hij zou haar om tien uur bellen, dat wist ze zeker. Bijna.

'O, god. O, lieve hemel, dan ligt het misschien toch aan mij!' jammerde Sue Carol. 'En als het aan mij ligt... heeft Bob misschien een hartstochtelijker partner nodig. Ik weet echt niet wat ik moet doen.' Ze probeerde op te staan, alsof ze wilde vertrekken. Toen greep ze met twee handen naar haar hoofd. 'De hele kamer draait om me heen.'

'Te veel wijn,' was Jessies diagnose. 'Zal ik koffie voor je zetten? Of thee?'

'Het bloed gonst in mijn oren. Ik zie de muren golven. O, ik mag niet mijn ogen dichtdoen! Als ik mijn ogen dichtdoe, is alles verloren. Dan word ik meegezogen.'

Sue Carol voelde het nu, de innerlijke orkaan die haar hersens omlaag zoog naar haar cowgirl-laarzen. O, lieve god, die toestand met Bob zou haar dood nog worden. Ze moest ertegen vechten. Het was een onweerstaanbare, vernietigende kracht. 'Ik zou Medea kunnen spelen,' riep ze nog, voordat ze op haar benen begon te zwaaien – minuten lang, leek het – en tegen de grond ging.

HOOFDSTUK VEERTIEN

Waarin Jessie agressief wordt, Sue Carol de tegelvloer bestudeert en de avond een wending neemt.

*

'Vraag niet voor wie de beltoon luidt'

Om tien voor tien kreeg Jessie kramp in haar buik. Hij móést haar bellen. Ze kon zich niet vergissen. Hij had haar 'beter gekust'. In zijn werk was hij de kampioen van de waarheid, een strijder tegen onrecht. Hij zou haar nooit kwetsen. Als hij zich had bedacht in de postcoïtale kloof en haar teleur zou stellen, zou hij toch dapper genoeg zijn haar dat eerlijk te vertellen? Ze dwong zichzelf om zich weer op haar rol als gastvrouw te concentreren.

Ik ben te oud om steeds op de klok te kijken en op het telefoontje van een man te wachten, dacht ze. Maar 'te oud' raakte een zwakke plek.

Goed dan. Ze was te volwassen, te intelligent, te intellectueel en te wereldwijs om op het telefoontje van een man te wachten. Met grote wilskracht verdreef ze Jesse Dark en de telefoon uit haar gedachten. Ze was de gastvrouw en ze moest zich om haar gasten bekommeren. Dat ging voor.

Er was enig tumult uitgebroken toen Sue Carol in elkaar zakte. Met koude kompressen was ze weer bijgebracht, maar ze verdween nu hele tijden naar de badkamer. De anderen vergaten haar niet, maar riepen zo nu en dan: 'Gaat het wel goed met je?'

Ging het wel goed met haar?
In Jessies badkamer lag Sue Carol op de ongelijke tegels en drukte haar voorhoofd tegen het grijze keramiek.

Zo bouw je zintuiglijke herinneringen op, hield ze zichzelf voor. Probeer het allemaal te onthouden... Ze kon de lucht van de verschroeide haar nog ruiken, de scherpe geur van haar afgebrande huwelijk. Vijftien jaren, in rook opgegaan.

Herinner je die symptomen, vermaande ze zichzelf, dat koortsige raakvlak dicht onder de huid van je voorhoofd, het speeksel in je mond, de koele misselijkheid in je maag. Ooit zou het haar allemaal van pas kunnen komen in een rol, hoe ondraaglijk het vanavond ook leek.

Het was lief van Jessie om te zeggen dat ze hier vannacht kon blijven, maar Sue Carol had ook de uitdrukking op Jessies gezicht gezien toen ze haar het enige bruikbare bed had gewezen. Sue Carols aanwezigheid zou Jessie storen bij haar werk en kwam haar niet goed uit. Hoewel ze wist dat ze voorlopig wel even op deze zolderverdieping kon logeren, voelde Sue Carol een bijna fysiek verlangen naar haar eigen appartement, naar Bob, naar het verfomfaaide comfort van haar eigen bed en de privacy van haar eigen badkamer. Het was het enige thuis dat ze kende, de enige plek waar ze echt thuishoorde. En op dit moment was die vertrouwdheid veel belangrijker dan echtelijke trouw.

Maar haar veiligheid was aangetast door een vreemde vrouw, en door Bob, die daar seks met haar had gehad. Sue Carols privacy was geschonden door een mensenhaar. Hoe kon ze nog terugkruipen, terug naar dat bezoedelde bed? Diep in haar hart vermoedde ze dat Bob haar bewust met zijn laatste misstap had geconfronteerd, opdat ze zou reageren zoals ze had gedaan, door hem te verlaten. Het was de laffe uitweg uit een huwelijk. Zo had hij twee vliegen in één klap geslagen: de overspelige verhouding, en het einde van een lang huwelijk waarop hij blijkbaar uitgekeken was. Sue Carol wist dat Bob zich bewust was van de onuitgesproken basisregel: zij had haar trots. Misschien had ze ervoor gekozen om veel door de vingers te zien, maar dit kon ze niet negeren. Thuis in Kentucky hadden de vrouwen – haar eigen moeder, Greta en hun vriendinnen van de bingo en de kaartavondjes – een gezegde: *Een man gaat niet bij je weg. Hij zorgt ervoor dat jij bij hém weggaat.*

Misschien was het waar. Zo'n onbeschaamde affaire, die het huwelijksbed ontheiligde, was misschien Bobs manier om Sue Carol de deur uit te schoppen. In dat geval zou ze misschien terug moeten gaan om die klootzak te confronteren, of, nog duivelser, gewoon te doen alsof er niets gebeurd was?

Haar huwelijk telde al geheimen. Eén meer of minder maakte niet veel uit. Ze moest bijna braken toen ze aan het ernstigste geheim terugdacht. De baby. Het kind dat nu dertien jaar zou zijn geweest. 'Een kerstkindje', zoals ze thuis in Kentucky zouden hebben gezegd.

De abortus was niet haar schuld geweest. Het was een kwestie van nalatigheid, als het ware. De dokter, een idioot uit West End, die bandjes over 'seksuele harmonie' op de markt bracht, had Sue Carols enige zwangerschap over het hoofd gezien. Ze hadden de baby niet gepland. Het was een onwaarschijnlijke toevalstreffer. Sue Carol was zwanger geraakt op een moment dat dat medisch eigenlijk niet mogelijk was: aan het begin van haar menstruatiecyclus. Die avond was Bob op het vliegtuig gestapt om auditie te doen voor de hoofdrol in de serie *Nicko*, een komedie over een charmante, stoere, jonge maffioso. Hij had afscheid van haar genomen door haar over de pianokruk te leggen en haar te nemen met diepe stoten waarmee hij blijkbaar had gescoord, biologisch gezien.

Twee maanden later behandelde haar dokter haar voor amenorrhea, een uitblijvende menstruatie. Hij schreef haar middelen voor om de cyclus 'op gang te brengen' – een grote vergissing, zoals hij later toegaf, toen ze hem met een zwangerschapstest onder de neus zwaaide, die haar intuïtieve gelijk aantoonde en zijn ongelijk bewees.

Elke week had de kwakzalver haar een injectie in haar bil gegeven met synthetisch progesteron, een middel waarvan vaststond dat het monsters produceerde. Sue Carol stond voor de keus: een abortus of bevallen van een kind dat volgens de medische wetenschap waarschijnlijk niets anders zou zijn dan een haarbal met tanden. Bijna had ze besloten de dokter aan te klagen, maar toen ze Bob van het vliegveld ging halen, was hij zwaar depressief: zijn tv-pilot was niet 'opgepikt' in Los Angeles.

Hij had de mislukte serie, *Nicko*, als zijn laatste en beste kans beschouwd. Sue Carol was het in haar hart met hem eens, hoewel ze zei: 'Schat, het maakt niet uit.' Natuurlijk maakte het uit. Die nacht hadden ze elkaar vastgehouden in hun grote bed, allebei treurend om hun eigen verlies.

Het was niemands schuld, had ze toen gedacht. Geen serie, geen baby. Waarom zou ze het hem vertellen?

Dus had ze haar mond gehouden. Als ze niet zo'n waardeloze dokter had gehad, zou ze nu misschien een kind hebben en zou haar huwelijk heel anders zijn verlopen. De rol van vader had van Bob een ander mens kunnen maken. Misschien...

Ze herinnerde zich de kramp toen ze in die legale kliniek achter Bloomingdale's lag, tussen al die andere vrouwen die snotterend weer naar huis gingen met hun vriend of man. Sue Carol had een taxi genomen, in haar eentje, naar de andere kant van de stad.

Nu staarde ze naar de grijze en witte tegels, naar Jessies bad en douchecabine, haar washandjes en badsponzen, de kleine glazen kast met shampoo en het glas met haar tandenborstel. Het kwam Sue Carol allemaal zo onwezenlijk voor. Ze kon zich niet voorstellen dat ze hier de volgende dag wakker zou worden, en misschien de dag erna... Ze wilde zo graag naar huis.

Waag het niet om terug te kruipen naar dat hol, waarschuwde haar innerlijke stem haar. Dan geef je hem een vrijbrief om alles te doen waar hij zin in heeft. Dan weet hij dat je geen uitweg hebt. Sue Carol stelde zich haar terugkeer voor in 11H, het stille appartement, en de omhelzing die een luguber vonnis zou betekenen: 'Ga je gang, Bob.' Als Bob thuis was tenminste. Anders moest ze blijven wachten tot hij thuis zou komen – in zijn eentje?

Zou dit zo'n huwelijk worden waarin de man er een andere partner op na mocht houden? Nee, vergeet het maar! Sue Carol glimlachte tegen haar spiegelbeeld om zichzelf aan te moedigen. Een beweging van de gelaatsspieren roept soms de bijbehorende emotie op; een glimlach kan je het gevoel geven dat je een reden hebt om te glimlachen. Ze ontdekte wat groente tussen haar tanden en verwijderde een zwartverkleurd sliertje krulandijvie. Toen grijnsde ze. Als ze het de eerste nacht hier volhield, zou ze het overal volhouden. Eén nacht van huis en ze zou vrij zijn. Als ze morgen wakker werd, in een nieuwe situatie...

Ze besefte dat haar toilettas nog binnen lag, bij haar bagage. Zou Jessie het erg vinden als ze voor één keer haar tandenborstel gebruikte? Nee, de bacillen... Ze spoot wat tandpasta op haar vinger, wreef ermee over haar voortanden, spoelde toen boven de wastafel en besloot om in plaats van de tandenborstel wat unwaxed floss van haar vriendin te lenen. Sue Carol trok de stugge draad tussen haar tanden door, geschokt maar ook tevreden over de hoeveelheid sla die ze zo verwijderde. Je kunt best veranderen, als je het maar probéért, hield ze zichzelf voor.

Voor alle zekerheid, om te voorkomen dat ze spijt zou krijgen en naar de metro terug zou rennen, stak Sue Carol een hand in haar zak en bekeek de twee pillen, de valium voor de hond en de mysterieuze blauwe pil die ecstasy moest zijn. Ze koos voor wat ze kende en slikte de Yorkie-tranquillizer met een glas water dat vaag naar tandpasta smaakte. Toen zette ze zich schrap om terug te gaan naar het feestje en de kamer vol met vrouwen. Dit was haar besluit voor vanavond. Zou ze het volhouden?

In de zithoek van Jessies appartement waren de anderen nog bezig cadeautjes door te geven, met veel verrukte uitroepen over donzige trappelzakken, kleine kleertjes en gebreide booties (niet door de geefster zelf gebreid, maar door de grootmoeders die een boetiek in de West Side bevoorraadden). Er waren ook 'malle' cadeaus, zoals de voedingsbeha van Nina ('ik had hem per vergissing voor mezelf gekocht), en troetelcadeaus, zoals de geschenkbon voor een massage, van Jessie. De cadeaucirkel was een oude ceremonie, die de vrouwen zich niet bewust herinnerden maar intuïtief instandhielden.

Behalve de cadeaus gingen ook de bekentenissen rond toen de vriendinnen steeds openhartiger werden naarmate de avond vorderde. *In vino veritas.* Behalve Claire hadden ze allemaal aardig wat wijn op. Van de Shiraz waren ze al enigszins tipsy geworden.

Later vroegen ze zich af of de overstap op de goedkope Conquistador de oorzaak was van het rauwere karakter van de gesprekken en ontboezemingen die volgden. Als wijn inderdaad de waarheid deed spreken, riep een zuurdere wijn misschien een zuurdere waarheid op.

Sue Carol kwam eindelijk uit de badkamer en zong: *'Delta Dawn, what's that flower you have on? Could it be a faded rose from days gone by?'*

Martha keek ontstemd. 'Vind je dat gepast?' vroeg ze.

Sue Carol zei niets, maar liet zich stralend weer op de bank vallen, waar ze een kopje kreeg van de gemberthee die Jessie had gezet. 'Tegen de misselijkheid,' zei ze.

'Ik neem ook een kopje,' zei Claire – het eerste teken dat ze was aangedaan door de overvloed van cadeautjes en confidenties. Claire begon zich terug te trekken in een afgezonderd hoekje van haar geest. Naarmate de stapel geschenken groeide, in het bedje dat Martha voor haar had gekocht, kregen de naderende bevalling en de komst van de baby een nieuwe en verontrustende realiteit. Op de een of andere manier, moest Claire toegeven, had ze de werkelijkheid van de situatie of zelfs maar de praktische aspecten van het moederschap nooit onder ogen gezien. Maar nu stond ze tegenover Martha Sarkis Sloane met haar stroom van cadeaus.

Martha's cadeautjes waren al lang een bron van vermaak binnen de groep. Martha deed in 'rampenknipsels', zoals de anderen het noemden: bij elke gelegenheid stuurde ze alarmerende krantenberichten naar al haar vriendinnen. Dat nieuws werd meestal gevolgd door een tegengif. Toen Claire haar gedroomde optreden in de wacht sleepte: fagot spelen op een cruiseschip naar Bali, stuurde Martha haar een lijst van inwendige parasieten die ze daar kon oplopen, met een fles ontwormingsmiddel. Zelfs in normale omstandigheden had Martha een griezelig talent om cadeaus te geven die een verhulde kritiek leken in te houden: dieetboeken en vermageringsmiddelen voor Nina, schoonmaakmiddelen en boeken over financieel beheer voor Jessie, brochures over anorexia en dozen truffels voor Lisbeth, en een hele bibliotheek over afhankelijkheid voor Sue Carol (die ze ook had getrakteerd op een cursus makelaardij). Aan Claire had Martha zelfs haar zakelijke designerpakjes, maat 38, van vóór haar liposuctie cadeau gedaan. ('Dan kom je toch heel anders over als je gaat solliciteren.') Het was een grote grap tussen Claire en de anderen, die lachend hadden toegekeken toen Claire de strak gesneden pakjes – 'oni's' en 'ini's' – had geshowd. Claire had niets met mode, afgezien van haar wielerbroeken of de sluierachtige Oost-Indische rokken die ze bij haar optredens droeg. Het was dan ook een mal gezicht toen ze een Armani-pakje tegen zich aan hield. 'Ik voel me net een travestiet,' had ze gezegd.

Maar vanavond had Martha zichzelf nog overtroffen. Haar cadeaus benadrukten de meest onaantrekkelijke aspecten van het moederschap. Zelfs de materialen – plastic en rubber – en de primaire kleuren stuitten Claire tegen de borst. Ze had helemaal geen zin om het bedje of de Jolly Jumper (waaraan haar baby volgens Martha 'veilig in een deuropening kon schommelen') mee naar huis te nemen.

Martha had een box gekocht, een klein potje, een zitje dat aan de eettafel kon worden vastgehaakt, een draagzak en een buggy. Het enige dat Claire echt leuk vond waren de kleertjes en de trappelzakken. Ze drukte het zachte katoen tegen haar wang en dacht terug aan de dekentjes uit haar eigen jeugd.

Maar die vreugde duurde niet lang, want algauw kwam Martha met haar 'bibliotheek voor de jonge moeder', met allerlei boeken waaruit ze met haar luide, schelle stem begon voor te lezen:

'Pijnloze bevalling... Zelfs een natuurlijke bevalling is niet natuurlijk,' blèrde zé, 'maar moet worden geoefend.' Ze begon te hijgen om de ademtechniek te demonstreren en bood aan (wat een nachtmerrie!) om Claires Lamaze-partner te zijn.

Daarna probeerde ze Claire voor te bereiden op de eerste aanblik van haar 'eerstgeborene'. 'Je eerstgeborene zal geen schoonheid zijn,' declameerde ze. 'Hij is bedekt met fijn, donker haar dat bekendstaat als "lanugo".'

'O, alsjeblieft,' viel Nina haar in de rede. 'Mijn nichtje heeft ook een kind gehad, en dat was helemaal niet bedekt met lanugo.'

'Elke baby is bedekt met lanugo,' hield Martha vol.

Terwijl ze zat te lezen, speelde Lisbeth met de Jolly Jumper, die Martha aan de centrale balk van het plafond had opgehangen. Lisbeth was tenger genoeg om zich in het stoeltje te wringen, en terwijl Martha haar tekst opdreunde, begon Lisbeth te schommelen met een wat vage uitdrukking op haar gezicht.

Jessie vroeg zich af of die balk Lisbeths gewicht wel zou houden. Ja, besloot ze. Lisbeth woog niet meer dan vijfenveertig kilo. Als gastvrouw zag Jessie ook dat Claire wit wegtrok en het klamme zweet op haar voorhoofd kreeg terwijl Martha verder las... *Ging het wel goed met Claire?* Maar Jessie begon zich pas echt zorgen te maken toen Claire met afgrijzen naar het potje staarde. Jessie vreesde dat deze hele avond, die toch al hoogte- en dieptepunten kende, volledig 'naar de kloten' zou gaan, zoals Sue Carol dat zei.

'Martha,' onderbrak Jessie haar, 'volgens mij loop je een beetje op de dingen vooruit.'

'Ze moet toch voorbereid zijn?' hield Martha vol. Ze sprong op en pakte een doos die nog in het papier van een drogist zat. 'Hier! Kijk eens wat ik voor je heb gekocht.'

Claire maakte de doos open en haalde er een soort medisch instrument uit met een rubberen naald en allerlei knopjes en toestanden die Jessie niet herkende.

'Wat is dat?' vroeg ze.

'Een borstpomp,' zei Martha. 'Als je problemen hebt bij het melk geven.'

'Ga ik melk geven?' vroeg Claire.

'Jazeker, maar dat zal misschien niet makkelijk gaan. Ik ken vrouwen die les moesten nemen in het geven van borstvoeding. Ze deden een cursus, maar zelfs toen lukte het nog niet.' Martha keek bedroefd. Toen kneep ze met kracht in de balg van de borstpomp. 'Ik vraag me nu af of ik niet beter de elektrische pomp had kunnen kopen voor je. Die tappen je echt helemaal af. En de overtollige melk kun je gewoon in de vriezer bewaren.'

Claire keek weifelend, en uiteraard begreep Martha haar blik verkeerd. 'Maak je geen zorgen. Als je niet genoeg produceert, komt La Leche meteen met verse moedermelk naar je toe.' Toen fronste ze bezorgd haar wenkbrauwen. 'Maar wat je ook doet, giet die verse warme melk nooit over je bevroren melk, want dan ontdooit die.'

'Eerst had ik geen melk, en nu moet ik uitkijken dat hij niet ontdooit?'

Jessie zag Claires gezicht. Ze sperde in paniek haar ogen open. Op dat moment had Jessie al een voorgevoel van wat er zou gaan gebeuren.

'Laten we nou niet over moedermelk beginnen,' zei Jessie, in een wanhoopspoging om de dreigende aanvaring te voorkomen. 'We kunnen beter het toetje op tafel zetten, voordat het te laat is.' Ze kon er niets aan doen, maar toen ze naar de koelkast liep om Nina's chocoladecake te pakken, wierp Jessie toch een blik op het klokje van de oven. Het was precies tien uur. Als op een teken begon de telefoon aan de muur te rinkelen.

Goddank! Jesse Dark. O, ik hou van je, dacht ze, terwijl ze in twee stappen bij de muur was. 'Hallo?' nam ze op, bijna buiten adem.

Ze luisterde even en zei toen: 'Nee, ik ben niet geïnteresseerd. Wilt u me alstublieft van uw lijstje schrappen.'

De anderen, die meeluisterden, vonden die toon helemaal niets voor Jessie. Ze klonk bijna onbeschoft.

'Ik wil uw kaart niet en er zou een wet moeten bestaan tegen de rentetarieven die u rekent.' Toen kalmeerde ze wat. 'Neem me niet kwalijk, ik weet dat u alleen maar een verkoper bent en probeert uw werk te doen. Maar schrap mijn naam alstublieft van uw lijst.'

Toen smeet ze de hoorn op de haak en zag de anderen staren.

'O,' zei ze. 'Dat was de Citibank, die me een nieuwe creditcard wilden aansmeren. Schandalig, de rente die ze vragen. Dat zoiets mag! Mijn volgende boek gaat over kredieten: *Dood bij de geldautomaat* of *Zelfmoord op krediet*. Waarom laat de regering dat allemaal maar toe? Daar wil ik antwoord op.'

'Je meent het,' zei Lisbeth, die steeds harder schommelde in de Jolly Jumper. Jessie was zich er vaag van bewust dat Lisbeth nu ook een Gauloise tussen haar tanden had. 'Steek hem niet op,' waarschuwde ze haar.

'Je krijgt er niet alleen longkanker van,' deed Martha een duit in het zakje, 'maar ook kanker van de tong, de lippen...'

'Ik zuig alleen op het filter,' zei Lisbeth met een klein stemmetje.

Jessie liet zich weer op de bank vallen, naast Claire. 'Ik verwachtte een telefoontje van iemand anders,' gaf ze toe. 'Niet iemand die jullie kennen,' zei ze erbij.

Ze pakte de El Conquistador. Wat je er ook van mocht zeggen, die fles raakte niet gauw leeg. Ze schonk zich nog een glas in en nam een slok. *Vaarwel dan, Jesse Dark.* Geen gouden borstkas meer. Geen rudimentaire tepels. Geen geweldige seks. Geen vrolijke erotiek. Geen lederen lippen. Geen broeierige blikken...

Goed, het zij zo. Maar de wond liet zich niet dichtschroeien. Ze wilde weten waarom. Omdat ze het woord *liefde* had uitgesproken? Had het iets te maken met haar geschonden borst? Hoe had hij haar zo snel kunnen vergeten? Als door een magneet voelde Jessie zich aangetrokken tot het mobieltje dat ze zo verachtte en dat als een klein pistool op het koffietafeltje lag.

Ze zou de verleiding niet kunnen weerstaan om hem te bellen, dat voelde ze. Maar ze had haar trots. Dus stond ze op, pakte het zwarte telefoontje en liep naar haar raam. Ze schoof het omhoog en gooide de boosdoener de donkere nacht in, door de duisternis van Butane Street. Bij twijfel... dood de boodschapper, zelfs – of misschien juist – als de boodschapper zwijgt.

Haar vriendinnen staarden haar aan, maar alleen Martha durfde iets te zeggen: 'Wat was dát, in godsnaam? Had je dat ding niet pas gekocht? Het leek me nog een goede telefoon. Ga naar beneden om hem te halen. Je kunt hem altijd ruilen. Er zit toch wel garantie op?'

Garantie. Zou het niet geweldig zijn als er garantie zat op een nieuwe vriend met wie je voor het eerst naar bed ging? Dat je binnen vijftien dagen je trots en je emoties terug kon vragen? Jessie voelde het bloed naar haar wangen stijgen. Ze kreeg een vreemde kick van dit gebaar, net als die keer, lang geleden, toen ze een man in een restaurant een klap in zijn gezicht had gegeven omdat hij had gezegd dat ze hem 'opgeilde'.

Moest elk contact met mannen dan op een vernedering uitlopen?

Herinner je de goede dingen, hield Jessie zich voor. Drie

dagen van fantastische seks, intimiteit en samen lachen. Dat was allemaal gebeurd. Zo was het gegaan; dat kon niemand haar meer afnemen. Ze keek even naar Claire en benijdde haar – niet alleen vanwege de baby, maar ook om het gemak waarmee ze met zichzelf en anderen omging. Claire nam haar relaties met mannen gewoon zoals ze kwamen. En ze trok zich gracieus terug als het moest, omdat ze er diep van overtuigd was dat er nog meer mooie dingen in het verschiet lagen. Ze klampte zich nergens aan vast.

Jessie kende haar eigen zwakheid; haar gebrek aan vertrouwen tegenover een hevig verlangen. Ze had geen probleem met de andere mannen in haar leven, de Michaels en de Pauls, prettig gezelschap, plezierige minnaars, maar meer ook niet. Maar als een man haar echt raakte, was ze hulpeloos. Ze wilde geen afscheid nemen. Meteen kwam die vervloekte trouwjurk weer uit haar denkbeeldige kast. Geef het maar toe, dacht ze, je dacht al aan een bruiloft in de open lucht, op de *mesa*, om met hem samen te wonen in een *pueblo* en een *papoose* te krijgen.

Rationeel gesproken wilde ze dat allemaal niet van Jesse Dark. Het enige dat ze wilde was hem terugzien om nog wat meer met hem te vrijen. Ik was nog niet klaar met jou, sprak ze hem in gedachten toe; een teken dat ze aan een van die eindeloze innerlijke dialogen was begonnen. Maar Jessie wist dat haar tekortkoming – dat ze haar hoop en verlangen niet kon loslaten – ook haar kracht was. Later zou ze zich herinneren dat er zelfs op het moment dat ze het mobieltje uit het raam smeet en zichzelf officieel van de wachtlijst afvoerde, een sprankje vertrouwen was overgebleven, onverwoestbaar, als de microchip die zo'n groot deel van de mogelijkheden van een apparaat bepaalde.

'Ik heb de pest aan dit soort technologie,' zei ze hardop.

Nina, die in haar achterhoofd de hele avond aan haar chocoladecake was blijven denken, rende naar de koelkast. 'Ik pak de cake wel. Alleen om je te helpen.' Ze kon de halfzoete chocola al ruiken toen ze een mes natmaakte onder de keukenkraan. 'We moeten hem snijden met een vochtig mes. God zij ons genadig als we het fout doen; dat kan dramatische gevolgen hebben.'

'Ik pak de gebaksbordjes,' zei Jessie en ze liep naar het keukenkastje zonder op de stapels vuile etensborden te letten. 'Hij is heerlijk, dat weet ik zeker.'

'Iedereen krijgt een stuk, behalve ik,' zei Nina. 'Ik denk wel dat hij is gelukt. Hij is helemaal zonder bloem gebakken.' Nina en Jessie deelden de bordjes rond. Toen Nina een plak aan Claire gaf, waarschuwde Martha: 'Ik weet niet of dat verstandig is. Claire zou een suikeraanval of zwangerschapssuiker kunnen krijgen.'

'O, alsjeblieft,' zei Nina. 'Het geheim zit hem in het eiwit.'

Ze gaf Claire een taartvorkje. 'Eet maar lekker op, mamma.'

Maar voordat Claire een hap naar haar mond kon brengen zei Martha: 'Hij heeft minstens drieduizend calorieën.' Ze ging weer op de andere bank zitten. 'Weet je, in het tempo waarin onze stofwisseling vertraagt, na je vijfendertigste, komen we per jaar bijna twee pond aan.'

'Nou en?' vroeg Claire. 'Goede mannen houden toch wel van ons zoals we zijn.'

'Welke goede mannen?' vroeg Nina. Ze keek naar de restanten van de cake en was er heel tevreden over. De donkere chocoladestructuur was perfect: droog en kruimelig aan de buitenkant, vochtig van binnen...

'Dus,' vervolgde Martha, terwijl ze haar bordje weer op de koffietafel zette, 'zal ik ruim boven de tachtig kilo zijn tegen de tijd dat ik zeventig ben.'

'Je bedoelt dat het leven één lange depressie is, eindigend in overgewicht?' vroeg Jessie. Ze had al spijt dat ze haar mobieltje uit het raam had gesmeten. Nu zou ze gewoon een ander moeten kopen. Maar het had haar heel even een goed gevoel gegeven. Geen woorden, maar daden. Nietsdoen was een nederlaag. Ze wíst gewoon dat ze moest reageren, en ze wilde zichzelf niet vernederen door Jesse Dark te bellen. Haar reactie was gewoon bepaald door dat nieuwe mobieltje: de behoefte aan instantbevrediging. Een ouderwetse, zwarte wandtelefoon kon ze best weerstaan. Misschien zou hij haar toch nog bellen, met een briljant excuus. Een paar jaar geleden had ze iets gelezen over een vrouw die een telefoontje verwachtte van een man die ze net had ontmoet en op wie ze verliefd geworden was. Toen hij niet op de afgesproken tijd belde, had ze de politie gevraagd een kijkje te nemen bij zijn appartement. De man bleek te zijn overleden aan een hartaanval. Dát was een geldig excuus. Alles wat geen overmacht was, telde niet. Jessie probeerde zich een paar dingen voor te stellen die buiten Jesse Darks macht lagen, maar concentreerde zich toen weer op het gesprek. Niemand had nog een hap van de cake genomen, zag ze.

'Goede mannen houden van ons zoals we zijn,' zei Claire. 'Herinneren jullie je nog dat ik op Juilliard zat en om een of andere reden zo dik werd? Toen had ik toch nog relaties. Ik geloof zelfs dat ik toen méér mannen tegenkwam. Het maakt helemaal niets uit.' Claire vertelde de anderen bijna over de mannen op straat die naar haar floten en haar kusjes toewierpen vanwege haar buik, maar ze wist niet of iemand zou begrijpen waarom ze dat niet vervelend vond.

'O nee,' zei Martha, terwijl ze de cake in folie verpakte. 'Nieuwe mannen kun je wel vergeten, na je veertigste. Nieuwe mannen willen je dan niet meer. Daarom moet je een oude man hebben van jezelf.'

'Als dat zo is, vergeet het dan maar,' zei Jessie. Ze had trek in de cake; hij zag er zo luchtig uit.

'Misschien dat je het inderdaad... vergeet,' zei Martha. 'Een heleboel vrouwen geven de mannen maar op. Zelfs bekende sekssymbolen van vroeger, zoals Brigitte Bardot.'

'BB,' zei Lisbeth. BB, de nostalgie van de bijnaam van Bardot, de nimf van lang geleden, die ook al oud was.

'Ze woont nu samen met vijfendertig kanaries,' deelde Martha mee. 'En natuurlijk kiezen sommige vrouwen voor andere vrouwen. Ze dwingen zich ertoe, om politieke redenen. Maar lichamelijk kan ik het me niet voorstellen. Jullie wel?'

De anderen keken haar aan.

'Ik bedoel, stel je voor dat je een andere vrouw moet bevredigen! Dat lijkt me zo... lastig. Een kwartier of een halfuur met je vinger heen en weer gaan over zo'n vlezig knopje dat niet groter is dan een gemiddeld potloodgummetje? Dan moet je toch behoorlijk gemotiveerd zijn.'

'Hartstocht verklaart alles,' vond Claire. 'Seks wordt alleen verklaard door verlangen. Als je het klinisch of kil bekijkt, wordt het een serie overbodige en onhygiënische handelingen.'

'Kijk, dat bedoel ik nou,' beaamde Martha heftig. 'Denk je dat er echt iemand bestaat die orale seks lekker vindt?'

De vrouwen staarden naar haar. 'Ik bedoel om het te dóén,' zei ze. 'Ik vind het niet erg als het bij mij gedaan wordt. Maar hoe ik het ook probeer, ik kan me niet voorstellen dat vrouwen werkelijk plezier hebben in pijpen.'

'Ik vind het alleen een raar woord,' zei Jessie, die terugdacht aan een moment in dat motel in Coyoteville toen ze had toegegeven aan een onweerstaanbare opwelling. Ze wist niet of ze nou die kunst zo graag wilde beoefenen of een goed zicht wilde hebben op wat ze zich nu – met tragisch verlangen – herinnerde als een bijzonder edel en sierlijk mannelijk lid, dat vaag naar Chinese paddestoelen had gesmaakt. Die zijdeachtige eikel, met de diepe kloof.

Ja, dacht Jessie, Claire had gelijk. Verlangen rechtvaardigde alles. Wat er tussen hen was gebeurd was sensueel en teder. Ze zou het nooit 'pijpen' hebben genoemd, zoals Martha. Het was haar eigen idee geweest. Hij had in een gemakkelijke stoel gezeten, voor de haard in haar kamer. Jessie lag met haar hoofd tegen zijn dijbeen, toen ze had toegegeven aan een natuurlijke neiging. Wat daarna volgde, leek heel iets anders dan 'pijpen'.

'Nee, dat woord deugt niet,' verklaarde ze tegenover de groep. 'Zo lijkt het wel loodgieterswerk.'

'Is het dat dan niet?' vroeg Martha kwaad.

'Nou,' vond Nina, 'ik vind het niet prettig als mannen je willen dwingen – zeker niet als ze je hoofd naar beneden duwen.'

Iedereen keek haar geschokt aan, niet zozeer om wat ze zei, maar om haar verbeten toon. Wat was er in vredesnaam met Nina gebeurd?

'Ik daag iedereen uit om te bewijzen dat ze niet kokhalzen als de man begint te stoten,' zei Martha. 'Dat is fysiek onvermijdelijk.'

Niemand zei meer iets tegen haar, en Martha begreep niet waarom. 'Nou, vinden jullie dat geen gedoe?' Toen ze geen antwoord kreeg, ging ze verder: 'Een heleboel vrouwen wonen al in hun eentje, met honden.'

'Ik hou van honden,' zei Lisbeth.

'Ja, best,' zei Martha, 'maar neem dan in elk geval een gróte hond. Ik heb een tante die kleertjes maakt voor haar chihuahua: mutsen en jasjes, zelfs kleine laarsjes.'

'Ze zullen wel bij haar eigen kleren passen,' veronderstelde Jessie.

'Eigenlijk zijn ze nog mooier,' verklaarde Martha. 'Weet je, ik wou dat jullie vorige week met Donald en mij uit eten waren gegaan. We zijn naar Le Cirque geweest. Dan had je wat kunnen leren.'

'O jee,' zei Nina. 'Wat dan?'

Ondanks zichzelf luisterden de vrouwen toch geïnteresseerd naar Martha, die weer ergens naartoe werkte.

'Goed, ik zal het jullie vertellen,' zei Martha, alsof ze haar hadden overgehaald. 'Het stel aan het tafeltje naast ons. Ze zagen er best goed uit, een beetje ouder al, eind veertig. En...' ze hield haar adem in voor het effect, 'ze hadden een opgezet dier bij zich. En ze bestelden voor dat beest!'

'A la carte?' vroeg Jessie, met een snelle blik naar Nina en Claire, die ook moeite hadden niet te lachen. Sue Carol leek verbijsterd, Lisbeth knikte alleen maar.

'Ja, lach maar,' zei Martha tegen Jessie, Claire en Nina, die nu in een deuk lagen. 'Jullie denken zeker dat zoiets jullie niet kan overkomen? Dat besluipt je. Op een gegeven moment zijn er geen mannen meer, geen seks. Dan krijg je alleen nog uitslag.'

Zuchtend legde ze haar tweede plak cake neer, nauwelijks aangeraakt. 'Dan ga je rare hoedjes dragen en praat je tegen jezelf in de lift. Je gebruikt te veel rouge en je lippenstift zit boven je mond.'

Sue Carol kromp ineen en luisterde weer naar het gesprek. In gedachten zag ze een vrouw uit haar eigen buurt, die rondliep in goudlamé: een jurk van goudlamé en een cape van goudlamé. Ze maakte zich op met wit gezichtspoeder en te groot gestifte vermiljoenrode lippen. Haar haar was een pluizige krans van geblondeerd grijs. Zo zwierf ze elke dag rond, als een geest van de sekssymbolen van vroeger. Het ergste was nog dat Sue Carol kon zien dat de vrouw ooit een schoonheid moest zijn geweest.

'*Eleanor Rigby,*' zong Sue Carol, '*Keeping her face in a jar by the door... Oh, where do they all come from?*'

Jessie zakte onderuit in de kussens van haar bank en raakte in een depressie. Ze had het gevoel dat ze iemand verloren had, alsof ze binnen drie dagen een heel leven had geleefd met die man in een motelkamer in Colorado. Nu had ze er bijna spijt van dat ze daar ooit naartoe was gegaan en zich had gestort op het verhaal van de kannibalistische Anasazi.

Vóór die reis was ze toch heel tevreden geweest? Ze keek naar haar Afghaanse omslagdoek, die over de leunstoel lag, naar haar boeken op het bijzettafeltje naast haar favoriete koffiekopje met het grote, blauwwitte Franse schoteltje, voor café-au-lait. Vóór haar reis had ze niet geweten wat ze miste. Nu wel.

In gedachten dwaalde Jessie bij de groep vandaan, terug naar de nachthemel boven Colorado. Als ze maar in staat was tot zoiets banaals als de klok terugdraaien, dan zou ze die nachten opnieuw kunnen beleven. Dan kon ze erin blijven wonen. Ze zag hem weer voor zich, naakt in het maanlicht. Toen hij haar aankeek was er toch iets bijzonders tussen hen gebeurd? Iets unieks? Ze herinnerde zich dat ze hem in bed op zijn zij had gerold, zijn rug had gekust en een kreet had geslaakt toen ze de blauwe plek onder aan zijn ruggengraat zag. Wat was dat?

'Mijn Mongoolse blauwe vlek,' had hij lachend gezegd. 'Het bewijs dat ik geen bedrieger ben.'

Toen ze met haar aandacht weer terug was bij de groep, zag ze dat Martha een kleine show gaf om haar oorbellen te laten zien. 'Niemand heeft nog iets gezegd over mijn nieuwe oorbellen,' zei ze met een gemaakt kleinemeisjesstemmetje.

'Heel mooi,' zei iedereen mat, in koor.

Natuurlijk vertelde Martha uitvoerig dat ze de oorbellen van Donald had gekregen als een presentje vóór de bruiloft.

Nu het woord 'bruiloft' was gevallen wisselden de vrouwen een vermoeide blik. Martha's bruiloft was het meest gevreesde onderwerp in hun lexicon. Ze zagen er allemaal als een berg tegenop. Martha was al jaren geleden aan de voorbereidingen begonnen, zelfs nog voordat ze Donald had ontmoet. Ze wist de jurk, ze wist het menu en ze wist de bloemen. Haar vriendinnen hadden daar al een uitgebreide beschrijving van gekregen, tot in de meest krankzinnige details: de bloemblaadjes moesten wit zijn, met een beetje violet, om bij de tafelkleden te passen. Hydrangea's.

Ze hadden de plannen al eerder gehoord, maar Martha dreunde ze weer op als een mantra: 'De bruiloft zelf is in de Presbyteriaanse kerk in Fifth Avenue. De receptie is op de bovenverdieping van Vert. Daarna hebben we het grootste privé-jacht gecharterd dat voor geld te huur is, de *Atatürk*, voor een cruise in de Egeïsche Zee. De huwelijksreis eindigt op Kreta.'

Toen niemand reageerde, probeerde Martha hen enthousiast te krijgen door iedereen erbij te betrekken. 'Natuurlijk hebben jullie allemaal een belangrijke rol.'

'Moeten we turquoise dragen?' vroeg Nina, verwijzend naar Sue Carols bruiloft, toen ze allemaal in het turquoise waren gekomen, compleet met bijpassende, geverfde, satijnen pumps.

'Ecru,' antwoordde Martha. Toen draaide ze zich naar Lisbeth toe en zei: 'En jij wordt mijn bruidsmeisje.'

Zelfs Martha scheen te beseffen dat ze de anderen had beledigd, dus voegde ze eraan toe: 'Het is niets persoonlijks. Zij is het meest fotogeniek... en natuurlijk staan jullie allemaal ook op sómmige foto's.'

Lisbeth bedankte voor de eer. 'Neem maar iemand anders. Wie dan ook.'

Martha keek om zich heen en bedeelde elk van de vrouwen een eigen rol toe in haar bruiloft. 'Jessie, ik dacht dat jij een gedichtje zou kunnen voordragen over Donald en mij. Over onze liefde. En Nina... jij kunt natuurlijk mijn nagels en make-up doen. Claire, kom jij met je instrumenten?'

'Dat weet ik niet. Misschien ben ik nog te dik en heb ik mijn figuur nog niet terug,' probeerde Claire.

'We trekken je wel een muumuu aan,' opperde Martha, 'of je kunt achter een scherm blijven staan, als je je schaamt voor hoe je eruitziet.'

Martha stond op en schudde Sue Carol bij haar schouder. 'En jij, lieverd, moet voor ons zingen.'

'*Delta Dawn*,' blèrde Sue Carol. '*What's that flower you have on?*'

'Nee, niet dát!' snauwde Martha.

'Hoor eens, Martha,' zei Lisbeth, die nog steeds in de Jolly Jumper schommelde, 'ik denk niet dat ik op je bruiloft kan komen.'

'Maar het duurt nog maanden,' zei Martha.

'Je moet maar niet op me rekenen,' zei Lisbeth. 'Als bruidsmeisje. Ik voel me de laatste tijd nogal vreemd... sinds Steve.'

'Steve is volgens mij niet in beeld,' zei Nina.

'Jazeker! *Au contraire*,' protesteerde Lisbeth. 'Ik zei jullie toch dat ik hem vanavond in de metro had gezien? Ik wist dat het een voorteken was – dat we weer dichter bij elkaar komen. Het kan geen toeval zijn dat ik hem vanavond heb gezien, juist nu.'

Ze schommelde wat dichterbij en zette haar voeten op de vloer. 'Weet je,' zei ze op vertrouwelijke toon, 'we hebben het nog nooit over trouwen gehad.'

'Misschien omdat hij al getrouwd wás?' opperde Martha.

'Dat was maar een formaliteit,' zei Lisbeth defensief. 'Maar het was pijnlijk voor hem om uit dat huwelijk te stappen. Steve is een heel lieve man; echtscheiding is een nare zaak, tenzij je het allebei wilt. Nee, we hebben nooit over trouwen gesproken, maar wel over... kinderen. Ik heb die doopjurk ook gemaakt voor...'

'O, Jezus! Neem hem terug,' riep Claire.

'Nee. Ik wil hem je graag geven,' drong Lisbeth aan. 'Ik haak wel een andere als...'

'Dus hij komt bij je terug?' vroeg Martha.

'Sssst,' waarschuwde Jessie haar.

'Moedig haar nou niet aan,' fluisterde Nina tegen Martha. Nina voelde zich wel opgewassen tegen Martha's kruisverhoren en kritiek, maar van Lisbeth was ze niet zo zeker.

'O nee,' zei Lisbeth meteen. 'Het is goed zo. Maak je geen zorgen. We zijn nooit officieel uit elkaar gegaan of zo. De laatste avond dat we samen waren was echt fantastisch.'

'Dat is altijd een veeg teken,' vond Nina.

O ja? Jessie dacht nog steeds aan Jesse Dark. Ze voelde zich duizelig en het bloed gonsde in haar oren. Hoe ze zich ook verzette, ze was maar half aanwezig op deze zolder. Maar toch voelde ze zich aangetrokken tot Lisbeths verhaal, voorzover ze het begreep.

'Het sneeuwde die nacht,' herinnerde Lisbeth zich. 'We lagen op mijn bed naar de sneeuw te kijken; er heerste een soort violet licht. Zo nu en dan vielen we in slaap. En ik had de prachtigste dromen. Jullie zullen het niet geloven, maar we hadden dezelfde droom – dat we samen door een turquoise zee dreven, in de warme zon. Die droom ging van zijn hoofd naar het mijne... Dat soort dingen gebeurt als je heel innig met elkaar bent.'

Jessie sloot haar ogen. Ze voelde aan wat Lisbeth zei. Ja, ze was innig met hem geweest, meer dan innig. Ze had een soort verwantschap gekend met een man die feitelijk een vreemde voor haar was. Maar het verschil tussen haar en Lisbeth was dat Jessie zich probeerde te bevrijden uit die trance, omdat ze die droom van liefde niet in haar eentje in stand wilde houden. Een beetje ontdaan luisterde ze naar Lisbeths beschrijving.

Lisbeth was een paar weken van streek geweest, vertelde ze, en had rondgelopen alsof ze van een andere planeet kwam. Totdat ze de oplossing vond, de uitweg die zo goed werkte. Eerst had ze zijn brieven gelezen, toen had ze geluisterd naar alle muziek waar ze van hielden. En daarna... ze kon het niet goed uitleggen... had ze zich beter gevoeld.

'Ten slotte voelde ik me zelfs geweldig,' zei Lisbeth. 'Alsof hij nooit vertrokken was.' Ze bekende de anderen hoe zijn aanwezigheid haar hele appartement beheerste. Alles was Steve geworden – de muur en zelfs de sofa.

'We zijn heel gelukkig,' besloot ze. 'We hebben nooit ruzie.'

'Ik begrijp er niets van,' zei Martha tegen de anderen. 'Wrijft ze zich tegen de muur?'

Claire nam een slok van haar lauwe gemberthee. Lisbeths verhaal maakte haar onrustig. Zij had geen fantoomvriendjes in appartement 312 in Theresa House, maar ze leefde ook met geesten: de ziel van haar bijna onbekende moeder en het kleine leventje dat nu in haar woonde. Dat waren de twee mensen tot wie ze haar gedachten richtte. En die gedachten waren de laatste tijd zo dringend geworden dat ze meer op gebeden leken.

Niet aan denken, beval ze zichzelf. Gewoon doorgaan met leven. Je hebt nog wel tijd.

'Hoor eens,' zei Nina tegen Lisbeth, 'je moet het wat sneller verwerken. Een jaar is echt te lang. Ik zit nu op een uur en vijf minuten. Maak je van hem los!'

Ze had gelijk, dacht Jessie – je moest het sneller verwerken. Dat was de oplossing.

'Ik ben verlaten door wel duizend mannen,' vervolgde Nina tegen Lisbeth. 'Ik ben afgewezen door mannen die ik zelf niet eens wilde! Maar ik ben er nog, zoals je ziet. Ik heb er vrede mee.'

Echt? vroeg Jessie zich af.

'Absoluut,' stelde Nina haar gerust. 'Maak er het beste van, dan kun je er zelfs nog plezier aan beleven. Op een vreemde manier word ik elke keer weer verliefd. Het is die verloren, blinde hulpeloosheid die ze hebben, helemaal aan het eind. Dan lijken ze zo kwetsbaar. Een paar seconden lang zijn ze helemaal van mij. Ik heb het gevoel dat ik mannen voor eeuwig in mijn armen zou kunnen houden, dat ik ze moet zogen om ze weer gezond te maken.'

Ze keek naar het verfrommelde pakpapier op de koffietafel. 'Misschien heb ik daarom wel die voedingsbeha gekocht... per vergissing.' Nina liep naar Claire en ging naast haar op de grond zitten. Claire zette haar half opgegeten plak cake neer en woelde met haar vingers door het haar van haar vriendin.

Ze hadden het punt bereikt waarop alles kon worden uitgesproken en ook uitgesproken wérd. Er waren geen remmingen meer. Ze waren uitgeput maar ook opgewonden, niet in staat iets anders te zeggen dan de waarheid.

'Ik heb een droom,' bekende Nina. 'O, dit is echt achterlijk... een droom waarin ik volwassen mannen borstvoeding geef. Ze staan te wachten in een lange rij en we bevinden ons in een soort kazerne. Iets militairs. Ik denk dat het een marinehospitaal is.'

'Ik heb ooit gedroomd dat ik kok was in een onderzeeboot,' zei Lisbeth, als bevestiging van zulke onderbewuste impulsen.

'Droom je dat vaak?' wilde Claire weten.

'Ongeveer eens per week,' zei Nina. 'Dan ga ik met een van die mannen uit, en lijk ik weer genezen. Ze willen mijn troost helemaal niet. Zodra ik ze iets aanbied, rennen ze naar de deur en hijsen haastig hun broek omhoog. Kennen jullie een harder geluid dan van een rits die wordt dichtgetrokken?'

'Nee,' zei Sue Carol.

'Ze gaan geruisloos genoeg open,' vervolgde Nina, 'maar wat een herrie als ze dichtgaan.'

Terwijl de vrouwen hun El Conquistador dronken en nadachten over Nina's woorden, drong het geluid van rammelende vuilnisdeksels, het gekletter van blikjes en het loeien van de wind tot hen door. Het leek alsof de krachten van de natuur het volume wat hoger hadden gedraaid. Jessie staarde huiverend naar haar grote raam. Het leek door te buigen, of was dat gezichtsbedrog?

Nina liep terug naar Lisbeth, die als een marionet aan de schommelende Jolly Jumper bungelde.

'Toen ik nog jonger was,' zei Nina tegen haar, 'had ik er echt last van, net als jij nu. Maar nu haal ik eruit wat ik nodig heb. Als voedsel.' Afwezig, zonder erbij na te denken, pakte ze de cakeschaal en at wat losse chocoladekruimels. Ze gaf de Jolly Jumper een zetje en Lisbeth zwaaide heen en weer, als een klein kind op een schommel.

'Tegenwoordig geef ik ze gewoon een tik op hun billen en zeg ik "tot ziens",' zei Nina. 'Ik heb mijn baby's het liefst een meter tachtig lang, geloof ik. Ach, ze bedoelen het niet kwaad. Ze verdwijnen gewoon weer. In zekere zin word ik er sterker van.'

'Je bént ook sterk,' zei Claire. Lisbeth en Sue Carol waren het met haar eens. 'Jij bent sterk,' beaamden ze.

Jessie staarde naar Nina, die zelf niet merkte dat ze nu werktuiglijk van de cake zat te eten en zelfs met volle mond sprak. 'O, waarom is er altijd iets dat het bederft? Een platte opmerking, of een overhaast vertrek? Zoals vanmiddag, bijvoorbeeld... Ik was er binnen het uur overheen, maar...'

'Ja,' zei Jessie. 'Dat wilde je me vertellen. Die man in het flatgebouw van je moeder. Een joodse zenboeddhist?'

'Ja, een bloesemtheetype. Zhirac, heet hij. Uitgesproken als *Jerk*, en dat is hij ook: een klootzak. Een esoterische boerenlul. Niet te geloven. Eerst moest ik vasten en toen iets wits aantrekken, zonder synthetische vezels. Helemaal in het wit ben ik naar de flat van zijn grootmoeder gegaan, 24P.'

'En hoe was die? Ruim?' wilde Martha weten.

'Een eenkamerflat,' zei Nina. 'Hij had hem helemaal opgeknapt. Zijn oma was gestorven en had hem die flat nagelaten. Hij had hem ingericht met Chinese en Indiase import, en hij droeg zelf een soort zakjurk van wit gaas, als een grote luier. Echt, als ik niet zo lang voor mijn moeder had gezorgd dat ik er bijna gek van werd, zou ik er nooit zijn ingetuind. Maar ik zag het niet zo scherp meer, dus ging ik naar binnen...'

'En het was een ramp?' vroeg Martha.

'Wat denk je? We mochten niet praten, dus knikten we tegen elkaar. Daarna bracht Zhirac – hij heet eigenlijk Stan – me naar een futon. We wilden juist beginnen... Hij zei dat hij mijn aura kon zien, als een kleine gele wolk boven mijn hoofd... toen er werd aangebeld. "Wie is daar?" vroeg Stan, en een man antwoordde: "De ongediertebestrijding." Die klootzak draait zich naar me om en zegt: "Vind je het erg? Ik zit al een maand op hem te wachten." Dus de man van de ongediertebestrijding komt binnen, zodat we de liefde konden bedrijven in een wolk van kakkerlakkengif.'

'Hoe was het?' vroeg Sue Carol.

Nina deed een stervende kakkerlak na, met haar handen tegen haar borst gedrukt, en liet zich plat op de vloer van de zolder vallen. 'Het werd mijn dood,' zei ze. Ze lachte, maar dacht toen terug aan wat ze nooit hardop zou kunnen zeggen: hoe ontluisterend de hele affaire was afgelopen. Het leek echt alsof hij een ongedierteverdelger had binnengelaten om alle hoop en dromen uit te roeien. Hij had de versleten illusie van beschaving – dat twee mensen met elkaar konden neuken in een beleefde sfeer – voorgoed de nek omgedraaid. En zij bleef zitten met die gouden man die haar een paar minuten eerder nog had betoverd met zijn sensualiteit, haar had verrast met zijn al even gouden 'lingam'.

Haar adem stokte bij het zien van dat orgaan – zij, Nina, die dacht dat ze alles al gezien had. Zhiracs lingam was onwaarschijnlijk dik en gekromd, en hij werd dikker vanuit het midden, als een exotische yam. *Jezus.* Nina was meteen verliefd geworden op die lingam. Ze had het gevoel alsof ze een verborgen schat ontdekt had: een zeldzame vrucht uit de jungle, die geen mens mocht proeven. Nina vroeg zich af of elke seksuele ervaring één heilige seconde telde. Want ze durfde te zweren dat ze allebei ontroerd waren toen ze zich hadden uitgekleed en naakt en verbaasd tegenover elkaar stonden. Om de een of andere reden had ze dit niet verwacht, met Zhirac. Ze was met open ogen naar binnen gegaan, zoals het heet. Ze had een biologische daad verwacht, niet meer en niet minder. Maar in plaats daarvan was ze onder de indruk geraakt en had ze gevonden wat ze nodig had: het leven zelf, in plaats van wat zich afspeelde in Toren A, in de slaapkamer van haar moeder, waar de verzorgsters wachtten op haar terugkeer en de dood.

'De ongediertebestrijding.' Ja, de ongedierteverdelger mocht binnenkomen. Hij werd verwacht.

De exotische Zhirac Macklis, die over mantra's en aura's mompelde, was dus een man die van zijn kakkerlakken af wilde. Goed. Maar de ontluistering ging nog verder. Het masker viel al snel. Het werd een grote teleurstelling. Het appartement was niets anders dan een slecht vermomde vrijgezellenflat. Zhirac had het zalmkleurige formica en het lichtgroene behang van zijn grootmoeder nog niet weggehaald, evenmin als de ingelijste grappen uit *Reader's Digest*.

In dat weinig hoopgevende decor was Zhirac, alias Stan, de kamer doorgelopen, zonder te verbergen dat hij de door pesticiden vervuilde atmosfeer van 24P nog verder verziekte met een harde wind. Nina voelde zich half verdoofd door zoveel stank. Ze wist niet wat ze moest zeggen of doen. Wat wilde hij bewijzen? Hij ging naar de wc en liet de deur open en de bril omhoog. Toen hij boerend terugkwam vertelde hij haar dat hij in Sri Lanka een Amerikaanse vriendin had, van wie hij heel veel hield.

Nina beschreef haar vriendinnen wel de onsmakelijke expeditie naar de wc, maar zei er niet bij dat hij op datzelfde stinkende moment ook de naam van een andere vrouw had genoemd, die nota bene Tiffany heette. Had hij haar op alle fronten willen beledigen? Haar willen kwetsen met alle mannelijke blunders, in één onwelriekende faux-pas?

De vrouwen lachten, maar Jessie hoorde de wind steeds harder loeien. De voorspelde 'storm van de eeuw' leek eraan te komen.

Ze hoorde het gebulder in haar schoorsteen toen de vlammen oplaaiden door de grotere zuiging. Door de warmte van het haardvuur heen voelde ze de kou. Ze keek naar haar raam en hield haar adem in van schrik. Het glas boog inderdaad naar binnen. Stel dat het zou breken? Buiten leek de stad steeds meedogenlozer: ijzig, gevaarlijk, glinsterend. Jessie pakte haar Afghaanse omslagdoek en wikkelde die om zich heen toen ze naar het raam liep en het glas aanraakte om de weerstand te testen.

Claire sprong op. 'Het gaat echt stormen,' zei ze. 'Ik kan beter gaan voordat het erger wordt.'

'Ga zitten,' beval Martha. 'Anders krijg je flebitis.'

Er siste iets tegen het raam en opeens hoorden ze een luide tik: de eerste hagel of sneeuw.

HOOFDSTUK VIJFTIEN

Waarin Martha de troon bestijgt en de storm van de eeuw over NoHo raast.

*

Recht op een toetje

Briesend liet Martha zich op Jessies wc-pot zakken. Ze begon te plassen – alle wijn, water en andere vloeistoffen die ze die dag had binnengekregen. Er leek geen eind aan te komen. Wat een dag was het geweest. Het was zo triomfantelijk begonnen met de verkoop van dat penthouse-triplex voor *mucho* miljoenen dollars. Daarna kwam de vernedering in het kantoor van de vruchtbaarheidsdokter en deze vervelende reis naar de achterbuurten van NoHo. En nu? Een ware ramp. Haar verloofde zat in zijn eentje veertig te worden aan een tafeltje voor twee, een reservering die ze twee keer had bevestigd, in het beste restaurant van de stad.

Martha voelde haar hart bonzen. Het zweet stond op haar voorhoofd. Verdomme, hoe had ze dat kunnen vergeten? Ze had de abrikozensaus van dat vervloekte kippetje gegeten. Daar zaten twee keer zoveel koolhydraten in als in het sinaasappelsap dat haar vanmiddag nog een hartritmestoornis had bezorgd. Mitralisklepprolaps, dacht Martha. Ze zakte in elkaar en gleed bijna van de wc-bril. En tot overmaat van ramp zat ze hier opgesloten met een langharige kat.

Had ze haar pillen bij zich? Ze opende haar Kate Spade-tasje en vloekte. Waar zat haar verstand vandaag? Ze had het kleine pillendoosje in Ph43 laten liggen. Haar hart sloeg over en ze voelde haar maag omhoogkomen, als in een lift die een verdieping miste. Verdorie, als ze hier flauwviel kon ze gemeen haar hoofd stoten tegen die scheve tegels en het leven laten op Jessies goedkoop verbouwde zolder.

Martha keek in haar tasje en zag de verfomfaaide joint die ze Sue Carol had afgenomen. Martha had weleens marihuana gerookt, bij een sociale gelegenheid, alleen voor de gezelligheid. Donald had vrienden die ervan hielden. Ze herinnerde zich dat het ontspannend kon werken en het spul scheen ook een genezende werking te bezitten. Ze meende dat er zoiets bestond als 'medicinale marihuana'. Martha zocht in haar tasje naar een lucifer om de joint op te steken.

Baat het niet, dan schaadt het niet, dacht ze, als ik maar rustig word. Ze moest kalmeren om haar hartslag weer onder controle te krijgen. Dan zouden de symptomen wel verdwijnen en kon de verwarring tussen hartstoornis en paniekaanval worden gecorrigeerd.

Probeer je te beheersen, dacht Martha. Wat er ook gebeurt.

Goddank vond ze nog een geknakt luciferboekje naast een kandelaarset bij Jessies bad. Jessie was dus ook zo'n type dat in bad ging met een kaarsje aan. De kaars was met een propje aluminiumfolie in de te wijde kandelaar geklemd, zag Martha – een plotselinge improvisatie toen Jessie zich in de zeepbelletjes liet zakken, net als Claire?

Martha had nog nooit gevreeën als ze nat was. Donald klaagde dat haar huid dan 'piepte'. Eén keer had Martha hem gevraagd seks te hebben in de vergulde douchecabine. 'Droog je eerst maar af,' had hij gezegd.

Hij was een efficiënte minnaar, dacht Martha, terwijl ze een lucifer aanstreek en het vlammetje in de joint zoog, maar bepaald niet avontuurlijk, dus hadden ze een seksleven zoals het hoorde. Martha sloot haar ogen toen ze inhaleerde. Niet aan zijn pikprobleem denken, vermaande ze zichzelf. Dat was niet de manier om hieruit te komen.

Martha wist dat het haar taak was deze aanval de baas te worden en terug te gaan om haar vriendinnen te helpen – áls ze nog te helpen waren.

Daarom hield ze haar adem in, met een flinke wolk Maui Wowee in haar longen die Bob had meegebracht van tv-opnamen op Hawaï en die Sue Carol uit zijn voorraadje had gepikt voordat ze hem, haar huwelijk en appartement 11H had verlaten. Wat je ook van Bob mocht zeggen, dacht Martha, die nog steeds niet uitademde, in elk geval kocht hij goede stuff.

De marihuana leek de ritmestoornis te herstellen en haar zenuwen te kalmeren. Bovendien kon ze opeens weer helder denken, zodat het nu pas tot haar doordrong wat haar al de hele avond dwarszat: *Er waren maar vijf krielkippen geweest.*

Zes vrouwen, vijf gebraden kippen. Martha rekende het een paar keer na. Iemand was dus overgeslagen bij het menu. Goed, Nina was op dieet, maar had Jessie dat al geweten toen ze de inkopen deed voor het eten?

Vijf kippen, en die haast om haar de deur uit te werken... Was dit een complot tegen haar? Een samenzwering? Martha dacht erover na terwijl ze de geurige rook uitblies.

Dit waren haar beste vriendinnen, wees ze zichzelf terecht. Ze waren toch niet allemaal tegen haar?

Ook Lisbeth wilde roken. Ze verlangde naar een van haar Gauloises... nu! Met haar kobaltblauwe aansteker en het blauwe pakje filterloze Franse sigaretten liep ze op haar tenen langs de open keuken, waar Nina en Jessie zich op de afwas hadden gestort.

Martha was op de plee en Sue Carol lag half bewusteloos tegen een sofa. Claire zat te lezen in een van de boeken over babyverzorging die ze van Martha had gekregen. Ze was er helemaal in verdiept. Met een beetje geluk kon Lisbeth door de achterdeur naar de brandtrap sluipen en naar de nis van de toegangsdeur naar het dak klimmen, waar ze de vorige keer ook een sigaretje had gerookt toen ze bij Jessie was.

Haar jas liet ze hangen; binnen een paar minuten was ze toch weer terug. Alleen even een frisse neus halen. De wodka had haar wel moed gegeven, maar maakte haar ook wazig. Ze was nog steeds ongerust over haar afspraak bij de huurcommissie. Toen ze Steve in de ondergrondse zag, was ze in haar opwinding vergeten om bij Pennsylvania Station uit te stappen en haar bezwaarschrift te versturen. Nu moest ze morgen dus toch persoonlijk naar Gertz Plaza in Jamaica, Queens.

Misschien kon ze het beter opgeven en appartement 2A laten schieten. Dan hadden Feiler en zijn dikke zoon eindelijk hun zin. De druk op haar muren was te groot geworden, vond ze. Was het dit allemaal wel waard?

Maar toen Lisbeth de ijzeren ladder beklom en de koude wind haar in het gezicht sloeg zag ze opeens haar ouders voor zich. *Wakker worden! Je zult nooit meer zo'n mooi appartement kunnen vinden in het hartje van Manhattan!*

De lage huur had haar ouders in staat gesteld om in het artiestenvak te blijven. En Lisbeth gaf toe dat ze altijd van het appartement had gehouden. Ze was er maar heel kort weg geweest, toen ze vanwege haar 'privacy' haar intrek had genomen in Theresa House. Op haar twintigste wilde ze niet meer bij haar ouders wonen, hoeveel ze ook van hen hield. Ze had zich veel meer liefdesaffaires voorgesteld dan er feitelijk waren geweest, maar het was gewoon haar tijd. Tijd om volwassen te worden en het huis uit te gaan.

Zes jaar geleden, toen haar ouders allebei waren omgekomen bij een auto-ongeluk tijdens een tournee met *Carousel*, was het voor Lisbeth tijd geweest om terug te gaan. Appartement 2A was haar geboorterecht, de erfenis van haar zigeunerfamilie. Het was de enige plek waar zij en Steve ooit samen waren geweest, in zekere zin hun enige gezamenlijke huis.

Nee, ze mocht het appartement niet opgeven. Maar was het niet te laat om de papieren nog in te leveren? Niet aan denken, vermaande Lisbeth zichzelf, terwijl ze zich schrap zette tegen de wind, die met onzichtbare ijskristallen in haar gezicht sneed. De kou loeide dwars door haar trui; ze had net zo goed naakt kunnen zijn. Gelukkig had ze haar aansteker: een lucifer zou nooit blijven branden. Ze boog zich over haar sigaret, hield de aansteker erbij en zoog de scherpe rook van de Franse sigaret in haar longen.

Ah. De primaire geneugten van het leven waren toch elke straf waard. Met een diepe zucht nam Lisbeth nog een trek. Ze was zo in gedachten verzonken en werd zo in beslag genomen door de simpele handeling van het roken dat ze niet eens hoorde dat er nog iemand de brandtrap beklom.

Natuurlijk had Jessie gezien dat Lisbeth door de branddeur ontsnapte. Was ze niet goed wijs om in die ijzige kou naar buiten te gaan zonder jas? Wilde ze een sigaret roken of zelfmoord plegen? Wat was het verschil?

Jessie gunde zich niet de tijd haar eigen jas te pakken. Ze rende achter haar vriendin aan en beklom de roestige brandtrap. Het was een eenvoudige ijzeren trap met enkele treden, die tegen de muur van het oude bakstenen gebouw omhoogliep. Jessie ging ervan uit dat hij stevig verankerd was, maar hij schokte vervaarlijk in de straffe wind en onwillekeurig schoot de term 'metaalmoeheid' door Jessies hoofd.

Toen ze hoger klom, zag ze Lisbeths voeten, in haar elegante geitenleren laarsjes. Lisbeth zat in de nis van de toegangsdeur naar het dak, een plek waar de werklui konden pauzeren als ze bezig waren met de installatie van antennes, kabels of andere apparatuur.

Vanaf haar positie zag Jessie de lichtjes van SoHo en de glinsterende kerstversieringen van de winkels en sommige kantoren. Ook zag ze de bergen vuilnis die nog niet waren opgehaald, en de hoge sneeuwhoop die na de vorige sneeuwstorm naar de kant was geschoven en zich had verhard tot een zwarte Mount Everest, bevuild met afval en de gele urineplekken van passerende honden en zwervers. Vuilnisemmers waren omver gewaaid en rammelend de straat door gerold, als waarschuwing dat de storm eraan kwam, hard en snel.

'Lisbeth?' zei Jessie hijgend. Ze was buiten adem van de klim, de worsteling, de wijn, de stress van het feestje en het zinloze wachten op een telefoontje. 'Lisbeth,' herhaalde ze, in plaats van een kritische opmerking te plaatsen, zoals 'Ben je gek geworden?' of 'Wat doe je hier, in de kou en de storm?'

Hun blikken kruisten elkaar. 'Ik was ongerust,' zei Jessie, maar de wind nam haar woorden mee. Lisbeth keek omlaag en riep: 'Wat zeg je? Ik kan je niet verstaan.'

Hou toch op met roken, wilde Jessie zeggen. Dat zal je slopen, cel voor cel. Maar dat wist Lisbeth natuurlijk ook, en misschien was het precies wat Lisbeth wilde. 'Kom weer naar beneden,' zei Jessie. 'We beginnen aan het toetje.'

'Ik kom er zo aan,' zei Lisbeth, luid genoeg om te worden verstaan. De storm klonk nu als een trein die door de zwartgrijze wolkenlucht hun kant op denderde.

Opeens voelde Jessie tranen achter haar ogen prikken, maar ze drong ze terug. 'Kom nou,' zei ze. 'Kom nou naar beneden.'

Lisbeth schudde haar hoofd en nam nog een trek van haar Gauloise. Ze grijnsde als een kind in een boomhut, in de wetenschap dat niemand haar kon bereiken.

Jessie keek omhoog en herinnerde zich een moment van vijftien jaar geleden, toen ze samen in een toren van Theresa House waren geklommen en de klepel van de klok hadden gestolen. Ze waren niet gepakt. Na een giechelbui over het succes van hun grap hadden ze de klepel weer teruggehangen en de klok geluid.

Ze hadden zo de slappe lach gekregen dat ze hun dijen tegen elkaar moesten klemmen om niet in hun pyjama te plassen, daar in die nachtelijke toren, met de lichtjes van Manhattan beneden hen. Vanaf die nacht waren ze beste vriendinnen geweest, maar nu vreesde Jessie dat Lisbeth op een veel permanenter einde afstevende. Ze was te kwetsbaar en leefde te dicht bij de rand van een afgrond waarvan Jessie zich niet eens een voorstelling durfde te maken.

'Je komt naar beneden,' zei Jessie ferm. Ze klom nog een tree hoger en stak een arm uit naar de hand van haar vriendin, de hand met de brandende sigaret. 'Gooi die peuk weg en kom naar binnen.'

Ze verbaasde zich over de heftigheid van haar eigen toon. Jessie had niet de gewoonte om mensen op te dragen wat ze moesten doen. Maar ze was niet van plan werkeloos toe te zien hoe haar vriendin zich op de een of andere manier van kant zou maken, daarboven. Jessie schrok van wat ze zelf zei en deed – Lisbeth dwingen om los te laten – maar ze schrok nog meer toen ze daarbij haar evenwicht verloor. Heel even gleed ze weg, met nog maar één voet op de trap en haar hand nog steeds naar Lisbeth uitgestrekt.

Hoe zou dat afgelopen zijn? Jessie en Lisbeth zouden het nooit weten. Misschien zou Jessie haar evenwicht hebben hersteld, haar voet hebben bijgetrokken en zich met één hand aan de ladder hebben vastgeklampt... of misschien niet. Dan zou ze twaalf verdiepingen naar beneden zijn gevallen en te pletter zijn geslagen in Butane Street, naast haar verbrijzelde mobiele telefoon.

Maar dat gebeurde allemaal niet, omdat Lisbeths tengere, dunne, blote hand – een kinderhand – die van Jessie greep en haar vasthield. Jessie trappelde met haar voet, die de volgende tree vond. Ze had niet langer dan een fractie van een seconde in de lucht gebungeld...

O, mijn god, dacht Jessie. En ik had háár willen redden. Op dat moment was Jessie onder de indruk van Lisbeths kracht. Wie was er nu kwetsbaar, wie was er dom?

Ze zeiden niets. Ze zouden er nooit een woord over zeggen, dat wist Jessie nu al. Ze voelde de tranen in haar ogen. Lisbeth glimlachte en haar tranen konden worden toegeschreven aan de bijtende kou. Voorzichtig, tegen de kracht van de naderende storm in, boog ze zich naar voren en stak nog een sigaret op. Eén moment werden haar porseleinen trekken blauw verlicht door het vlammetje van de aansteker.

'Mijn laatste,' zei ze en knikte naar Jessie, als teken dat ze naar binnen kon gaan.

'Je laatste?' vroeg Jessie.

'O ja,' antwoordde Lisbeth. 'De laatste.'

HOOFDSTUK ZESTIEN

Waarin Nina naar huis belt en contact krijgt met de geesten van het Confederated Project.

*

'Ze geeft niet op'

Zodra Jessie naar de brandtrap verdween keek Nina naar de wandtelefoon in de open keuken. Ze was bezig de borden af te wassen. Jessies vaatwasser werkte niet; hij was verkeerd aangesloten, zoals bijna alles in het appartement. Jessie had zich geëxcuseerd en gezegd dat ze met de hand moesten afwassen. 'Als we de machine aanzetten, overstroomt het spoelwater,' had ze gewaarschuwd. Dus gebruikte Nina de ene helft van de dubbele gootsteen voor de afwas en de andere helft om de borden af te spoelen onder de hete kraan. Ongelooflijk hoeveel borden ze al hadden vuilgemaakt. En dan moest het toetje nog komen.

Terwijl ze de afwas deed vroeg Nina zich af of ze naar huis – de verre Bronx in het noorden – moest bellen om te vragen hoe het met haar moeder ging. Ze wist dat Flo en Basha Belenkov er waren en dat de twee vrouwen instructies hadden om haar meteen te bellen als de toestand van haar moeder verslechterde of haar pols onder de vijfenvijftig zakte. Maar misschien wilden ze Nina niet storen of was het zo ernstig dat het toch geen zin meer had. Nina voelde een onbedwingbare neiging om te bellen.

Al sinds die middag voelde ze zich schuldig over haar kleine seksuele escapade met Zhirac. Stel dat haar moeder was gestorven – of 'heengegaan', zoals ze zeiden in het Confederated Project – tijdens dat onnozele avontuurtje? Dan zou ze degene hebben verloren die het meest van haar hield op aarde, terwijl ze in het gezelschap was van iemand die totaal geen belangstelling voor haar had. En toch, toen ze naar hem toe ging had ze het gevoel gehad dat ze geen keus had, dat haar leven – of misschien, wat complexer, haar réden om te leven – ervan afhing. Een toekomst zonder mannen of fysieke liefde lokte haar niet aan. Wat had dat voor zin? In elk geval wist ze wat echt belangrijk voor haar was: levenskracht, in haar favoriete vorm. Haar moeder zou haar hebben aangespoord om te gaan. 'Maak maar plezier, Nina. Je bent zo lief voor me,' zei ze altijd. 'Waaraan heb ik zo'n geweldige dochter verdiend?'

'Ik zou het niet weten,' was Nina's vaste grapje, maar ze wist het wel. Mira was altijd zo goed voor haar geweest. Het had Nina nooit aan moederliefde ontbroken; die was er in overvloed geweest, zonder beperkingen of voorwaarden. Maar nu, terwijl ze de kippenjus van Jessies porseleinen borden waste, vroeg ze zich af waarom ze die andere liefde nooit gekregen had.

Haar vader en moeder hadden van haar gehouden en haar lief en aantrekkelijk gevonden. Maar geen enkele man had ooit tegen Nina gezegd dat hij van haar hield. Niemand had haar ooit voorgesteld om zelfs maar tijdelijk samen te gaan wonen. Mannen hadden haar begeerd, haar wellicht zelfs een paar minuten geadoreerd, maar haar nooit 'een aanzoek gedaan' – zoals dat nog steeds heette in het Confederated Project – of op een gezamenlijke toekomst gezinspeeld.

Het dichtst bij een vaste relatie was ze gekomen met een wat oudere man, een lingerieverkoper uit Arizona, die twee keer per jaar voor zijn werk naar New York kwam. De afgelopen zes jaar had hij twee keer per jaar met haar geslapen, en elke keer sloeg hij haar na afloop op haar achterste, als een braaf paard, en zei: 'Dat vind ik nou lekker.'

Maar ook hij had nooit gesproken over 'houden van'.

Nee, alle liefde die op deze planeet voor Nina Moskowitz was weggelegd lag besloten in het zwakke lichaam van de vrouw die haar het leven had gegeven. En die nu misschien al dood was, dacht Nina toen ze het pannensponsje neerlegde. Ze dacht aan die andere groep vrouwen, het drietal in de flat bij Riverdale. Het volgende moment stortte ze zich zowat op de telefoon en belde naar huis.

Flo nam op met de muzikale intonatie van West-Indië: 'O, je moeder, het gaat heel goed met haar.'

'Kan ik haar spreken?' vroeg Nina. In gedachten zag ze de mooie Flo door de flat lopen, zwaaiend met haar statige heupen, op weg naar Mira's kamer om de kleinere vrouw de telefoon aan te reiken.

'Nou,' antwoordde Flo, met een lachje in haar diepe stem, 'ze is al in gesprek. Met een zekere Saul...'

Nina klemde haar hand om de hoorn. Saul, haar vader. Hij was vier jaar geleden gestorven. Als in een hallucinatie las Nina de instructies in de brochure 'De zeven symptomen van een naderende dood'. Nummer Vijf was Visitaties: 'De stervende zal worden "bezocht" door dierbare doden en overleden familieleden kunnen zien en horen.'

'Is Saul bij haar?' vroeg Nina.

'Nou, ik kan hem niet zien,' gaf Flo toe, 'maar Mira is erg blij dat hij er is; ze lacht de hele tijd. Maak je geen zorgen.'

Meteen vroeg Nina of ze Basha Belenkov kon spreken. 'Basha,' smeekte ze, 'vertel me alsjeblieft de waarheid. Denk je dat mamma doodgaat... nu... vannacht?'

Er viel een lange stilte, waarin Nina zich Basha Belenkov voorstelde in haar ochtendjas, een geruite duster met een brede rits en de zakdoek die ze binnenshuis om haar haar bond in plaats van de gebreide muts met lovertjes die ze buiten droeg. Haar dikke, knokige handen waren altijd bezig – breien, in de soep roeren, Mira's benen masseren... om het trage bloed te stimuleren op de terugweg naar haar vermoeide hart.

'Alsjeblieft, Basha,' zei Nina nog eens. 'Ik moet het weten... de waarheid. Ik kom wel haar huis als het nodig is. Ik wil niet dat ze sterft zonder dat ik bij haar ben.'

Nog steeds bleef het stil. Dat was niet goed. Hier klopte iets niet. Een Basha die aarzelde was een Basha met slecht nieuws.

'Je moeder is vanavond op reis geweest,' zei Basha eindelijk.

'Ze deed haar ogen dicht en was vertrokken, maar...' Nina's hart stond stil, 'toen kwam ze weer terug. En sindsdien heeft ze steeds met Saul en haar ouders gepraat.'

'Hoe is haar kleur?' wilde Nina weten. 'En haar pols?'

De antwoorden, 'bleek' en 'zevenenvijftig', waren vaag. 'Kun je me haar zelf geven?' vroeg Nina. 'Ik wil even met haar praten.'

Weer zo'n lange stilte. Was Mira dood, of bewusteloos? Zou Basha tegen haar liegen? Ten slotte vertelde de oude vrouw haar het probleem: 'Ze spreekt alleen nog Russisch.'

Dus haar moeder was verdwenen, niet naar de andere wereld maar terug in de tijd, naar Odessa. 'Geef haar toch maar,' drong Nina aan. 'Ik wil haar stem horen.' Ze hoorde Basha's zware tred over de parketvloer, daarna een schuifelend geluid toen de telefoon op bed werd gelegd.

'Mammala?'

Er kwam geen antwoord. Nina zocht in haar geheugen naar de paar woorden Russisch die ze kende, behalve *das videnija*, waar ze nu niets aan had.

Eindelijk wist ze het weer. Trots sprak ze het woord in de hoorn, helemaal van NoHo naar de rand van de stad: '*Marougina*.' IJsco.

'Ik kom naar huis,' beloofde ze haar moeder. 'En ik neem ijs voor je mee.'

Nu wist ze zeker dat haar moeder zou wachten voordat ze weer 'op reis' ging, want Mira noemde haar favoriete smaak: 'Vanille.'

Opgelucht hing Nina op. Ze wierp zich bijna in Jessies armen toen haar vriendin weer binnenkwam vanaf de brandtrap, bleek en koud. Maar Jessie riep meteen: 'Laten we nou die cake soldaat maken.' Dat was het moment waarop Nina verbijsterd naar het aanrecht staarde: ze had twee hele plakken naar binnen gewerkt.

Claire kwam naar hen toe met haar hand tegen haar rug – die nieuwe houding die ze nu had. 'Hoor eens, ik kan beter naar huis gaan nu het nog kan.'

'Het kan al niet meer,' zei Jessie. 'Jullie zitten hier allemaal vast. Kijk dan!' Ze wees naar haar grote panoramaruiten. Een vage vorm flitste voorbij. Lisbeth dacht onwillekeurig aan de cycloon uit *The Wizard of Oz*. Op deze hoogte had ze het gevoel dat ze bijna vlogen. Alles zou een projectiel kunnen zijn.

'Het is een vuilnisstorm,' verklaarde Martha. 'De wind blaast de rotzooi alle kanten op.'

Jessie legde een hand tegen het glas; het was koud en voelde niet echt stevig aan, alsof het elk moment kon bezwijken onder de druk van de elementen. 'Je kunt het voelen,' zei ze tegen de anderen. Ze trok de Afghaanse omslagdoek wat strakker om zich heen en gooide nog een houtblok op het vuur. Het knetterde en de oranje vlammen laaiden op, gretig om als vonken te ontsnappen in de ijzige nachthemel boven NoHo.

Ze ijsbeerde voor de haard heen en weer en herinnerde zich iets dat ze al lang vergeten was. 'Weet je, toen ik nog klein was legde mijn vader op dit soort avonden een groot vuur aan en strekte zich dan op de grond uit, voor de haard. Mijn moeder ging op zijn rug liggen, en ik klom op haar. Zo vormden we een familiepiramide. Hele avonden konden we zo liggen. Heerlijk rustig. Als ik er nu aan terugdenk weet ik wat wij hadden: rust.'

'Jullie woonden heel afgelegen,' merkte Martha op. 'Ik hou wel van Vermont, maar het is troosteloos.'

'Nee,' zei Jessie. 'Het was geweldig. Ik dacht altijd dat ik zelf ook zo wilde leven.'

'Op de rug van je man, met een klein kind?'

'O, ja,' zei Jessie. 'Daar was ik heilig van overtuigd. Ik had tien poppen en ik twijfelde geen moment. Ik weet nog dat ik als meisje van zeven dacht: Als ik achttien ben kan ik trouwen en baby's krijgen. Nog maar elf jaartjes wachten.'

'En?' wilde Martha weten.

'En... ik heb niet gevonden wat mijn ouders samen hadden. En als het dat niet is, dan hoef ik het niet. Ik wil die... heilige stilte.'

'Maar nu heb je die gevonden?' vroeg Martha achterdochtig.

'Heel even,' gaf Jessie toe, 'maar het was een vergissing, denk ik. Hij zou me vanavond bellen, maar dat heeft hij niet gedaan.'

Het raam leek nu echt door te buigen, alsof de hele stad bol stond. Weer sloeg er iets tegen het glas voordat het in de ruimte verdween. Onwillekeurig dacht Jessie aan Lisbeths neutrino's.

Het waren allemaal maar moleculen, materie die zich naar de oneindigheid slingerde.

O god, waarom verzette ze zich zo? Misschien moest ze gewoon naar buiten rennen en de eerste persoon naar binnen sleuren die ze kon verdragen. Alsof er nu verstandige beslissingen werden genomen – verstandige beslissingen in een ijskoude nacht in NoHo. Wie had een keus? Wie kon buiten blijven in dit weer?

Jessie liep naar Claire toe en gaf haar de Afghaanse omslagdoek. 'Ik vind dat je het op de juiste manier aanpakt. Je moet je eigen...'

'De baby geeft heel wat warmte af,' zei Claire en ze gaf de omslagdoek weer terug. 'Dit is voor het eerst dat ik het 's winters niet koud heb in de stad.'

'Nou, ik wel!' huiverde Jessie. 'Ik heb een koud plekje, ergens diep vanbinnen. Soms vraag ik me af: Waarom ben ik hier? Wat heb ik hier te zoeken?'

'In New York, bedoel je? Of in de binnenstad?' vroeg Martha.

'Op aarde, bedoel ik,' zei Jessie.

'Nou, ik begrijp dat je je wanhopig voelt,' zei Martha.

De wind buiten viel in het niet bij de storm die door de groep vrouwen sloeg toen ze zich, bijna als een zweepslag, allemaal naar Martha toe draaiden in collectief verzet: 'Wanhopig?'

HOOFDSTUK ZEVENTIEN

Waarin Martha ontploft en de avond officieel tot een ramp wordt verklaard.

*

De Walpurgisnacht

'Lieverds,' zei Martha tegen hen, 'ik ben geen ongevoelig mens. Ik zie dat jullie allemaal de weg kwijt zijn. En geloof me, ik heb medelijden met jullie allemaal.'

'Medelijden?' vroegen ze in koor.

Jessie zag dat Claire verbleekte en een hand uitstak naar de muur. Blijkbaar zag ze aankomen wat er ging gebeuren. Ze had zo haar best gedaan dat te voorkomen.

'Medelijden met ons?' vroeg Jessie aan Martha. 'Daar zou ik maar niet op doorgaan, als ik jou was.' Ze deed een stap naar Claire toe. 'Dit is een feestje,' wees ze Martha terecht.

'Dit is een ramp. Ik kan niet geloven wat ik hier vanavond zie en hoor. Iémand zal jullie toch met de neus op de feiten moeten drukken.' Martha viel terug op de fundamenten van haar filosofie. 'Harde waarheden. Er zijn bepaalde waarheden die je niet kunt negeren als je ooit gelukkig wilt worden. Je moet de kost verdienen, trouwen en kinderen krijgen.' Martha was opgestaan en liep tussen de vrouwen door, die op de sofa's of op de grond lagen, behalve Claire, die naar de deur was gelopen, en Jessie, die Martha volgde alsof ze met fysiek geweld haar volgende woorden wilde tegenhouden.

'Wat ik nog het ergste vind,' zei Martha, 'is dat dit allemaal onnodig was. Jullie zijn bijna middelbaar...'

'Middelbaar!' riep Sue Carol, die naast de sofa op de grond lag.

'Middelbaar,' herhaalde Martha, 'en nog steeds zo warrig en achterlijk als twintig jaar geleden.'

'Begin dertig is toch nog lang niet oud?' vroeg Lisbeth vanuit de Jolly Jumper.

'Begin dertig?' Martha spuugde de woorden bijna uit. 'Hier is helemaal niemand van begin dertig!' Ze liep van de één naar de ander, als een sergeant-majoor die probeerde meer orde in de troep te krijgen. 'Wat is dit voor een sprookje? De Schone Slaapsters, meervoud? Word toch eens wakker, meiden. Jullie leven... het productieve deel ervan... is bijna voorbij. Je kunt niet langer dagdromen over morgen, zoals je vroeger deed op school. Maar jullie gaan op dezelfde voet door, alsof je nog een toekomst hebt. Die toekomst is al bijna voorbij, dames.'

'Dat is misschien maar gelukkig ook,' zei Jessie defensief. 'Het is best mogelijk dat sommigen van ons nog op zoek zijn naar...' Ze kon niet de juiste woorden vinden, maar de lichten knipperden in haar hoofd, zoals vlak voor een stroomstoring.

'Oké,' ging ze verder, terwijl ze diep ademhaalde, 'misschien zijn sommigen van ons nog op zoek naar wat je probeert te vinden als... als je niet tevreden bent met wat je hebt.'

'Wat hadden we anders moeten doen?' vroeg Sue Carol.

'Ik had jullie kunnen voorstellen aan mijn neven.'

De hele groep begon te lachen. 'Mag ik bedanken?' vroeg iemand. 'Ik heb ze gezien.'

'Goed, lach maar,' zei Martha uitdagend.

Dat deden ze. Martha ging in de aanval. Nina was het eerste slachtoffer. Jessie besefte dat Martha hier al een tijdje op had gewacht.

'Jij lacht me uit? *Jij?* Terwijl je vanmiddag een smerig avontuurtje hebt gehad met een vent in een luier? Terwijl je nog stinkt naar zijn kakkerlakkengif?'

'Is dat míjn schuld?' vloog Nina op.

'Natuurlijk is dat jouw schuld!' zei Martha. 'Je duikt veel te snel het nest in met die kerels.'

'O, dus als ik had gewacht zou hij de ongedierteverdelger niet hebben binnengelaten?'

'Natuurlijk niet. Je bent zelf in de val gelopen. A) Ik zou nooit naar zijn appartement zijn gegaan. B) Ik zou hebben geëist dat hij me meenam naar een goed restaurant. Kakkerlakkengif was in het hele verhaal niet voorgekomen.'

'Het was haar schuld niet,' zei Lisbeth.

'O, ben jij nu de expert? Jij zit thuis tegen een sofa te praten.'

'Ooo,' riep Sue Carol uit. 'Zoiets gemeens heb ik nog nooit gehoord!'

'En jij,' zei Martha, terwijl ze zich op haar hakken omdraaide naar Sue Carol, die languit op de grond lag, 'komt hier binnenwalsen met een tas van drie dollar negenennegentig vol met goedkope groente en een zakje met een hoofdhaar van een andere vrouw! En in plaats van de eregast alle aandacht te gunnen begin je een egocentrisch en neurotisch verhaal over de klucht die jij je huwelijk noemt.'

'Wat?' zei Sue Carol. 'Wát zei je daar?'

'Je hoorde me wel.'

Nu is het goed mis, dacht Jessie. 'Martha, hou op.'

'Waarom?' Martha draaide zich naar haar om. 'Zodat jij kan zitten wachten op een "heilige stilte"? Nou, reken maar dat het stil zal worden in je leven. Je zit hier in je dooie eentje op een halfverbouwde fabriekszolder die niet geschikt is voor menselijke bewoning en financieel gesproken geen cent waard is! Ja, je zult het eenzaam krijgen, met alleen ingevroren vissenkoppen als gezelschap.'

Claire liep naar de deur van de lift en stak haar hand uit naar de knop. 'Hier kan ik niet tegen,' zei ze. 'Sorry, Jessie, maar ik moet weg.'

Martha versperde haar de weg. 'En jij,' zei ze op lieve toon, 'jij, van wie ik zoveel houd... jij stelt me teleur door hiernaartoe te komen op de fiets, zonder dat je je behoorlijk op de komst van je baby hebt voorbereid.'

'Dat is niet waar,' stelde Jessie Claire gerust.

'Jullie drinken allemaal die goedkope wijn waar je harige baby's van krijgt. Maar ik doe mijn best. Ik probeer meelevend en behulpzaam te zijn. Ik zeg niet eens hoeveel geld ik heb uitgegeven. En tot overmaat van ramp doen jullie alsof ík gek ben.'

'Martha, je gaat te ver!' zei Jessie.

'Nee,' antwoordde Martha. Ze schreeuwde niet, maar ze siste hard en nadrukkelijk. Haar ogen glinsterden en het wit was bloeddoorlopen. 'Het wordt tijd om de lucht te zuiveren. De hele avond praten jullie al over me, achter mijn rug.'

Sue-Carol kwam half overeind, kroop naar Martha toe en nam haar met haar goede oog onderzoekend op. 'Ze is stoned,' verklaarde Sue-Carol. 'Kijk maar. Ze heeft wat gerookt, die joint die ze me heeft afgepakt. Nu is ze ook nog paranoïde... plus haar eigen persoonlijkheid. Sommige mensen reageren zo.'

'Sommige mensen,' herhaalde Martha sissend, begeleid door de natte sneeuw die tegen het raam sloeg. 'Sommige mensen, maar ik niet!' Ze hield een hele tirade, hoe ze hen had horen giechelen, hoe ze zich al jaren bewust was van hun minachting, ondanks al die telefoontjes, films, etentjes en lunches. 'Jullie gaan alleen met me om omdat het meer werk is om ermee te kappen dan me zo nu en dan eens uit te nodigen.'

Niemand zei iets. De barometerdruk in de kamer steeg met de seconde. Martha wist dat ze gelijk had, zei ze, en ze wist ook wat erachter stak. Jaloezie, natuurlijk! Hoewel ze zo verstandig was niet te koop te lopen met haar succes, konden ze het gewoon niet hebben. Diep vanbinnen hadden ze daarom de pest aan haar, zonder het zelf te weten.

'Ik heb jullie nog gespaard, ik zeg het maar eerlijk,' vervolgde Martha. 'Ik wilde geen zout in de wonde wrijven. Ik maakte me zorgen hoe jullie erop zouden reageren dat ik de top bereikte. Dat is alleen maar menselijk. Ik ben tot Makelaar van het Jaar gekozen.'

Na een verbijsterde stilte schoten de vrouwen in de lach.

'Zie je wel?' zei Martha. 'Ik heb straks een gezin, ik zal straks gelukkig zijn, maar jullie willen dat niet zien. Als ik over Donald praat, of over mijn bruiloft of mijn huwelijksreis, zouden jullie je eigen gezicht eens moeten zien! Zo *lelijk* als jullie kijken.'

'Ja, iedereen zou ervan over zijn nek gaan,' vond Sue Carol.

'Hoooo! Eindelijk. Nou komt het er allemaal uit. *Geef het maar* toe. *Geef het maar toe.* Jullie hebben spijt dat jullie me hebben uitgenodigd.' Ze liep naar het kinderbedje met de stapel cadeaus.

'Kijk eens naar al die pakjes,' zei ze. 'Jullie hebben praatjes genoeg, maar de waarheid willen jullie niet horen. Wie doet het meeste? Wie doet nou eigenlijk het meeste voor Claire? Ik voeg tenminste de daad bij het woord.'

'Het spijt me. Ik ga ervandoor,' zei Claire toen de automatische liftdeur openging.

'Nee!' riep iedereen. 'Je kunt nu niet weg.'

Claire greep het fietswiel. 'Ik wil naar huis. Ik wil gewoon naar huis.' En ze verdween in de goederenlift.

'Nee,' zei Jessie tegen de gesloten liftdeur. 'Je kunt niet weggaan. Dit is jóúw feestje.'

Ze stonden nu allemaal bij de lift, luisterend naar het kreunen van de liftkabels en het aanwakkerende gehuil van de storm buiten.

'Nou, bedankt, Martha,' zei Jessie. 'Dit is een compleet fiasco geworden. Het had een feestje moeten zijn, een lieve avond. En nu...'

Ze gaf het op. Jessie keek om zich heen, naar het verfrommelde pakpapier, de cadeautjes, de restanten van het eten dat ze had gekookt en waarvan de helft er nog stond. Bedroefd staarde ze naar de resten van de overgebleven kippetjes, die Nina weer op de schaal had teruggelegd. Er was nauwelijks van gegeten. Hier en daar was een kippenborst opengesneden, maar de pootjes staken onaangeroerd in de lucht. Alleen Martha en Claire hadden hun kip opgegeten. Zelfs Jessie had zich beperkt tot de knapperige huid en wat groente met saus. Overal stonden lege glazen en flessen tussen de geplette dozen en het gescheurde cadeaupapier.

Lisbeth stak een Gauloise op.

'De laatste,' fluisterde ze. 'Claire is nu toch weg, dus het geeft niet.'

'O, Jezus,' zei Jessie en ze voelde haar onderlip trillen. Opeens merkte ze hoe moe ze was na de vliegreis uit Colorado, de moeizame expeditie naar Dean & DeLuca, de haast waarmee ze het appartement had opgeruimd. Ze probeerde zich in te houden, maar zei toch dat ze driehonderd dollar had uitgegeven aan dit feestje, dat ze pas op het laatste moment was thuisgekomen en dat ze niet eens tijd genoeg had gehad om fatsoenlijk te plassen. 'Ik wil niet zielig klinken, maar mijn stofzuiger ging kapot en ik heb met mijn blote handen het stof uit die oude stofzak moeten halen.'

'Je hebt je best gedaan,' zei Sue Carol.

'Precies.' Jessie kon er niet meer tegen en voelde de tranen branden in haar ogen. 'En zal ik jullie wat zeggen? Het spijt me. Het spijt me dat ik de moeite heb genomen. Ik voel me echt achterlijk dat ik nog heb geprobeerd... er wat van te maken. Het moest een perfecte avond worden, maar niemand heeft enige consideratie met me gehad, behalve Claire.' Jessie pakte het stuk steen uit de Klaagmuur op. 'Wat je ook van Claire mag zeggen, ze is hartelijk.'

Jessie pakte haar eigen jas. 'En ik ga achter haar aan. Ik laat haar niet in haar eentje naar huis gaan.'

'Ik zal mijn auto bellen,' bood Martha aan.

'Jij hebt wel genoeg gedaan,' zei Jessie. 'Ga maar weg.' Ze gaf haar de shahtoosh-mantel en kon de verleiding niet weerstaan om te zeggen: 'Je draagt de wol van een van de meest bedreigde diersoorten ter wereld. Er zijn nog maar tweeduizend shahtoosh over, waarvan er een paar het loodje hebben gelegd omdat jij een chique bontmantel wilde.'

'Die waren al dood,' zei Martha, terwijl ze de cape aantrok en op de knop van de lift drukte.

De deur ging open en tot hun verbazing zagen ze Claire weer staan, met haar fietswiel, haar fietsslot en het stopverbodsbord. Ze ziedde van woede. Jessie trok haar naar binnen en fluisterde: 'Niks tegen haar zeggen... Ze gaat weg. Goddank dat je bent teruggekomen.'

'Mijn fiets is gestolen,' zei Claire.

'Zie je?' zei Martha.

'Ik zie het,' zei Claire, zonder stemverheffing, maar dat was ook niet nodig. 'Dit pik ik niet.' Ze zette het bord met zo'n klap op de grond dat Jessie vreesde voor de vloer. 'Nee. Dit pik ik niet van je, Martha. Waar haal je het lef vandaan om hier te komen als een soort... luchtdoelraket? Je weet elke zwakke plek te raken, bijna feilloos.'

'Dank je,' zei Martha. 'Ik wilde je alleen met de werkelijkheid confronteren.'

'De werkelijkheid moet míj maar confronteren,' zei Claire. 'Ik ben niet zo kwaad geweest sinds mijn stiefmoeder zei dat ik mijn middeleeuwse muziek maar moest opgeven om wiskundelerares te worden. Nou, ik heb niet naar haar geluisterd, zoals ik ook niet van plan ben naar jóú te luisteren.'

'Wat mankeert er aan het beroep van wiskundelerares?' wilde Martha weten. 'Op bepaalde momenten in je leven moet je compromissen sluiten.'

'Ik heb geen zin om de rest van mijn leven spijt te hebben. Ga maar door, Martha, met je verhalen over orthodontie en pensioenvoorzieningen. Het enige dat je bereikt is dat ik mijn hakken nog dieper in het zand graaf. Ik voel dat er een wonder gaat gebeuren en ik geef jou de kans niet daar iets... alledaags van te maken. Probeer me niet te besmetten met jouw angsten. Ik ben zelf al bang genoeg.'

'Zo red je het niet,' hield Martha vol.

'O, jawel.' Claire liep wat verder de kamer in. De anderen kwamen om haar heen staan en Martha probeerde zich tussen hen in te wringen.

Claire vertelde hun hoe het was, dat ze het gevoel had alsof ze in een sneltrein was gestopt zonder haltes, tot aan dat onbekende en angstwekkende eindstation. 'Ik word 's nachts om vier uur wakker,' gaf ze toe, 'en dan hoor ik twee bonzende harten. Ik slaap de hele dag en ik lig de hele nacht wakker. Om vier uur 's nachts ga ik boodschappen doen.'

'Wat een onzin,' zei Martha. 'Die kun je toch laten bezorgen?'

'Zo is het werkelijke leven nu eenmaal, Martha, voor sommigen van ons. En het wordt steeds vreemder, daarbuiten. Een tochtje naar de supermarkt is als een reis naar Mars. De geldautomaat lijkt wel een gokkast, maar je wint nooit. Gisteravond haalde ik er honderd dollar uit, maar ik weet bij god niet wat ik heb gekocht... een gloeilamp en wat vruchtensap, eten voor twee dagen. Hoe ik me moet redden, wil je weten? Hoe ik daar kan wonen, met een baby op één kamer? Ik zal het je zeggen. Ik geloof in wonderen, ik geloof in liefde... en het zal me een zorg zijn dat jij me niet geschikt vindt. Het kan me zelfs niet schelen dat ik rood sta. Soms moet je rood staan om weer geld te krijgen. Het vacuüm zuigt de pomp aan.'

Lisbeth knikte en drukte haar sigaret uit in een laatste restje El Conquistador.

'Ik draag een nieuw leven in me,' besloot Claire. 'En alleen een kind kan ons hieruit redden. Kinderen zijn onze gidsen naar de toekomst. Dit is een wereld die alleen mijn baby me kan uitleggen. Kinderen weten hoe je vreugde moet beleven aan dit tranendal. Gisteravond zag ik een klein jochie in een speelhal. Hij stond lachend achter een apparaat waarop hij een oorlog won, diep in het heelal.'

'Jij wilt een baby om videospelletjes te kunnen spelen?' Martha probeerde het te volgen.

'In zekere zin,' beaamde Claire. 'Want anders wordt het alleen maar erger. Er waait een gevaarlijke wind en er komt een nieuw koufront onze kant op. Elke dag gebeurt er weer iets verschrikkelijks. We hebben wel ergere vijanden dan onszelf.'

Ze had nog steeds het stopverbodsbord in haar hand waaraan ze haar fiets had vastgelegd.

'Laat mij een nieuwe fiets voor je kopen,' bood Martha aan.

'Dat is het minste dat je kunt doen,' vond Nina.

'Ik vraag je niet om dingen voor me te kopen,' zei Claire.

'Nou, dan...' Martha liet haar schouders zakken. Haar shahtoosh-mantel hing opeens slap om haar heen. 'Dan ga ik maar.' Ze wilde haar tasje pakken, maar in haar verwarring ging het opeens helemaal mis. Het tasje viel open. Sleutels, creditcards en lippenstiften vlogen over de grond. Martha bukte zich om haar spullen te verzamelen en zich te herstellen. 'Wat moet ik dán doen?' fluisterde ze. 'Zeg het maar. Zal ik een... een brunch organiseren?' Ze keek van de ene vrouw naar de andere.

'Ik betaal,' zei ze – een laatste smeekbede.

Toen ze geen antwoord gaven was ze gedwongen door te gaan. 'Ik heb me best geamuseerd.'

'Ja, dat was wel duidelijk,' zei Nina.

'Ik vond het een leuke avond... de omgeving in aanmerking genomen.'

'Dank je,' zei Jessie. 'Fijn dat je kon komen.'

Martha had niets anders meer over dan de waarheid. Dus vertelde ze die. Het was middernacht en ze had geen andere keus. De waarheid werkt aanstekelijk; de ene bekentenis lokt de andere uit. Martha wilde helemaal niet weg. Ze had nooit weg gewild. Het enige dat ze wilde was hun leventje uit de tijd dat ze nog samen in Theresa House woonden.

Het was allemaal geen rozengeur en maneschijn met Donald, gaf ze toe. Eigenlijk was ze ontevreden over de voorwaarden van hun samenlevingscontract. 'Hij beweert dat al zijn geld vastzit,' zei ze tegen hem. 'Ja. In zijn sok zeker? Daarom leven we van onze "liquide middelen". Mijn geld dus.'

'Betaal jij de rekeningen?' vroeg Sue Carol, oprecht geschokt. Dit was nog erger dan ze had durven hopen.

'Ja, dat zal jullie wel plezier doen. Ik betaal de rekeningen en ik doe alle reserveringen. Donald wisselt nauwelijks een woord met me. Hij sluit zich in een achterkamer op om... om met zijn computer te spelen of wat dan ook. Hij is day-trader... daghandelaar... zegt hij, maar ik heb nooit enige winst gezien. En de seks wordt ook een probleem. Hij gaat alleen met me naar bed op mijn verjaardag. De rest van de tijd heb ik de grootste moeite om hem op gang te krijgen.' Ze trok een gezicht. 'Ik lig boven en ik doe al het werk. Zijn ding is niet meer zo sterk als vroeger; het... klapt in elkaar... als een accordeon. Er zitten plooien in, godbetert! Ik weet niet of dat nog te herstellen valt voor de bruiloft.' Ze vertelde hun het hele verhaal, de experimenten met Viagra. 'Daar hangt ook een prijskaartje aan,' zei ze. 'Die Viagra-erecties zijn heel vreemd, en ze hebben bijwerkingen. Als hij meer dan vier uur een stijve houdt, moet hij naar de eerstehulp van het Mt. Sinai. En soms loopt hij blauw aan.'

'Hou je van hem?' wilde Lisbeth weten.

'Lieverd, zijn pupillen staan niet eens scherp. Er is niemand thuis. Ja, natuurlijk hou ik van hem. Maar ik zal voor mezelf moeten toegeven dat ik eigenlijk niets aan hem heb.'

'Waarom dan zo'n grote bruiloft?' vroeg Sue Carol. 'Waarom moeten we dan allemaal komen opdraven met hydrangea's in ecru-jurken?'

'Omdat,' zei Martha met een diepe zucht, 'dat veel eenvoudiger is.'

Eenvoudiger dan wat? vroeg Jessie zich af.

'Zo kan ik nog naar goede restaurants,' legde Martha uit. 'Ik eet graag kreeft. Zie je mij daar in mijn eentje zitten, met een slab voor? Dan zou ik me belachelijk voelen. Waar moet ik dan heen? Naar eettentjes met geschilferde borden en vuile glazen? Waar een serveerster met een klap je eten voor je neus zet en zegt: "Nou, eet smakelijk"?'

'Hé,' zei Sue Carol.

'Jullie hebben allemaal de pest aan me,' besloot Martha. 'Terwijl jullie mijn beste vriendinnen zijn.'

Ze pakte haar draagtassen en liep naar de lift. Niemand wist wat te doen. Claire was uiteindelijk degene die haar tegenhield.

'Hoor eens,' zei ze, 'alle vriendinnen hebben weleens ruzie. Dat zijn golfjes, onderstromingen. Het betekent niet dat we niet om je geven.' Ze nam Martha mee terug naar de zithoek en klopte op de bank naast zich. 'Luister,' zei ze tegen haar. 'Een heleboel van wat je zei klopte eigenlijk wel. Ik ben wel ouder geworden, maar... nooit volwassen.'

'Dat bedoelde ik niet persoonlijk,' zei Martha. Ze leek elk moment in huilen te kunnen uitbarsten. 'We zijn nog wel jong, maar dat zijn we al zo lang.'

'God, jij kunt de dingen zo... plompverloren zeggen. Maar eigenlijk zou ik je dankbaar moeten zijn.'

'Geen dank,' mompelde Martha.

Iedereen lachte.

'Je hebt me zo kwaad gemaakt dat ik me opeens veel helderder voel,' bekende Claire. 'Je hebt een vuurtje onder me aangestoken. Hier de deur uit rennen en weer terugkomen is het grootste avontuur dat ik heb beleefd sinds het fruitstalletje. God, er zal wel een juiste en een verkeerde manier zijn om dit aan te pakken...' ze legde haar hand op haar buik, 'maar dit is nu eenmaal mijn manier. Ik heb liever het kind van die nacht dan de kinderen van een jarenlang, gezapig huwelijk. Ik wil geen leven dat een soort marathon is tot aan de finish.'

'Bedankt,' zei Martha.

'Ik vind het juist eng om op veilig te spelen. Als het misgaat, kan het beter góéd misgaan.'

Martha keek Claire aan alsof ze haar voor het eerst zag. 'Ik ben jaloers op je,' zei ze. 'En geloof me, ik wens je het allerbeste.'

'Dat weet ik,' zei Claire. 'En we hebben heus niet de pest aan je. We roddelen wel over je, maar... met liefde. Eigenlijk...' ze keek om zich heen, 'kan ik uit naam van iedereen wel zeggen dat we niet weten wat we zonder jou moesten beginnen.'

'Je bent best wel een goed mens,' dreunden ze allemaal op rituele toon.

'Het spijt me, het spijt me,' snikte Martha. 'Ik zou jullie nooit willen kwetsen...'

Claire was de volgende die in tranen uitbarstte. 'En ik ben niet zo onnozel als jij denkt. Ik ben naar een kliniek geweest. Maar ik wil het nu eenmaal in mijn eentje doen. Ik pas niet zo goed bij die vrouwelijke managers in zwangerschapspakjes, of bij die macrobiotische meisjes die in de badkuip willen bevallen. Maar ik heb wel een vruchtwaterpunctie laten doen en ik weet dat het goed gaat met de baby en dat het...' ze lachte door haar tranen heen, 'een meisje is.'

Ze vielen elkaar allemaal huilend in de armen, jankend zoals ze nog nooit hadden gejankt, zelfs niet twintig jaar eerder in Theresa House.

'Ik ben zo blij,' jammerde Jessie, 'dat we het feestje bij mij hebben gehouden.'

Zoals een pan nooit begint te koken als je erbij blijft staan, zo zal een telefoon nooit rinkelen als je erop wacht. Om twee uur 's nachts, toen ze allemaal sliepen, werd Jessie gewekt door het schrille geluid van haar wandtelefoon. Ze was met haar gedachten nog zo bij de avond en bij haar vriendinnen dat het even duurde voordat ze de zware stem aan de andere kant van de lijn herkende. Toen, door de nevel van haar vermoeidheid heen, begreep ze wie het was.

'Hé, jij,' begroette ze hem. 'Ik hoop dat je een goed excuus hebt. "Mijn tijd is jouw tijd", weet je nog?'

'Ik ben gearresteerd,' zei hij.

Ze lachte opgelucht. 'Goddank.' En toen: 'Had je dan niet recht op één telefoontje?'

'Ik heb mijn moeder gebeld,' antwoordde hij. 'Ze verwachtte me voor het eten, maar de demonstratie liep uit de hand. Ik heb de hele avond in een cel gezeten.'

Ik ook, dacht Jessie. Maar wat nu? Moest ze hem geloven of niet?

Ze sprak zachtjes, om de anderen niet wakker te maken. 'Hoor eens,' zei ze, 'ik heb geen fantasieën meer over huisje, boompje, beestje. Ik heb niet de behoefte om intiem te worden met je wasgoed.'

'Waarom begin je over mijn wasgoed?' vroeg hij.

'Dat weet ik niet,' zei ze. 'Misschien omdat ik duidelijk voel dat ik niet met je wil samenwonen. Ik zou graag... bij je langs willen komen, zo nu en dan. En ik zou het fijn vinden als jij ook bij mij kwam. Ik...' verdomme, ze moest het tóch zeggen, 'ik hou zo van je. Jij bent wild en agressief, maar ik zou nooit voorgoed uit New York kunnen vertrekken.'

'Dat weet ik,' zei hij. 'Dat weten we allebei. Wanneer kom je weer naar Colorado?'

'Gauw,' zei ze.

'En blijf je dan?'

'Tot ik klaar ben met mijn verhaal,' zei ze. 'Tot ik alle informatie heb.'

'Ik geef het niet graag toe,' zei hij, 'maar ik denk toch dat mijn voorouders schuldig zijn – dat ze kannibalen waren. Maar ik wil hun reputatie beschermen en ik hou niet van zaken die zuiver op wetenschappelijk bewijs berusten. Er zijn ook andere verklaringen.'

'Altijd,' zeiden ze in koor.

En ze hingen op.

'Wie was dat?' fluisterde Nina, die ineengerold op een van de sofa's lag.

'Zomaar een vriend,' antwoordde Jessie.

HOOFDSTUK ACHTTIEN

*

Laat de cirkel niet verbroken worden

Jessie bleef tot de vroege ochtend wakker om voor haar gasten te zorgen. Ze deelde alle dekens uit die ze bezat en vond nog wat extra kussens. De vrouwen lagen nog min of meer op de plek waar ze in slaap waren gevallen. Eén of twee van hen hingen als poezen tegen elkaar aan – Sue Carol tegen Lisbeth op een van de sofa's. Nina lag op de andere bank. Martha had haar cape over zich heen getrokken en sliep in het midden van de vloer, met de babyquilts en de aankleding van het bedje om zich heen. Claire had zich opgerold, met haar rug tegen die van Martha en haar armen om een cilindervormig divankussen. Zelfs in haar slaap probeerde Martha nog de baas te spelen door een deel van haar shahtoosh-mantel over haar vriendin heen te leggen, die hem steeds van zich af schopte. En zo sliepen ze, half in verzet maar ook afhankelijk van elkaar. Martha snurkte licht. Zo nu en dan trok ze even met haar neus, alsof ze mogelijkheden rook.

Claire was bijna bewusteloos. Ze droomde over baby's – niet alleen haar eigen kind, maar een oneindig aantal andere. In haar slaap slaakte ze een onderdrukte kreet alsof ze een glimp opving van een wonder, een geheim van de geboorte dat je heel vroeg ontdekt, maar meteen weer kwijtraakt in de vergetelheid van je vroegste jeugd. Het was de sensatie om aan de moederschoot te ontsnappen, door die tunnel omlaag, door de knokige poorten van het lichaam op weg naar het licht en de vrije buitenwereld. *Dus zo komen we eruit,* dacht Claire, in de onderwatersfeer van een dromer die de waarheid beseft, op het moment dat die haar weer ontglipt. Claire kon zich het geheim evenmin herinneren als dat iemand een zeepbel kan herstellen, maar toch voelde ze zich bevoorrecht dat ze één moment deel had gehad aan iets heiligs. 'O, dus dát is het,' mompelde ze in haar slaap. Misschien was het genoeg, die ene glimp, om de glinstering te zien, hoe kortstondig ook. In haar droom tuimelden de baby's voorover en lanceerden zichzelf de ruimte in. In haar buik draaide Claires eigen baby zich.

Toen ze om vier uur 's nachts om zich heen keek op haar zolder, probeerde Jessie zich de herkomst te herinneren van dat oude gezegde dat 'de stad nooit slaapt'. Kwam dat uit een klassieke politieserie uit de gouden eeuw van de televisie? Die kreet, 'de stad slaapt nooit', was nu overgenomen en gecorrumpeerd door een bank, om te adverteren dat die rammelende geldautomaten zelfs bij volle maan nog knisperverse twintigjes uitbraakten op Times Square. De stad slaapt nooit. Het zou kunnen slaan op voortdurende waakzaamheid en bescherming, zoals vroeger, of op het slapeloze tempo van onze moderne verknipte wereld, die altijd doortikt en voortdurend de rekening opmaakt.

Wat het ook betekende, dacht Jessie, terwijl ze op haar tenen naar haar grote ramen sloop, deze nacht sliep de stad wel degelijk. New York had haar ogen gesloten, heel even maar, die laatste minuten voor de ochtendschemer, tijdens een sneeuwstorm die later bekend zou worden als 'de storm van de eeuw'.

Toen Jessie tegen vijven nog eens naar buiten keek, leek de 'storm van de eeuw' helemaal geen storm, maar juist een rustpauze tussen al die andere stormen. De sneeuw lag als een wit verband over de wonden van de stad. Waar vuilnis lag, of ongerechtigheid, was nu niets anders te zien dan die zachte, witte deken, in het violette schijnsel dat eroverheen viel.

Op de elfde verdieping van Butane Street 16 scheen dit licht over de vrouwen, nog steeds in hun kring, omringd door de rommel van het feest. Niet iedereen bleef zo diep in slaap; sommigen zeiden iets, half onverstaanbaar, roepend naar elkaar, zwevend tussen deze wereld en een andere.

Dankwoord

Ik moet altijd beginnen met mijn moeder, Rosie, die met haar moed en haar romantische geest de norm bepaalde. Hoewel ze uit mijn leven is heengegaan, blijft ze altijd mijn inspiratie. Mijn fiere ooms, Ben en Abe, broers en goede vrienden van elkaar, waren meer dan ouders voor mij. Ook hun ben ik oneindig veel dank en liefde verschuldigd. En nu zijn het mijn kleine meiden, Alexandra Rose en Jasmine Sou Mei, die me vreugde en motivatie geven.

Omdat deze roman een verhaal over vriendschap is, dank ik mijn oudste en liefste vriendinnen, te beginnen met Diana en Susan, uit mijn eigen jeugd, en Suzanne Watson, die al mijn liefde verdient en die met haar spiritualiteit dit hele boek verlicht. Natuurlijk noem ik mijn blijvende vriendschap met Tamara DiMattio (vanaf mijn zesde) en het perspectief en scherpe inzicht waarmee ze iedere situatie overziet. Ook dank ik Francine Shane, die met haar kracht en gulheid veel invloed had op deze pagina's en zonder wie ik mijn lieve dochter Jasmine nooit zou hebben gehad.

Ik heb het geluk gehad me te kunnen koesteren in de liefde van mijn andere families: Frank en Ruth Gilroy en de Clan of Gilroy; Stephen en Tina Lang en het House of Lang; en mijn lieve neven en nichten, Richard en Betsy Weiss en Anna, Maggie en Peter Weiss.

Mijn dank gaat vooral naar de prachtige en voorbeeldige Rosemary Ahern, die al vele jaren mijn leven verrijkt als redacteur en dierbare vriendin. Haar integriteit, volharding, loyaliteit en hartelijkheid inspireren me elke dag opnieuw, en als dit boek verdiensten heeft, zijn die vooral aan haar te danken.

In al die jaren dat ik nu al schrijf, heb ik het voorrecht gehad te mogen samenwerken met redacteuren die me nog altijd beïnvloeden en de lat steeds hoger leggen: die geweldige schrijver en redacteur Daniel Menaker; Deborah Garrison, begenadigd redacteur en dichter, die met haar bewerking van 'A Place in the Country' voor de New Yorker zo'n heilzaam effect op mijn leven had. Ik dank Joe Kanon, tegenwoordig een uitstekend romanschrijver, die me met zijn inzet en literaire intelligentie nog altijd vooruithelpt. Ook is er een boeket voor mijn schrijversgroep, waarvan de leden – Ron Nyswaner, Nina Shengold, John Bowers, Rebecca Stowe, Zachary Zklar, Casey Kurtti, Mary Louise Wilson en Scott Spencer – nu al enkele jaren trouw bijeenkomen en elkaar steunen. De extra tijd die Ron Nyswaner, Rebecca Stowe, Nina Shengold en John Bowers aan verschillende versies van dit manuscript hebben besteed werd bijzonder op prijs gesteld.

Voor de vriendelijke en getalenteerde Ron Nyswaner is die extra dank nog niet toereikend. De genereuze manier waarop hij in mijn werk deelde en me bleef aanmoedigen heeft me werkelijk geholpen om door te gaan met dit boek en met mijn leven. Ook John Patrick Shanley blijft me steunen en inspireren, terwijl hij me met zijn onbevreesde, geestige werk uitdaagt tot betere prestaties. Hij is zowel hartelijk als bijzonder begaafd. Suzanne Watson, Nina Shengold en Jane Margesson (mijn giechelvriendin) verdienen een extra vermelding en mijn grote liefde omdat ze mijn lichaam en ziel bijeen hebben gehouden in zware tijden, maar ook zoveel gezellige momenten hebben gedeeld. Mijn eerste vriend en wapenbroeder in cyberspace, Ben Cheever, ben ik dankbaar voor gesprekken die ik amusant en nuttig vond, omdat ze me op de juiste koers hielden. Bloemen gaan ook naar Karen Williams, zonder wie, zoals we allemaal weten, ik in cyberspace totaal verloren zou zijn geweest. En mijn dagelijkse dank aan Toni Ahearn omdat ze orde en schoonheid schept in mijn huis.

Natuurlijk ben ik ook dankbaar voor de grootse inspanningen van Molly Friedrich en de vaart die zij in mijn leven en werk weet te brengen. Dank ook aan jou, Paul Cirone, voor je warmte en begrip.

Bijzondere dank, in verband met dit verhaal, gaat naar Maria Cellario, Karen Allen, Caroline Aaron, Jayne Haynes, Amy Van Nostrand, Ellen Foley, Olympia Dukakis en de vele andere vrouwen die mijn pad hebben gekruist in al die tijd dat ik met dit boek bezig was. Ten slotte, hoed af voor die geweldige gentleman, Kip Gould, wiens vriendschap en geloof de jaren hebben doorstaan.